◆ 教育部人文社会科学研究“《全宋诗》重出误收研究（13YJC751086）”项目资助

◆ 河南大学文献信息研究创新团队建设项目资助

河南大学图书馆学术丛书

《全宋诗》重出误收研究

朱腾云 著

中国社会科学出版社

图书在版编目（CIP）数据

《全宋诗》重出误收研究／朱腾云著．—北京：中国社会科学出版社，2017.5

（河南大学图书馆学术丛书）

ISBN 978－7－5203－0370－5

Ⅰ.①全…　Ⅱ.①朱…　Ⅲ.①宋诗—诗歌研究　Ⅳ.①I207.22

中国版本图书馆CIP数据核字（2017）第099903号

出 版 人　赵剑英
责任编辑　孔继萍
责任校对　张依婧
责任印制　李寡寡

出　　版　中国社会科学出版社
社　　址　北京鼓楼西大街甲158号
邮　　编　100720
网　　址　http://www.csspw.cn
发 行 部　010－84083685
门 市 部　010－84029450
经　　销　新华书店及其他书店

印刷装订　北京市兴怀印刷厂
版　　次　2017年5月第1版
印　　次　2017年5月第1次印刷

开　　本　710×1000　1/16
印　　张　20.75
插　　页　2
字　　数　350千字
定　　价　89.00元

目　　录

第一章

引　　论

第一节　重出误收通论

重出误收现象，在文献档案中大量存在，特别是古典文献领域，表现得尤为明显，可以说自有文献之日，便是重出误收产生之时。纵观文献编纂的历史，每一次大大小小的文献编辑活动，都会有意无意消弭一些文献的重误，但同时又会不经意间产生一些新的重误。而文献积累演化过程的基本特征是总体层累扩展、局部老化消弭，在这种文献的双向互动趋势中，重出误收问题越来越成为大型诗文总集整理中不可回避的难题。

在漫长的封建历史演进中，由于天朝上邦对自己帝国的盲目自信，对世界潮流缺乏真正的了解，所谓的大一统政治结构体系，也使帝国的政治、学术发展局限在一个特定框架之中，依靠学术自身的更新发展，很难从质的方面获得凤凰涅槃式的突破。正是在这种对外部世界的轻忽中，帝国渐次趋向羸弱，当帝国的大门被迫打开，整个帝国和帝国的臣民四顾惘然。社会精英层突然意识到已走到亡国灭种的边缘，民族的沉痛灾难，促人梦醒，一次次探求反思，西学东渐，学术大变。延绵今日，多元同异之中，传统学问的底蕴被消磨，商品经济大潮之下，学风粗疏，义理不明，国学在自身和外界的两重重压之下，处境尴尬。文献学作为国学研究的根底，自然也成为被边缘化的学问，而文献的重出误收作为文献整理研究的组成部分，从来就不曾成为学术研究的中心。在我们翻检重出误收研究的相关历史文献资料时，吉光片羽，林林总总，如漫天繁星，细琐零碎，难成系统，不见体系，有很多理论问题晦涩难明，对

“重出误收”这组概念的历史描绘和逻辑阐释遇到了极大困难。

我国的古籍整理事业，相伴中华民族文明的演进，绵延数千年，从来不曾中断。有文字记载、清晰可考的古籍整理历史，就有两千多年。文献整理中篇章片段的交叉复合、文献篇目的重误讹漏，在早期文献未定型的时代，是一个普遍的存在。中国古典文献学伴随各分支学科（校勘学、版本学、目录学、注释学、辑佚学）的发展，逐渐成形。这贯穿了整个古籍整理的漫长历程，实践不断丰富，理论也渐次不断发展，其经验之丰硕，于“国学”中，独树一帜，无可匹敌。但中国古典文献学历来只偏重于实践，缺少理论性的概括总结，此问题在我们关注古籍重出误收现象之时，尤为明显。追溯重出误收现象的源头，探究重出误收现象的发展，很难看到一个清晰的脉络，很难用简洁、清晰、经济的语言对重出误收的概念作出精准的解释，很难建构起“成一家之言”的理论框架。这里只能采用审慎的科学态度，于繁杂的文献材料中，推演重出误收的发生学特征，来解析、描述重出误收概念的基本内涵，揭示其在本课题的外延范围。

一 重出误收的简单定义

原始先民结束了茹毛饮血的野蛮，步入钟鸣鼎食的文明，相伴文字的产生、社会经济的发展、人类活动范围的扩大，文献记录日益扩展到社会生活的不同领域。文献记录者不同，对相同的记录对象会有不同的立场、不同的角度、不同的记录方式，这样就会产生文献原始的歧异，这些歧异是重出误收最早的源头。比如：《春秋》经传、《孟子》《史记》，记载武王伐纣为大义灭无道，纣师倒戈，兵不血刃，一鼓天下定。而《尚书·武成》《古本竹书纪年》等文献记载此战，流血漂杵，赤地千里。何为真何为假？何为是何为非？何为正何为误？对文献记载的正误，有时不仅仅体现在历史真实本身，记录者、叙述者的政治立场，思考问题的角度，也往往会给历史本身打上自己的烙印，就武王伐纣而言，儒家喜言兵不血刃，纵横家尚谈流血漂杵。此种载记不同，产生的文献歧异，似与误收无关，其实它们在本质上并无不同，只是表现形式不同，记载者从各自代表的不同阶层、不同利益集团的诉求出发，加入更多的政治文教宣传要素。古代官修文献由于众所周知的原因，会人为造成一些讹误，如《四库全书》的编纂，太多的政治元素，带来了大量不应有的删改。《全唐诗》的编辑，对季稿本的故意湮灭。又如《群书四部录》200卷，多种目录著为元行冲奉敕撰，实为殷践猷、毋煚等编。《唐会要》卷三六："（开元）九年十一月十三日，左散骑常侍元行冲上《群书四部录》二百卷，藏之内府。二千六百五十五部，四万八千一百六十九卷。分经史子集四部。经库殷践猷，王惬编，史库韦述、余钦，子库毋煚、刘彦直，集库王湾、刘仲丘，其序韦述撰。"[①]《旧唐书》的修撰、进呈也是这样。《全唐诗话》是一部具有重要文艺理论价值的著作，其作者本为廖莹中。廖氏依附奸相弄权，似道败亡，莹中服毒，其人为世人不齿，刊印者假借尤袤之名刻印，后世不察，遂以作者为尤袤。《总目》："考周密《齐东野语》载贾似道所著诸书，此居其一。盖似道假手廖莹中，而莹中又窃据旧文，涂饰塞责。后人恶似道之奸，改题袤名，以便行世。"[②]所以在解读文献时，应该强记博识，睁大慧眼，尽可能地抹去人为的痕迹，剔除伪误，恢复文献的本真，还原历史的面貌，这是进行文献阅读与整理的第一要义，也是孟子所言"尽信书不如无书"之意。

文献的传抄讹误是重出误收的另一源头。比如：王曾《献金陵牧薛大夫白马诗》："白马披丝练一团，今朝被绊欲行难。雪中放去唯留迹，月下牵来只见鞍。向北长鸣天外远，临风斜坠耳边寒。自知毛骨还应异，更请王良子细看。"（《全宋诗》册3卷143页1589）。又见《全唐诗》卷508，题为《縶白马诗上薛仆射》："白马披鬃练一团，今朝被绊欲行难。雪中放去空留迹，月下牵来只见鞍。向北长鸣天外远，临风斜控耳边寒。自知毛骨还应异，更请孙阳仔细看。"作者平曾。

平曾，唐穆宗时人。以府元被绌者九人，曾其一也。长庆初，同贾岛辈贬，谓之举场十恶。曾后谒李固言于蜀。卒以恃才傲物，没于县曹。[③]

王曾（978—1038），字孝先，青州益都人。真宗咸平五年（1002），

① （宋）王溥撰：《唐会要》，清乾隆四十二年武英殿刻本。

② （清）永瑢、纪昀等编纂：《四库全书总目》，中华书局1965年影印本。

③ （清）曹寅等编：《全唐诗》卷508，清康熙扬州诗局刻本。下引《全唐诗》同此版者，不一一列明版本。

试礼部及殿试皆为第一，后封沂国公，宝元元年卒，谥文正。[①]

平曾作见《云溪友议》卷中、《山西通志》卷二二九、《御定渊鉴类函》卷四三四、《太平广记》卷二五六、《全唐诗》卷五〇八、《御定佩文斋咏物诗选》卷四〇五、《诗话总龟》卷五、《唐诗纪事》卷六五。王曾作出《诗人玉屑》卷一〇，翻阅此卷，转引自《云溪友议》，误平曾为王曾，《全宋诗》编者不察，沿用其误。另此诗本事最早见《云溪友议》卷中，此书早于王曾，证明王曾不可能是诗作者。

总之，不同时期文献整理者因文献掌握的数量、质量，整理者自身的因素，文献整理采用的方法，都不同程度地影响到文献整理的最终成效。有些整理工作无法消弭文献的分歧，而随着部分原始文献的散佚，很多分歧自然消失，不为后世学者所知。同时文献整理也会部分地放大某些分歧，带来更多的重出误收。究其本质，其根源于文献的综辑整理过程中的信息不对称。文献综辑工作，从整理的性质目的可分为经济行为、政治行为、宗教行为、职务行为等几种情况。当然在实际生活中，各种行为目的往往不是纯粹的，而是混杂的、复合在一起的。比如刘向父子的大规模文献整理，就是政治理想诉求，又是一种职务行为。因为本书研究对象的原因，下文主要讨论文学总集、别集编纂中的重出误收现象。中国古典文献的整理研究，在极其漫长的文献演变历史进程中，伴随着文学的自觉，逐步获得了自己的学术畛域，并随着文学创作和文学批评的进展，越来越被重视。而对重出误收现象的研究也在这个过程中展示了其自身的学术意义和学术价值，成为文献整理研究中的一个潜在学术动力股。本研究依据重出误收在文学、文献学中递归、嬗变的轨迹，来解读它们的范畴意蕴和学术意义。

（一）重出释义

“重出”即重复出现，其义明白晓畅，懂汉语者皆知。古典文献之中，“重出”一词很常见，多用其本义，但在不同的语义场中，其含义的指向性和确定性是不同的。如：晋葛洪《抱朴子·省烦》：“五礼混挠，杂饰纷错，枝分叶散，重出互见，更相贯涉。曲儒寻案，犹多所滞，驳

---

① 傅璇琮等主编：《全宋诗》，北京大学出版社1998年版，第1588页。下引《全宋诗》皆出此版，为节约篇幅，所引诗歌、作者小传等一般采用随文夹注，不一一列明版本。

难渐广，异同无已。”[①] 此处“重出互见”指多种文献中关于五礼的内容，纷纭重复，参差互见，已经有文献学上内容、篇章、片段重出的含义。南朝宋刘义庆《世说新语·赏誉第八》：“王恭有清辞简旨，能叙说，而读书少，颇有重出。”[②] 此处指表情达意多有重复的意思。《梁书·武帝纪上》：“我若总荆雍之兵，扫定东夏，韩白重出，不能为计，况以无算之昏主，役御刀应敕之徒哉。”[③] 此处是重生、重新出现的意思。唐韩愈《殿中侍御史李君墓志铭》：“其说汪洋奥美，关节开解，万端千绪，参错重出。学者就传其法，初若可取，卒然失之。”[④] 此处指学术观点错杂交互。“《丹阳集》一卷：谨按：《东观余论》云：‘《丹阳集》已见总集，此重出。’（按：《崇文总目》各门中，疑于重出者尚多，因无别本，不敢定其为重出，惟此条是黄伯思已经纠正者，自此以外则未敢遽为删并尔，附识于此。）”[⑤] 此处指条目重见。方以智《通雅·宫室》：“薄版曰望版，或用望砖存中，盖谓重出之飞檐耳。升庵以为天花版。”[⑥] 此处系重叠之义。鲁迅《古籍序跋集·〈云谷杂记〉序》：“其与《大典》本重出者，亦不删汰，以略见原书次第云。”[⑦] 此处重出是不同文献、版本间重复的条目。前引数例，“重出”一词的语义场虽各不相同，但都是“重复出现”的意思。正是由于传统之学，并没有把“重出”作为特定文献学专业术语进行界定，其含义有很大的不确定性，因此对文献重出的研究，没有能够像校勘、音韵、训诂那样成为范式典型的文献专学，而更多地归属于校勘学。

重出误收现象的研究，随着学风的变迁，随着现代学术研究的多元化趋势，如何以理性的心态、冷静的气度重新解构传统并赋予创造性的转化，如何采用行之有效的现代研究方法、研究手段，使其成为一门文献专学，成为摆在我们面前的重要任务。

---

① （晋）葛洪撰：《抱朴子》卷31，扫叶山房1919年刻本。

② （刘宋）刘义庆撰，（梁）刘孝标注：《世说新语》卷下，清光绪三年湖北崇文书局刻本。

③ （唐）姚思廉撰：《梁书》卷1，中华书局1973年版，第4页。

④ （唐）韩愈撰：《昌黎先生集》卷28，明嘉靖徐氏东雅堂刻本。

⑤ （宋）王尧臣等编次：《崇文总目》卷11，台湾商务印书馆1983年影印《四库全书》本。

⑥ （明）方以智撰：《通雅》卷38，清康熙龙眠姚氏刻本。

⑦ 《鲁迅全集》第10卷，人民文学出版社1981年版，第20页。

“重出”在文学、文献学研究中作为专业术语，主要有两种基本意蕴。

1. 文学批评术语——犯文

“重出”作为专业术语，首先并未出现在文献学领域，而是作为文学批评的概念，最早见于《文心雕龙》。

南朝梁刘勰《文心雕龙·练字》：“重出者，《诗》《骚》适会，而近世忌同，若两字俱要，则宁在相犯。故善为文者，富于万篇，贫于一字，一字非少，相避为难也。”① 刘勰强调在写作过程中，关键的地方，一字千金，相犯难避，语言的锤炼非常重要。后世诗评家论诗歌作法，谋章炼字，多本于此。

重出在“犯文”意义上运用，指文字、文意相犯。可分为字重、句重、文重、意重等。在文艺理论、文学批评领域，有着广泛的使用。

《雨村词话》：“万俟《雅言》三台末段‘汉宫传蜡炬’，疑‘蜡矩’二字重出。后得粤中藏书家元刻本作‘汉蜡传宫矩’，为之爽然。”② 强调一字是否重出，从诗歌美学出发，对诗歌鉴赏而言，便是两种天地。

南朝梁刘勰《文心雕龙·丽辞》：“张华诗称‘游雁比翼翔，归鸿知接翮’；刘琨诗言‘宣尼悲获麟，西狩泣孔丘’。若斯重出，即对句之骈枝也。”③ 这是在句重犯文的意思使用重出的概念。

后世论诗属文重出概念，多本于此。

> 权重出，谓同字相犯也。诗验适会若两字俱要，则宁在相犯。为文者富于万篇，贫于一字。唐宣宗尝问中书舍人李藩，考试之中重用字如何，又问孰诗重用字。对曰：“钱起《湘灵鼓瑟诗》有二不字。”上诵其诗仍称善相属，盖亦知其相避为难云。④

胡震亨论诗强调以意为先，不避重出，实为诗道高手。

---

① （梁）刘勰撰：《文心雕龙》卷39，金溪王氏增订汉魏丛书本，清乾隆五十六年刻本。

② （清）李调元撰：《雨村词话》卷3，见唐圭璋编《词话丛编》，中华书局1986年版，第1430页。

③ （梁）刘勰撰：《文心雕龙》卷35，清乾隆五十六年金溪王氏刻本。

④ （明）胡震亨著：《唐音癸签》卷4，上海古籍出版社1981年版，第28页。

吴乔论诗，以为唐诗、明诗，一个天上，一个地下，相去有天壤之别，唐诗最下者，与明诗最高者比较，仍以唐诗能自见品位。其品评如下：

许浑诗，当时谓为“不如不做”者也，今又于浑诗中举最死实者，如《题卫将军庙》云：“武牢关下护龙旗，挟槊弯弓马上飞。汉业未兴王霸在，秦军才散鲁连归。坟穿大泽埋金剑，庙枕长溪挂铁衣。欲奠忠魂何处问？苇花枫叶雨霏霏。”首联言战功，次联言高蹈，三联言坟庙，四联以情景结之，题中之意自足，措词无一字虚壳。但许诗俱无远神，故当时不重之耳。明初咏白燕者，纷然推袁凯第一，称为袁白燕。起句云“故国飘零事已非，旧时王谢见应稀”，失之于泛，燕亦可用。次联云“月明汉水初无影，雪满梁园尚未归”。二语是操，第三联应纵，而曰“柳絮池塘春入梦，梨花庭院雨沾衣”，与次联轻重无别，如时文之后，亦实做如中比也。唐人之中二联无虚实者，必第七句转，末句收。凯不知此法，其末联云“赵家姊妹多相妒，莫向昭阳殿里飞”，语泛与起同。八句中起结是燕，非白燕，第三联重出，止有两句是白燕，比《卫将军庙》诗如何？使凯学识大进，重作此题，于白燕上一丝不披绮纱袍子，口唱《大江东去》，为牧斋所鄙笑。由其但学盛唐皮毛，全不知诗故也。①

此处吴乔品评唐诗、明诗，于谋篇布局之中，讲求句法不可重出，重出则体格卑弱，只见皮毛。

清代诗论家赵翼极大地发展了诗歌批评的重出理论，扩大了它的应用范围，由炼字扩展到用韵、用典、句法、谋篇。《瓯北诗话》载：

诗有一首中用重韵者。任彦升《哭范仆射》一诗三押“情”字，沈云卿《天长地阔》一诗三押“何”字，王维《暮云空碛》一首两押“马”字。“一从归白社，不复到青门。青菰临水映，白鸟向山翻。”“青”“白”二字，一首中重出。《九成宫避暑》三四“衣上”“镜中”，五六“林下”“岩间”，句法亦重出。岑嘉州“云随马”

① （清）吴乔著：《围炉诗话》卷2，上海古籍出版社2002年《续修四库全书》本。

“雨洗兵”“花迎盖”“柳拂旌”，一首中句法亦重。王世懋《艺圃撷馀》：张谓《别韦郎中》诗，八句中五地名。卢象《杂诗》，八句中四地名。王昌龄《送朱越》一绝，四句中四地名。孟浩然《宴荣山人池亭》律诗，七句中用八人姓名。田艺衡《香宇诗谈》谢惠连诗“屯云蔽层岭，惊风涌飞流。零雨润坟泽，落雪洒林丘。浮氛晦崖巘，积素惑原畴”，六句句法相似。张正见诗“含香老颜驷，执戟异扬雄。惆怅崔亭伯，幽忧冯敬通。王嫱没胡塞，班女弃深宫”，六句中引用六古人。王世懋、都穆、田艺衡皆以为今人诗若此，必厌其重复，在古人正不若是拘也。然究是诗中之病。若李太白“峨嵋山月半轮秋，影入平羌江水流。夜发清溪向三峡，思君不见下渝州”，四句中用五地名，毫不见堆垛之迹，此则浩气喷薄，如神龙行空，不可捉摸，非后人所能模仿也。骆宾王“林疑中散地，人似上皇时。芳杜湘君曲，幽兰楚客词”，二联中用四典，亦不见其重叠，此又剪裁之妙。①

作为文学批评的概念，重出是谋篇布局、炼字用词应该着力避免的，此概念的提出和发展对诗歌的创作和诗歌的鉴赏具有重要意义。

特别值得注意的是赵翼在《陔馀丛考》中的论述，其针对诗句重出现象，提出“复句”的说法，把重出的概念由字重延伸到句重、意重，而隐然有诗文整理中重出误收的含义，给我们更多启示。

元遗山诗多复句。

古来诗人佳句，罕有重出者，惟任昉《别谢言扬》诗“讵念耋嗟人，方深老夫托”。又《报刘孝绰》诗“讵慰耋嗟人，徒深老夫托”。宋璟《和御制，璟与张说、源乾曜同日上官，命宴都堂，赐诗应制》中有“圣酒江河润，仙文象纬舒”之句，而《和圣制送张说巡边》内亦有“圣酒江河润，天词象纬明”，但改三字耳。许浑《京日寄友人》诗有“一尊酒尽青山暮，千里书回碧树秋”之句，而《郊园秋日寄友》诗又用之。《呈郭少府》诗有“江村夜涨浮天水，

① （清）赵翼著：《瓯北诗话》卷 12，清嘉庆湛贻堂刻本。

泽国秋生动地风”之句，而《汉水伤稼》又用之。《送僧归桂州》诗“楚客送僧归桂阳，海门帆势极潇湘。碧云千里暮愁合，白雪一声春思长”，而《和刘三复送僧》诗亦用此四句，但改“桂阳”为“故乡”耳。苏东坡亦间有复句，如《迩英拜赐御书》有云“捷书夜到甘泉宫”，而《洮西报捷》诗亦云“露布朝驰玉关塞，捷书夜到甘泉宫”。又“前生自是卢行者，后学过呼韩退之”一联，既用于《答周循州》诗内，又用于《赠虔州术士谢晋臣》诗内，但赠谢诗换“自是”为“恐是”耳。赵秉文《滏水集·济源绝句》云“树映楼台水映空，溪容林意两溶溶。夏山如醉无人画，远处微茫近处浓”，《题刘德温湖山丰夏图》又云“远处微茫近处浓，岸容林意两溶溶。夏山如醉无人画，更倩刘郎作几峰”。

此皆诗句之复出者，然此外亦不多见，惟元遗山复句最多。如《怀州晚望少室》云：“十年旧隐抛何处，一片伤心画不成”，《重九后一日作》云：“重阳拟作登高赋，一片伤心画不成”，《题家山归梦图》云：“卷中正有家山在，一片伤心画不成”，《雪香亭杂咏》十五首内有云：“赋家正有芜城笔，一段伤心画不成”。《玄都观桃花》云：“人世难逢开口笑，老夫聊发少年狂”，《同严公子东园赏梅》云：“佳节屡从愁里过，老夫聊发少年狂”。《此日不足惜》篇：“就令一朝便得八州督，争似高吟大醉穷朝晡”，《送李参军北上》诗内又有“就令一朝便得八州督，争似彩衣起舞春斓斑”。《桐川与仁卿饮》一律：“风流岂落正始后，诗卷长留天地间”，《题梁都运所得故家无尽藏诗卷》亦有此联。《田不伐望月·婆罗门引》云：“两都秋色皆乔木，三月阿房已焦土。”《存没》一首又云：“两都秋色皆乔木，一代名家不数人”，《答乐舜之》云：“两都乔木皆秋色，耆旧风流有几人。”《东山四首》有“天公老笔无今古，枉着千金买范宽”，《胡寿之待月轩》诗又有“天公老笔无今古，枉却坡诗说右丞”。《钱过庭烟溪独钓图》：“绿蓑衣底元真子，不解吟诗亦可人”，《息轩秋江捕鱼图》又有“绿蓑衣底元真子，可是诗翁画不成”。《台山十咏》内有云：“恶恶不可恶恶可，未要云门望太平。”《赠刘君用可庵二首》内一首云：“恶恶不可恶恶可，笑杀田家老瓦盆”，次首云：“恶恶不可恶恶可，大步宽行老死休。”《寄希颜》末句“共举一杯持两螯”，《送曹寿之平水》亦用此句作结。此复句之最多者也。

自后惟萨天锡《题扬州驿》三四一联云：“寒砧万户月如水，塞雁一声霜满天”，而《雁门集》中有《过广陵驿》一首，又将此二句作五六一联，但改“塞雁”作“老雁”耳。又成廷圭《次李希颜述怀韵》领联云：“诸公莫诮王夷甫，我辈终惭管幼安。”《寄江西宋子与令尹》诗又以此二句作结，但改“诮”为“责”“终”为“深”耳。至高季迪而复句又多，如《饮韵西园公咏梅》有云：“春后春前曾独采，江南江北每相思”，而《和衍师咏梅》第三首亦有此二句，但改“采”为“看”耳。《次韵陈留公见贻湖上之作》有云：“叶应随鸟散，山欲趁波流”，《月夜游太湖》排律内亦有此二句，则并一字不换。《晚寻吕山人》有云：“君家最可认，隔树有书声”，《题徐山人画赠内弟周思恭》亦云：“君家还可认，为有读书声”。《送思上人》有云：“野饭晨留钵，城钟夜到船”，《送衍师》亦云：“村中乞米晨留钵，城外闻钟夜泊船”，虽化五言为七言，亦未换意。《咏樵》有云：“伐木惊禽起，穿云畏虎过”，又一首《咏樵》云：“穿云冲过虎，伐树起栖禽”。查初白《敬业堂集》卷九《送陈仲夔句》有云：“殷勤百里犹相送，万叠西山一故人”。卷十一中《出都别亲友》诗云：“京华回首无多恋，万叠西山几故人”，又卷九《鄚县晚泊》诗云：“春水如油滑上篙”，十二卷《渡太湖》诗又云：“秋水如膏滑上船”，此亦诗之重出者也。①

赵翼以任昉、宋璟、苏东坡、赵秉文、元遗山、萨天锡、成廷圭、高季迪、查初白等人诗中的句重为例，提出了“复句”的概念，认为其实质“此亦诗之重出者也”。把理论和考证相结合，赋予重出双重的范畴意味，其文献学术语的特征，也在对诗歌的艺术批评中逐渐彰显。

2. 文献学专业术语——篇目重复

从本课题的研究实际出发，在特定文献中，在篇章重复出现这个意义层面上，定义重出的概念是符合传统文献学应用实践的。

“序曰：今大戴篇始三十九，终八十一，当为四十三篇，缺者四篇，

① （清）赵翼撰：《陔馀丛考》卷24，商务印书馆1957年版，第492页。

重出一篇。”[①] 此处《大戴礼记》序文明确指出，篇章内容一篇重复出现。

文献重出误收，在早期的文献整理中普遍存在，这和文献体例不完善、文献未定型有极大关系。最典型的莫过于刘向父子的文献整理工作。

《汉书·艺文志》记载刘向以新出世的《古文尚书》校订欧阳、大小夏侯三家经文，“文字异者，七百有余”，其间自不乏疑误。刘向（约前77—前6），本名更生，字子政，沛人，楚元王刘交四世孙。刘向整理古典文献时广罗异本，仔细比勘，去除重复，校出脱讹，编订篇章目次，确定书名。他每校勘完一部书，就把有关作者生平、思想内容、学术源流等整理情况写出一篇叙录，这些叙录汇编成《别录》一书，它有着“辨章学术，考镜源流”的巨大作用，开创了中国解题目录的范式。《别录》一书早已散佚，其学术思想，第次《七略》，入《汉书·艺文志》，得以保存，残存八篇“叙录”，是研究刘向校勘思想和文献整理方法的重要材料，其中剔除重复篇目条块，审定著者作品，是其勘定文献的重要一环。

《列子叙录》记载“臣向书六篇校订为五篇”。《晏子叙录》记载“臣参书十三篇校订为十一篇”。其中定有重出篇目。

又《晏子叙录》载“凡中外书三十篇，为八百三十八章，除复重二十二篇，六百三十八章，定著八篇二百一十五章，外书无有三十六章，中书无有七十一章，中外皆有以相定。”《管子书录》载：“凡中外书五百六十四篇，以校，除复重四百八十四篇，定著八十六篇，杀青而书可缮写也。”《战国策书录》载：“护左都水使者光禄大夫臣向言，所校中《战国策》书，中书馀卷，错乱相糅莒。又有国别者八篇，少不足，臣向因国别者略以时次之，分别不以序者以相补，除复重，得三十三篇。”《孙卿书录》：“所校雠中《孙卿书》凡三百二十二篇，以相校，除复重二百九十篇，定著三十二篇，皆以定杀青，简书可缮写。”《列子书录》：“所校中书《列子》五篇，臣向谨与长社尉臣参校雠，太常书三篇，太史书四篇，臣向书六篇，臣参书二篇，内外书凡二十篇，以校，除复重十二篇，定著八篇，中书多，外书少。”《邓析书录》：“中《邓析书》四篇，臣《叙书》一篇，凡中外书五篇，以相校，除复重为一篇，皆定杀

① （清）朱彝尊撰：《经义考》卷138，吉林出版集团2005年影印摛藻堂荟要本。

而书可缮写也。”《子华子书录》：“护左都水使者光禄大夫臣向言，所校雠中《子华》书，凡二十有四篇，以相校，复重十有四篇，定著十篇，皆以杀青，书可缮写。”①

刘向的文献整理思想有很强的范式意义，对历代的文献整理都产生了积极的影响。众多书目、诗话、学术笔记在考订、梳理文献的内容时，都能看到刘氏校勘思想的影子。“《宋史·艺文志》作三十卷，《书录解题》作十卷，今所传者凡三本，其文无大同异，而分卷则多寡不齐，一本十卷与陈氏目录合，一本二卷不知何人所并，一本十六卷又补遗一卷，而自九卷至十三卷所载往往重出，失于刊削，盖本光未成之稿，传写者随意编录。”② 四库馆臣整理司马光《涑水记闻》16 卷时，指出“九卷至十三卷所载往往重出”。《四库全书总目》中这种例证更多。

古籍中诗歌重出也是很常见的现象，如《艺文类聚》卷三八：梁简文帝《赛汉高庙诗》“‘日正山无影，威斜汉屡回。瞻流如地望，昆仑匹天台。’”又见同卷“又《汉高庙赛神诗》曰：‘玉大朝行动，阊阖旦应开。白云苍梧上，丹霞咸阳来。日正山无影，城斜汉屡回。瞻流如地脉，望岭匹天台。欲祛九秋恨，聊举十千杯。’”前诗为后诗的中间四句，文字虽未全同，意思基本相同。“庾信《至老子庙诗》曰：‘三门临苦县，九井对灵溪。盛丹须竹节，量药用刀圭。’”又见同卷庾信《至老子庙诗》曰：“‘三门临苦县，九井对灵溪。盛丹须竹节，量药用刀圭。行当别关吏，直向流沙西。’”前诗全同后诗前四句。张正见《经季子庙诗》曰：“‘延州高让远，传芳世祀移。地绝贵金路，松悲悬剑枝。野藤侵沸井，山雨湿苔碑。’”又见同卷张正见《行经季子庙诗》曰：“‘延州高让远，传芳世祀移。地绝遗金路，松悲悬剑枝。野藤侵沸井，山雨湿苔碑。别有观风处，乐奏无人知。’”前诗全同后诗前六句。③《艺文类聚》是唐代欧阳询、裴矩、陈叔达等人于唐武德七年（624）奉敕编纂的一部现存较早的文学类书。共 100 卷，100 余万字。全书分岁时、治政、产业等 46

① 上引刘向《叙录》均出严可均辑《全上古三代秦汉三国六朝文》全汉文卷 37，中华书局 1958 年版。

② （清）永瑢、纪昀等编纂：《四库全书总目》卷 140，中华书局 1965 年影印本。

③ （唐）欧阳询撰：《艺文类聚》卷 38，清光绪五年宏建堂刻本。

部，727 个子目。征引古籍 1431 种，分门别类，摘录汇编。先引史实，后列诗文。所引故事，都注出书名。所引诗文，都注出时代、作者和题目，并按不同的文体，用【诗】、【赋】、【赞】等字样标明类别。其所征引古籍，已大部亡佚，自汉代至隋代的辞章名篇多赖此得以流传，因此本书历来为辑佚、校勘工作所资鉴。清代严可均辑《全上古三代秦汉三国六朝文》，主要摘录自本书。世人也多用以查检唐代以前的诗文、典故、名目及历史人物事迹等。此书的编者态度严谨，非常重视所引材料的考辨，然重出误收现象亦不可断绝。

总而言之，由于焚书、口传、传抄、文献未定型、有意作伪等原因，重出误收现象在古籍中普遍存在。诗歌的重出误收也由来已久，早期诗歌文献存世有限，但现存最早最完整的两部诗歌总集《诗经》《楚辞》的编订情况，给我们提供了很好的参照。

（二）误收释义

1. 古籍中一般意义的误收

误收，即错误收录。包括人名误收、作品误收、类例误收等。

赝品误为正品，出现误收，这在法书、绘画中极为常见。同时也带了副产品，某些作品中题写有诗文，把题写者误为诗文作者比比皆是，《全宋诗》这种情况，也表现得特别明显。

> 东书堂帖初刻无此本，盖后人续入。汴人传闻，乃先宪王宫中人所临，后人误收，传以宋后，然莫可诘也。[①]
>
> 《书唐氏六家书后》：永禅师书，骨气深稳，体兼众妙，精能之至，反造疏淡。如观陶彭泽诗，初若散缓不收，反覆不已，乃识其奇趣。今法贴中有云“不具释智永白”者，误收在逸少部中，然亦非禅师书也。[②]

此为作品误收。

---

① （清）李光暎撰：《金石文考略》卷 3，清雍正刻本。

② （宋）苏轼撰：《东坡文集》卷 69，中华书局 1986 年版，第 2206 页。

元稹《台中鞫狱忆开元旧事诗》删韵中有“安能惧谤讪”句。按讪属谏部中字，此究是唐人三声字，宋人不识韵，反因微之诗误收之者。观唐律中曾不及讪字，此非声律可知也。即患字亦然徒以贾谊《鵩赋》有，又何足患句。颜注谓合韵音环而六朝诗亦多入押，因并误收，实与本部无与也。[①]

这是典型的文献内容理解错误，导致类例误收。

《英公字源》一卷（袁本后志卷一），右皇朝释梦英撰。梦英通篆籀之学，书偏旁五百三十九字。郭忠恕云：按《说文》字源唯有五百四十部，子字合收在子部，今目录妄有更改，又集解中误收去部在注中，今点检偏旁，少晶、惢、至、龟、弦五字，故知林氏虚诞，误后进，其《小说》可焚。梦英因书此以正之，柴禹锡为立石。[②]

这是因为学识不足，导致误收。

《池北偶谈》“楼护养吕公”条记载：

前书《楼护传》：护为广汉太守。莽子宇与吕宽谋以血涂莽第门，发觉，莽怒杀宇，而吕宽亡。宽父与护相知，宽至广汉，过护。到数日，有捕宽诏书至，护执宽，莽大喜，征护入为前辉光。

又云，护有故人吕公，无子归护。护身与吕公，妻与吕妪同食。及家居，妻子颇厌吕公。护闻之流涕，责其妻子曰：“吕公以故旧穷老托身于我，义所当奉。”遂养吕公终身。按此吕公即吕宽父，所谓与护相知者，当是既执献宽，而收养其父母耳。护出入王氏，以势利交得官，又患难中杀故人子以媚权奸，纵养其父母终身，罪难末减。孟坚既误收之《游侠传》中，又载此事以为美谈，首尾自相矛

① （清）毛奇龄撰：《古今通韵》卷4，清康熙刻本。

② （宋）晁公武撰，孙猛校：《郡斋读书志校证》卷4，上海古籍出版社1990年版，第165页。

盾，又误之误者也。[①]

又如《扬州画舫录》记载：

管幼安误收《国志》，本未仕曹；嵇叔夜滥入《晋书》，何尝臣马？又若齐社屋而叔朗西行，陈鼎迁而德章北面，而王晞仍存于河朔，袁宪莫摈于江右，凡此之类，更仆难终，徒丰其蔀，未艮其限。故万纽效绩于荆襄，究非魏之勋旧；尉迟建功于庸蜀，自属周之臣子。但录其事，不载其人。是曰严戒，其善五也。[②]

此或为文献材料来源不同，不明本事前因后果，或因文献不足证，以偏概全，导致归类误收。

黄佐曰：朱子所指淫诗与小序说异者，近世四明杨氏直以为秦火之后，汉儒误收以備三百之数。故其所著私抄删削而改编之，愚谓《左传》载列国所赋者诸淫诗具在，误收之说岂其然乎。[③]

此为诗歌作品收录正误问题。

另一个造成误收的原因是大量伪书的存在。伪书从古至今层出不穷，不绝于世，给学术研究带来了极大的负面影响。伪书主要包括作者伪误、年代不实、内容假造三大类。据张心澂《伪书通考》统计，其中载录的伪书1104种，这当然不是伪书的全部。这些伪书如不加辨别、无法辨别，就会被误收，这种危害是极大的。郭沫若在《十批判书》中指出："无论作任何研究，材料的鉴别，是最必要的基础阶段。材料不够，固然大成问题；而材料的真伪或时代性如未规定清楚，那比缺乏材料还更加危险。因为材料缺乏，顶多得不出结论而已；而材料不正确，便会得出错误结

① （清）王士祯撰：《池北偶谈》卷10，启智书局1936年版，第160—161页。
② （清）李斗撰：《扬州画舫录》卷1，中华书局1960年版，第13—14页。
③ （清）朱彝尊撰：《经义考》卷112，吉林出版集团2005年影印摛藻堂荟要本。

论。这样的结论，比没有更要有害。”[①] 古籍讹误重出情况更严重，其危害更深，也更为研究者关注。

2. 文献学专业术语——诗文误收

断代诗文总集中，因时限、地域等原因，收录凡例规定范围之外的作品，即为误收。此为本课题的范畴意义，情况较为复杂。《全唐诗·凡例》：“六朝人诗误收入全唐者，如陈昭及沈氏、卫敬瑜妻、吴兴神女之类并应刊正。”又“六朝人诗原集误收，如吴均妾《安所居》、刘孝胜《武陵深行》误作曹邺诗，薛道衡《昔昔盐》误作刘长卿诗之类，并应刊正”。[②] 造成误收的情况很多，《全唐诗·凡例》中的这两条，前者是因为作者情况失考，误为唐人；后者是因为诗人本集讹误。

造成诗文总集误收的还有其他原因。《四库全书总目》考订宋陈仁子编《文选补遗》40卷部分讹误，是由编者造成的。

> 律以正宗之法，皆为自乱其例，亦非能恪守真氏者，至于宋王《微咏赋》，讹为宋玉《微咏赋》，则姓名时代并讹；引佛经横陈之说以注《讽赋》，则庞杂已甚；荆轲《易水歌》与《文选》重出，亦为不检。[③]

《文选补遗》讹误错乱，有形讹作者、补遗重出等种种不足，其中讹宋王《微咏赋》为宋玉《微咏赋》，朝代、姓名并误，是典型的作品误收。

文献来源导致误收：

> 东坡集中，有《申王画马图》诗，即天启作，气格有类东坡，世因误收入。其后姑苏屠世英家刊东坡前后集，遂删去。[④]

---

① 《郭沫若全集》，人民出版社1982年版，第3—4页。

② （清）曹寅等编：《全唐诗》，清康熙扬州诗局刻本。

③ （清）永瑢、纪昀等编纂：《四库全书总目》卷187，中华书局1965年影印本。

④ （宋）胡仔编：《苕溪渔隐丛话》前集卷37，清道光潘氏刻本。

学识不足导致补遗误收：

唐诗大集之有后人补遗者，固多误收，正集亦有，如杜之《洗兵马》，王荆公以为伪是也。愚见并《杜鹃行》伪，平拖曼衍，中才所能。若《西川有杜鹃》一首，则是中有波致。又如韩之《和李相公两事》两篇皆伪，以李汉之为诸胥者，尚且误编；而《嘲鼾睡》之五言两篇，又不知其真而不编。各集多有，往往批在本书。新刻《施注苏诗》，顾侠君补遗，其误收者不可枚举，多在北宋人集，何以竟未经目？①

同姓名导致误收：

论庸人御驽马至人马相得，五十五字。案此乃汉王褒《圣主得贤臣颂》中语，选者因姓名相同误收，今仍其旧。②

别集误收：

按二诗见于《孟东野集》此误收，但各本俱同，姑仍其旧。③

《再赠常州报恩寺长老》刊本脱寺字，据施注本增；《过岭寄子由》三首，按《山林瘴雾》一首，见于《栾城集》，系子由和诗，此误收卷三十一。④

《李贺集》固是教外别传，即其集而观之，却体体皆佳。第四卷多误收。大抵学长吉而不得其幽深孤秀者，所为遂堕恶道。义山多学之，亦皆恶。宋、元学者，又无不恶。长吉之才，佶然以生，瞿

---

① （清）方世举：《兰丛诗话》，见郭绍虞编《清诗话续编》，上海古籍出版社1983年版，第780页。

② （清）王太岳纂辑：《钦定四库全书考证》卷93，台湾商务印书馆1983年影印《四库全书》本。

③ （清）王太岳纂辑：《钦定四库全书考证》卷78，台湾商务印书馆1983年影印《四库全书》本。

④ 同上。

然以清，谓之为鬼不必辞，袭之以人却不得，直是造物异撰。余恒思玉楼之召，初非谩语，不然科名试帖中无处著，尘寰唱和中亦无处著，杜牧一序，义山一传，长爪生可凌云一笑矣。杜牧序中引昌黎诸比拟语，足以为呕出心肝者慰。①

选集误收：

碧山道人宗衍。宗衍字道原，吴郡人。元末居石湖宝积院，洪武初住持海盐当湖镇德藏寺，吴下诸名士咸赋诗送之。有《碧山集》，危太仆为序，诗家称其清丽幽茂，取喻托兴得风人之旨。选本误收《野鸡毛羽好》一首乃温州陈氏女作，今削去。②

诗话中指出的误收：

苕溪渔隐曰："'夜凉江海近，天阔斗牛微'，张右史集中佳句也，《备成集》中亦有之，盖误收入，非东坡所作。"③

综前所述，重出误收似简实繁，有多种情况，正是术语定称的歧异，模糊了科学的眼光。本课题"诗歌重出"特指《全宋诗》中重复收录的作品。本课题"诗歌误收"特指《全宋诗》不应收录而被误为宋诗掺杂进《全宋诗》的诗歌，包括作品误收、作者误收，以及空间误收、地域误收等情况。

二 诗歌重出误收研究的学术进程

前一小节从社会科学领域的实际情况出发，解释了重出误收的一般含义和作为学科术语的范畴意蕴，本小节从诗歌文献整理的角度，考察

① （清）方世举：《兰丛诗话》，见郭绍虞编《清诗话续编》，上海古籍出版社1983年版，第781页。

② （清）沈季友撰：《槜李诗系》卷31，台湾商务印书馆1983年影印《四库全书》本。

③ （宋）胡仔编：《苕溪渔隐丛话》后集卷33，清道光潘氏刻本。

重出误收现象的起源，溯源及流，探究在诗歌文献整理中诗歌重出误收的实际情况和学术研究成果。

(一) 诗歌重出误收研究的漫长积累

中国是一个诗歌的国度，远古就有诗乐舞合一的传统，文字产生以前，原始歌谣就在口头流传。早期的文学，纯然为诗和散文的时代，中国文学的历史，一半是中国诗歌的历史。从诗歌文献整理中的实际情况出发，对诗歌重出误收做纵向的勾勒与描述，由于材料的零散，此处采用分阶段与典型例证相结合的方式，静态、客观地描述各历史阶段的典型特征。

先秦阶段：从《诗经》《楚辞》的编纂，考订诗歌重出误收研究的早期情况。

中古阶段：起秦汉，终五代。以刘氏遍校群书、别集的兴盛、类书的编纂、总集的整合，演绎重出误收研究的缓慢发展。由于此部分材料与上小节重复，此处略而不论。

近古阶段：起宋元，终民国。以《文苑英华》《四库全书总目》为中心，兼及其他类书、诗话、目录著作。展示宋后学者对重出误收的实际操作和理论贡献。

依据材料特点，内在逻辑上采用前述三段模式，实际写作采用中心材料叙述模式。

在作为“兴观群怨”的政教工具，作为“多识鸟兽虫鱼”的知识读物，作为外交辞令的敲门砖，作为咏志抒情的精神家园，历代社会精英层对诗歌创作、整理投入了大量精力，其中对《诗经》的整理，可以说无论是整理范式还是整理意义，都具有后无来者的创建之功和难以企及的光辉。

1.《诗经》的整合与剔重

重出误收相伴文献的产生而产生，对诗歌重出误收现象的重视，由来已久，在《诗经》的编纂成书过程中，就引起了编者的注意。《国语·周语》中有这样一段记载：

昔正考父校商之名《颂》十二篇于周大师，以《那》为首。[①]

此事又见《诗经·商颂·那》的小序：

《那》，祀成汤也。微子至于戴公，其间礼乐废坏。有正考甫者，得《商颂》十二篇于周之大师，以《那》为首。[②]

孔颖达《毛诗正义·商颂谱疏》解释此事：

今诗是孔子所定，《商颂》止有五篇，明是孔子录《诗》之时已亡其七篇，唯得此五篇而已。[③]

以上材料我们往往从文献校勘的角度，去追溯其史料价值。其实我们完全可以做出新的解读，正由于不同文献的差异，颂歌存在文字错乱，宋戴公的大夫，孔子的七世祖正考父需要到周天子的太师处，校订文字，剔除重误。到孔子删订《商颂》之后，《诗》存商颂只有五篇，我们通常认为是其中七篇亡佚，但也可能这十二篇颂歌，本身就有重复。

《史记·孔子世家》卷四七载：

古者诗三千余篇，及至孔子，去其重，取可施于礼义，上采契后稷，中述殷周之盛，至幽厉之缺，始于衽席，故曰“关雎之乱以为风始，鹿鸣为小雅始，文王为大雅始，清庙为颂始”。三百五篇孔子皆弦歌之，以求合韶武雅颂之音。礼乐自此可得而述，以备王道、成六艺。[④]

对于诗经的编订成型，历来有“采诗说”“删诗说”“献诗说”，其

---

① （春秋）左丘明撰，（吴）韦昭注，（清）黄丕烈札记：《国语》卷5，清嘉庆吴门黄氏读未见书斋刻本。

② （春秋）子夏等撰：《诗序》卷下，毛氏汲古阁津逮秘书本。

③ （唐）孔颖达等撰：《毛诗正义》卷三〇，吴兴刘氏嘉业堂1928年刻本。

④ （汉）司马迁撰，（刘宋）裴骃集解：《史记》，明万历二十四年刻本。

实三者之间并不矛盾，“采诗说”“献诗说”是《诗经》整理编纂的文献来源，“删诗说”是《诗经》整理编纂的方法手段。《诗经》中的诗，大多是古代歌谣，那是一个歌、乐、舞三者合一的时代，歌谣的数量应该远远不止三千，此处古诗三千余篇，应该指的是编纂《诗经》的文献数量。其中关键一点非常值得我们注意：“及至孔子去其重”，编订的《诗经》只有原始素材的十分之一，可见其中重出者，数量相当可观。可惜这些数量庞大的古代歌谣，消散在历史的云烟中，大多无存，《诗经》之外，只有《弹歌》《候人歌》《帝力歌》以及《易》等古籍中的片段，去领略那古朴悠远的历史回响。有人考订说孔子“删诗说”不成立，不管删诗者是否为孔子，还是孔子之前的某个人，都不影响我们对初始诗歌文献重出现象的理解。

2. 《楚辞》编订与作者疑误

西汉末年，刘向辑录屈原、宋玉等人的作品，编成《楚辞》。《汉书·艺文志》记载屈原赋 25 篇，东汉王逸作《楚辞章句》，认为屈原所作有《离骚》《九歌》（11 篇）、《天问》《九章》（9 篇）、《远游》《卜居》共 24 篇。至于《渔父》《大招》，王逸“疑不能明”，持两可的态度。其实除了《离骚》《天问》《九章》的部分篇章之外，其他多篇的作者都引起过争论。从文章结体特征来看，《大招》模拟《招魂》，《远游》中采用后世之典，应该是汉人作品。《卜居》《渔父》追述屈原事迹，也应当是后人作。另《九章》中的《思美人》《惜往日》《橘颂》《悲回风》等，也不是没有问题。另《招魂》，司马迁在《屈原列传》中明确说为屈原所作，王逸归在宋玉名下。王逸对《楚辞》的作者大多语焉不详，对其作品的写作背景和写作目的，叙述相当随便。《招魂》订为屈原的言志之作，似乎更有道理，但文献失考，难成定谳。收录谁的名下，都有可能是误收。

《楚辞》的编订，离所收录的并不久远，但有些作家作品的情况，编者已经弄不清楚，误收在所难免，可见诗文集编纂整理、考订真伪之难。

3. 《文苑英华》编纂中对重出误收的处理

《楚辞》之后，刘氏父子考订群集，著为目录，他们对诗歌辞赋等韵文的整理刊定的情况，已不能确考。两汉别集，东京所创。自灵均以降，属文之士众，志尚不同，风流殊别。后之君子，欲观其体势，而见其心灵，别聚为集。年代迁徙，亦颇遗散。现存汉代诗集寥寥，其诗歌的编订情况、重出误收的处理情况都不能清晰地再现。魏晋以来，《文选》《玉台新咏》《初学记》《艺文类聚》《才调集》等诗歌文献的编辑，以及大量的诗文别集，其间或有重出，如前文所举《艺文类聚》三例，但或零散，或偶误，缺乏理论性的论述、创见和典型事例，可略而不论。及至天水两宋，其情形发生了很大改变。文教立国的基本国策，经济的繁荣，印刷术的发展，不仅刺激了宋人编订本朝诗集的兴趣，也推动了对前朝诗歌文献的整理，现存宋前诗集，几乎都经过宋人的重新整理编订。而在编辑大型文献上，宋人也有很多创见。其对重出误收的实际重视和理论研究，都超越了前人。

宋四大书之一的《文苑英华》上继《文选》，在中国文学史、文化史、选学史上，具有里程碑式的重要意义，其编纂中，十分重视对重出误收现象的处理。特别是在文献资料不完备的情况下，对异文和重出误收的处理方式，给后世文献编纂提供了很好的标示作用。

> 此赋全篇第四十九卷重出，今已削去，颇有异同，注为一作。①
> 此表六百十卷重出，今削去。②
> 此诗本卷中《秋月门》重出今已削去，注异同为一作。③

其后彭叔夏作《文苑英华辩证》，以更审慎的态度、严谨的学风，修正了不少《文苑英华》中的重出误收错误。

> 《贺赦表》六首类表以为李吉甫作，而《文苑》以为李邕，按邕天宝初卒，而此六表乃作代宗、德宗、宪宗时，况《文苑》于五百五十九卷有重出一表，题云："李吉甫乎"。又第二表末云："谨遣当州军事衙前虞侯王国清奉表陈贺以闻。"正与吉甫郴州谢上表末语

---

① （宋）李昉等编：《文苑英华》卷17，中华书局1966年影印本。
② （宋）李昉等编：《文苑英华》卷136，中华书局1966年影印本。
③ （宋）李昉等编：《文苑英华》卷151，中华书局1966年影印本。

同，则非邕作也。[1]

彭叔夏辨析《贺赦表》的作者，从作者生卒、作品用语辨析重出误收，其甄别结论、甄别思路和甄别方法，都可信从，以资借鉴。

陈留郡文宣王庙碑，《文苑》总目既题作独孤及，而两卷重出并作陈兼。按此篇载独孤及集中，梁肃作集后叙云："述圣德以扬儒风，则陈留郡文宣王庙碑八百十四卷，八百四十六卷。"肃出及门，必不误书，然碑末乃云："命客卿前封丘县丞泗上陈兼志之。"岂及命兼代作，或及自作以兼为名乎？[2]

彭叔夏此处辨析"文宣王庙碑"两卷重出，给出自己的结论，摆明自己的疑虑，采取了审慎的态度。

吴均《雪诗》："雪逐春风来，过集巫山野。澜漫虽可爱，翻扬讵堪把。问君何所思，思昔同心者。坐湏风雪霁，相期洛城下。"此篇与《类聚》同，而一百五十六卷重出，乃作云诗，以雪逐为云，逐风雪为风云，误矣。按《类聚》自有吴均云诗二首，其一："飘飘上碧虚，霭霭隐青林。芬氲如有意，萦郁讵无心。"其二："白云苍梧来，过拂章华台。逢河散复卷，经风合且开。"张籍《送边使》《安西将》各是一诗，二百九十七卷既有《送边使》诗，而三百卷《安西将》又以《送边使》诗充之。温庭筠《重题端正树》《望苑驿》各是一诗，二百九十八卷既有《望苑驿》诗，而三百二十六卷《重题端正树》又以《望苑驿》诗充之，今各用集本厘正。[3]

彭叔夏此处以类书、本集刊正《文苑英华》多处诗歌文字异同，以及重出诗歌。

---

① （宋）彭叔夏：《文苑英华辩证》，附见《文苑英华》，中华书局1966年影印本。

② （宋）彭叔夏：《文苑英华辩证》卷6，附见《文苑英华》，中华书局1966年影印本。

③ 同上。

> 凡诗赋杂文等多重出，而颇有异同。盖编《文苑》时非出一手故也，又二百六十一卷，诸本并有两卷，其篇数虽合总目，而诗多重复。或全异者如周贺十二首，重者三。温庭筠十五首，重者五。杜牧九首皆不同。许浑十四首前卷阙其九。今合为一卷，去其重复，注异同为一作。按：杨文公作杨徽之行状云："受诏与诸公编《文苑英华》，以公专精风骚特，命编诗为二百卷。"则诗出一人之手，不知何故重复如此。①

彭叔夏考校《文苑英华》收录篇目的重出误收，考核精密。或承讹当改，或云一作，或两处并存。用意谨严，不轻易点窜古书。在实际勘改中，归纳义例，可以说是第一位对诗歌重出误收有重大贡献的文献学家。

4. 《苏诗补注》的成果

现存宋人注宋集，主要有王集、苏集、黄集，都是注本中的精品，由于注者去作者不远，能够见到更多的材料，也更熟悉当时的史实。这些注者对作者作品的收录，细大不捐，务求穷尽。同时，对有疑问作品多闻阙疑，考辨精审。

> 本集诗与他集互见者，凡九十余篇，皆施氏原本所无也。新刻本收入续补上下卷，王氏本散见于分类中，赝作极多。颍滨及苏门六君子作，率皆混杂。至有割截他集半首误为全篇者。如：《答晁以道索书》，则陈后山五律前半首也；《寄欧叔弼七言绝句》则子由《赠刘道士》七律后半首也。唐人诗甚且有阑入者。若概行削去，时俗恐以为疑。故另为二卷，每首后附注此诗亦见某集，令览者有考焉。至施注新刻，内有本集重出者。如：《归自道场何山遇大风憩耘老溪亭命官奴秉烛写风竹题诗》云云，即《游道场何山》五古全首中之四句也。《睡起》一首，即《佛日山荣长老方丈》五首之一也。《赠虔州慈云鉴老》一首，已载第四十卷中，复载续补遗下卷。《复官北归再次前韵》二首，郭功父作也，既附三十九卷注中补遗下卷，

① （宋）彭叔夏：《文苑英华辩证》卷10，附见《文苑英华》，中华书局1966年影印本。

何以再见？此类径从删例。[①]

《苏诗补注》卷一九：

慎按：更将掀舞势四句，诸刻本另作五言绝句一首，明属重出，今移原题作四句注脚，以正向来之讹。[②]

《苏诗补注》卷二七：

《菩萨泉记》中王氏本此诗，改换题目，于分类中重出，今削去附识于此。[③]

《苏诗补注》刊正本集讹误，剔除重复，指明误收，并归纳出“割截他集半首误为全篇”“唐人诗甚且有阑入”“内有本集重出者”等义例。对诗集重出误收现象的关注及整理实绩，对诗集的笺注、校订、考证，提供了有益的经验参考。

5. 选本、诗话对重出误收的重视

王珪《金陵怀古二首》其一（《全宋诗》册 9 卷 493 页 5968），又见王安石《和金陵怀古》（《全宋诗》册 10 卷 575 页 6765）。重出互注。

王珪作出《华阳集》卷三，又见《两宋名贤小集》卷四〇、《瀛奎律髓》卷三、《宋艺圃集》卷一、《石仓历代诗选》卷一四五、《宋元诗会》卷一二。王安石作见《景定建康志》卷三七、《王荆公诗注》卷三七。

《瀛奎律髓》卷三：“此诗误刊荆公集中，今以岐公集为正。”[④] 方回此言可从，当为王珪诗。

《瀛奎律髓》卷二三收项斯《早春题湖上顾氏新居》：“近得水云看，

① （宋）顾禧注：《苏诗补注》例略，台湾商务印书馆 1983 年影印《四库全书》本。
② （宋）顾禧注：《苏诗补注》，台湾商务印书馆 1983 年影印《四库全书》本。
③ 同上。
④ 方回编：《瀛奎律髓》，台湾商务印书馆 1983 年影印《四库全书》本。

门长侵早开。到时微有雪，行处已无苔。劝酒客初醉，留茶僧未来。每逢晴暖日，唯见乞花栽。门不当官道，行人到亦稀。故从餐后出，方至夜深归。开箧拣书卷，扫床移褐衣。几时同买宅，相近有柴扉。”其后有方回编按：“蜀本贾岛集误收此诗。贾诗更觉苦硬，而此觉宽慢。然此亦新美可喜也。”[①] 从作家风格上，考订讹误。

相比选本，笔记、诗话类著作中有更多考订诗歌重出误收的内容，如：邵雍《仁者吟》（《全宋诗》册7卷366页4505），又见陈瓘《寄觉范漳水》（《全宋诗》册20卷1191页13469）。重出失注。

邵雍作出《击壤集》卷六，又见《古今事文类聚》别集卷三〇、《宋文鉴》卷二五。陈瓘作出《冷斋夜话》卷七，《石门文字禅》卷二七、《字溪集》卷九、《诗话总龟》后集卷四六、《苕溪渔隐丛话》前集卷五六、《全闽诗话》卷三并同。

《冷斋夜话》卷十“作诗准食肉例”条：“明年，予还自朱崖，馆于高安大愚。莹中自台州载其家来漳浦，过九江，爱庐山，因家焉。督予兼程来，予以三日至湓城。莹中曰：‘自此公可禁作诗，无益于事。’予曰：‘敬奉教。然予儿时好食肉，母使持斋，予叩头乞先饫食肉一日，母许之。今亦当准食肉例，先吟两诗，喜吾二人死而复生，如何？’莹中许之，予诗曰：‘雁荡天台看得足，尽般儿女寄蓬窗。径来漳水谋二顷，偶爱庐山家九江。名节逼真如醉白，生涯领略似襄庞。向来万事都休理，且听栖钟一夜撞。’‘与公灵鹫曾听法，游戏人间知几生。夏口瓮中藏画像，孤山月下认歌声。翳消已觉华无蒂，矿尽方知珠自明。数抹夕阳残雨外，一番飞絮满江城。’莹中喜而谓曰：‘此诗如岐下猪肉也，虽美，无多食。’后三年，予客漳水，见莹中侄胜柔自九江来，出诗示予曰：‘仁者虽逢思有常，平居慎勿示何妨。争先世路机关恶，近后语言滋味长。可口物多终作疾，快心事过必为伤。与其病后求良药，不若病前能自防。’予谓胜柔曰：‘公痴叔诗如食鲫鱼，唯恐遭骨刺耳。与岐下猪肉，不可同日而语也。’”[②] 陈瓘（1057—1124），字莹中，号了翁，南剑州沙县人，神宗元丰二年（1079）进士。此处“出诗示予”并未言其诗为陈

① 方回编：《瀛奎律髓》，台湾商务印书馆1983年影印《四库全书》本。

② （宋）释惠洪撰：《冷斋夜话》，毛氏汲古阁津逮秘书本。

瓘作。

《石门文字禅》卷二七“跋了翁诗”条：“‘仁者虽逢思有常，平居慎勿示何妨。争先世路机关恶，近后语言滋味长。可口物多终作疾，快心事过必为伤。与其病后求良药，不若病前能自防。’后了翁送其侄刚胜柔诗，胜柔过南昌，出以为示曰：‘伯氏祝。曰：傥见觉范，使为汝说破。’予曰：‘翁欲汝知，口只好吃饭耳。’”① 前引可知惠洪以此诗为陈瓘作。

《荆溪林下偶谈》卷二“冷斋误载邵尧夫诗”条：“《冷斋夜话》云：余客漳水，见莹中侄胜柔，自九江来，出诗示余曰：‘仁者虽逢思有常，平居慎勿示何妨。争先世路机关恶，近后语言滋味长。可口物多终作疾，快心事过必为伤。与其病后求良药，不若病前能自防。’余谓胜柔曰：‘公痴叔诗如食鲫鱼，惟恐遭骨刺。’此诗邵尧夫作，而冷斋误以为莹中，或者莹中手书此诗，冷斋不知为尧夫作欤。”②

《荆溪林下偶谈》作者所言甚是，另此诗载《击壤集》，邵雍诗无疑。

《升庵诗话》卷八“唐诗人郑仲贤”条：“余弟姚安太守未庵慥，字用能，酒边诵一绝句云：‘亭亭画舸系春潭，只待行人酒半酣。不管烟波与风雨，载将主恨过江南。’兄以为何人诗？余曰：按《宋文鉴》，则张文潜（云按张耒字文潜）诗也。未庵取《草堂诗馀》，周美成《尉迟杯》注云：‘唐郑仲贤诗。’余因叹唐之诗人，姓名隐而不传者何限？或张文潜爱而书之，遂以为文潜之作耳。”③ 可见此诗为郑文宝作。

《陶庐杂录》记载汪钝翁《题高季迪槎轩集》云：“《姑苏杂咏》一卷，诗一百二十三首，内惟五首重出。”④ 汪钝翁考辨高启诗各集，发现其中交错重出五首，而散佚颇重。汪氏去高氏不远，且高启诸集尚存，漏误几多，可见存诗之难，文献考订整理之重大。

《三妇评〈牡丹亭〉杂记》：“唐人诗集，以及《类苑》《纪事》《万首绝句》诸本，篇章重出，名字互异，不一而足。钱偶有所注，注漏实

① （宋）释惠洪撰：《石门文字禅》，台湾商务印书馆 1983 年影印《四库全书》本。
② （宋）吴子良撰：《荆溪林下偶谈》，台湾商务印书馆 1983 年影印《四库全书》本。
③ （明）杨慎撰：《升庵诗话》，《历代诗话续编》，中华书局 1983 年版，第 804 页。
④ （清）法式善撰：《陶庐杂录》卷 2，中华书局 1959 年版，第 30—31 页。

多，它如‘来鹄’或云‘来鹏’，‘崔鲁’一作‘崔橹’。‘谁能谭笑解重围’皇甫冉句也，伪刻刘长卿。‘微香冉冉泪涓涓’李商隐诗也，谬为孙逖。不胜枚举，皆不复置辨，览者无深摭掎焉。”① 综辑诗歌，篇章疏漏，误属作者，历代不绝。

《老生常谈》：“《晋雨征君诗钞》，于傅青主五律，误收工部《秦州杂诗》一首，殊不成事，何怪海内人之笑话山西人也。”② 《晋雨征君诗钞》即《傅征君霜红龛诗钞》，有乾隆三十二年河东刘赟止轩刻本，不分卷，现藏南京图书馆。另一卷本，有上海书店丛书集成续编本。其中误收杜甫诗。

6.《四库全书总目》的贡献

目录类著作考正讹、订重误，可追溯到刘向《叙录》，后代目录间有考辨，如《直斋书录解题》“唐太宗集”条记载：“《宣纪》论复重出，其他亦多有非太宗文者杂厕其中，非善本也。”以石刻文献证传世文献，考订《唐太宗集》的重出、误收、遗漏，令人信服。但此类著作对重出误收的考辨，大多语焉不详，或寥寥数语，或首尾不明。而《四库全书总目》考订精审，赅洽完备。如果说彭叔夏是古代学者考订重出误收的翘楚，《总目》对诗歌重出误收的考订，绝对可以说是集大成的殿军，从重误原因的探讨和重误考辨、重误处置两个方面，给我们提供了有益的借鉴。

（1）从作家作品风格入手甄辨重出误收

> 明冯惟讷编《古诗纪》，以其（指王令）《于忽操》三章误收入古逸诗中，以为庞德公作。岂非其气格遒上，几与古人相乱，故惟讷不能辨欤。③
>
> 周必大序觌（孙觌）《鸿庆集》，称中多误收汝文（翟汝文）所作。亦足见其体格之相近矣。④
>
> 卷末增载《见妇人》《偶兴》二首，鄙俚秽亵，必委巷附会之

① （清）吴人撰：《三妇评〈牡丹亭〉杂记》，清宣统二年香艳丛书本。

② （清）延君寿撰：《老生常谈》，山右丛书初编本。

③ （清）永瑢、纪昀等编纂：《四库全书总目》卷153，中华书局1965年影印本。

④ （清）永瑢、纪昀等编纂：《四库全书总目》卷156，中华书局1965年影印本。

说。元礼不知而误收之，其为谬陋，不止《谢康乐集》载东阳《溪中赠答》也。[①]

《总目》编者，考辨王令《于忽操》三首，在《古诗纪》中，误收庞德公名下，从古诗气格，分析误收原因。周必大以孙觌、翟汝文体格相近而误收。考订元贡奎《云林集》所录《见妇人》《偶兴》二首，以风格考订作品为误收。这三处都是从文学批评着眼，或气格，或体格，或风格。虽然都不是确证，应和其他证据结合使用，但给我们研究重出误收原因提供了新思路——风格相近而误收。

《总目》元虞集《道园遗稿》提要：

> 集中《题花鸟图》一首，《元诗体要》作揭徯斯诗。今观其格意，于揭为近。或堪一时误收，亦未可知。然《元音》及《乾坤清气集》均载是诗，又题集作。此当从互见之例，疑以传疑，不足以为是书病也。[②]

《总目》编者，考辨从多部文献记载与作家作品风格入手，既作出了自己的判断，又指明了不同的可能性及处置办法。

（2）从作者仕历交往入手甄辨重出误收

考订元唐元撰《筠轩集》13 卷：

> 元以乡校终身，未尝一官台阁，而集中有《扈从滦阳清暑》四诗，又有《玉堂夜直诗》，及《察罕淖尔》《李陵台》诸诗，未喻其故，或误收他人之作欤?[③]

从唐元没有居官台阁的经历，定《扈从滦阳清暑》四诗、《玉堂夜直诗》《察罕淖尔》《李陵台》等诗，非唐元作。

---

① （清）永瑢、纪昀等编纂：《四库全书总目》卷 167，中华书局 1965 年影印本。

② 同上。

③ 同上。

《总目》元释英《白云集》提要：

其《赠赵孟若》七言律诗，亦见张羽《静居集》中。然附载赵孟若和诗，而卷端又有《孟若序》。则二人倡和，于事理为近。《张集》盖偶尔误收。①

甄辨《赠赵孟若》一首，从诗题入手，兼及孟序，考辨二人渊源，定该诗误收《静居集》，证据确凿，推理严谨，其说令人信服。

（3）从本集编纂特征出发分析重出误收的原因

别集的编纂目的、编纂方式、编纂过程、编者水平、编者态度等都会影响结集质量，如《总目》考订元卢琦《圭峰集》之重出、误收、讹误原因：

此本为元陈诚中所编，明万历初邑人朱一龙、福州董应举序而刻之。在庄本之前，然已多窜入他作。如五言古诗《春日思远游》，则在陈旅集中。又五言古诗中《过岭至崇安》《送吴甫至扬州》《题焦山方丈壁》《秋日池上》《度闽关》《宿台山寺绝顶》《早发黄河》等篇，七言古诗中《有事居庸关》《走笔赠孟礼》《乐陵台望月》《夜泊钓台》《江南乐》《江南怨》《雪山辞》《崔镇阻风》《游吴山驼峰》《紫阳菴》《江上闻笛》《别友》《寒夜闻笛》《黯淡滩歌》《清湖曲》《海棠曲》《儒有萨氏子》等篇，七言律诗中《高邮城楼晚望》《燕将军出猎》《寄鹤林长老》《和王维学海南还韵》《三衢守索题烂柯石桥》《登镇阳龙兴寺阁》《寄参政许可用》《送佥宪王君实》《金陵道中》《再过钟山万寿寺》等篇，共三十二首，皆在萨都剌集中。至于萨都剌《溪行中秋玩月》一篇，《自序》称“余乃萨氏子”云云，班班可考。此集乃改题曰《儒有萨氏子》，《序》末又删其“至元丁丑仲秋书”一句。尤为显然作伪。不得谓之误收。盖编缉之时，务盈卷帙，以夸搜采之富，故真赝溷淆如此也。琦官虽不高，而列名良吏，可不藉诗而传。即以诗论，其清词雅韵，亦不

① （清）永瑢、纪昀等编纂：《四库全书总目》卷166，中华书局1965年影印本。

在陈旅、萨都剌下。编录者移甲为乙，亦非无因矣。集又载赋三篇、记六篇、志铭二篇、祭文一篇、启三篇、杂著九篇，则确出琦作，非由假借。今删其诗之妄录者，并其文录之，以存琦之真焉。①

考订清王士祯撰《唐贤三昧集》三卷：

又阎若璩《潜邱札记》有《与赵执信书》，诋此集所录。如张旭四绝句，本宋蔡襄诗，而误收。又诋其祖咏诗，误以京水为泾水；孟浩然诗，误以涔阳为浔阳；王维诗，误以御亭为卸亭、蔡洲为蔡州；高适《燕歌行》，误以渝关为榆关。全不讲于地理之学。引据精详，皆切中其病。然士祯自品诗格，原不精于考证。若璩所云，不必为是集讳，亦不必为是集病也。②

考订元郑元祐《侨吴集》的重出，是因为编纂材料来源繁芜复杂。

今此本后有弘治丙辰《张习跋》，乃称元祐本有《遂昌山人集》，与《侨吴集》多繁芜重出。因通录之，得诗文之精纯者，并为十二卷，仍名《侨吴集》，用梓以传。③

考订金段克己、段成己兄弟《二妙集》八卷，段氏兄弟诗歌在本集及《河汾诸老诗集》中的收录情况，误收原因。

又此集成己《冬夜无寐》一首，《中秋》二首，《云中暮雨》一首，《河汾诸老诗集》皆题为克己作。此集出自段氏家藏，编次必无舛错，当属房祺误收，今姑各仍其旧，而特识其同异于此焉。④

① （清）永瑢、纪昀等编纂：《四库全书总目》卷167，中华书局1965年影印本。
② （清）永瑢、纪昀等编纂：《四库全书总目》卷190，中华书局1965年影印本。
③ （清）永瑢、纪昀等编纂：《四库全书总目》卷168，中华书局1965年影印本。
④ （清）永瑢、纪昀等编纂：《四库全书总目》卷188，中华书局1965年影印本。

考订清尤侗撰《宫闺小名录》四卷，后录一卷：

则门目颠倒，紫云一人，既入仙鬼，又入补遗。隔六页而两见；赵娟一人，既附王韫秀，又别为一条，越一卷而重出；则排纂多疏。以锦瑟为令狐楚之青衣，犹据《刘攽诗话》；至于段文昌家之膳祖，犹夜来之称针神；鲍生之四弦，犹苏轼之胡琴婢；皆以艺称，非其名字。一概列入，乖谬殊深。甚至同时妇女，连篇累牍，益无体例矣。①

考订无名氏《搜玉小集》，编次参差，重出迭见，乃编者乱其次第，既不以人叙，又不以体分，不可复考。

郑樵《通志》已载之，则其来旧矣。旧目题凡三十七人，诗六十三首；此本但三十四人，诗六十二首。盖毛晋重刊所厘定，所注考证颇详；然胡鹄等三人，有录无诗，晋并删其姓氏，已非阙疑存旧之意。又人阙其三，而诗仅阙其二。不足分配三人，必有一人之诗溷于他人名下矣。则所订亦未确也，其次第为晋所乱，不可复考。既不以人叙，又不以体分，编次参差，重出叠见，莫能得其体例，徒以源出唐人，聊存旧本云尔。②

(4) 误写手为作者

考订明刘鸿撰《七星诗文存》十二卷

五言绝句中《西州词》第一首，乃全录《西州古词》四句，殊不可解。疑或手书是诗，其后人不考而误收也。③

(5) 来源不一、考辨不清造成的重出误收

① （清）永瑢、纪昀等编纂：《四库全书总目》卷139，中华书局1965年影印本。
② （清）永瑢、纪昀等编纂：《四库全书总目》卷186，中华书局1965年影印本。
③ （清）永瑢、纪昀等编纂：《四库全书总目》卷175，中华书局1965年影印本。

考证清厉鹗撰《宋诗纪事》一百卷：

> 鹗此书裒辑诗话，亦以纪事为名。而多收无事之诗，全如总集；旁涉无诗之事，竟类说家。未免失于断限。又采摭既繁，抵牾不免。如四卷赵复《送晏集贤南归诗》，隔三卷而重出。七十二卷李珏题《湖山类稿》绝句，隔两卷而重出。九十一卷僧惠涣《送王山人归隐》诗，隔一卷而重出。四十五卷尤袤《淮民谣》，隔一页而重出。二卷杨徽之《寒食诗》二句，至隔半页而重出。他如西昆体、江西派既已别编，而月泉吟社乃分析于各卷，而不改其前题字。以致八十一卷之姚潼翔于周暕《送僧归蜀诗》后标前题字，八十五卷之赵必范于赵必象《避地惠阳诗》后标前题字，皆不免于粗疏。又三十三卷载陈师道，而三十四卷又出一颍州教授陈复常，竟未一检《后山集》及《东坡集》订复字为履字之讹。四十七卷载郑伯熊，三十一卷已先出一郑景望，竟未一检《止斋集》证景望即伯熊之字。五十九卷据《齐东野语》载曹豳《竿伎诗》，作刺赵南仲，九十六卷又载作无名子刺贾似道。八十四卷花蕊夫人《奉诏诗》，不以勾延庆《锦里耆旧传》互勘。八十六卷李煜《归宋渡江诗》，不以马令《南唐书》参证。八十七卷《永安驿题柱诗》，不引《后山集》本序，而称"名媛巩囊"。又《华春娘寄外诗》，不知为唐薛涛《十离》之一。陆放翁《妾诗》，不知为《剑南集》七律之半。英州《司寇女》诗，不知为录其父作。皆失于考证。①

清厉鹗《宋诗纪事》是宋代诗歌资料汇集，100卷，录宋诗人3812家，各系以小传。以事存诗，以诗存人，作者对有疑问的篇目，于诗后加按语说明，历20年方成。《总目》编者从收无事之诗、采摭抵牾重出互见、分合标准不一、误一人为二人、误考失考等方面指明此书疏漏。

总之，历代大型诗文总集、类书、丛书、合集的编纂，编者多注意重出误收现象，然很多情况下编者心有余而力不足，无法从根本上解决问题，这也给后人研究重出误收提供了广阔的空间。比如：笔者在使用

---

① （清）永瑢、纪昀等编纂：《四库全书总目》卷196，中华书局1965年影印本。

《诗渊》《永乐大典》辑本、《锦绣万花谷》等文献时，发现了大量误收现象，有些讹误令人咋舌。

（二）诗歌重出误收研究的高峰——《全唐诗》重出误收研究

清初编纂的《全唐诗》，收诗49403首，又1055句则，作者2576人，总900卷，可谓工程浩大。但修纂时间不足两年，编纂人员仅有十人，以如此人力、时日，编辑如此浩大工程，存在着不少讹舛疏漏之处，前人已指出清编《全唐诗》在五个方面存在较大问题，[①] 其中尤以漏收、误收最为突出。至于以此人诗误作彼人诗，以后人诗误为唐人诗，以赋体误入诗体的情况，比比皆是。

清末光绪三十四年，刘师培于《国粹学报》上发表《读〈全唐诗〉发微》，揭开了《全唐诗》重出误收现象的研究。

> 杜牧《闻开江相国宋下世》诗，八函七，与许浑之作同，八函八。而书中并未注明一作某诗，此书于二诗互见者如李峰《西河郡太原守张夫人挽歌》注云：一作李岑诗，朱彬《丹阳作》注云：一作陈存诗，此三诗则否。此则辑者之疏也。自此以外，如裴度《凉风亭睡觉》诸诗，五函九。均似丁谓所为，不必定为晋公之作。又钟模《代京妓越宾答徐铉》诗，十一函六。张乔《杨花落》诗，十函一。孙光宪《采莲》诗，十一函六。薛涛《寄茗》诗，十一函十。均与他人之作重出，虽未能定其孰为误收，然考核之疏，即此可见。况唐宋名家之集，伪作实繁，如李翱《戏赠诗》，皇甫提《出世篇》，均六函四。均似后人依托，惜辑者之不知明辨也。[②]

此外，这一阶段较重要的《全唐诗》文献研究论文，还有刘师培的《读〈全唐诗〉书后》上下两篇（收入《刘申叔先生遗书·左庵外集》卷一一），闻一多的《〈全唐诗〉校读法举例》（《文哲月刊》1—5，

---

① 1959年，中华书局点校出版《全唐诗》，以“王全”笔名写了点校说明，王是王国维的长子王仲闻先生，全是当时任中华书局文学编辑的傅璇琮，璇谐音全，在点校说明中，将《全唐诗》的缺点归纳为五类，一、误收、漏收；二、作品作家重出；三、小传小注舛误；四、编次不当；五、其他，注出处之误，讹字夺字等。

② 刘师培：《读〈全唐诗〉发微》，《国粹学报》1908年。

1936），1939 年岑仲勉写成《读〈全唐诗〉札记》，1941 年李嘉言发表《〈全唐诗〉校读法》（《国文月刊》）。这批文章主要指出《全唐诗》编得草率，考订未精，误收甚众，作者小传生平失实，校勘误字，作品张冠李戴等。其中岑仲勉的《读〈全唐诗〉札记》是对《全唐诗》文献讹误的一次全面梳理，岑氏指出"开卷之际，觉篇章复累，小传疏舛"。作者读全诗，择其大略，考订作者姓名，补苴小传事迹，甄辨重出误收，修正文字讹夺，考订精审，成果丰硕。

闻一多是唐诗研究的大家，对《全唐诗》有一个相当规模的研究计划。1933 年他在给友人饶孟侃的信中谈了近年来从事的学术项目，共有八项，四项与《全唐诗》有关。即：《〈全唐诗〉校勘记》（校正原书的误字），《〈全唐诗〉外编》（收罗《全唐诗》所漏收的唐诗。明已得诗一百余首，残句不计其数），《〈全唐诗〉小传补订》（《全唐诗》作家小传最了解。拟订其误，补其缺略），《全唐诗人生卒年考》。可惜闻一多先生，以血荐轩辕，庞大的研究计划未能完成。

1941 年李嘉言《〈全唐诗〉校读法》（《国文月刊》9，1941 年 7 月），将《全唐诗》的错误及原因概括为七种程式：（1）甲集附载乙诗，其题下的署名遗漏，因而误为甲诗；（2）甲集里的诗，其诗意与甲的行事不相合，则此诗往往为乙诗误入；（3）甲集里的诗，其诗意与题意不相合，则此诗往往为乙诗误入；（4）多人同题，往往有误；（5）同诗异题，致多重出；（6）形近而误；（7）声近而误。指明了《全唐诗》重出误收的重要类型和重误因由。1956 年李嘉言在《光明日报》上发表《改编〈全唐诗〉草案》，指出《全唐诗》重出有以下五种情况：重出互注、重出单注、重出无注、注云重出而实未重出、注云一作某诗而无某集。

相比重出误收理论的探讨，今人在《全唐诗》重出误收的考辨甄别上，取得了更多的实实在在的成绩。陈尚君先生的《全唐诗误收诗考》，稽考典籍，从唐以前作者因事迹失考而误作唐人收入者、唐以前作者诗误归唐人名下而收入者、隋唐之际作者在隋代所作诗、宋人因事迹失考而误入作唐人诗收录者、宋人姓名与唐人相同而误收其诗为唐人诗者五个方面，考订《全唐诗》中误收的非唐五代人诗 626 首，又 38 句则。

佟培基先生的《初唐诗重出甄辨》《盛唐诗重出甄辨》《晚唐诗重出甄辨》《刘长卿诗重出甄辨》《张籍诗重出甄辨》《薛据生平及其作品考

辨》《贾岛诗重出甄辨》《李群玉诗重出甄辨》等一系列论文，把《全唐诗》重出误收研究推上了一个新的高度。其后佟培基先生又撰成《全唐诗重出误收考》，可谓《全唐诗》重出误收研究的扛鼎之作，全书五十余万字，旨在考订《全唐诗》中一诗互见于两家或多家的重出作品，以及误收唐代以前、五代以后的诗作。考订《全唐诗》中，重出误收之作6858首，又178句，涉及古代诗人906家，甄辨歧互，删汰繁芜，去伪存真。是书规模浩大，体例严谨，获1996—1997年度河南社会科学优秀成果二等奖。此书自出版后在唐诗研究领域产生了重要影响，《全唐诗》重出误收问题是唐诗研究领域的难点和核心问题之一，而此书是对《全唐诗》一次全面深入的清理，代表了今人研究《全唐诗》重出误收问题的最高成就。陶敏先生的《隋唐五代文学史料学》认为，此书既充分吸收前人成果，又自出意见，追溯史源，考订丰赡，“堪称《全唐诗》辨重祛伪的集成之作”。张忠纲先生的《中国新时期唐诗研究述评》认为：“实为有关《全唐诗》重出误收诗研究的集大成之作，凡研究和阅读《全唐诗》者，不可不读。……是研究者必备的重要工具书。”

以上对《全唐诗》重出误收的研究，从实践层面积累了丰厚的学术成果，从理论层面推动了研究方面的更新，为《全宋诗》重出误收的研究，提供了有效的研究范式和坚实的理论支撑。

（三）《全宋诗》重误的研究现状

《全宋诗》重出误收情况相当严重，笔者发现共计9877首、4321组诗歌存在重出误收问题，从目前学术界的研究看，其中的绝大多数问题尚未解决。对其他学者这方面的研究成果，下节详细讨论，此处不多赘述。

第二节　宋诗文献整理与《全宋诗》的编纂

一　宋诗及历代宋诗文献整理概况

天水一朝始于五代乱离之季世，外御辽金西夏之窥伺，内理文治武功以自强，二世以降，天下承平，经济日兴，而民间富庶，文化流丽，造极于封建之世。然两宋变迁，国力日蹙，蒙元崛起，终天祚于战火。文明与野蛮，腐化与简政，生生灭灭，此千古一叹。追思王朝更迭，历史变迁，可以鉴往知来，其意义非常。然剥离功利之诉求，以学理探寻文化底蕴，延展古国文明之精粹，更别有韵味。诗者，劳者歌其事，饥者歌其食。感于哀乐，缘情而发。其歌也有思，其哭也有怀。诗之体历代迁转流缅而不衰，至唐而高，至宋而全。

按照自己对历史的解读，笔者把中国文明史分成四个阶段（王族阶段、贵族阶段、世俗阶段、精英阶段），而赵宋王朝正处在封建文化发展的顶峰，也是由贵族文化形态向世俗文化形态演进的转型期，其对中国社会的发展，无论是在物质层面，还是在精神层面，都产生了深远影响。王国维说："天水一朝人智之活动与文化之多方面，前之汉唐，后之元明，皆所不逮也。"① 史学大师陈寅恪指出："华夏民族之文化，历数千载之演进，造极于赵宋之世。"② "宋代的文化，在中国整个封建社会历史时期之内，截至明清之际的西学东渐的时期为止，可以说，已经达到了登峰造极的高度。"③

从两位大师的论述可以看出，宋代是中国封建文化的制高点。而占领这个制高点的文学样式，和以往的皇朝并无太大区别，依然是韵文文学的大宗——诗歌。在主要以士大夫为文化载体和创造者的宋朝，文学作为文化综合形态的呈现方式之一，诗歌作为文学活动的两大主要构成要素之一，在当时，其创作的数量、质量、地位都远远超过后世作为宋代文学代表的宋词。

北宋帝国，始于乱世，并未一统天下，端拱四海。但其开国之初终五代，拥中原，克西蜀，并南唐，开疆拓土，把中国历史推向一个新的阶段。太祖、太宗两帝历经变乱，目睹武者更迭王权，其天水赵氏并寓其间，深知武将拥权之祸患。乃大兴文教，以夺武人之权，文人治国成为赵宋立国根本。"艺祖革命，首用文吏而夺武臣之权，宋之尚文，端本乎此。太宗、真宗其在藩邸，已有好学之名，及其即位，弥文日增。自时厥后，子孙相承，上之为人君者，无不典学；下之为人臣者，自宰相

---

① 王国维：《宋代之金石学》，《王国维遗书》，商务印书馆 1940 年刻本。

② 陈寅恪撰：《赠蒋秉南序》，《寒柳堂集》，三联书店 2001 年版，第 182 页。

③ 陈寅恪撰：《邓广铭宋史职官志考证序》，《金明馆丛稿二编》，三联书店 2001 年版，第 277 页。

以至令录，无不擢科，海内文士，彬彬辈出焉。”[①] 然文学之变，有其自身规律，并不因改朝换代而突变。

宋初四朝诗、文、词、赋上沿五代积习，唐风盛行。以诗歌而论，白体、晚唐体、昆体流行，皆唐风余韵。“国初因袭五代之余，士大夫皆宗白乐天诗，故王黄州主盟一时。祥符、天禧之间，杨文公、刘中山、钱思公专喜李义山，故昆体之作，翕然一变。”[②] 方回亦认为：“宋铲五代旧习，诗有白体、昆体、晚唐体。白体如李文正、徐常侍昆仲、王元之、王汉谋；昆体则有杨、刘《西昆集》传世，二宋、张乖崖、钱僖公、丁崖州皆是；晚唐体则九僧最逼真，寇莱公、鲁三交、林和靖、魏仲先父子、潘逍遥、赵清献之祖。凡数十家，深涵茂育，气势极盛。”[③]

白体、晚唐体、昆体创作风气一脉相承，内容以唱和酬赠为主，讲求艺术技巧，而游离于社会现实。王禹偁诗宗白体，平易之中，酬唱之外，别开诗界，多有突破。欧阳修、梅尧臣、苏舜钦诗风精警清廓，继开宋诗风气。至苏轼、黄庭坚两脉分流，双峰并峙，陈师道厕其间，宋诗自此大成气候。南渡后陈与义、陆游、杨万里、范成大各具体格，宋风流韵，千古传诵。

（一）宋诗文献整理的发生、高峰期——宋代宋人诗文别集、总集的编订

宋诗文献的整理，别集、总集的编订，是伴随着宋诗的产生而产生的，整个宋代可以说是宋人诗文集编订文献最可靠、编订数量最庞大的时期。相伴同一作家形制各异的别集的编纂与刊刻，推动了版本目录学的发展，同时催生出重要诗人诗集的整理注释本。宋代重视文教，经济发达，印刷术得到广泛使用，宋人在整理古典文献的同时，也非常重视对本朝诗文集的编辑刊刻。据对历代书目的不完全统计，宋代官刻本、私刻本、坊刻本宋人诗文别集有七百余种，可谓汗牛充栋。然散佚之数，茫然不可统计。别集是按照分体、编年等体例，将个体作者的作品编辑

---

① （元）脱脱等撰：《宋史》卷439，中华书局1977年版，第12997页。

② （宋）蔡居厚撰：《蔡宽夫诗话》，见郭绍虞辑《宋诗话辑佚》，中华书局1980年版，第398页。

③ （元）方回撰：《送罗寿可诗序》，《桐江续集》卷32，台湾商务印书馆1983年影印《四库全书》本。

成书。宋代作家及其子孙、门人、故吏非常珍视这些作品，非常重视别集的编订。别集有自编和他编两种，自编别集或求扬名，或图显身，或以自适，或鸣不平，或申己志，或应人求。他编别集，或仰风人，或好其诗，或遵遗嘱，或奉诏命，或存乡邦，或伤不幸。诗人别集面貌纷纭，难成划一，或全集，或选集；或诗集，或诗文词集；或分体，或编年。这些宋代诗文别集汇聚作家的众多作品，便于查阅，保留有相当多的重要信息和考订线索，既是编纂《全宋诗》的基本文献，也是研究《全宋诗》重出误收问题的基本文献，其在宋诗整理中的价值和地位，是其他文献无法可比的，所以此处把宋人别集作为宋诗文献整理的第一个环节。但宋刻宋人集大多焚毁于宋元、元明之际的战火，那些当时没有刊刻，只是通过传抄流传的散佚、湮灭的更不知有多少，现存宋人别集大都经过后人重编和重辑，在利用时应该小心谨慎，最好能够收集早期文献，相互比勘。

宋人不仅编有大量本朝诗文别集，其自编的本朝诗总集也远迈前代，据不完全统计有百余种之多，其中现存的宋编宋人诗文总集就有三十几种，这些宋编宋诗总集，也是勘正、修订、利用《全宋诗》，甄辨重出误收诗的重要文献。总集是按照一定体例，将两个以上作家的作品重新编辑成书。总集起源可以追溯到《诗经》的编订，总集不包括若干作家作品集的合刻而成的丛书。但为了行文的简便，下文一般不区分总集和诗文合刻丛书。总集编选从编排方式上看，主要有时代先后、身份高低、内容分类三种；从编纂目的上看，主要有存录诗歌、提供范本、政治教化三种；从编纂力量上看，主要有官方组织和私家著述两种；从编纂收录内容上看，主要有总编和选编两种；从编纂收录时间上看，主要有通代总集和断代总集。现存宋编诗歌总集主要有以下几种。

1.《九僧诗集》一卷。收宋初希昼、保暹、文兆、行肇、简长、惟凤、宇昭、怀古、惠崇九僧诗。有汲古阁影宋本。

2. 宋·李昉编《二李唱和集》一卷。收李昉、李至诗。有宸瀚楼丛书本。

3. 宋·杨亿编《西昆酬唱集》二卷。收杨亿、刘筠、钱惟演等 17 人唱和诗 248 首。有多种明清本流传。

4. 宋·蒲积中《古今岁时杂咏》四十六卷。是集按节气时令编排，选录汉魏至宋的佳诗名篇，共 2709 首。

5. 宋·孔延之《会稽掇英总集》二十卷、宋·黄康弼《会稽掇英总集续集》五卷。

6. 宋·吴说《古今绝句》三卷。

7. 宋·黄大舆《群贤梅苑》十卷。

8. 宋·董棻《严陵集》九卷。

9. 《江西宗派诗集》一百三十七卷、《续派》十三卷，仅存残本。

10. 宋·朱熹《南岳倡酬集》一卷，收朱熹、张栻、林用中三人乾道中游衡山唱和诗。

11. 宋·吕祖谦《皇朝文鉴》一百五十卷，其中各体诗十九卷。

12. 《丽泽诗集》三十五卷。

13. 宋·孙绍远《声画集》八卷。

14. 宋·李庚等编《天台集》三卷、《天台集别编》一卷、《天台续集》三卷、《天台续集别编》六卷。

15. 宋·邵浩编《坡门酬唱集》二十三卷。

16. 宋·程迈孙《成都文萃》五十卷、诗十四卷。

17. 桑世昌《回文类聚》三卷。

18. 龚昱《昆山杂咏》三卷。

19. 叶适《四灵诗》四卷。

20. 陈起《江湖集》系列。

21. 陈起《增广圣宋高僧诗选》一卷、《后集》三卷、《续集》一卷

22. 《十家宫词》十二卷。

23. 林表民《赤城集》十八卷。

24. 刘克庄《后村千家诗》。

25. 《诗家鼎脔》二卷。

26. 陈思、陈世隆《两宋名贤小集》三百八十卷。

27. 叶景达《选编省监新奇万宝诗山》三十八卷。

28. 郑虎臣《吴都文粹》九卷。

29. 吕祖谦《宋文鉴》一百卷。

30. 刘瑄《诗苑群芳》一卷。

31. 何无适、倪希程《诗准》四卷、《诗翼》四卷。

32. 吴渭《月泉吟社》一卷。

33. 金履祥《濂洛风雅》七卷。

34. 孟宗宝《洞霄诗集》十四卷。

35. 蔡正孙《诗林广记》十卷、后集十卷。

36. 于济、蔡正孙《精选唐宋千家联珠诗格》二十卷。

这些诗歌总集，编选目的不同，编选体例各异，但都不同程度地保留了那个时代对诗歌的热情，体现了那个时代对诗歌的认识，展示了那个时代诗歌的风貌，为后世编订宋诗全集提供了坚实的文献基础。

（二）元明两代宋诗文献整理的停滞期

元代不特重宋诗，然其去宋未远，其选、集宋诗，颇近于本。如方回选《瀛奎律髓》四十九卷，对宋五七言律，评骘精当。杜本编《谷音》二卷“皆宋亡元初节士悲愤，幽人清咏之辞也”①。赵景良编《忠义集》七卷“采清议，得忠义臣十人”②。较有分量的当属陈世隆补编陈思所编《两宋名贤小集》。然元代立国日短，又是马背立国的异族统治，其对宋诗文献而言，战火的破坏，文化的绞杀，远远大于整理的贡献。

宋元以降，明代学者对宋诗的评价整体不高，明代推尊唐诗，故唐人诗集编刻，蔚然成风，现存唐人诗别集大多经过明人重新编订，而唐集合刻丛书、编订的大型唐诗总集，更为清代整理《全唐诗》奠定了扎实的文献基础。而对宋诗的整理，可谓凤毛麟角。明代整理的宋诗总集主要有：曹学佺编《石仓历代诗选》八百八十卷，其中宋诗一百零七卷；李蓘编《宋艺圃集》十二卷；王萱编《宋绝句选》一卷等可怜的几种。倒是翻刻、重编了不少宋人别集。另外值得注意的是《永乐大典》的编纂，其中收录大量宋诗宋集，对宋诗辑佚产生了很大影响。

（三）清代是宋诗文献整理的发展期

对宋诗评价过低的情况，在清代已有变化。《四库全书总目》：“平心而论，当我朝开国之初，人皆厌明代王、李之肤廓，钟、谭之纤仄，于是谈诗者竞尚宋、元。”③

---

① （元）杜本编：《谷音》张榘跋，台湾商务印书馆1983年影印《四库全书》本。

② （元）赵景良撰：《忠义集》卷1，台湾商务印书馆1983年影印《四库全书》本。

③ （清）永瑢、纪昀等编纂：《四库全书总目》卷173，中华书局1965年影印本。

受文学思潮和文学评论、研究方法的影响，清代对宋诗的文献整理，在不同时段呈现出不同的风貌特色。要而言之，清代取得了超越前贤的卓越实绩。而清代编辑的宋诗总集有：吕留良等辑《宋诗钞》一百家；管庭芳补辑《宋诗钞补》；曹廷栋《宋诗百家诗存》二十八卷。合集有：陈焯《宋元诗会》一百卷；法式善《宋元人诗集》二百七十卷；金氏文瑞楼钞本《宋人小集》一百〇六卷；李之鼎宜秋馆刻本《宋人集》二百七十三卷。诗话类有：钟廷瑛《全宋诗话》十三卷。钟廷瑛字退轩，山东历城人。嘉庆举人，官黟县知县。特别是厉鹗的《宋诗纪事》和陆心源的《宋诗纪事补遗》，标志着宋诗文献整理进入了一个新的历史阶段。

可以说，宋诗于唐风之后，自专体格，别一高峰。唐诗胜于意蕴，而宋诗长于理思；唐诗涵雅风流，不拘物象；宋诗韵格高瞻，气势磅礴。宋诗正当文化转型之时，其少唐诗几分浪漫气质，而多唐诗几分文士理趣。总而言之，唐诗裂变成宋诗气格，故推究源流之变，宋诗逊于唐风，而考订创作实绩，可以说是“双峰并峙，不分轩轾”。同时，宋诗不仅仅对宋代文学研究具有重要意义，对宋代政治、经济、社会、文化、宗教等诸多领域的研究，也有它较为突出的史料价值。然而在各种文化因素综合作用之下，历代宋诗文献整理，并未出现能够涵盖天水一朝，全面展示宋诗风貌的、较为完备的大型断代总集。这个任务历史地留给了当代的学者。

二 宋诗文献整理的杰出成果——北编《全宋诗》

（一）北编《全宋诗》的成书及文献价值

近代以来，随着研究的深入，对宋诗的评价更接近实际。新中国成立以后，随着宋代文史的研究的深入，宋诗越来越受到研究者的重视。钱仲联认为：“我国古代诗歌并峙之双峰，宋源于唐，又出一奇，所谓‘一波才动万波随’者，变态百出而未有尽。唐、宋各擅其长，互补其缺。”[①] 整理编纂一部囊括整个宋代诗歌的总集，成为宋代文史研究者的心声。1984 年，北京大学古文献研究所开始着手编纂《全宋诗》，并获得了全国高等院校古籍整理研究工作委员会的大力支持，1986 年成为新中

① 钱仲联：《钱序》，载傅璇琮等主编《全宋诗》，北京大学出版社 1998 年版，第 2 页。

国以来最大的诗歌总集整理项目。由北京大学古文献研究所主持编纂，傅璇琮、倪其心、孙钦善、陈新、许逸民等先生任主编。编纂委员会特聘学术前辈王起、周林、周绍良、启功、程千帆、邓广铭、钱仲联等先生为顾问，整理者除北大古文献所的教师和研究生外，还有学术界知名专家徐规、孔凡礼、胡道静等先生。编委会成员历经12年的艰辛工作，编成古往今来篇幅最大的诗总集《全宋诗》，成为1998年度古籍整理重要成果，也是宋代学术文化、宋代文学文献研究界的大事，1999年《全宋诗》荣获了第四届国家图书奖荣誉奖。

《全宋诗》正编72册，全书共3785卷，计收诗人9000多家，25万余首诗，共4000多万字。《全宋诗》编纂采录宋诗别集多达600余种，每种别集尽可能将不同版本汇集齐备，择善而从，在底本的选择和校勘上颇为着力，以保证编纂质量。《全宋诗》搜集广博，涵容繁富，名家巨制，散篇佚作，全部荟萃于此，这部书不仅应该成为研究宋诗及宋代文学者必备，也应成为研究宋史者的案头工具。

《全宋诗》的出版，是20世纪文献整理的杰出成就，是宋代文化史、宋代文学史、中国诗学史、宋诗研究史、中国出版史上的大事，足可称为皇皇伟业。这个规模远远超过向来被称作“盛世之业”的唐诗总汇——清编《全唐诗》。唐诗和宋诗是古典诗歌中的两大格局，不仅在中国诗歌史上影响深远，对于整个宋代文化研究也具有重要作用。《全宋诗》的编纂是文史学界的盛事，学术界之所以对唐诗的研究要比对宋诗的研究深入得多，原因之一在于《全唐诗》可资观唐诗全豹，而研究宋诗却没有这样好的条件。《全宋诗》的编纂出版极大地扩展了研究者的视野，推动了宋诗以至宋代文学研究的进展。

宋诗全面反映宋代社会风貌、思想习俗，《全宋诗》的编纂出版，必将推动宋诗的整体研究以及宋代文化和宋代历史的研究。著名的宋史研究专家、北京大学教授邓广铭在探讨《全宋诗》编纂价值时指出：“《全宋诗》收了夏竦《奉和御制读五代史后唐史》诗，其第一首有‘飞鹰昭庆路，穷达有高情’二句，并有小注说‘符习归故里赵州昭庆县，飞鹰痛饮，周游田里。’而《旧五代史》符习传却记载他归田之后‘飞扬痛饮’。现在的《旧五代史》是从《永乐大典》中辑出来的，《校勘记》中还特意说明，此句原作‘飞鹰’，现改作‘飞扬’，根据是杜甫的诗‘飞扬跋扈为谁雄’。校勘者把原本正确的文字改错了，我们恰恰可以据《全宋诗》中夏竦诗的注语把它改回来。这类材料对我们治史的人也有用处，不可轻视。”① 北编《全宋诗》作为文献整理的重大成果，有以下几个显著的特点。

1. 搜罗全备，广求资料。《全宋诗》的编纂，不仅以现存600余种宋人别集为基础，广罗众本，校勘讹误，比对异同，订补遗篇。并从各种总集选集、类书百科、地志舆纪、诗话笔记、族谱家乘、书录提要、金石碑刻、佛道二藏、敦煌遗书中搜集了大量佚诗零章，堪称完备。

2. 爬罗剔抉，考订精审。在广泛收集各种不同版本诗歌文献的基础上，考证原始来源，不盲从、不轻信。网罗放佚，考订缜密，指引线索，点明出处。

3. 体例完善，注重创新。汲取前人编纂总集的优点，与时俱进，集百家大成，又进行体例创新。全书编次按作者生卒排列，利用以时间为序揭示宋诗演变的线索，尽可能地提供收录诗人的生平事迹，并标注史料来源。录诗详定版本，指明底本、参校本。收录范围广泛，资料力求详备。《全宋诗》尽力搜罗章咒佛偈，可以说是对《全唐诗》不录道佛法偈的重要突破。

4. 收录规范，宽严相济。《全宋诗》收录诗人诗作，既考虑时间断限，又兼顾空间地域。较好地把握了这种关系，给后编诗歌总集提供了新的启示。

当然总集的编纂，特别是像《全宋诗》这样大型总集的编纂，其工程之浩大，文献整合之烦琐，是可以想见的。《全宋诗》编者在《编纂说明》中，也从文献庞杂散乱、研究基础薄弱、单篇零句繁杂、诗人诗作重多、断限不易处理等方面，思考解决编纂工作的一些难题。其中有些问题得到解决，有些问题尚需斟酌。整编天水一朝诗歌，编纂者、研究者，甚或每个读者心中都会有一个假想的完美的《全宋诗》总集，这个集子包含所有的宋代诗歌，剔除所有非宋人作品，诗歌归属明晰，诗人生平详尽。编订这样的诗歌总集也是每个整理者心中最完美的梦想，但

① 徐谋：《古籍整理的盛世之业——〈全宋诗〉编纂的价值与贡献》，《瞭望周刊》1992年第3期。

时过境迁，文献的散佚、错讹、缺失，编者的态度、水平等客观、主观因素，总集的编纂总是会有这样那样的问题，不可能完美无缺，这就需要不断地修正补充。

总之，《全宋诗》编纂对宋诗研究、对宋代文学研究、对宋代文化研究、对宋代历史研究，其作用毋庸多言，具有重要文献价值，但其中也存在不少问题，需要编纂者、研究者不断补充修正完善。

（二）北编《全宋诗》成书的文化意义

《全宋诗》编纂成书文化意义重大，相比唐诗研究，宋诗研究至少落后一个时代，其漫漫征程才刚开始。唐宋诗之争由来已久，亦有学者断言，此二者双峰并峙、不可偏废，其说虽近于理，然较以研究实绩，宋诗研究多单篇散论，间有论著也难金声玉振于学林。其一，宋代文学研究的传统着力点在宋词、宋文；其二，近代以来的西学东渐，理工之学大行于世，传统学术亦难脱俗，深深嵌植了现代学术的烙印，古典正统文学的研究领域和空间被自然压缩，以话本传奇为主的俗文学成为宋代文学研究的新热点；其三，王静安一代文学之说，基于对文学传统的解读和自我阐释，真切地反映了宋代文学解读的意识指向，宋诗研究的学术积累严重不足。

可以说，有宋以降，传统学术风向几经变迁，清季宋诗派的出现，给学界、诗界带来新的启示，成为宋诗研究的一个小高峰。但毋庸讳言，宋诗研究从未真正形成热点，这是多种因素综合作用的必然结果。其中最为核心的原因是宋诗不像唐诗有一部属于自己的断代总集，文献基础不足，学术研究裹足不前也就不足为怪。

北编《全宋诗》的成书，其最大的贡献在于为宋诗研究搭建了最基础的平台，首次完成了宋一代诗歌的全面结纂，为有文集的作者补充了大量集外诗，对9000多位无集作者做了诗作的首次汇集。编选之时，重视体例，严守文献操作规程，既充分体现原编面貌，又充分吸收利用学者们的研究成果，对辑补部分指明线索，说明文献来源，对部分作品的作者归属、真伪歧异、题序差异显著的别本等情况，进行考按和甄辨，较好地保证《全宋诗》编纂的质量。随着学界努力修正订补完善《全宋诗》的罅隙，不断充实，完成宋诗文献的学术积累，学人必能克服宋诗研究周期长的学术难点，全面推动宋诗研究，使其成为新的学术增长点，全面推动宋代文学的研究。

三 北编《全宋诗》的不足

《全宋诗》的出版，皇皇72册，在中国诗歌文献整理史上书留下一道亮丽的风景，其成就是不容置疑的。但任何事物都具有两面性，《全宋诗》的编纂由于时间、人力等主客观因素，也存在一些不尽如人意的地方，留下了一些遗憾。

《全宋诗》出版以来，不少学者对其存在的问题提出商榷，甚至有学者认为《全宋诗》“错得出格离奇”①。关于对断代文学总集的学术评价，陈尚君先生的意见最为中肯：“我以为，囊括一代文献的断代全书的编修，所涉作者和典籍成千上万，在成于众手又缺乏索引的情况下，有一些出入不当是不可避免的，以专治一人一书的态度来评价这些大书，显然有失公允，希望严厉的批评者能站在编修者的立场上予以体谅和宽恕。当然，为使读者能放心地引用，指出存在的缺失也很有必要。”②

北编《全宋诗》首次完成两宋诗歌结集，其功厥大，佳惠学林。然《全宋诗》的编纂多有艰难，宋代诗人和诗作的数量五倍于《全唐诗》③，而且前人所做的基础工作薄弱，《全唐诗》之纂，有明胡震亨《唐音统签》、清初季振宜《唐诗》稿本可资参考，其规模大体与清编《全唐诗》相当。而《全宋诗》主要参考的总集《两宋名贤小集》《宋诗钞》《宋诗补钞》《宋诗纪事》《宋诗纪事补遗》《宋诗纪事续补》《宋诗纪事续补拾遗》，诸书所收宋诗合计约4万首，不足《全宋诗》的六分之一。故而要做到不重出、不误收是不可能的。宋诗的总集别集，刊本众多，文字多有不同；现存多数别集非诗人自定，后人辑补编订成集，常掺入他人作品。《全宋诗》因涉及文献过于繁多，虽有划定文献的初步范围，但应用而未用文献颇多。方志仅以《宋诗纪事》等书已采用的为限，地方志缺漏较多，即便利用，也并不充分。佛道两藏的文献利用较少，其中尚有

① 方健：《〈全宋诗〉证误举例》，《学术界》2005年第1期。

② 陈尚君：《断代文学全集的学术评价——〈全宋诗〉成就得失之我见》，《文汇报》2004年11月14日。

③ 作者按：《全唐诗》收约2200人，诗48900首；《全宋诗》收9206人，诗254247首。

大量内容可以采择。用书版本，未能尽善，采用四库本，特别是《永乐大典》辑本过多，缺少引用书目，不能不说是很大的遗憾。《全宋诗》编者、研究者也撰文指出，《全宋诗》初稿出于众手，整理者水平高低参差、敬业精神因人而异，又时间仓促，故其遗漏、讹误之处颇多。综合当今学界的研究，《全宋诗》主要存在三个方面的问题。

（一）诗人小传

编订总集，为所收诗歌的作者撰写小传，最早见于唐代姚合编纂的《极玄集》。该书选录王维等 21 人，诗作 100 首。其篇帙虽小，但编纂独具特色，诗作选录精当，"特有鉴裁"，并为大多数作者撰写小传，略载其字号籍贯、科第仕宦、生平事迹、诗文本事等。该书因此深受后世学者重视，认为"总集之兼具小传，实自此始，亦足以资考证也"①。而撰写作者小传的做法，也被后人所沿袭。清编《全唐诗》辑录网罗全唐五代诗歌，"凡得诗四万八千九百余首，作者二千二百余人，冠以帝王、后妃，次以乐章、乐府，殿以联句、逸句、名媛、僧道、外国、仙神、鬼怪、谐谑及诸杂体。其余皆以作者先后为次，而以补遗六卷、词十二卷别缀于末。网罗赅备，细大不遗"②。于每位作者之下撰写小传，考订生平，保存了两千位唐代诗人的珍贵资料，成为唐诗研究、唐代文学文献研究的重要资料。

《全宋诗》涉及诗人 9000 余人，相比清编《全唐诗》，《全宋诗》的诗人小传较多地利用了今人的研究成果，考订精当。但仍有相当多的诗人资料不够完备，或存在失考等问题。研究者撰文指出了不少小传失考、次第失当之处。笔者也在研究中发现了一些。据《全宋诗·凡例》规定，小传包括作者生卒、字号、籍贯、科第、宦历、封赠、著述等项；如加上主要交游或师承，则似更完整些。其中失考和错讹比较严重的是宦历、生卒、科第等项，封赠及著作则多失载。有相当数量的小传需要重写。

龚延明在《文学遗产整理与官制学养——以〈全宋诗〉小传为中心》一文中指出，《全宋诗》8900 余人的小传撰写，工作量实在太大，不可能由少数几个人能完成，必出于众人之手。小传撰写者，人既多又分散，

① （清）永瑢、纪昀等编纂：《四库全书总目》卷 186，中华书局 1965 年影印本。

② （清）永瑢、纪昀等编纂：《四库全书总目》卷 190，中华书局 1965 年影印本。

对宋代复杂多变的官制掌握程度不一，不免出现一些差错。龚延明先生认为《全宋诗》小传的撰写，在官制方面存在较多问题，主要是：第一，仕历介绍轻重不分、官衔残缺不全；第二，误用标点、割裂官衔中诸职官范畴内在关系；第三，职官全称与简称不辨、缺乏学术规范。龚文着重讨论小传仕历介绍轻重不分、官衔残缺不全的问题。①

方健先生认为《全宋诗》作者小传，“失考和错讹比较严重的是宦历、生卒、科第等项，封赠及著作则多失载。有相当数量的小传需要重写”②。方文从方志的利用、传主任职时间失考、生平事历失考、以名字一人分列二卷、因避讳追改名而失考、生卒年失考、误读史料致讹、误计享年致其生年有误、生年失考卒年有误、卒年享年有误等方面指出《全宋诗》小传的一些问题，并指出部分小传失考误考的原因在于“传主的进士及第之年多可据宋人文集中的交游诗文考知（如本文丁逢小传所考），可信度极高。惜编者舍本而逐末，宁可采明清方志之说，导致了大量错误，甚至闹出一些不行贡举之年也有及第进士的笑话”③。

《全宋诗》小传的问题，除上面两位学者指出的以外，笔者根据自己的研究，并从诗歌重出误收的角度出发，认为《全宋诗》作者小传的考订、撰写还有以下几个方面的问题。

1. 传主失考

许抗《读唐中兴颂》：“周雅久不复，楚骚方独鸣。淫哇弄气态，□我潇湘清。二公好奇古，大节□时□。□崖勒唐颂，字字琼□英。□云借体势，水石生光精。浯溪僻□地，自尔闻正声。□传□□夏，孰赓燕然铭。弦歌入商鲁，永与人鬼听。江流或可竭，此文如日星。”（《全宋诗》册9卷514页6251）

毛杭《读唐中兴颂》：“周雅久不复，楚骚方独鸣。淫哇弄气态，污我潇湘清。二公好奇古，大节□时□。磨崖勒唐颂，字字琼□英。云借体势，水石生光精。浯溪僻南地，自尔闻正声。诗传播夷夏，孰贵燕然

① 龚延明：《文学遗产整理与官制学养——以〈全宋诗〉小传为中心》，《文学遗产》2008年第6期。

② 方健：《〈全宋诗〉证误举例》，《学术界》2005年第1期，第147页。

③ 同上书，第151页。

铭。弦歌入商鲁，永与人神听。江流或可竭，此文如日星。”（《全宋诗》册 13 卷 781 页 9042）

吴杭《磨崖颂》：“周雅久不复，楚骚方独鸣。溪蛙弄气态，污我潇湘清。二公好奇古，大笔时纵横。磨崖勒唐颂，字字飞琼英。云烟借体势，水石生光精。浯溪在僻地，自是闻正声。名传播夷夏，孰贵燕然铭。弦歌入商鲁，永与神仙听。江流不可竭，此文如日星。”（《全宋诗》册 72 卷 3779 页 45611）重出失注。

许抗、毛杭作同出《金石萃编》卷一三二，原文作“南运判尚书都官员外郎□杭”，石刻漫漶，姓氏残缺。吴杭作出清万在衡嘉庆《祁阳县志》卷五。

《全宋诗》许抗小传：“许抗，字损之，南城（今属江西）人。仁宗皇祐元年（1049）进士（明正德《建昌府志》卷一五）。历知沙县、仙游县（明嘉靖《延平府志》卷一〇）。英宗治平中知郴州，在任二年，改潮州（明万历《郴州志》卷二）。终福建转运使（《建昌府志》）。今录诗三首。”（《全宋诗》册 9 卷 514 页 6251）

《全宋诗》毛杭小传：“毛杭，富川（今广西钟山）人。英宗治平二年（1065）进士。神宗熙宁二年（1069），为湖南转运判官（《金石萃编》卷一三二）。四年，为荆湖南路权同提点刑狱（《宋会要辑稿》食货二四之六）。事见清雍正《广西通志》卷七〇。”（《全宋诗》册 13 卷 781 页 9042）

许抗、毛杭皆《全宋诗》编者推测，卷五一四并误“杭”为“抗”，熟悉古籍的人都知道，“扌”“木”两个偏旁，很难完全区分。此诗为吴杭作。《全宋诗》录许抗诗三首，此诗当删。毛杭仅录此诗，其人当删。《全宋诗》无吴杭小传，当可据《金石萃编》卷一三二补写。

2. 同名讹误

李涛，情况颇复杂，《全唐诗》三见（共收诗二首四则，未定是否一人），《全宋诗》两见（宋初李信臣和南宋李养源）。今考订如下。

《全唐诗》所收三处李涛生平不详。

北宋李涛（898—961），字信臣，京兆万年人，随父避祸居湖南。后唐明宗天成初进士。仕后唐、后晋、后汉、后周，历刑部、户部尚书，封莒国公。入宋，拜兵部尚书。太祖建隆二年卒。《宋史》卷二六二有

传。《全宋诗》录其诗八首。(《全宋诗》册1卷1页7)

南宋李涛，字养源，临川人。与宁宗开禧元年（1205）进士范应铃（西堂）子在舆有交，当亦生活于宁宗时。著作已佚，仅《南宋六十家小集》中存《蒙泉诗稿》。(《全宋诗》册60卷3160页37905)

（1）李涛《春社日寄李学士》（卷1册1页7），又见《全唐诗》卷七三七，题作《春社从李昉乞酒》，从内容看，《全唐诗》题目较佳；从寄送对象看，此李涛系一人，即李信臣。

（2）李涛《题泥水关不动尊院》（《全宋诗》册1卷1页7），又见《全唐诗》卷八七〇，题作《题僧院》。

《全唐诗》此诗下，尚有李涛句三则："溪声长在耳，山色不离门。"(《诗人玉屑》)"扫地树留影，拂床琴有声。""一言寤主宁复听，三谏不从归去来。"(《谏晋主不从作》，见《吟窗杂录》卷二八）其中第三则《全宋诗》亦收录，而前两则未收录，可依据补录。另《全唐诗》卷八七一有李涛"惭无窦建，愧作梁山"(《答弟妇歇后语》）一则。

（3）李涛《赠山翁》(《全宋诗》册1卷1页7)、《题处士林亭》(《全宋诗》册1卷1页7)，两首可补入《全唐诗》李涛名下。

（4）李信臣《杂诗四首》其一（《全宋诗》册1卷1页8)，又见李养源《杂诗十首》其一（《全宋诗》册60卷3160页37907)；李信臣(《全宋诗》册1卷1页8)，又作李养源《杂诗十首》其二（《全宋诗》册60卷3160页37907)；李信臣《杂诗四首》其三（《全宋诗》册1卷1页8)，又作李养源《杂诗十首》其三（《全宋诗》册60卷3160页37907)；李信臣《杂诗四首》其四（《全宋诗》册1卷1页8)，又作李养源《杂诗十首》其四（《全宋诗》册60卷3160页37907)。考宋初李涛《杂诗四首》是从《永乐大典》卷九〇三辑出。而南宋李涛诗源自《南宋六十家小集·蒙泉诗稿》。从此四首诗的来源可以推论出，因姓名相同误把南宋李涛的诗辑为宋初李涛诗，此处《杂诗四首》当存目。

3. 同字讹误

赵善伦《京口多景楼》："壮观东南二百州，景于多处更多愁。江流千古英雄泪，山掩诸公富贵羞。北府如今唯有酒，中原在望忍登楼。西风战舰今何在，且办年年使客舟。"(《全宋诗》册25卷1444页16660)

赵汝伋《多景楼》："壮观东南二百州，景于多处更多愁。江流千古英雄泪，山掩诸公富贵羞。北府如今惟有酒，中原在望忍登楼。西风战舰今何在，且办年年使客舟。”（《全宋诗》册50卷2659页31174）

赵善伦作出宋韦居安《梅涧诗话》卷中，又见《宋诗纪事》卷八五。赵汝伋作出《诗渊》册四页三〇三二。《宋诗拾遗》卷二一题作者为赵善思。

赵善伦，字季思（《梅涧诗话》卷中），太宗七世孙，不克子（《宋史·宗室世系》一〇）。（《全宋诗》册25卷1444页16660）

赵汝伋，字季思，居临海（今属浙江）。太宗八世孙（《宋史》卷二二九《宗室世系表》）。孝宗淳熙五年（1178）进士。终通判信州。事见《嘉定赤城志》卷三四。（《全宋诗》册50卷2659页31174）

《诗渊》册四页三〇三二，此诗作者题为赵季思（书影1—1），可知此诗为“赵善伦季思”被误为“赵汝伋季思”。“赵善思”当为“赵善伦季思”脱讹。

书影1—1：《诗渊》册四页三〇三二

4. 字名讹误

王陶《相公行》：“已枯断竹钩私被，既没贤公帝念深。仆木偃禾如不起，至今谁识大忠心。”（《全宋诗》册9卷518页6292）

李逢《莱公竹》：“已枯断竹再成林，既殁贤公帝念深。仆木偃禾如不起，至今谁识大忠心。”（《全宋诗》册13卷748页8715）重出失注。

王陶（字乐道）作出《渑水燕谈录》卷八。李逢作出元李衎《竹谱详录》卷六，又见《竹谱》卷八，作者题李诚之。又见《古今事文类聚》前集卷四八，作者题李诚之。

《渑水燕谈录》卷八：“莱公贬死雷州，丧还，过荆南公安县，民怀公德，以竹插地，挂物为祭，焚之。后生笋成林，以为神，因为公立祠，目其竹为‘相公竹’。王乐道为记刊石。李承之有诗曰：‘已枯断竹钧私被，既没贤公帝念深。仆木偃禾如不起，至今谁识大忠心。’”① 元人骆天骧《类编长安志》卷五记本事同，唯作者题李诚之。王陶（王乐道）“为记刊石”，作诗者乃李承之，《全宋诗》编者误读文献，误辑此诗入王陶名下。

问题并未完全解决，从上引文献看题作者为李诚之，此和李承之诗是否为同一人。

又《江汉丛谈》卷二：“《一统志》云：寇莱公初知巴东，有惠政。后贬雷州卒，归葬西京，道出公安邑人，皆设祭哭于路。折竹植地，挂纸钱逾月，视之枯竹尽生笋，众为立庙祀之。王闢之[缺]《渑水燕谈》云：公安县民，祭莱公，见枯竹生笋成林，因立公祠，目其竹曰相公竹。李茂钦诚之诗云：‘已枯断竹再成林，既殁贤公帝念深。仆木偃禾如不起，至今谁识大忠心。’”② 此处题作者为李茂钦（名诚之）。

《全宋诗》诗人小传：

李逢（？—1075），字承之，唐安人。仁宗嘉祐二年（1057）进士。

王陶（1020—1080），字乐道，京兆万年人。仁宗庆历二年（1042）进士。

李诚之（1153—1221），字茂钦，东阳人。

另《渑水燕谈录》的作者，王辟之（1031—?），字圣涂，北宋临淄人。宋英宗治平四年（1067）进士。

依本事，李逢、王陶同时，此诗应为李逢作，《江汉丛谈》的说法出自《渑水燕谈录》，作者以此李承之，乃李诚之，随误为李茂钦。王辟之

① （宋）王辟之撰：《渑水燕谈录》，清乾隆长塘鲍氏刻本。

② （明）陈士元撰：《江汉丛谈》，清嘉庆中南汇吴氏听彝堂刻本。

早于李茂钦，亦可证明此诗为李逢作。《古今事文类聚》之误并同。

5. 无名氏重出

赵公硕《宰余杭游洞霄》："野服萧萧款翠微，虚亭高敞射晴晖。仙归洞府云烟冷，春入名山笋蕨肥。缓引壶觞聊自适，暂捐朱墨便忘归。会须结屋山中住，始悟人间万事非。"（《全宋诗》册38卷2107页23782）

余杭令《游洞霄》："野服萧萧款翠微，虚亭高敞射晴晖。仙归洞府云烟静，春入名山笋蕨肥。缓饮壶觞聊自适，暂指朱墨便忘归。何时罢脱利名去，始悟人间万事非。"（《全宋诗》册72卷3767页45428）

赵公硕作出《洞霄诗集》卷三，余杭令作出《诗渊》册三页一六三一。

《全宋诗》册38卷2107页23782赵公硕小传："赵公硕（1121—?），浚仪（今河南开封）人。魏王廷美六世孙（《宋史》卷二三七）。高宗绍兴二十一年（1151）进士。二十六年，知余杭县（清嘉庆《余杭县志》卷一九）。"可知此余杭令即赵公硕。

6. 一人两处

释宗印《题佛刹》："七十劳生西复东，乡关在念感飘蓬。大辽半岁九分尽，全晋一年千里空。周召已亡无善政，蔡童虽死有余风。华阴乞食商山去，岩谷幽寻四老翁。"（《全宋诗》册24卷1405页16165）

释宗印《题佛刹》："七十劳生西复东，乡关在望念飘蓬。大辽半岁九分尽，全晋一年千里空。周召已亡无善政，蔡童虽死有余风。华阴乞食商山去，岩谷幽寻四老翁。"（《全宋诗》册32卷1835页20444）

二处同出宋徐梦莘《三朝北盟会编》卷七七。

《全宋诗》册二四卷一四〇五页一六一六五释宗印小传："释宗印，俗姓赵，汾州孝义（今属山西）人。钦宗靖康初曾题诗河中府佛寺，为陕西五路安抚使范致虚赏识，令还俗，用为节制参议。高宗建炎二年（1128）兵败潜逃。事见《三朝北盟会编》卷七七。"

《全宋诗》册三二卷一八三五页二〇四四四释宗印小传："释宗印，汾州孝义（今属山西）人。俗姓赵。曾为万化寺长老，徽宗宣和末因兵乱避地，经河中府，题诗佛刹。陕西五路经略使范致虚见之，以为知兵，令还俗，官节制参议奇兵军。宗印以僧为一军，谓之尊胜队。以行童为一军，谓之静胜队。累获小捷，授河东制置使。事见《三朝北盟会编》卷七七。”

为同一人无疑。

7. 一人误为两人

董传《句》(《全宋诗》册7卷353页4375)，又见童传《句》：“古来风义遗才少，近世公卿荐士稀。”(《全宋诗》册14卷839页9715) 重出失注。

《全宋诗》此则两处同出《增刊校正王状元集注分类东坡先生诗》卷二二：“《和董传留别》尧卿董传字至和洛阳人有诗名于时尝在凤翔与东坡相从韩魏公镇长安传有诗云古来风义遗才少近世公卿荐士稀韩举而已卒矣”。此则又见《谰言长语》《风雅翼》卷一四、《施注苏诗》卷二，并作董传。不知《全宋诗》卷839编者，何以讹为童传。

8. 以字、名讹为两人

张元仲《象鼻岩》：“会人苍舒万斛舟，至今鼻准醮清流。君王玉辂催行驾，安得身闲伴白鸥。”(《全宋诗》册22卷1270页14342)

张汝锴《题象鼻岩》：“曾入苍舒万斛舟，至今鼻准蘸清流。君王玉辂催行驾，安得身闲伴白鸥。”(《全宋诗》册63卷3329页39711)

重出失注。《全宋诗》此二处同出《临海县志》。

《全宋诗》册二二卷一二七〇页一四三四一张元仲小传：“张元仲(清康熙《临海县志》卷一作俞仲)，哲宗元祐六年(1091)知黄岩县(《嘉定赤城志》卷一一)。”

《全宋诗》册六三卷三三二九页三九七一一张汝锴小传：“张汝锴，字俞仲，临海(今属浙江)人。理宗淳祐元年(1241)进士。授广德县尉，改天台县尉(《浩然斋雅谈》卷中)。官终宗学博士、诸王宫教授(清康熙《临海县志》卷五)。今录诗二首。”

此二人实为同一人，张元仲当删。张汝锴小传当补“一字元仲”。

(二) 重出误收

《全宋诗》重出误收情况相当普遍，从时间、地域、体例上均存在一些问题，笔者就发现9877首(句)、4321组诗歌存在重出误收问题，造成《全宋诗》重出误收诗大量存在的原因是多方面的，对于宋诗的重出误收问题，《全宋诗》依照《全宋词》的体例，有存目、考按的规定。很遗憾的是，这一体例只在很少一部分诗作的处理中得以实施，没有能够贯彻始终，更说不上精当准确了。许多重出误收诗的编录，就是没有坚持始终所致。此外，大多诗歌仅记一个出处，浪费了前期普查所获得的丰富资源，不便于作进一步的研究。不录相关本事，也不便于诗意的理解。《全宋诗》重出误收问题是本课题研究的中心环节。此处不多赘述。

（三）收录不全

《全宋诗》收录不全的问题相当严重，此问题可从两个方面看：其一，按照《全宋诗》两步走的编纂计划，部分诗在正编 72 册没有办法收录；其二，按照《全宋诗》的编纂计划、方案、凡例，应该收录、可以收录，而未被收录的诗。第一种情况，编者早有预料，准备将来出补编，弥补这一缺憾。第二种情况属于《全宋诗》编纂的缺陷。但两种情况并不能截然分开，笔者认为，凡是《全宋诗》已收录的作者，已引用的典籍，出现遗漏，都属于应收未收的遗漏。

《全宋诗》出版后，学界对《全宋诗》补遗显示了浓厚的兴趣，据不完全统计，海内外关于《全宋诗》补遗的论文近百篇，补诗数千计，可见《全宋诗》漏收情况的严重。

按照《全宋诗·编纂说明》，编者编纂《全宋诗》分正编、补编两步进行，现在出版的 72 册《全宋诗》应该就是正编。正编从传世宋人诗集和第一批普查书目中搜取，“这样紧缩范围，集中搜集，则宋代散佚诗人及作品，不致有太多的遗漏”（《全宋诗》页九）。宋诗编辑的难度极大，和宋诗有关的文献，浩如烟海，四部典籍、佛道两藏、方志图籍、稗乘野史、金石碑刻、出土文献、书画题跋中，散见的零诗佚句不可胜数，或有集传世，或散落无闻，漏收误收之中，重出迭见。文献量大，存录情况复杂，只是问题的一个方面。问题的另一方面，来自原始文献的本身的讹误和面目不清，这比前一问题还要复杂，或诗题不同，或为截句，或伪属作者，或改字句。情况复杂，令人眼花缭乱。这不仅使《全宋诗》本身漏收误收严重，或承袭前人疏误，或为编者粗率造成新的舛误，也使某些“补遗”本身错讹严重，不足为训。

总而言之，《全宋诗》收录不全，主要有以下几个原因：（1）文献数量众多，有些尚未利用；（2）文献内容繁杂，无法穷尽；（3）编者疏忽，不经意间漏收；（4）学养不足，失考错漏。

从目前《全宋诗》补遗的情况看，由于学者对文献的掌握情况、处理方法不同，研究思路、研究目的不同，各自从自己的角度对《全宋诗》进行补遗。参照现有补遗成果，笔者认为大致可从以下几个方面补苴《全宋诗》的遗漏。

1. 利用史志碑刻、乡邦文献辑补漏收诗

利用宋代方志及其他地方文献辑补漏收诗。《宋元方志丛刊》及《舆地纪胜》《方舆胜览》等乃宋诗辑佚的渊薮。这几部方志、总志中有大量宋诗及佚句可辑，有些均需考辨，方可确证为宋诗，有些则属编者粗疏漏录误收。比如今人从温州地方文献补宋诗 87 首，可见地方文献中，有很多佚诗失收。又如辑补档案工作失误漏收的诗歌。吴宗海《〈全宋诗〉失收吉安诗人拾补》[①] 一文，从文献档案的收集利用角度，订补《全宋诗》失收吉安地区宋代诗人龙仁夫、刘诜、刘彦章、李珏四人诗作，即是此种情况。

释梦英是五代末北宋初著名书法家，其诗、文、书享誉一时，西安碑林现藏《赠梦英诗碑》和《十八体篆书碑》二碑，共存 61 人 66 首诗，因有赠诗者两碑均出现，诗作也有前后一样者，实际是 39 人 56 首诗，由于《全宋诗》所依据的金石著作本身就没有收全。遗漏了 16 人 18 首诗，可据碑林石刻补正。[②]

清代遂昌教谕陈世修原抄，遂昌道光进士吴世涵增辑的《昌山诗萃内编》是一部地方性诗歌总集，其中龚原 2 首、周池 2 首、周述 1 首、周绾 6 首、徐贯 1 首、张贵谟 1 首、卢襄 6 首、王景夔 1 首，共计 8 人 20 首，《全宋诗》漏收。

北京大学古籍所编《全宋诗》为目前收录宋人诗歌最多、最全的诗歌总集，有功学界，为海内外学人所称道。近年因编纂《全粤诗》，从明清广东方志发现一些《全宋诗》未收诗，辑成《〈全宋诗〉辑佚 83 首》。本书所辑佚诗，先依序列《全宋诗》已收诗人之作，后列未收诗人之作，

① 吴宗海：《〈全宋诗〉失收吉安诗人拾补》，《井冈山学院学报》2009 年第 9 期。

② 路远：《〈全宋诗〉补遗十八首——据西安碑林藏赠梦英诗刻石》，《中国典籍与文化》2008 年第 3 期。

凡作者事迹可考者，则先作小传，后录佚诗，并注明出处。[①]

2. 利用类书法帖、诗话笔记辑补漏收诗

利用《永乐大典》残本辑本、《诗渊》《石仓历代诗选》等类书、全集、选集，辑补漏收诗。明人曹学佺编的《石仓历代诗选》，其中宋人诗凡 107 卷，收作者近 150 人，宋诗凡数千首。这是明人所修总集较好的一种。《全宋诗》却远不如对《诗渊》那样重视，失收之宋人诗在 100 首以上。利用诗话、笔记、丛编中引用诗句，辑补漏收诗句。很多诗话、笔记、文集中，引用评介宋人诗歌，可用来辑补遗漏。比如《宋人轶事汇编》综辑宋人逸闻，其间多有诗词本事，部分诗句未收入《全宋诗》。

《永乐大典·赵君鼎诗》卷一三七四录《游石门洞》："不见青牛道士，空余石洞飞泉。灵源更在直上，甘泽能旱年。"此宋赵鈛夫诗，当录其名下。

《记纂渊海》卷一〇载诗四句："漳州悲远道，地理极东瓯。境旷穷山外，城标涨海头。"既不见《全唐诗》张登名下，亦不见《全宋诗》张登名下。此诗有"漳州"，而唐张登贞元中曾任漳州刺史，与诗合。但宋张登亦有福广经历，也不可完全排除。此诗可附录宋张登名下。

有研究者从海外新发现《永乐大典》十七卷和《永乐大典》中华书局影印本中辑佚出《全宋诗》失收漏收宋诗多首，其中《〈全宋诗〉10 家补遗》[②] 一文，从中辑出 10 家诗人，未收诗 19 首。《新补〈全宋诗〉150 首》[③]，作者胡可先自 1993 年起就从事《全宋诗》的考订工作，所得渐多，则汇录成编，亦有公之于世以请益于学界者：《〈全宋诗〉琐考》，《文学遗产》1993 年第 3 期；《〈全宋诗〉再考》，《中国文学研究》1997 年第 3 期；《〈全宋诗〉补遗 100 首》，《中国韵文学刊》2005 年第 2 期；《〈全宋诗〉误收唐诗考》，《中国典籍与文化》2005 年第 3 期。近年又重点披览方志及《永乐大典》残卷，新得《全宋诗》佚作 150 首，作为新补。

---

① 李君明：《从广东方志及地方文献中新发现的〈全宋诗〉辑佚 73 首》，《岭南文史》2007 年第 2 期。

② 胡建升：《〈全宋诗〉10 家补遗》，《兰州学刊》2007 年第 1 期。

③ 胡可先：《新补〈全宋诗〉150 首》，载《第四届宋代文学国际研讨会论文集》，浙江大学出版社 2005 年版。

胡建升从上海图书馆藏宋代法帖《凤墅帖》残帙十二卷本中辑补了李大临、惠洪、鲍几叟、刘子翚4位词家的4首宋词，其中李大临和鲍几叟是《全宋词》未收词人。辑补了杨邦乂、许翰、韩璜、向子諲、陆经、孔文仲、萧世京、萧世范、赵靡9位诗人的15首宋诗，其中萧世京、萧世范是《全宋诗》未收诗人。并对所补辑的宋代诗词作了考辨。①

3. 利用佛道两藏辑补漏收诗

冯国栋从俄藏黑水城文献《慈觉禅师劝化集》、南宋宗晓《乐邦文类》及禅宗灯录中辑出宋代僧诗54首。②

韩立平从《法藏碎金录》卷七辑出晁迥遣情词："身同梦幻非真有，事比风云不久留。古往今来尽如此，此中坚执大悠悠。既能洞达须刚断，烦恼魔空过便休。"《法藏碎金录》卷八辑出句："因果所成法，我说不是空。"③

陈尚君先生曾指出，编纂《全宋诗》，尚有很多极有价值的佛道两藏文献没有被充分利用。

4. 利用诗文别集辑补漏收诗

从诗文别集中辑补漏收的诗歌，主要包括以下几个方面：利用本人文集辑补漏收诗。宋人文集、文章中，有时会附有（包含）部分作者自己的诗，应该多加留意。如刘弇《龙云集》卷二五有《送盛大夫仲孙归朝序并诗》及《送杜然中序并诗》二首，《全宋诗》卷一〇五一刘弇名下未收录。利用他人诗文集，辑补漏收诗。按照一般诗文集编选的通例，很多别集会附载和作者有关的交游诗、悼亡诗。如《范文正公文集》收录范仲淹《怀庆朔堂》诗一首，又附载录魏兼、毕京、陈希亮和韵各一首。这种情况是普遍存在的，若加以利用，会收到很好的效果。利用本人别集的其他版本，辑补漏收诗。胡建升《〈全宋诗·胡铨诗集〉辑补》④一文，从《胡澹庵文集三十二卷补遗一卷》《海外新发现十七卷》、

① 胡建升：《〈凤墅帖〉宋代诗词辑考》，《广西师范大学学报》（哲学社会科学版）2010年第1期。

② 冯国栋：《〈全宋诗〉僧诗补佚（一）》，《古籍整理研究学刊》2009年第2期。

③ 韩立平：《〈全宋诗〉补遗一百则》，《重庆师范大学学报》（哲学社会科学版）2010年第2期。

④ 胡建升：《〈全宋诗·胡铨诗集〉辑补》，《古籍整理研究学刊》2008年第2期。

中华书局影印本《永乐大典》，以及宋元明清有关文章选集辑出胡铨诗歌12首，订补《全宋诗·胡铨诗集》11首。宋编胡铨的《澹庵集》早已散佚，现存《四库全书》本《澹庵文集》6卷，并非全帙。清道光十三年历原胡文恩重刻本《胡澹庵文集三十二卷补遗一卷·后跋》："先世明南台御史东井公接辉惜忠简文集百卷历久残缺，思藏书之家必有存者。巡方及池，语县令，悬金以购。得若干篇，分为六卷。自跋于后颜曰《文选》。未久，因寇犯北阙，愤郁卒，遂未刻。"这也说明《全宋诗》采信别集并未尽选善本，胡铨仅采用了习见的《四库全书》本，而未利用《胡澹庵文集三十二卷补遗一卷》本。对已采用文献利用亦不完全。

虞俦次韵唱和姜特立《糟蟹呈虞察院》的二首诗作，被姜特立编入诗集《梅山续稿》之中。虞俦的二十四卷本《尊白堂集》已久佚，今传从《永乐大典》中辑出的六卷本《尊白堂集》及北京大学古文献研究所编《全宋诗》均不存上述二诗。此二诗可从《梅山续稿》辑入。[①]

王辅《句》其三："入堂无复见双亲，建此来宁似在神。"（《全宋诗》册31卷1803页20094）

王十朋《先人旧题东山墓亭三绝》其一："入堂无复见双亲，建此来宁似在神。天地深恩难以报，含悲唯有泪沾巾。"（《全宋诗》册36卷2029页22741）

此两处同出《梅溪集》后集卷六，读全诗，表面看是王十朋睹物思人、怀恋双亲之句。仔细考究，此当为王十朋录其先人诗，此三诗当补入其父王辅名下。不理解《全宋诗》卷一〇三八编者何以认为仅"入堂无复见双亲，建此来宁似在神"一句为王辅作。附《先人旧题东山墓亭三绝》如下：

《先人旧题东山墓亭三绝》其一："入堂无复见双亲，建此来宁似在神。天地深恩难以报，含悲唯有泪沾巾。"（《全宋诗》册36卷2029页22741）

《先人旧题东山墓亭三绝》其二："门枕青山户傍溪，青山流水助凄凄。双亲既远神何在，对此追思独怨啼。"（《全宋诗》册36卷2029页22741）

① 曾维刚：《〈全宋诗〉虞俦佚诗二首考录》，《甘肃广播电视大学学报》2008年第4期。

《先人旧题东山墓亭三绝》其三："新筑茅庐涧壑围，山光水色共依依。野人不为闲中趣，谁会朝来与暮归。"（《全宋诗》册 36 卷 2029 页 22741）

5. 利用总集、丛编辑补漏收诗

黄庭美《题方丈》其一："宾云奏彻控青鸾，彩幔香销生翠寒。三十六峰秋色里，月明人倚玉阑干。"（《全宋诗》册 72 卷 3766 页 45419）

黄庭美《题方丈》其三："九重云外步虚声，十二时中太古情。为问当年赤松子，人生何处是功成。"（《全宋诗》册 72 卷 3766 页 45419）

《元诗选》第三集卷九"黄元实廷美集"："元实，字廷美，泰宁人。幼孤贫酷学，天历间（1328—1330），为郡文学，学者多所造就。当道尝剡荐于朝，不就而归。至正癸巳（1353），邑有妖民为乱，令延元实议讨贼计，贼奄至，遂遇害。女贞披发跣足奔父所，抱尸哭踊。贼欲污之，女骂曰：恨不生啖汝肉，尔尚更敢为不道耶？骂不绝口，亦被害。"

黄庭美由宋入元可能性较小，但也不能排除。可从《元诗选》补订小传，并辑入其诗。

《杏坛》："相羊道德囿，爱此杏坛春。碧溪落青嶂，绿树空红尘。缅怀洙泗乐，千载意如新。从容二三子，援琴咏天真。"

《濉阳八景·洋背春烟》："平芜百亩敞南郭，四散人家隐篱落。翳翳桑麻晓色浓，霏霏竹树晴光薄。大厦微茫垂柳边，残烧杳蔼苍山前。侍郎故园渺何许，玉涧日暖流寒泉。"

《濉阳八景·河潭秋月》："苍涯倒浸太阴黑，倾动变化在倏忽。玉盘一夜出龙宫，金波万顷涵蟾窟。木犀香湿露满山，斗角光动风生澜。何人拔剑插桥柱，直通银河上广寒。"

《濉阳八景·东川梵宇》："碧空直耸石桥杪，一径林间几萦绕。不窥城市入境中，上梯宫殿出尘表。潮师咸道雁塔高，三分留记龟石牢。此地令人忆谢傅，何当携手同游遨。"

《濉阳八景·铙山晴雪》："嵬嵬圣石倚霄汉，障断濉南山一半。荒郊冰柱尽消融，霁日琼崖尚璀璨。鹤仙剪木飞云端，玉女弄月坐石盘。可怜射猎人物远，瀑凌万壑弓旌寒。"

《濉阳八景·湖障夕阳》："溪西诸峰崒且壮，一峰秀出横屏嶂。晴川落日漾余波，碧树红霞闪清涨。青山咫尺常相望，旸谷万里昭回光。谁能乘风度绝顶，空陵倒影观扶桑。”

《濉阳八景·南郭渡船》：“宏博坊前望溪曲，沙平岸涧水深绿。孤舟妥帖若乘槎，短棹咿哑如转毂。行□憧憧风雨忙，济川滚滚流泽长。谁谓江河渺空阔，半篙一苇俱可航。”

《濉阳八景·长吉晓钟》：“沉沉绀宇据城阜，屹屹云楼挹星斗。画廊风静木鱼闲，青山日出华鲸吼。蒲山蒲谷俱闻声，随叩随应何容情。唤回迷途有归客，一滩月色浮空明。”

《濉阳八景·迎鳌午磬》：“凤山胜绝三不见，竹木苍苍隔台殿。仙宫云构接丹梯，清昼璆声袅香篆。步虚讽彻瑶草凉，朝真斋罢紫芝香。侍宸白日骑鹤去，雷符绕壁余神光。”

《春江十咏·午窗山色》：“门外青溪溪外山，山光长在有无间，白云飞尽晴窗午，喜见遥峰露一班。”

《春江十咏·晚桡鸣月》：“春江雨过水溶溶，短桌孤篷有钓翁。钓罢归来天向晚，一桡咿嘎月鸣中。”

《春江十咏·晚渡撑烟》：“漠漠江烟晓未开，行人唤渡过江来。一篙不见水清浅，撑散眠鸥石畔苔。”

《春江十咏·沙晴睡鸭》：“熟睡晴沙爱暖曦，鸬鹚鸂鶒莫相疑。江花江草春将遍，我亦忘机总不知。”

《春江十咏·夹堤杨柳》：“杨柳青青夹岸垂，含烟带雨总相宜。苏公十里湖边树，谁遣东风一夜移。”

《春江十咏·斜阳牧笛》：“芳草平原日带昏，数声牧笛隔江闻。江空余响随风起，剡剡归鸦落暮云。”

黄均瑞《赞驿亭壁墨龙》：“一鼓春雷起九渊，风云万里会中天。墨池付与无多水，去作人间大有年。”（《全宋诗》册 72 卷 3782 页 45651）

《全宋诗》据清朱潼同治《安仁县志》卷三〇收录。此诗又见《元诗选》。

《元诗选》三集卷九：“黄复圭，字君（一作均）瑞，安仁人。与张仲举、危太朴以诗鸣于江右。至正兵起，被陷贼庭，作诗大骂。贼怒，以刀剖其腹，复骂曰：腹可剖，赤心不可剖也！遂死之。君瑞诗如《题詹双崖》云：‘隐士高闲卧云处，故家轩豁读书斋。’《题唐氏游子远归图》云：‘冉冉霜颠倚门处，飘飘风袂及家时。’《题古崖上人》云：‘菡莒泉香金错落，苾刍风暖翠婆娑。’铁心石肠人，偏解吐婉媚辞也。”①

黄均瑞《全宋诗》无考，此人不能定是否由宋入元。《全宋诗》仅录其诗一首，当据《元诗选》补订小传，辑补诗歌。

《双燕吟》：“双燕双双飞，更复双双栖。穿花探水双衔泥，檐前茸垒双哺儿。春风一双至，秋风一双归。念尔双不得，故巢须独依。莫学人妻，朝亡其夫暮嫁之。莫学人夫，暮亡其妻朝纳妃。”

《蕨萁叹》：“信州州官万钟粟，杀牛捶马日丝竹。信州乡民蕨作粮，三月怀饥聚头哭。蕨萁开叶不可餐，蕨根有粉聊锄镶。偏攻性冷损胃气，民面生黄苦憔悴。县不申闻郡不知，官仓有米重封闭。重封闭，将若何？众人歌我蕨萁叹，九茎莫唱灵芝歌！”

《华处士别业》：“迢迢去郭赊，渺渺入云斜。桑采三番叶，桃开二色花。割溪鸥作主，分坞鹿为家。时有巢居子，相逢道吃茶。”

《次韵塞上》：“李广称猿臂，班超号虎头。三边杀降卒，万里取封侯。砂碛胡云暗，邮营汉月秋。曾经饮马窟，半是血骷髅。”

《题疏斋吴氏深静斋》：“避地闲心远，入山尘事稀。书棚幽落蛀（一作蠹），宾虍密生衣。野竹秋光薄，谷禽春韵微。残经注未就，频岁掩重扉。”

《送友人北上次韵》：“玉阙金门紫气寒，干戈虎士列桓桓。銮坡日永移天仗，仙掌云深捧露盘。犀角不颁朝士带，鹿皮思制野人冠。江南何处秋风岸？绿水芙蓉许独看。”

《送于炼师之京》：“九重天上帝王宫，入觐仙人驾海风。宵仗引从黄道外，晓班环在紫垣中。驼鸣毡帐沙光白，龙挟金舆宝气红。万里冬寒须自卫，酪杯酥碗莫令空。”

《次韵虞侍讲游何尚书山庄》：“尚书致政卧青山，笑傲中林竟不还。野叟徒能谈旧事，孤云何处觅苍颜。哀湍振壑龙移久，曲崦藏风鹤梦闲。喜逐三朝黄阁老，昔贤陈迹共追攀。”

《题金碧山水图》：“狂风卷尽夜来云，万壑千崖锦绣纹。占日楼台平树见，吼雷春瀑入溪闻。岂无花洞留莺语，应有芝田下鹤群。清绝松阴二三子，不知谁是紫阳君。”

① （清）顾嗣立编：《元诗选》，清康熙顾氏秀野草堂刻本。

《饯别杨友直总管》："双凫飞跷历金天，五马闲游款玉鞭。隶篆共参邦伯印，制书曾拜祖皇宣。严城鼓角连云度，护水鱼龙枕月眠。无限舞衫歌扇意，路人遥识使君船。"

《送潘希隐归闽省亲》："道人骑鹤入闽邦，梦绕慈闱一念长。红压锦云收荔子，绿攒香树摘槟榔。晓侵雾露黄冠重，春透山林彩服光。剩有大丹并妙药，三光凋后鬓应霜。"

《寿饶大有》："骊驹塘上玉生烟，麟角峰前乐事偏。花里桥亭春每早，竹间书庋日如年。雕龙细雨金壶墨，宝雁轻调锦瑟弦。椿树绿时夸五伯，桃花红处祝三千。"

《燮御史》："红杏碧桃鳌顶开，青年白晰马蹄回。本随鸾凤冲霄去，却为豺狼按辔来。铁铸冠梁临画省，绣裁衫表照霜台。使骢往复东西道，欲候旌旄愧不才。"

《喜薛外史春日自京师寄经至》："蓬莱坊畔五云边，七尺长身汉薛宣。花压铜街驰厩马，水生瑶海放楼船。仙曹共作窗间戏，吏部相邀瓮里眠。果老山头逢野鹤，雪笺时奉寄来篇。"

《白云山刘道士》："紫华阳巾白羽衣，幼辞家舍入岩扉。灵书注就参同契，绝字修成杜德机。着屐看松逢伴少，荷锄栽果到城稀。萧萧落叶空山夜，独礼寒星待鹤归。"

《莼菜》："鲛人绣满水仙裳，地轴天机不敢藏。水縠冷缠琼缕滑，翠钿清缀玉丝香。江湖有味牵情久，京洛思归引兴长。欲剪吴松缝不得，谩拖秋思绕诗肠。"

《破帽》："破帽多情却恋头，草残丝断素尘浮。烟笼长是煎茶日，风落多逾把菊秋。顶漏疏星窥短发，檐垂缺月露双眸。桃尖楼子青罗辨，相对宁知故旧愁。"

《酒》："曲蘖生香出小槽，几人耽酗日陶陶。笑吞鹦鹉杯中月，贫与鹔鹴花下袍。内府腊传红琥珀，西京秋压紫葡萄。杜康仪狄今安在，回首丘陵半是糟。"

《倪知州致事归》："酒扫林庐理旧书，某山某水足嬉娱。尚应馈酳虞庠礼，谩入耆英洛社图。花里醉眠从客去，竹间移步遣孙扶。后人自有田园趣，无愧疏家两丈夫。"

《奉赠吴宗师》："使节光华礼乐崇，皇华原隰辔玲珑。五风十雨祠三岛，万岁千秋祝两宫。醮起碧鸡山月白，仗移黄鹄禁云红。召南庶类深仁泽，行见驺虞发五豵。”

《寿上官夫人》：“水沉烟暖翠云低，婺女星高斗转移。百子帐中青玉案，群仙会上紫金卮。乐成彩凤《将雏》曲，礼尚嘉鱼《式燕》诗。基构有堂高数尺，绿衣白发两相宜。”

《春明楼》：“公子楼居剩得春，四时花气敌浓薰。书声高下闻长日，舞袖婆娑拂彩云。蛱蝶新图开雁爪，狻猊古鼎隔龙纹。近来每爱东风赏，折简常邀越鄂君。”

《赠舍农叟春耕者》：“六角黄牛二顷田，晓蓑星月晚犁烟。治墉布谷清明后，伐鼓烧钱社日边。急雨放宽科斗水，乱云遮断鹭鹚天。太平四海无征役，念此安居不偶然。”

《游崇禧寺》：“好山藏在白云隈，天历君王手自开。木魅尽惊金镬震，地灵潜献宝瓶来。林香万叶垂甘露，峰霁诸花散石台。莫道神游事绵邈，六龙应解此徘徊。”

《题草堂寺》：“草堂禅寺北山陲，想见鸣驺入谷时。猿鹤如怀海盐令，鱼龙犹护绍兴碑。排岩树老秋来早，上殿僧稀晓散迟。我亦于今抗尘土，临风惭读孔璋移。”

《威显庙》：“南唐忠烈桂司空，三百余年气贯虹。上国勋劳明大节，故家文献挹遗风。云中结构孙修庙，石上褒崇史论功。词客冀窥松柏路，弋阳西畔贵溪东。”

《暮春杂咏寄友人》：“绿漪池沼燕交飞，深院重门客到稀。柳絮不知春去尽，尚随风起点人衣。”

《送友》：“云锦江边送玉郎，江边折柳柳丝长。柳丝若挽行人住，更向东风种几行。”

《亭前荼蘼》：“杏园芳草雨霏霏，亟折千秋卷画旗。自过清明多病酒，不知花落到荼蘼。”

《奉题李学士幽篁古木图》：“岁历居庸万仞山，词臣供奉有余闲。试看翠竹丹枫画，犹似金风玉露间。”

《宫花二首》：“连理枝头并蒂红，中官采献未央宫。可怜春色非人世，天上风光似酒浓。”

“金阑芍药紫重胎，上苑移来遍殿栽。正顶绣苞三十朵，羊车停处一齐开。”

《送人入上京》：“觅得清风谒紫微，临川脱却故山衣。似知云锦江头水，专照邦人昼锦归。”

《寄高元博》：“故人招我出山来，一去城闉更不回。无数青松满池月，可怜深夜独徘徊。”

《题襄阳拍手图》：“爱酒山翁倒接䍦，花间日日醉如泥。只今池馆风流在，不见拦街拍手儿。”

《赞龙》：“一鼓春雷起九渊，风云万里会中天。墨池付与无多水，去作人间大有年。”

《送琴士归杭》：“云中歌断《紫芝》歌，不奈周君欲去何。十里湖山好明月，却怜随处故人多。”

文津阁本《四库全书》中的宋人佚诗辑补。杨纳等将《四库全书》文津阁本与文渊阁本的集部进行对比，发现文津阁本收录，不见于文渊阁本的历代诗文4000余篇，其中宋人诗200余首。这200余首宋诗，《全宋诗》多已据其他文献收入录。方健先生核对后认为，仍有至少53首诗为《全宋诗》失收，涉及作者凡16人。依次为：宋祁13首，宋庠11首，姜夔10首，郑昌龄4首，李光、姜特立各3首，张镃、张致远各2首，于石、方岳、贺允中、李吕、张光各1首。这应是比较可信的佚诗。[①]

《全宋诗》失收南宋诗人刘仙伦《招山小集》、杜旃《癖斋小集》，此二人诗当据《南宋群贤小集》辑补。

6. 利用各种文献，综合辑补某作家漏收诗

文彦博（1006—1097），是北宋颇有影响的一位政治家，历仁宗、英宗、神宗、哲宗四朝，两拜文相，任枢密使9年。《文潞公文集》传世主要版本都是40卷本系统。另，清代曹庭栋辑《宋百家诗存·文潞公集》中辑录有文潞公诗88首。《两宋名贤小集》卷七《文潞公集》辑录文彦博诗歌60首。《全宋诗》以明刻本为底本，参校季校本、傅校本、四库本。集外又补辑8首，分别是：《赠李戡》《题睢阳五老图》《湨泉》《依漾园池上即事》《诗一首》《汶阳馆》《双泉》《宿独乐园诘朝将归》。笔

① 方健：《〈全宋诗〉证误举例》，《学术界》2005年第1期。

者又从其他文献中辑得《全宋诗·文彦博诗集》所无的35首又2句，并订补《全宋诗·文彦博诗集》4首。①

7. 利用海外文献辑补漏收诗

《参天台五台山记》是宋神宗熙宁年间（1068—1077）日本京都岩仓大云寺主成寻（1011—1081）撰写的入宋游历日记，是研究宋史及11世纪中日关系史的珍贵史料。其中许多内容为现存宋人著述失载或记述不详，或可补文献之不足，或堪纠史籍之失当。查检该书中，共得《全宋诗》未收佚诗36首，作者23人。虽然作者大多名不见经传，作品也乏善可陈，但《参天台五台山记》可资辑佚，却具有更重要的启示意义。说明海外文献，甚至是外国人写的汉籍文献，对宋诗辑佚、订正具有重要作用。②

8. 利用《全唐诗》辑补漏收诗句

笔者发现，《全宋诗》《全唐诗》两收诗人，数量庞大，情况复杂，很多诗人所收诗歌可以互相补充。幸夤逊，夔州云安监人（一说成都人）。仕后蜀，为翰林学士，累官至工部侍郎，知简州。入宋，授右庶子。太祖开宝五年（972），为镇国军行军司马。年九十余而卒。《宋史》卷四七九、《十国春秋》卷五四有传。（《全宋诗》册1卷1页2）《全唐诗》《全宋诗》两收，然收诗及残句并不相同，可互为补充。

幸夤逊《云·因登巨石知来处》（《全宋诗》册1卷1页2）一首及“若教作镇居中国，争得泥金在泰山。”“才闻暖律先偷眼，既待和风始展眉。”“嚼处春冰敲齿冷，咽时雪液沃心寒。”“蒙君知重惠琼实，薄起金刀钉玉深。”“深妆玉瓦平无垄，乱拂芦花细有声。”五则与《全唐诗》两见。“片逐银蟾落醉觥。”“巧剪银花乱，轻飞玉叶狂。”“寒艳芳姿色尽明。”三则不见《全唐诗》。“日回禽影穿疏木，风递猿声入小楼。”一则不见《全宋诗》，可互为补苴。

9. 应重出存目，未重出存目

刘敞《今古路》（《全宋诗》册9卷466页5646），又见司马光《今

① 申利：《〈全宋诗·文彦博诗〉辑补》，《古籍整理研究学刊》2009年第3期。

② 蔡毅：《从日本汉籍看〈全宋诗〉补遗——以〈参天台五台山记〉为例》，载《第四届宋代文学国际研讨会论文集》，浙江大学出版社2006年版，第650—666页。

古路行》（《全宋诗》册 9 卷 512 页 6222）。重出互注。

刘敞作见《公是集》卷六、《宋文鉴》卷一六、《古今事文类聚》续集卷三、《宋元诗会》卷二三，司马光作见《传家集》卷五。又《两宋名贤小集》卷六四题作者为刘攽。此为刘敞诗。

刘敞《种萱》："种萱不种兰，自谓忧易忘。绿叶何萋萋，春愁更茫茫。古人有虚语，名实未必当。南箕与北斗，灿烂空成章。"（《全宋诗》册 9 卷 474 页 5736）

刘敞《萱花》："种萱不种兰，自谓忧可忘。绿叶何萋萋，春愁更茫茫。"（《全宋诗》册 9 卷 487 页 5906）

此诗见载《公是集》卷一四、《公是集》卷二七、《御定佩文斋广群芳谱》卷四六、《全芳备祖集》前集卷二六，作者刘敞。又入《两宋名贤小集》卷六四《公非集》，亦前四句，作者刘攽。此诗本集两见，半首与全诗重出。

按照《全宋诗》编纂体例，当列入存目。

总而言之，《全宋诗》由于上面的种种问题，修订、补编工作不可能一蹴而就，当检之图书文献数以万计。首先，应尽快普查书目、文献，编制补编采信书目，划定补编范围。其次，应综辑现有补遗成果，剔除重复，刈除误补，综合学界力量，完成补编及正编修订工作。

第三节 《全宋诗》重出误收诗研究现状

一 北编《全宋诗》重出误收诗的研究概况

自 1991 年《全宋诗》前五册出版以来，它就进入学者的视野，获得了相关研究者的广泛关注。在订误、辨伪、辑佚等方面，无论是数量还是质量，都有了不少值得称道的成果。但综观目前的研究，多零敲碎打的单篇论文，缺少全面宏观的整体研究成果，就重出误收诗考辨而言，其研究内容及特点如下。

与"《全宋诗》重出误收"有关的著作查到一种，即陈新（《全宋诗》主编之一）、张如安等补正的大象出版社 2005 年版的《〈全宋诗〉订补》，该书分校订、辑补两部分，凡有校订、辑补之处，先出诗人名，下注《全宋诗》卷次。凡订传、校字、重出、误收等，先出诗题或首句，下注明《全宋诗》的页数，然后加以说明，辑补部分，先出整诗，后列断句。该书编者指出，渐渐发觉其他学者对《全宋诗》的订补不是十分圆满，自己不能同意的地方并非一二。所以，一方面自己继续着《全宋诗》的订补工作，另一方面也自然地思考起了订补的疏失问题。作者以为，既然是对《全宋诗》进行订补，那么对订补质量的要求自然要更严格一些。如果订补论文自身都存在不少可疑、可议甚至失考之处，那么订补的可信度就会大打折扣，而且更容易在学界产生混乱。在已经发表的订补论文中，严谨求实的作品确实不少，但订补的失误也是难以完全避免的。其编者认为，现在对《全宋诗》的订补还只是开了一个头，觉得有必要清理一下前一阶段的订补情况，及早指出订补存在的问题，应该有利于今后的整体订补工作。辩证地看，清理疏失本身就包含着对没有疏失部分的肯定。《全宋诗》出版以后，不断有批评的文章出现，主要是订正其讹误，补辑其缺佚。应该说这是我们文学研究和古籍整理的好现象，不仅对《全宋诗》今后的补订提供众多有用的资料信息，而且对学风建设也极为有利。我们确实需有一种严谨求实的治学精神，不崇虚誉、敢于纠误的正派作风。该书由《全宋诗》主编领衔，并得到傅璇琮先生的首肯，可以看作《全宋诗》编委会官方对《全宋诗》的部分订补和对其他学者订补《全宋诗》的一些评价。

核检该书，其本不专注于重出误收诗，所涉及的数量也有限，考证甄辨的力度也不大。

迄今为止大陆有关《全宋诗》的学位论文仅有两篇硕士论文，即2002年罗红艳的论《〈全宋诗〉中的声诗》和2006年曹海花的《〈全宋诗〉词义例释》，均和本选题无关；另查检有关宋诗的33篇学位论文，也都和本选题无关。港台方面亦未查到与本选题有关的学位论文。

“中国期刊网全文数据库”“万方期刊数据库”“重庆维普期刊数据库”“人大复印资料数据库”等学术期刊数据进行综合统计，剔除重复，对《全宋诗》重出误收进行考证的研究论文只有40多篇，兼及重出误收考证的文章有30余篇，多为考订一首至数首不等的短文，其中兼及理论分析又有所创建的文章仅五六篇，于重出误收诗研究卓有贡献者，当推方健、房日晰、吴宗海三位先生。

二 相关学术成果摘评

现有的关于《全宋诗》重出误收研究，大体多属个案研究和散论性质。

(一) 方健对《全宋诗》重出误收的研究

方健先生是几位在《全宋诗》考订方面有建树学者中较有特点的一位，其论辩《全宋诗》的论文数量不多，但其文宏富博洽，对《全宋诗》考订的视角、观点均有可取之处。方健在《〈全宋诗〉证误举例》[①] 中指出，傅璇琮领衔主编的《全宋诗》，是新中国成立以来规模最大的古籍整理项目，其集千万书于一书，尤其是对有文集传世作者佚诗的补遗和无集传世宋人诗作的广搜博采，就更为学者造福，可省读者无数翻检之劳。但同样不可忽视的是：总集编纂的要求是不错、不漏、不重，如以这个标准衡量，无疑《全宋诗》的修订、完善尚有很长的路要走。方健先生在有限的阅读范围中，查阅和翻检《全宋诗》，合计总量约 3 册，仅占全书 4% 左右，参考其他学者的论文和札记，就发现有各种问题上千例之多。方健先生指出，由于这种发现多产生在校核是书所引原典资料的过程中，因此就具备了某种随机抽样的性质。虽然未通读全书，无法对《全宋诗》编纂得失作出全面评价，但从已发现的问题看，情况相当严重而不容忽视，有些舛误、硬伤还十分离奇、出格，甚至令人匪夷所思。《全宋诗》卷首"编纂说明"中对前人编总集的失误讥评甚苛，如称四库馆臣因"草率和缺少知识"，"张冠李戴，所在多有"。不幸的是，《全宋诗》编者也未能避免重蹈覆辙，误收的情况屡见不鲜，导致了"新的混乱"。尤其在辑佚补遗部分，失考的情况极为严重。另一个更严重的问题是作者小传编写。此外，在作品重出、版本选用及文字校勘、注文按语等方面也存在许多问题。究其原因，正如编者坦言："我们对宋代文学和宋代史料还缺乏研究。"（《全宋诗·编纂说明》）就总集的编修而言，整理、补遗者及编者的学养是具有决定意义的因素，整理及补遗、编者水平的参差，决定了《全宋诗》各卷、册间质量的参差不齐。从客观原因分析，宋诗总集编辑的难度远胜《全唐诗》，由于印刷术突飞猛进的发

① 方健：《〈全宋诗〉证误举例》，《学术界》2005 年第 1 期。

展，宋代文史资料浩如烟海，多亟待整理；较之已基本整理完成的唐代资料有几何级数的增长。而其中的笔记、小说、诗话、方志、类书中所收宋诗，真伪杂糅、张冠李戴等可信度低的情况普遍存在，使用时须经鉴别考辨，切忌拾到篮里便是菜。但毋庸置疑，现代的知识水平、资料条件及信息手段是古人无法比拟的，纵然难度极大，完全有可能也应该比前人——如清修《全唐诗》做得更好。方健先生从已发现的上千例舛误中筛选出100余例，加以必要的归纳和分类。选作辨析之例的标准，一是尽可能兼顾不同类型；二是只作简单考订和说明即能说清是非者。方健先生此文主要辩证小传编写、误收重出及补遗辑佚等几个方面，底本及参校本的取舍、文字校勘及注文、按语的撰写等失误仅在必要时偶有涉及，尽可能以最简洁的文字说清致误原因。

方健先生的论文并非专为《全宋诗》重出误收而发，但其对研究对象的观照方式和批判精神颇值得学习，故此处摘录较长。

方健先生在《〈全宋诗〉硬伤数例》[①] 一文中指出，不仅宋人别集中因各种原因已不乏重出误收现象，即《全宋诗》据以辑佚补遗的各种资料中本身的讹误，其程度之复杂、严重，也许远出乎常人的想象，考订与判断也十分困难。何况编者的“买菜求益”，全盘照抄而不加任何辨析，又导致了新的混乱。并从误收唐人诗、误收唐五代人诗、误收南宋同名者诗又重出、误收北宋人诗、误收宋元之际人诗、误收金元之际人诗、误收元人诗、误收明人诗、误收明清人诗、误收同时人诗作、误收亲家翁诗、误收重出叔侄诗、父子诗误收重出、同时人诗重出、“张冠吴戴”、交游唱酬诗中的误收重出等15个方面指出《全宋诗》重出误收问题的严重性。

（二）房日晰对《全宋诗》重出误收的研究

房日晰先生主要有《〈全宋诗〉辨误（六则）》（《文学遗产》1996年第2期）、《读〈全宋诗〉札记》[《新疆师范大学学报》（哲学社会科学版）2001年第2期]、《〈全宋诗〉校补二则》（《江海学刊》2001年第2期）等文。《〈全宋诗〉璧瑕一例》（《江海学刊》2001年第3期）作者指出，《全宋诗》卷一八二四据宋赜藏主《古尊宿语录》卷四七《东林

① 方健：《〈全宋诗〉硬伤数例》，《文汇报》2002年6月15日。

和尚云门庵主颂古》收释道颜《颂古》110首，又卷一五七四据南宋雷庵正受编《嘉泰普灯录》等书收释士珪《颂古》82首。二卷重出达80首之多，但房日晰先生未考订甄辨作者谁属。另有《读〈全宋诗〉札记》系列《江海学刊》，该系列文章以考订、辑佚为主，考出《全宋诗》误收诗43首、误收残句8则，对8首重出诗和一些断句作了考辨；并补遗100余首。对《全宋诗》进行了部分修正。

正如有学者指出的，房日晰先生的考订和《全宋诗》编纂本身一样，也存在转引二手资料的问题，可见补苴缺漏，更需谨慎从事。

（三）吴宗海及其他学者对《全宋诗》重出误收的研究

吴宗海先生在《文献》《文学遗产》《江海学刊》《文教资料》《江苏大学学报》等学术期刊发表关于《全宋诗》的研究论文、札记二十余篇，对《全宋诗》进行校订及辑补。并参加《〈全宋诗〉订补》一书的编写工作。吴宗海先生共订诗家88人，诗、零句132篇（条）；补诗家117人，诗、句247首则。论文主要有《〈全宋诗〉杂拾》（《吉安师专学报》1999年第4期）、《读〈全宋诗〉识小》（《镇江师专学报》（社会科学版）1999年第2期）、《〈全宋诗〉积微》[《镇江师专学报》（社会科学版）2000年第2期]、《〈全宋诗〉小札》（《文学遗产》2001年第1期）、《〈全宋诗〉补订》[《镇江师专学报》（社会科学版）2001年第1期]、《〈全宋诗〉误收拾穗》（《江海学刊》2002年第1期）、《〈全宋诗〉重出现象小析》（《江海学刊》2002年第6期）、《〈全宋诗〉琐考》[《江苏大学学报》（社会科学版）2002年第1期]、《〈全宋诗〉补正一则》（《南京师范大学文学院学报》2009年第1期）。吴宗海先生以补遗、订误为主，兼及《全宋诗》体例疏失，辨析重出误收诗的论文精短，且多篇论文有例证重复现象。

此外，李裕民《对〈全宋诗补榷正〉的几点辨证》一文，辩证了王荀龙与王荀，王拯之、野耕道与黄廉、潘阆与魏野、张九成与黄裳、陆经与王安石五组作者与部分诗歌作品的关系，材料翔实，论据合理，给人较多的启发。

许红霞《〈全宋诗〉所收僧诗致误原因探析》[1]一文，分析了《全宋

① 许红霞：《〈全宋诗〉所收僧诗致误原因探析》，《中华文史论丛》2007年第4期。

诗》中收入的大量僧人及其诗歌作品，指出无论从诗僧人数还是诗歌数量上都超过了前代，它提供了丰富翔实的宋僧研究资料和线索，是了解宋代诗僧情况，研究宋代诗僧、诗歌以及整个宋代文学，不可或缺的总集，具有较高的学术价值。但是由于种种原因，其中也存在着不少疏漏和失误，如漏收、误收、重出等。作者就所发现的《全宋诗》所收僧诗的错误、疏漏之处进行了初步的归纳总结，大致分为七类，探讨了致误的原因。

曹海花的《〈全宋诗〉重出举例》① 一文，就自己的看法对《全宋诗》中的重出诗分为三类：一是同一作品在不同诗人的诗选中出现。举出《望仙曲》《奉酬令德寄示长句》《壁间所挂山水图》《雪后》《题苏端明书乳泉赋后》《赠陶辰州》《春日杂兴》15首、《答周邦彦觅茶》等诗作为例证。如《望仙曲》的考辨：此诗见于《全宋诗》第12册卷六七七，作者为杨杰，又重复出现在《全宋诗》第16册卷九三四，张商英的诗选中，曹海花认为《江西通志》是清代的，是在明《建昌府志》的基础上修订的，定为张商英诗。二是同一作品在同一诗人的诗选中重复出现。举刘敞《曲水台竹间默坐》、陈造《行都》、范镇《游昭觉寺》等例证。三是同一作者的同一首诗在不同册中重复出现。举盛世忠《柴门》等诗为例。

韩震军《全宋诗》误收同姓名唐人诗文举正（一）、（二）、（三），载《江海学刊》2009年第6期、2010年第1期、2010年第2期，作者列举了《全宋诗》误收的同姓名的唐代诗人作品即：朱长文、李颀、张登、李华、陈羽、陈存、释子兰、袁瓘八则。

寿涌《考〈临川先生文集·补遗〉误收梅尧臣诗二首》，载《中国典籍与文化》2008年第4期。作者认为，明刊本《临川先生文集》是根据南宋绍兴十年詹大和刻本复刻的，它保存了宋刻本的原貌，诞生年代较早，收集又相对齐全，是学界公认的善本。但是其中有些作品的可靠性是值得怀疑的，《和叔才〈岸旁古庙〉》和《送王郎中知江阴》二首实系梅尧臣所作，均见于梅尧臣诗集。

---

① 曹海花：《〈全宋诗〉重出举例》，《古籍整理研究学刊》2007年第3期。

（四）傅璇琮、张如安对《全宋诗》订误的研究

张如安、傅璇琮《从关于〈全宋诗〉的订补谈起》[①] 一文从订正的失误、校订的失误、辑佚的失误三个方面反驳部分批评者的意见，从研究方法思路到所用例证，不一而足。其中与重出误收有关的反驳有以下几例。

张如安、傅璇琮二先生认为，方健对《全宋诗》的批评较多，但他的文章也同样有失考之处。如《全宋诗》册七二卷三七六八页四五四四二页有赵宗吉，据《诗渊》辑录《题武夷》一诗，小传云："宋佥宪。"方健考证说："今考宋代无此职官，实乃明代'佥都御史'别称，明都察院设左右御史，古称御史为宪台，故又别称'佥宪'。此不解宋、明官制之失。"［原注：方健《〈全宋诗〉硬伤数例》，《文汇报》（上海）2002年6月15日］《全宋诗》收录赵宗吉固然不确，但方文将赵氏断为明人亦有误。按，四库全书本《江西通志》卷五一有咸淳三年丁卯解试赵宗吉，江西庐陵人，但其人未做过御史，故非作《题武夷》一诗之赵宗吉。做过御史（佥宪）的赵宗吉，应为元代人，元代文献多见其名，如《文献集》卷一、《送赵宗吉御史》、《圭峰集》卷上、《送佥判赵宗吉》、《安雅堂集》卷三、《分题飞龙亭为赵宗吉御史赋》、《蒲室集》卷一四、《赵宗吉御史冠像赞》等，《元诗选》初集卷四六有朱德润《简赵宗吉佥宪》，与《全宋诗》小传完全吻合。

另如苏轼所谓"枪旗携到齐西境，更试城南金线奇"（出自吴曾《能改斋漫录》卷一五），实乃苏辙《次韵李公择以惠泉答章子厚新茶二首》之一的句子，见《栾城集》卷六。又所谓苏轼《绝句一首》（濛濛春雨湿邗沟），乃苏辙《高邮别秦观三首》之一，见《栾城集》卷九、《坡门酬唱集》卷一八。孔凡礼大概察觉了整理苏轼诗集时所造成的这些错误，所以没有让错误在《全宋诗》中延续下来，反而招来了订补者的一番议论（原注：吴宗海《读〈全宋诗〉零札》，《镇江师专学报》1998年第4期），实无必要。

还有李裕民据《记纂渊海》卷二五辑录潘阆《渭水》四句（原注：

---

① 张如安、傅璇琮：《求真务实严格律己——从关于〈全宋诗〉的订补谈起》，《文学遗产》2003年第5期。

《〈全宋诗〉补（上）》，《文史》2001 年第 3 辑），按此诗实有八句，见《逍遥集·渭上秋夕闲望》，《全宋诗》册一卷五七页六三三潘阆卷列为存目，指出《逍遥集》据《瀛奎律髓》卷一二误收，实为魏野诗，见《东观集》卷九，这是正确的，错的反倒是订补者自己。

有作者歧异而失注的。李之亮《张舜民诗集笺校》比《全宋诗》多出六首，吴宗海《〈全宋诗〉疏失原因续探》（原注：《井冈山师范学院学报》2001 年第 1 期）袭之，但也不无可议之处。如据吕祖谦《宋文鉴》卷二一辑录张舜民《纵步湘西》一诗，按此诗又见于林之奇《拙斋文集》卷三；又据《宋文鉴》卷二六辑录张舜民《两头纤纤二首》。按，前一首乃孔平仲《两头纤纤五首》之一，见《清江三孔集》卷二七。李裕民《〈全宋诗〉补（上）》据成化《山西通志》卷一六辑录王拯之《灵泉寺》诗。按此诗又见于清《山西通志》卷二二六、曾燠《江西诗征》卷八，均作黄廉《过灵泉寺》四首之一，《全宋诗》册一二卷七二六页八一四〇黄廉名下已据后者收录。以上至少亦应注明互见。

针对此文，方健在《谁都该“求真务实，严格律己”——答傅璇琮先生》一文（2004 年 9 月 5 日《文汇报》的“学林”专版）中对傅璇琮、张如安的观点进行反驳，认为，傅文“歪曲事实，无限上纲”，存在“有害的倾向”，还有种种肆意猜测、嘲讽的笔调。哪里还像是正常的学术批评？

接着张如安又发表《如何看待〈全宋诗〉订补中的问题——兼答方健先生》，从别歪曲论文的宗旨、何曾“殃及无辜”、再说辑佚的失误三个方面批驳方文。文章最后，张如安指出，订补者们纷纷指出《全宋诗》有种种毛病，“但我敢说，《全宋诗》犯过的毛病几乎在后来的订补者身上都能找到。我们的论文已经举出了大量的例子，当时我们觉得似乎举得太多一些，实际上由于论文的容量有限，还有大量的例子都被我们搁置起来了。但方健先生还嫌我们的举证材料不足，那我只好再次得罪诸贤，另有长文再公开披露一批材料。我们认为《全宋诗》订补的失误作为一种现象是客观存在的，不容回避。这里值得一提的是，比我们的论文稍迟一些，又有金程宇先生发表了《〈全宋诗补〉権正》（《北京大学学报》2003 年第 6 期），对李裕民先生的辑佚提出了権正，多数与我们的看法不谋而合，有些是我们的论文未曾举及的，但仍有一些例子可以补充。我始终认为《全宋诗》已经是出炉的成品，恐怕现在已经“无己可律”了，现在要“律”的应该是订补者之“己”。前修未密，后出转精，这应该是订补者的奋斗目标，如果连订补者都出现诸多让人不能信服的例子，又如何能提高订补的质量呢？我坚信，过一阶段又会有学者出来挑剔性地清理一下已经发表的订补成果，指出其中的不足，这样必有助于推进学术的发展，更好地树立健康的学风。”

张如安《订补疏失续举》一文，很有分量，对《全宋诗》订补中的疏失作了一次初步的清理。大量举证了前文未及的材料，分考辨的疏失、引用第二手资料带来的问题、辑佚的疏失等几方面加以论列，希望通过这种方式，为未来《全宋诗》全面修订时，在如何有选择地吸收诸家的订补成果方面提供一点参考意见。

第一部分对房日晰、房向莉《读〈全宋诗〉札记》“重出考辨”提出驳证。《全宋诗》卷三二八九《潘仿集》存目有《洋陵旅店·一郭依稀隔渡头》判为刘克庄诗，认为是考辨的疏失。另外，考订李裕民《〈全宋诗〉辨误》关于“哀谦”与“袁谦”的考辨云：“两人均字彦先，崇安人，所辑诗的内容全同，显系同一人的作品。前者所据为清嘉庆《崇安县志》，后者所据为明嘉靖《建宁府志》。今按：此诗最早见于明弘治《八闽通志》卷六六《袁谦传》，可知‘哀’当为‘袁’之误。”张如安同意李先生“哀谦”与“袁谦”为同一人的判断，但对“‘哀’当为‘袁’之误”的说法持有异议。按，《万姓通谱》卷一七崇安“哀”氏家族、《全闽诗话》卷三引《尚友录》均有哀谦传，葛万里《别号录》卷一有“哀谦彦光（当作‘先’）”，加之清嘉庆《崇安县志》，“哀谦”有4条资料，而“袁谦”仅1条，则“袁”当为“哀”之误。认为吴宗海《沈括诗疑》考辨沈括《赠故乡人》，疑为二绝，实不得要领。认为此诗乃陈藻作，见《乐轩集》卷二，《全宋诗》册五〇卷二六六七页三一三二二陈藻名下已经收录。第二部分批评了吴文海、房日晰引用第二手资料带来的问题。第三部分谈及《全宋诗》辑佚的疏失。第四部分，讨论了《全宋诗》订补质量参差不齐、存在的问题确实有很多的事实，以及订补的重复问题。订补过程中英雄所见略同的事常会遇到，但作者在发表时是否可以适当检索一下，尽量删去不必要的重复呢？偶尔有所重复自然无足轻重，但实际上各家订补发生撞车的例子很多，兹举一例。《文学遗产》2002年第5期发表马德富先生《苏轼佚诗辨正》一文，其结尾部分辨正苏轼多条断句，就有8条早经房日晰先生辨析，见《〈全宋诗〉辨误》。有的甚至还自我复制，如吴宗海《沈括诗补遗及其他》一文所补的全部诗作，分见于其《沈括诗补》《沈括诗疑》二文，似乎有点不太应该。订补中撞车而又相矛盾的地方也偶有发现。如李裕民《〈全宋诗〉辨误》考辨何麒、何麟和何宪一人误分为三，认为“麟”乃“麒”之误，而房日晰《读〈全宋诗〉札记（十七）》除认为“麟”乃“麒”之误外，还提出何麟实有其人。显然，李裕民先生未能参阅房先生的文章。通过比较，张安如先生认为房日晰先生的意见是值得考虑的。查阅刘才邵《榭溪居士集》卷五有《何麟落职宫观制》一文，按云：“案麟事迹无考。制云：‘顷自取累，不知省循，乃讦讼持法之臣。’盖为台谏论劾而相讦者。又云‘其镌延阁之华’，其亦为学士待制等官者耶？姑识以备考。”此或即作诗之何麟，其时代可由刘才邵的时代推定。

对于《全宋诗》部分研究者，与《全宋诗》编纂方的争论，笔者认为陈尚君先生的看法，非常务实，非常中肯。陈先生指出：“《全宋诗》是一部收诗二十多万首，作者近万人，总页数达到45698页的大书，有一些错误，很正常，予以纠订，也不无意义。”①

（五）《〈全宋诗〉订补》对重出误收的研究

2005年版的《〈全宋诗〉订补》，该书分校订、辑补二部分，其校订部分主要包括订传、校字、重出、误收四种情况，体例为先出诗题或首句，下注明《全宋诗》的页数，然后加以说明，对重出误收诗的考订甄辨较为简略，但也考订了为数不少的元人、元诗误入《全宋诗》的情况，研究《全宋诗》重出误收问题，特别是宋元之际诗人的两见现象，可以作为重要参考资料。

① 陈尚君：《断代文学全集的学术评价——〈全宋诗〉成就得失之我见》，《文汇报》2004年11月14日。

第二章

《全宋诗》重出误收的类型

根据笔者的研究统计，《全宋诗》重出误收诗9877首（句），4321组，可谓数量巨大，而且这应当不是重出误收诗的全部。正如第一章引论部分所述，某诗在两个以上本朝诗人的诗集中出现，或分编在两个以上诗人名下，称为重出。不同时代、不同地域空间、不同惯性范围的收录重载，定为误收。本课题研究方法以实证为主，所以不强调概念的终极意义，为了研究、行文的方便，在较为宽泛的理念上使用相关概念，存在一定的外延交错。诗歌的重出误收就本质而言是一种文献讹误，其出现频度存在一定规律，基本上是沿着相似、相关、错讹、无绪四条线索，呈现散点不对称复合回归分布。本章以类释例，归纳诗歌重出误收的不同频度类型，提供查找线索，规范统计途径，为诗歌重出误收的文献统计和分析程序设计，提供数据和模型。从《全宋诗》重出误收诗歌的基本情况出发，第一节从形近、音讹、异称、乙置、衍脱等文献讹误出发，分十类进行归纳研究；第二节从作者亲疏相关出发，分十一类进行归纳研究；第三节文献传承、文献解读讹误出发，分七类进行归纳研究；第四节从文献编纂出发，分四个方面进行归类释例。

第一节　姓名讹误

从广义上说，任何的诗歌重出误收都是姓名讹误，是诗歌作者、时代录属的错误。从狭义上说，姓名讹误是指因诗歌作者姓名的近同性，而产生错收误录现象。本小节是在后一种意义使用此概念。姓名讹误是诗歌重出误收的大宗，有着深刻的文化心理因素，每个人依据自身的文化背景、学术素养等因素，会对通过感官接收到的外界信息，进行综合判断，而在这个从物理刺激到整体经验的认知过程中，认知的相似性、选择性、判断性在其中起着极为关键的作用，那些人们熟悉的姓名事物、体验深刻的信息事件，就会自然而然地成为人的第一认知，如果这个认知没有得到其他信息的矫正，而直接被接受或形成文字记录下来，就会产生近同性讹误，这是人的生理、心理特征决定的，不可能从人本身得到彻底解决。人认知的这种姓名、本事的近同性讹误的认知特征，是诗歌姓名讹误的主要根源。

一 同姓名歧误

同姓名歧误是十分常见的现象，古今用作姓名的常见字有限，所以重名现象普遍存在。在编订整理诗歌文献中，稍有不慎，就会大量出现因姓名、字号、别称相同而误收的情况。不仅存在于本朝诗人之间的误收，也存在于不同朝代诗人的误收。第三章有大量诗人因同名讹误的例证，此处举三列。

（一）张登

《全宋诗》录张登诗三首一句，《全唐诗》录张登诗六首两句。其中重出一首一句。

宋张登，福唐（今福建福清）人。高宗绍兴十八年（1148）特奏名，知南安县（《福建通志》卷二三、三四）。后以左朝请郎知南恩州。有集六卷（《宋史》卷二〇八），已佚。事见《广东通志·金石略》卷一二。今录诗三首。[①]（《全宋诗》册34卷1946页21761）

唐张登，南阳人，江南士椽满岁，计相表为殿中侍御史，董赋江南，俄拜漳州刺史。集六卷，今存诗七首。[②]

宋张登《朱槿花》："甲子虽推小雪天，刺桐犹绿槿花然。阳和长养无时歇，却是炎州雨露偏。"（《全宋诗》册34卷1946页21761）

唐张登《小雪日戏题绝句》："甲子徒推小雪天，刺梧犹绿槿花然。融和长养无时歇，却是炎洲雨露偏。"（《全唐诗》卷313）

---

① 傅璇琮等主编：《全宋诗》，北京大学出版社1998年版。

② （清）曹寅等编：《全唐诗》卷313，清康熙扬州诗局刻本。

宋张登作出《全芳备祖》前集卷二〇，题作者张登。又见《御定佩文斋广群芳谱》卷六、《御定佩文斋广群芳谱》卷三九、《全芳备祖集》前集卷二〇、《唐百家诗选》卷九、《万首唐人绝句》卷二六、《全唐诗》卷三一三、《御定佩文斋咏物诗选》卷三四五、《唐诗纪事》卷四〇。此诗既见《唐百家诗选》，非南宋张登作无疑。

（二）陈起

陈起《迎月》（《全宋诗》册 5 卷 267 页 3387），又见陈起《迎月》（《全宋诗》册 58 卷 3082 页 36760）。重出失注。

《全宋诗》收两个陈起。北宋陈起，字辅圣，沅江人。仁宗景祐元年（1034）进士。历知宁乡、秭归、湘乡、萍乡等县。嘉祐间为永州通判（《全宋诗》册 5 卷 267 页 3387）。南宋陈起，字宗之，号陈道人，亦号芸居，钱塘人。开书肆于钱塘睦亲坊，与江湖诗人善，编刊有《江湖集》。理宗宝庆初，史弥远当政，视集中诗有谤讪，因起大狱，劈《江湖集》版，起亦流配，且诏禁士大夫作诗。史死后方得赦，重操旧业。今存《芸居乙稿》一卷。（《全宋诗》册 58 卷 3082 页 36756）

《全宋诗》北宋陈起作出清唐古特嘉庆《沅江县志》卷二九。此诗有见载《江湖小集·芸居乙稿》卷二八、《两宋名贤小集》卷三四八、《宋百家诗存》卷二八。《江湖小集·芸居乙稿》为南宋陈起自编，当不误。此诗属南宋陈起无疑，《全宋诗》此处当删归存目。

二 同姓歧误

（一）程宿与程俱

程宿《旅舍述怀》（《全宋诗》册 2 卷 74 页 852），又见程俱《会稽旅舍言怀》（《全宋诗》册 25 卷 1419 页 16352）。重出失注。

程宿作出清范玉衡乾隆《开化县志》卷一〇。程俱作见《渊鉴类函》卷三〇四、《北山集》卷一〇、《两宋名贤小集》卷二〇三、《宋诗钞》卷五六。此为程俱诗无疑，程宿处当存目。

（二）王曙与王安石

王曙《回峰院留题》（《全宋诗》册 2 卷 96 页 1080），又见王安石《题回峰寺诗》（《全宋诗》册 10 卷 577 页 6783）。重出失注。

《延祐四明志》卷一八、《芦浦笔记》卷一〇、《娱书堂诗话》《宋诗纪事》卷七并作王曙诗。《昌国州图志》卷六、《御定佩文斋咏物诗选》卷六五作王安石诗。《芦浦笔记》卷一〇“回峰院留题”条：“‘山势欲压海，禅扃向此开。鱼龙腥不到，日月影先来。树色秋擎出，钟声浪荅回。何期随吏役，暂得拂尘埃。’右文康王公所赋，公讳英庙同字字晦叔。尝宰定海县，景祐中为执政。开禧丙寅，商逸卿得隶古遗墨，刻于县治愿丰亭。”[①] 此诗当为王曙作，王安石名下当存目。

三 同名歧误

相比同姓歧误，同名歧误更具有典型性。

（一）王嗣宗与姚嗣宗

王嗣宗《题关右寺壁》（《全宋诗》册1卷47页508），又见姚嗣宗《题闽中驿舍》（《全宋诗》册7卷398页4877）。

《陕西通志》卷九八、《类说》卷一五、《说郛》卷一八上、《侯鲭录》卷三以作者为姚嗣宗，《氏族大全》卷八、《苕溪渔隐丛话》前集卷五四、《宋诗纪事》卷二以作者为王嗣宗。《氏族大全》卷八“手搏状元”条：“王嗣宗，字希阮。赵太祖朝与赵昌言争状元，上命二人手搏，嗣宗胜。故种放曰，卿以手搏得状元，为泰山司理。有诗云：‘欲挂衣冠神武门，先寻水竹近南村。却将旧斩楼兰剑，买得黄牛教子孙。’”[②]《苕溪渔隐丛话》前集卷五四：“东坡云：‘欲挂衣冠神武门，先寻水竹渭南村，却将旧斩楼兰剑，买得黄牛教子孙。’余旧见此诗于关右寺壁上，爱之，不知其何人作也。蔡宽夫《诗话》云：‘是王嗣宗诗。’”[③] 故定此诗为王嗣宗作。

（二）寇准与程准

寇准《顶山》（《全宋诗》册2卷92页1041），又见程准《留题顶山上方》（《全宋诗》册52卷2771页32795）。重出失注。

此诗《吴都文粹续集》两见，卷三四作寇准诗题为《顶山》，卷二二

---

① （宋）刘昌诗撰：《芦浦笔记》，张荣铮、秦呈瑞点校，中华书局1986年版，第73页。

② （元）不著撰人：《氏族大全》，线装书局2001年日本宫内厅书陵部藏宋元版汉籍影印丛书。

③ （宋）胡仔编：《苕溪渔隐丛话》，清道光潘氏刻本。

作程准诗题为《顶山上方》，可知此诗是因作者名同而讹。此诗《全宋诗》出《琴川志》卷一四，题下有注："绍熙元年（1190）"[①] 寇准，字平仲，华州下邽人，太宗太平兴国五年进士，卒于1023年，可知此为程准诗。

四 同字歧误

（一）王钦若与王巩（同字定国）

王钦若《句》其二："春渍苔纹沿石塔，月含松韵杂琴声。"（《全宋诗》册2卷93页1047）又见王巩《句》："春渍苔纹沿石塔，月含松韵杂琴声。"（《全宋诗》册14卷839页9715）重出失注。

王钦若作出《舆地纪胜》卷二六。王巩作出《方舆胜览》卷一九"栖霞阁"条："栖霞阁在城内高真观。王定国诗：'眷渍苔纹沿石塔，月含松韵杂琴声。'"[②] 又《明一统志》卷五七"栖霞楼"条："栖霞楼在府城内旧高真观，宋建王钦若诗：'春渍苔纹沿石塔，月含松韵杂琴声'题刻犹存。"[③] 王钦若（962—1025），字定国，新喻人，太宗淳化三年进士（《文庄集》卷二八《王公行状》）。王巩，字定国，自号清虚居士，莘县人。可知两人字相同，《全宋诗》编者不察，误《方舆胜览》的王定国为王巩，此则当为王钦若作。

（二）陈偁与陈傅良（同字君举）

陈偁《题泉州万安桥》（《全宋诗》册8卷408页5017），又见陈傅良《洛阳桥》（《全宋诗》册47卷2535页29311）。重出失注。

《全宋诗》此两处同出《方舆胜览》卷一二："桥梁万安桥，一名洛阳桥。嘉祐间太守蔡君谟劝州民成此桥。……陈君举《洛阳桥》诗：'跨海为桥布石牢，那知直下压灵鳌。基连岳屿规模壮，势截渊潭气象豪。铁马着行横绝漠，玉鲸张鬣露寒涛。缣图已幸天颜照，应得元丰史笔褒。'盖元丰初，运使王公尝进画本，天子嘉赏久之，故卒章及此。"[④] 又

---

① （宋）孙应时纂修，（宋）鲍廉、镭秀实续修，（元）卢镇增修：《［宝祐］重修琴川志》，上海古籍出版社2002年《续修四库全书》本。

② （宋）祝穆撰：《方舆胜览》，台湾商务印书馆1983年影印《四库全书》本。

③ （明）李贤、彭时等奉敕修撰：《明一统志》，台湾商务印书馆1983年影印《四库全书》本。

④ （宋）祝穆撰：《方舆胜览》，台湾商务印书馆1983年影印《四库全书》本。

《宋诗纪事》卷二七，题作者陈偁。

陈偁（1015—1086），字君举，沙县人。以父荫补太庙斋郎，调潭州司法参军，福州罗源县令。改知黄岩、安远县，历知循、惠、宿、泉、舒等州。哲宗元祐元年卒。陈傅良（1137—1203），字君举，温州瑞安人。

据本事，此诗作于元丰（1078—1085）初，此时陈傅良尚未出生，此陈君举必是陈偁。

（三）林汝砺与林锡翁（同字君用）

林汝砺《隐求斋》其一："蜗名蝇利处樊笼，世事其如转眼空。惟有高人林下隐，只求明月与清风。"（《全宋诗》册59卷3101页37022）

林锡翁《隐求斋》："蜗名蝇利处樊笼，世事□其转眼空。惟有高人林下隐，只求明月与清风。"（《全宋诗》册72卷3767页45420）

林汝砺作出《永乐大典》卷二五三六，林锡翁作出《诗渊》册四页三〇〇八。

林汝砺（1190—1262），字君用，莆田（今属福建）人。

林锡翁，字君用，延平（今福建南平）人。

另：疑为同一人。

五　名同字讹误

（一）李师中、李訦与李诚之（共有李诚之）

李师中《咏松》（《全宋诗》册7卷397页4870），又见李訦《咏松》（《全宋诗》册50卷2648页31023），又见李诚之《咏松》（《全宋诗》册51卷2691页31685）。重出失注。

李师中作见《鹤林玉露》（十六卷本）卷一五，李訦、李诚之作同出《鹤林玉露》甲编卷五（十八卷本），《宋诗纪事》卷一三，《鹤林玉露》（十六卷本），又见《野古集》卷下，未题作者。此二来源，作者题李诚之，如《鹤林玉露》（十六卷本）卷一五："秦朝松封大夫，陈朝石封三品。李诚之《咏松》云：'半依岩岫倚云端，独上亭亭耐岁寒。一事颇为清节累，秦时曾作大夫官。'"

李师中（1013—1078），字诚之，楚丘人。李訦（1144—1220），字诚之，晋江人。李诚之（1153—1221），字茂钦，东阳人。三人在罗大经前，皆可称李诚之，此诗属谁，无可考辨。

（二）张载、张举与张惇及章惇（共有张子厚）

张载《别后寄吕子进》（《全宋诗》册9卷517页6282），又见张举《吕子进知睦州予追送累日别后寄之》（《全宋诗》册17卷1029页11749），又见张惇《送别吕子进自中舍出知睦州》（《全宋诗》册22卷1292页14652）。重出失注。

张载、张举作《全宋诗》此处均出《紫薇诗话》："张先生子厚与从祖子进，同年进士也。张先生自登科不复仕，居毗陵。绍圣中，从祖自中书舍人出知睦州，子厚小舟相送数程，别后寄诗云：'篱鷃云鹏各有程，匆匆相别未忘情。恨君不在篷笼底，共听萧萧夜雨声。'先生少有异才，多异梦，尝作梦录，记梦中事，余旧宝藏，今失之。先生梦中诗，如：'楚峡云娇宋玉愁，月明溪净印银钩。襄王定是思前梦，又抱霞衾上玉楼。'又'无限寒鸦冒雨飞'、'红树高高出粉墙'之句，殆不类人间语也。绍圣初，尝访祖父荥阳公于历阳，既归，乘小舟泝江至乌江，还书云：今日江行，风浪际天，尝记往在京师作诗云：'苦厌尘沙随马足，却思风浪拍船头'也。"①

《宋文鉴》卷二八题作者为张举。

《御选宋金元明四朝诗·御选宋诗》卷六八、《宋元诗会》卷三二、《宋诗纪事》卷三二题作者为张㒏，当即张举（张擧）形讹。

《宋艺圃集》卷一四，题作者张惇："张惇二首《送别吕子进自中舍出知睦州》：'篱鷃云鹏各有程，匆匆相别未忘情。恨君不在蓬窗底，共听萧萧夜雨声。'《梦中作》：'楚峡云娇宋玉愁，月明溪净印银钩。襄王定是思前梦，又抱霞衾上玉楼。'"②

张载（1020—1078），字子厚，大梁人，世称横渠先生，仁宗嘉祐二年（1057）进士。

张举（？—1105），字子厚，毗陵人。英宗治平四年（1067）进士，一说哲宗元祐四年（1089）进士。

① （宋）吕本中撰：《紫微诗话》，见（清）何文焕辑《历代诗话》，中华书局1981年版，第362页。

② （明）李蓘辑：《宋艺圃集》，台湾商务印书馆1983年影印《四库全书》本。

张子厚，长乐人。进士。

章惇（1035—1105），字子厚，建州浦城人。仁宗嘉祐四年（1059）进士。

吕子进即吕希纯，字子进，寿州人。公著第三子（《金石萃编》卷一四四）。第进士，为太常博士。哲宗元祐中历宗正、太常、秘书丞，迁著作郎，以父讳不拜。擢起居舍人，权太常少卿。拜中书舍人，同修国史。绍圣中章惇为相，出知亳州，徙睦州、归州。

张载、张举、张子厚三人均可称为张子厚，此张子厚是谁成为本诗作者的关键。此诗又见《文定集》卷一〇“题吕子进集”：“毗陵张子厚先生，蚤登第，以侍亲不出仕，既终养遂家。居元祐间，近臣屡荐虽除官，亦不就也。于待制（吕希纯）特厚善，待制知睦州，子厚追送，累日别后寄诗云：‘篱鷃云鹏各有程，匆匆相别未忘情。恨君不在蓬窗底，共听萧萧夜雨声。’此诗亦可想见其人。待制之孙金部员外，出示家集，始得拭目，偿所愿焉。因记所尝闻于集后，张先生名举字子厚。”① “《文定集》二十四卷，宋汪应辰撰。应辰字圣锡，信州玉山人，初名洋。绍兴五年登进士第一。高宗为改此名。初授镇东军佥判。后官至敷文阁学士、四川制置使，知成都府。应辰少从喻樗、张九成、吕本中、胡安国诸人游。又与吕祖谦、张栻相善。”②

汪应辰与吕氏交好，此其第一手资料，当属可信，此诗张举作无疑。《全宋诗》卷6282编者不察，误此张子厚为张载。又张惇之误是章惇字子厚，此字讹又姓讹所致。《全宋诗》收张惇诗两首，皆张举诗，此人当删。

六 异称别名同号讹误

（一）钱惟演与钱勰

钱惟演《成都》：“武侯千载有遗灵，盘石刀痕尚未平。巴妇自饶丹穴富，汉庭还责碧砮征。雨经蜀市应和酒，琴到临邛别寄情。知有忠臣能叱驭，不论云栈更峥嵘。”（《全宋诗》册2卷94页1061）又见钱勰

---

① （宋）汪应辰撰：《文定集》，清乾隆四十二年刻本。

② （清）永瑢、纪昀等编纂：《四库全书总目》卷158，中华书局1965年影印本。

《成都》："武侯千载有余灵，盘石刀痕尚未平。巴妇自饶丹穴富，汉庭还负碧砮征。雨经蜀市应和酒，琴到临邛别寄情。知有忠臣能叱驭，不论云栈更峥嵘。"（《全宋诗》册 13 卷 747 页 8698）重出失注。

《全宋诗》钱勰作出《全蜀艺文志》卷五，今翻阅发现此处作者为"钱思公"。钱勰（1034—1097），字穆父，吴越王后裔，惟演从孙。钱惟演（962—1034），字希圣，钱塘人。吴越王俶之子。归宋，景祐元年卒，谥思，改谥文僖。可见此处"钱思公"为钱惟演，而绝非钱勰，勰、思形讹。另《西昆酬唱集》卷上、《瀛奎律髓》卷三、《石仓历代诗选》卷一二七亦作钱惟演诗，卷一三钱勰名下当存目。

（二）程琳与程大昌

程琳《和答刘夔咏茱萸》其一：秋风台上起高歌，把酒看花意已多。屈轶不生神豸死，结茱为佩欲如何。(《全宋诗》册 3 卷 163 页 1847)，又见程大昌《和刘侍郎九日登女郎台》（《全宋诗》册 38 卷 2124 页 24016)。重出失注。

程琳作出《能改斋漫录》，程大昌作出清程鸿绪《程氏所见诗钞》卷三。《能改斋漫录》卷一一"咏茱萸"条："刘夔侍郎九日登女郎台，记杜子美诗'醉把茱萸仔细看'，王摩诘诗'遍插茱萸少一人'。因作诗二首云：'华颠帽落从人笑，不插茱萸也是闲。'次云：'曾冠獬豸犹无勇，未信茱萸可辟邪。'程文简公和答之云：'霜枝凋翠雁横秋，莫倚危楼动旅愁。菊有清香樽有酒，茱萸不插也风流。'又云：'秋风台上起高歌，把酒看花意已多。屈轶不生神豸死，结茱为佩欲如何。'"[①] 本事为刘夔侍郎九日登女郎台，与程文简公酬答之作。刘夔，字道元，自号北山居士，建州崇安人，真宗大中祥符八年（1015）进士，皇祐以户部侍郎致仕。程琳（988—1056），字天球，中山博野人。真宗大中祥符四年（1011）举服勤辞学科，至和三年卒，谥文简。程大昌（1123—1195），字泰之，徽州休宁，高宗绍兴二十一年（1151）进士，庆元元年卒，谥文简。程琳、程大昌均谥号文简，从生平看与刘夔同时的程文简公必为程琳，《程氏所见诗钞》误为程大昌，《全宋诗》编者不察，沿其误。此诗属程琳，程大昌名下当删。

① （宋）吴曾撰：《能改斋漫录》，清乾隆四十二年刻本。

（三）苏舜钦与苏轼

1. 苏舜钦《吴江岸》（《全宋诗》册 6 卷 316 页 3952），又见苏轼《吴江岸》（《全宋诗》册 14 卷 802 页 9293）。重出单注。

苏舜钦作见《苏学士集》卷八，苏轼作见《东坡全集》卷二八、《东坡诗集注》卷一、《施注苏诗》续补遗卷下、《吴都文粹续集》卷四八。疑苏舜钦、苏轼皆称苏学士，故误入另一人集中，苏舜钦诗可能性较大，俟考。

2. 苏舜钦《游霅上何山》（《全宋诗》册 6 卷 316 页 3952），又见苏轼《游何山》（《全宋诗》册 14 卷 831 页 9628）。重出失注。

苏舜钦作见《苏学士集》卷八，苏轼作出《苏诗补注》卷四八。此诗应属苏舜钦，存疑。

七 形讹歧误

（一）罗处约与罗处纯

罗处约《题太湖》（《全宋诗》册 2 卷 74 页 847），又见罗处纯《泛太湖》（《全宋诗》册 72 卷 3776 页 45559）。重出失注。

罗处约出《宋文鉴》卷二二；罗处纯作出清于琨康熙《常州府志》卷三三。疑因形讹误罗处约为罗处纯，此诗当为罗处约作。

（二）杨允元、杨亿与杨允

杨允元《寄馆中诸公》（《全宋诗》册 2 卷 100 页 1129），又见杨亿《贻诸馆阁》（《全宋诗》册 3 卷 122 页 1416），又见杨允《不预曲宴诗》（《全宋诗》册 20 卷 1193 页 13494）。三出双注。

杨允元作出《诗话总龟》前集卷四引《古今诗话》。杨亿作出《渑水燕谈》卷七。杨允作出《翰苑群书》后集上卷一九。《全宋诗》编者认为杨允元早年在蜀，后入京未居馆职，以此诗应属杨亿。（《全宋诗》册 2 卷 100 页 1129）《古今事文类聚》后集卷一三“不与赐燕”条：“杨文公为光禄丞，后苑赏花宴不得预。以诗贻诸馆阁曰：‘闻说宫花满鬓红，上林丝管侍重瞳。蓬莱咫尺无由到，始信仙风迥不同。’太宗皇帝闻之，乃诘所司，以不召之故。左右皆曰：‘以未贴职例不得召。’即命直集贤院，遂预晚宴。”[1] 又《诗话总龟》前集卷四“诗进门”条：“杨允元，年二十一岁，为光禄寺丞，太宗极爱之。三月，后苑曲宴，未得贴职，不得与。以诗贴寄馆中诸公曰：‘闻说宫花满鬓红，上林丝管侍重瞳。蓬莱咫尺无由到，始信仙凡迥不同。’诸公进呈，太宗讶有司不召，左右以未得贴职为奏。即日直集贤院，与晚宴。”[2] 另《翰苑新书》后集卷一九“丝管侍重瞳”条：“杨允《不预曲宴》诗：‘闻说宫花满鬓红，上林丝管侍重瞳。蓬莱咫尺无由到，始信仙风迥不同。’”[3] 考订此诗本事应该是事出太宗朝无疑，宋太宗卒于997年。杨亿（974—1021），字大年，建州浦城人。太宗淳化三年（992）赐进士及第，迁光禄寺丞。四年，直集贤院。杨允元，绵竹人。太宗淳化中与兄杨允恭破李顺兄李自荣有功，授什邡令。又诏赴阙，授大理评事。杨允，徽宗崇宁四年（1105）为开封府仓曹参军。从时间和任职经历看此诗不可能是杨允作，而杨允元仕历亦不相符，而杨亿“迁光禄寺丞，直集贤院”的经历与本事正合。此诗当为杨亿作，误为杨允元，又误为杨允。

（三）欧阳修与欧阳澈（欧阳修撰）

欧阳修《和晏尚书夏日偶至郊亭》（《全宋诗》册6卷301页3783），又见欧阳澈《是日郊亭和晏尚书韵》（《全宋诗》册32卷1851页20680）重出失注。

欧阳修作见《文忠集》卷五六。欧阳澈作见《欧阳修撰集》卷五、《两宋名贤小集》卷一二九。《四库全书总目》卷一五七：“《欧阳修撰集》七卷，宋欧阳澈撰。澈字德明，崇仁人。建炎初徒步走行在，伏阙上书，请诛黄潜善、汪伯彦，与陈东俱论死。后高宗悔之，追赠秘阁修撰。事迹具《宋史·忠义传》。绍兴二十六年，吴沆次其诗为《飘然集》三卷，并为作序。”此乃“欧阳修撰”误为“欧阳修”撰，此欧阳澈诗无疑。

① （宋）祝穆撰：《古今事文类聚》，台湾商务印书馆1983年影印《四库全书》本。

② （宋）阮阅编：《诗话总龟（前集）》，人民文学出版社1987年版，第35页。

③ （宋）佚名编：《新编翰苑新书》，书目文献出版社1998年北京图书馆古籍珍本丛刊本，第七十四册，第679页。

八 音讹歧误

（一）李孝伯与李孝博

李孝伯《晚泊凤凰驿次韵蒋颖叔》（《全宋诗》册12卷689页8064），又见李孝博《次蒋颖叔韵》："维舟亭下号三湾，万叠青山一水间。偏爱澄江照天碧，飞来几片白云闲。"（《全宋诗》册18卷1043页11947）重出失注。

李孝伯作出《宋诗纪事》卷三〇转引《锦绣万花谷》，四库本《锦绣万花谷》未见此诗。李孝博作出《舆地纪胜》卷九五，又见《方舆胜览》卷三五。此诗应是李孝博作讹为李孝伯。

（二）黄晞与黄曦

黄晞《寄李先生》（《全宋诗》册3卷162页1837），又见黄曦《寄李先生》（《全宋诗》册12卷678页7908）。重出失注。

《全宋诗》此两处同出宋李觏《盱江外集》卷三，翻阅此卷，作者为黄晞。又李觏（1009—1059），字泰伯，建昌军南城人。黄晞（？—1057），字景微，自号聱隅子，建安人。黄曦，字耀卿，南城人。哲宗元符三年（1100）进士。比较三人年辈，细索诗意，当为黄晞诗。

（三）刘赟与刘挚

刘赟《禹碑》："坛峙麻姑石，溪忘夏禹碑。物神人所贵，世事远谁知。"（《全宋诗》册7卷399页4900）又见刘挚《句》其四："坛峙麻姑石，溪忘忧禹碑。"（《全宋诗》册12卷684页7998）重出失注。

刘赟作出《永乐大典》卷八六四八引《元一统志》，刘挚作出《永乐大典》卷五七七〇。查《元一统志》卷一〇[①]，此诗作者为刘挚，《全宋诗》编者沿用《永乐大典》之误。此诗可补辑刘挚名下。

九 脱字衍字歧误

（一）李熙辅与李辅

李熙辅《题真空阁》（《全宋诗》册3卷175页1998），又见李辅《真空寺》（《全宋诗》册45卷2397页27723）。重出失注。

---

① （元）孛兰肹等著，赵万里校辑：《元一统志》，中华书局1966年版，第703页。

李辅作出《山堂肆考》卷一七四。李熙辅作出《赤城志》卷二七，又见《天台续集》卷中、《宋诗纪事》卷六〇。此诗为李熙辅作。

（二）王崇与王崇拯

王崇《送王才元入京》（《全宋诗》册7卷399页4908），又见王崇拯《送王棫》（《全宋诗》册17卷1029页11750）。重出失注。

《全宋诗》此两处同出《诗话总龟》前集，《全宋诗》录二人诗仅此首，王崇作见四库本《诗话总龟》前集卷四一，王崇拯作见四部丛刊本《诗话总龟》前集卷四三。

《诗话总龟》前集卷四一："王崇字极之，与先君同在熙河，先君自熙河入京，相别于中途，送先君云：'渭城杨柳已青青，强驻行人听渭城。不问使车归路远，且从樽酒满杯倾。相逢洮塞休兵后，此去秦川照眼明。若立螭头借前箸，且教充国事春耕。'先君诵于吴卿丞相，缘此知名于朝庭。（《王直方诗话》）"①

《诗话总龟》前集卷四三："王崇拯字拯之，与先君同在熙河，先君自熙河入京，相别于中途，送先君云：'渭城杨柳已青青，强驻行人听渭城。不问使车归路远，且从樽酒满杯倾。相逢洮塞休兵后，此去秦川照眼明。若立螭头借前箸，且教充国事春耕。'先君诵于吴卿丞相，缘此知名于朝庭。（《王直方诗话》）"②

此诗又见《苕溪渔隐丛话》前集卷五五亦引《王直方诗话》："王崇极之，与先君同在熙河，作诗送先君入京云：'渭城杨柳已青青，强驻行人听《渭城》。不问使车归路远，且从樽酒满杯倾。相逢洮塞休兵后，此去秦川照眼明。若立螭头借前箸，且教充国事春耕。'先君诵于吴冲卿丞相，缘此知名。"③

可见，此则最早出《王直方诗话》，原书已佚，郭绍虞《宋诗话辑佚·王直方诗话》条220王崇拯送别王棫诗，注释六："案《丛话》《宋纪》均作王崇拯之，考苏辙《栾城集》有赠王崇拯诗，则《总龟》所引

① （宋）阮阅编：《诗话总龟（前集）》，台湾商务印书馆1983年影印《四库全书》本。

② （宋）阮阅编：《诗话总龟（前集）》，人民文学出版社1987年版，第414页。

③ （宋）胡仔编：《苕溪渔隐丛话》，清道光潘氏刻本。

为不误。”① 又《续资治通鉴长编》卷二六一：“熙宁八年（1075），三月癸巳朔，诏分熙河路正兵三万三千，参以弓箭手、寨户、蕃兵，为四将。以都钤辖王君万为第一将，都监王崇拯副之。”② “王崇字极之”当为“王崇拯字拯之”脱误、形讹。

（三）王珪与王廷珪

王珪《句》其二：“十字水中分岛屿，数重花外见楼台。”（《全宋诗》册9卷497页6006）又见《全唐诗》卷795，题为《句》，作者王廷珪。

王珪作出《挥麈录馀话》卷一：“成都人景焕《野人闲话》，盖乾德三年所述其间，载蜀后主一条，今录于后。……兵部王尚书珪、李昊、徐光浦题亭子诗，其一联曰：‘十字水中分岛屿，数重花外见楼台。’皆此类也。”③ 王珪并无做蜀主臣僚事，此诗作者可能是王尚书珪作（也可能此联为李昊、徐光浦，或其他什么人题写的，从句意看，非必为王尚书珪。《五代诗话》卷一引《十国春秋》坐实为王尚书珪），此人一定不是王岐公珪。

此句则《蜀梼杌》卷下、《十国春秋》卷四九、《蜀中广记》卷一〇二、《全唐诗》卷七九五、《五代诗话》卷四，题作者为王廷珪（周必大有《王廷珪行状》，当非同一人）。“八月（广政十二年，949），帝（蜀后主）游浣花溪，御龙舟观水嬉时，百姓饶富，夹江皆创亭榭。都人士女倾城游玩，珠翠罗绮，名花异卉，馥郁十里。望者有若神仙之境，帝谓左右曰：‘曲江金殿锁千门，殆未及此。’兵部尚书王廷珪赋诗曰：‘十字水中分岛屿，数重花外见楼台。’帝称善久之。”④

此句则为后蜀孟昶兵部尚书王廷珪作无疑，《挥麈录》脱“廷”字，误为王珪，《全宋诗》编者不察，导致误收。

（四）黄公度与黄度

黄公度《西园二首》其二：“意得壶觞外，心清杖屦间。簿书休吏早，花鸟向人闲。旧隐在何许，倦游殊未还。天涯赖有此，退食一开

① 郭绍虞辑：《宋诗话辑佚》，中华书局1980年版，第82页。

② （宋）李焘撰：《续资治通鉴长编》，中华书局1986年版，第6356页。

③ （宋）王明清撰：《挥麈录馀话》，毛氏汲古阁刻本。

④ （清）吴任臣撰：《十国春秋》卷49，中华书局1983年版，第718页。

颜。”(《全宋诗》册 36 卷 2007 页 22504)

黄度《隆荫堂》:“意得壶觞外,心清杖屦间。簿书休吏早,花鸟向人闲。”(《全宋诗》册 47 卷 2557 页 29660)

黄公度作出《知稼翁集》卷下、《宋元诗会》卷三七、《知稼翁词》。

黄度作出《舆地纪胜》卷九八,题作者为黄状元度。黄公度为绍兴八年状元。可知脱“公”字,误为黄度。

十 名字乙置歧误

(一) 赵立夫与赵戣

赵立夫《枫》(《全宋诗》册 55 卷 2888 页 34443),又见赵戣《枫》:“黄红紫绿岩峦上,远近高低松竹间。山色未应秋后老,灵枫方为驻童颜。”(《全宋诗》册 59 卷 3087 页 36824)重出失注。

赵立夫作出《后村千家诗》卷一一,题作者赵德成。赵戣《全芳备祖》后集卷一八,又见《御定佩文斋广群芳谱》卷七〇,同题作者赵成德。

赵立夫,字德成,乐清(今属浙江)人。

赵戣,字成德,号吟啸,休宁(今属安徽)人。

赵德成与赵成德字号乙置讹误。

(二) 张景修与张叔敏

张景修《延真秋屏轩》:“鸟回山色隐如城,碧落人归依旧青。好向中间安一榻,何须更画绕床屏。”(《全宋诗》册 14 卷 840 页 9743)

张叔敏《延真秋屏轩》:“鸟回山色隐如城,碧落人归依旧青。好向中间安一榻,何须更画绕床屏。”(《全宋诗》册 72 卷 3772 页 45507)重出失注。

张景修作出民国《莫干山志》卷五。张叔敏作出明程嗣功嘉靖《武康县志》卷五。

《石林诗话》卷中:“张景修字敏叔,常州人,余大父客也。少刻苦作诗,至老不衰,典雅平易,时多佳句。元丰末,为饶州浮梁令,邑子朱天锡以神童应诏,景修作诗送之。”①

---

① (宋)叶梦得撰:《石林诗话》,见(清)何文焕辑《历代诗话》,中华书局 1981 年版,第 423 页。

此诗张敏叔（张景修）与张叔敏必有一误。

（三）陶应、陶应弼与雍陶

陶应《题宝鸡县》："雪楼当月动清寒，渭水梁山鸟外看。闻说德宗曾到此，吟诗不敢倚栏干。"（《全宋诗》册18卷1074页12233）

《锦绣万花谷》续集卷九："肃宗寝疾方甚，视宝召代宗谓之曰：'汝自楚王为皇太子，今上天赐宝获于楚，天祚汝也，宜保爱之。'代宗再拜受赐，即日以宝应纪节云。题咏：'雪楼当月动晴寒，渭水梁山鸟外看。闻说德宗曾到此，吟诗不敢倚栏干。'出唐楚州刺史郑畋记、出陶应弼题宝应。"

《记纂渊海》卷一一、《全唐诗》卷五一八题唐雍陶作。

《方舆胜览》卷四六、《宋诗纪事》卷三五题陶应作。

云按：此应为唐陶应弼诗脱字讹为陶应，乙置形讹为雍陶。《全宋诗》当删。

第二节　亲朋讹误

一　祖孙歧误

（一）毕士安与毕仲游

毕士安《杨照承议芦雁枕屏》（《全宋诗》册1卷21页297），又见毕仲游《杨照承议芦雁枕屏》（《全宋诗》册18卷1040页11903）。重出失注。

毕士安作出宋孙绍远《声画集》卷八，毕仲游作出大典辑本《西台集》。毕仲游（1047—1121），字公叔，郑州管城人。毕士安曾孙。初以父荫补太庙斋郎，后与兄毕仲衍同举进士，宣和三年卒。有《西台集》二十卷佚。清四库馆臣据《永乐大典》辑为二十卷，以为"亦几几乎还其旧矣"。曾孙诗集不应把曾祖之诗作为自己的作品收录，故此诗应为毕仲衍作。

（二）晏殊与晏敦复

1. 晏殊《句·栽竹》："何用粉墙高百尺，任教墙外俗人看。"（《全宋诗》册3卷173页1964）又见晏敦复《句》其一："何用粉墙高百尺，任教墙外俗人看。"（《全宋诗》册24卷1379页15818）《全宋诗》此两处同出《诗话总龟》前集卷六，作者是晏临淄，此则又见《两宋名贤小集》卷一一〇、《诗人玉屑》卷一二，作者同。晏殊（991—1055），字同叔，抚州临川人。幼以神童著称，真宗景德二年（1005）15岁时即赐同进士出身。皇祐五年（1053）自永兴徙知河南，兼西京留守，迁兵部尚书，封临淄郡开国公，故称晏临淄。至和二年卒，年六十五，谥元献。晏敦复（1075—1145），字景初，临川人。晏殊曾孙，徽宗大观三年（1109）进士。（《全宋诗》册24卷1379页15818）此则为晏殊作，《全宋诗》卷一三七九误为晏敦复，当删。

2. 晏殊《句》其三七："春风任花落，流水放杯行。"（《全宋诗》册3卷173页1967）又见晏敦复《句》其二："春风任花落，流水放杯行。"（《全宋诗》册24卷1379页15818）重出失注。

晏敦复作出《诗话总龟》前集卷一三，作者晏临淄。此则为晏殊作无疑，考证见前。

（三）司马光与司马槱

司马光《又和上元日游南园赏梅花》（《全宋诗》册9卷511页6212），又见司马槱《和上元日游南园赏梅花》（《全宋诗》册22卷1274页14387）。重出失注。

司马光作出《传家集》卷一二，《全宋诗》司马槱作出《岁时杂咏》卷八。司马槱字才仲，陕州夏县（今属山西）人，司马光从孙。元祐中以苏轼荐，应贤良方正能直言极谏科，入第五等，赐同进士出身。累迁河中府司理参军，终知杭州，卒于任。事迹见张耒《书司马槱事》（《张右史集》卷四七）。《全宋词》录其词二首。检《岁时杂咏》，此诗未题作者，此前数首皆司马光作，仅于第一首诗《上元夜作》题下题作者司马光。此诗又见《传家集》，当司马光作无疑，不知《全宋诗》编者据何版本，作司马槱诗。

二 父子歧误

（一）晁迥与晁宗悫

晁迥《燕居》（《全宋诗》册1卷55页614），又见晁宗悫《诗一首》（《全宋诗》册3卷153页1750）。重出失注。

晁宗悫是晁迥之子，《全宋诗》录其诗一首，即本诗。晁宗悫作出

《涧泉日记》卷中，晁逈作出《晁氏客语》。《晁氏客语》："太傅迥公谢事，燕居独处道院，不治他务，戒家人无辄有请，惟二膳以时而进，既毕即彻，若祭享然。子宗悫擢正字，易章服诣谢，公亦不顾。其夫人尝密觇之，但见瞑目端坐，须发摇风，凝然若木偶。尝有诗云：'炼矿成金得宝珍，炼情成性合天真。相逢此理交谈者，千百人中无一人。'"① 《涧泉日记》卷中："晁文元子宗悫擢正字，章服诣谢，公亦不顾。其夫人尝密觇之，但见瞑目端坐，须发摇风，凝然若木偶。尝有诗云：'炼矿成金得宝珍，炼情成性合天真。相逢此理交谈者，千百人中无一人。'"② 两处文献大同小异，《全宋诗》卷三编者误读，此诗为晁逈作无疑，晁宗悫当存目。

（二）黄庶与黄庭坚

黄庶《和柳子玉官舍十首》（《全宋诗》册 8 卷 453 页 5502），又见黄庭坚《和柳子玉官舍十首》（《全宋诗》册 17 卷 1017 页 11602）。重出失注。

黄庶作出《伐檀集》卷上、《两宋名贤小集》卷二六、《宋百家诗存》卷四，黄庭坚作见《山谷别集诗注》卷下，题下注云："《和柳子玉官舍十首》。东坡破琴诗引：柳瑾字子玉，善作诗及行草。《洪驹父诗话》云：山谷父名庶，字亚夫，能诗。其《怪石》绝句云：'山鬼水怪着薜荔，天禄辟邪眠莓苔。钩帘坐对心语口，曾见汉唐池馆来。'或疑此十首，亚夫作。今两从之，以见山谷诗句得之家传，犹杜子美于审言也。"③

此十首诗应为黄庶作，附于子黄庭坚集，而误为山谷诗。

（三）苏轼与苏过

苏轼《闻潮阳吴子野出家》："予昔少年日，气盖里闾侠。自言似剧孟，叩门知缓急。千金已散尽，白首空四壁。烈士叹暮年，老骥悲伏枥。妻孥真敝屣，脱弃何足惜。四大犹幻座，衣冠矧外物。一朝发无上，愿老灵山宅。世事子如何，禅心久空寂。世间出世间，此道无两得。故应入枯槁，习气要除拂。丈夫生岂易，趣舍志匪石。当为狮子吼，佛法无

① （宋）晁说之撰：《晁氏客语》，清道光十一年六安晁氏，刻本。

② （宋）韩淲撰：《涧泉日记》，清乾隆刻本。

③ （宋）黄庭坚撰，（宋）任渊等注：《山谷诗集注》，清光绪双井祠堂刻本。

南北。”（《全宋诗》册 14 卷 830 页 9602）

苏过《闻潮阳吴子野出家》：“予昔少年日，气盖闾里侠。自言似剧孟，扣门知缓急。千金已散尽，白首空四壁。烈士叹暮年，老骥悲伏枥。富贵比浮云，妻孥真敝屣。世事如余何，禅心久空寂。世间出世间，此道无两得。故应入枯槁，习气要除拂。丈夫生死易，趋舍志匪石。当为狮子吼，佛法无南北。”（《全宋诗》册 23 卷 1351 页 15461）

苏轼作见《东坡全集》卷二六、《东坡诗集注》卷一九、《施注苏诗》续补遗卷上、《苏诗补注》卷三六。

苏过作见《斜川集》卷一。

另苏轼有《吴子野将出家赠以扇山枕屏》（《全宋诗》册 14 卷 819 页 9486）、苏轼《吴子野绝粒不睡过作诗戏之芝上人陆道士皆和予亦次其韵》（《全宋诗》册 14 卷 823 页 9536）、苏轼《次韵子由赠吴子野先生二绝句》（《全宋诗》册 14 卷 826 页 9565）。

吴子野，原名吴复古，人称远游先生，潮州“前八贤”之一。苏轼与吴子野过从亲密，此诗应属苏轼。

三 叔侄歧误

（一）梅询与梅尧臣

梅询《华亭道中》：“晴云唳鹤几千里，隔水野梅三四株。欲问陆机当日宅，而今何处不荒芜。”（《全宋诗》册 2 卷 99 页 1117）又见梅尧臣《过华亭》：“晴云嗥鹤几千只，隔水野梅三四株。欲问陆机当日宅，而今何处不荒芜。”（《全宋诗》册 5 卷 245 页 2829）重出失注。

梅询作出《舆地纪胜》卷三。梅尧臣作见《至元嘉禾志》卷二八、《宛陵集》卷一〇、《宋诗钞》卷八。《文忠集》卷七三欧阳修《书梅圣俞诗稿后》：“圣俞久在洛中，其诗亦往往人皆有之。今将告归，余因求其稿而写之。然余前所谓，心之所得者如伯牙鼓琴子期听之，不相语而意相知也。余今得圣俞之稿，犹伯牙之琴弦乎。”[①] 梅尧之诗作，其生前欧阳修有手稿，其死后欧阳修编定为集，此诗见《宛陵集》，当为梅尧臣作。

① （宋）欧阳修撰：《文忠集》，台湾商务印书馆 1983 年影印《四库全书》本。

（二）沈括与沈辽

沈括《寄赠舒州徐处士》："昔爱灊川游，青林覆幽石。道人携手行，萧然名山客。谁知堕世路，譬如羁飞翮。林皋未脱去，纷纷头欲白。轻负皇人经，犹怀稚川策。幸已弃韦带，远谢功名迹。聊希闭关士，正苦身为役。别来二千日，还丹应有术。毋忘绛囊赠，使我升仙籍。将酬金镮脆，青绫三万尺。"（《全宋诗》册12卷686页8019）

沈辽《寄赠舒州徐处士》："昔爱灊川游，青林覆幽石。道人携手行，萧然名山客。谁知堕世路，譬如羁飞翮。林皋未脱去，纷纷头欲白。轻负皇人经，犹怀稚川策。幸已弃韦带，远谢功名迹。聊希闭关士，正苦身为役。别来二千日，还丹应有获。毋忘绛囊赠，使我升仙籍。将酬金镮脆，青绫三万尺。"（《全宋诗》册12卷716页8251）

重出失注。沈括作出《永乐大典》卷一三四五〇，沈辽作出明复宋本《沈氏三先生集·云巢集》卷一，此为沈辽作无疑。

（三）史浩与史弥应

史浩《次韵孙季和东湖二诗》其一："出郭乘清兴，扁舟一迅风。山光真黛比，水色与天同。宿鹭班班白，寒枫处处红。谁知吾胜概，名冠甬勾东。"（《全宋诗》册35卷1975页22141）

史弥应《过东吴》："出郭乘清兴，扁舟一迅风。山光真黛比，水色与天同。宿鹭班班白，寒枫处处红。谁知吾胜概，名冠甬句东。"（《全宋诗》册57卷3009页35839）

史浩作出《鄮峰真隐漫录》卷五，史弥应作出《甬上宋元诗略》卷八引《史氏世宝集》。

（四）史浩与史弥忠

史浩《次韵馆中秋香》其一："庭前高下碧玉树，秋日奈兹风露何。两度开花君莫问，为渠天近得香多。"（《全宋诗》册35卷1976页22150）

史弥忠《秋桂》："庭前高挺碧玉树，秋日奈兹风露何。两度开花君莫问，为渠天近得香多。"（《全宋诗》册53卷2803页33314）

史浩作出《鄮峰真隐漫录》卷三四，史弥忠作出《甬上宋元诗略》卷七引《史氏世宝集》。

四 兄弟歧误

（一）钱惟演与钱惟济

钱惟演《灯夕寄献内翰虢略公》（《全宋诗》册 2 卷 94 页 1064），又见钱惟济《灯夕寄献内翰虢略公》（《全宋诗》册 3 卷 146 页 1622）。重出失注。

钱惟济作出《诗林韶濩》卷一二。钱惟演作见《西昆酬唱集》卷下、《古今事文类聚》前集卷七、《诗话总龟》卷一三、《五代诗话》卷一，可见此诗为钱惟演作。

（二）晁补之与晁谦之

晁补之《游信州南岩》（《全宋诗》册 19 卷 1123 页 12771）。又见晁谦之《南岩》（《全宋诗》册 32 卷 1827 页 20338）。

晁补之作出《鸡肋集》卷五、《宋诗钞》卷三四、《宋诗纪事》卷四二。晁谦之作出清曾燠《江西诗徵》卷一四。

（三）苏轼与苏辙

苏轼《题王维画》（《全宋诗》册 14 卷 831 页 9609）。又见苏辙《题王诜都尉画山水横卷三首》其一："摩诘本词客，亦自名画师。平生出入辋川上，鸟飞鱼泳嫌人知。山光盎盎着眉睫，水声活活流肝脾。行吟坐咏皆自见，飘然不作世俗词。高情不尽落缣素，连峰绝涧开重帷。百年流落存一二，锦囊玉轴酬不赀。谁令食肉贵公子，不学父祖驱熊罴。细毡净几读文史，落笔璀璨传新诗。青山长江岂君事，一挥水墨光淋漓。手中五尺小横卷，天末万里分毫厘。谪官南出止均颍，此心通达无不之。归来缠裹任纨绮，天马性在终难羁。人言摩诘是前世，欲比顾老疑不痴。桓公崔公不可与，但可与我宽衰迟。"（《全宋诗》册 15 卷 864 页 10041）

苏轼作出《苏诗补注》卷四七："慎按：卞氏《式古堂书画考》载此诗，云是东坡作，今采录。"《声画集》卷八未题作者，从前首为苏轼。苏辙作见《栾城集》卷一六、《声画集》卷四、《御定历代题画诗类》卷一一。《栾城集》为苏辙自订，此诗当属苏辙。

（四）宋庠与宋祁

宋庠《春晦寓目》（《全宋诗》册 4 卷 191 页 2196），又见宋祁《春晖寓目二首》其一（《全宋诗》册 4 卷 209 页 2398）。重出失注。

宋庠作出《元宪集》卷五，宋祁作见《景文集》卷一〇、《宋百家诗存》卷三。《元宪集》见载《直斋书录解题》卷一七。《郡斋读书志》卷一九："遗命子孙，不得以其文集流传。"又《四库全书总目》卷一五二："《宋元宪集》……今……馀书与文集并佚。国朝厉鹗编《宋诗纪事》，仅采掇《西清诗话》《侯鲭录》《合璧事类》《扬州府志》所载，得诗八首，则海内绝无其本已三四百年矣。《永乐大典》修于明初，距宋末仅百馀年，旧刻犹存，故得以采录。而庠文章淹雅，可取者多，故所载特为繁富。今以类排比，仍可得四十卷，疑当时全部收入也。"[1] 宋氏兄弟本集均《永乐大典》辑本，是诗谁属，实难定谳，宜两存之。

五　亲家歧误

司马光与范纯仁

司马光《望日示康广宏》："清晨三绿袍，罗拜北堂高。积善因先烈，余光及尔曹。勿矜从事早，当念起家劳。修立皆由己，何人可佩刀。"（《全宋诗》册 9 卷 509 页 6192）

范纯仁《望日示康广宏》（《全宋诗》册 11 卷 625 页 7464）。重出失注。

司马光作见《传家集》卷一〇，范纯仁作出《范忠宣集》卷五。范集此诗题下注曰："此诗旧在第十卷《司马公诗序》后。康、广、宏即司马公三子名。"方健《〈全宋诗〉证误举例》："今考《范集·诗序》仅称：'宏，予之子婿也，持公诗求序于予。'不知何以《范集》编者无察，误窜此序诗入《范集》作者自己名下，而《全宋诗》编者又误沿其失收入本书。其实从诗题及内容一望而知即司马光示儿诗。各种版本司马光文集均收入此诗，《全宋诗》卷 509（9/6192）已收，此亟应删范诗而毋需存目。"[2] 此说可从，此司马光诗。

---

① （清）永瑢、纪昀等编纂：《四库全书总目》，中华书局 1965 年影印本。

② 方健：《〈全宋诗〉证误举例》，《学术界》2005 年第 1 期。

六 师生歧误

（一）张载与吕大临

张载《克己复礼》（《全宋诗》册 9 卷 517 页 6283），又见吕大临《克己》（《全宋诗》册 18 卷 1030 页 11760）。重出失注。

张载作出《能改斋漫录》卷一一，吕大临作见《濂洛风雅》卷五、《少墟集》卷八。吕大临曾从学张载，此张载诗可能性较大。

（二）程颢、程颐与朱熹

程颢《秋日偶成二首》其二："闲来无事不从容，睡觉东窗日已红。万物静观皆自得，四时佳兴与人同。道通天地有形外，思入风云变态中。富贵不淫贫贱乐，男儿到此是豪雄。"（《全宋诗》册 12 卷 715 页 8237）

程颐《秋日偶成》："闲来无事不从容，睡觉东窗日已红。万物静观皆自得，四时佳兴與人同。道通天地有形外，思入云烟变态中。富贵不淫贫贱乐，男儿到此是豪雄。"（《全宋诗》册 12 卷 724 页 8374）

朱熹《秋日成诗》："闲来无事不从容，睡觉东窗日已红。万物静观皆自得，四时佳兴与人同。道通天地有形外，思入风云变态中。富贵不淫贫贱乐，男儿到此是豪雄。"（《全宋诗》册 44 卷 2393 页 27659）

此诗程颢作出《二程文集》卷一，又见《论孟精义·孟子精义》卷一三："明道先生在鄠县作簿时，有诗云：'云淡风轻近午天，傍花随柳过前川。旁人不识予心乐，将谓偷闲学少年。'看他胸怀直是好，与曾点底事一般。先生又有诗云：'闲来无事不从容，睡觉东窗日已红。万物静观皆自得，四时佳兴与人同。道通天地有形外，思入风云变态中。富贵不淫贫贱乐，男儿到此是豪雄。'"[①]《伊洛渊源录》卷三、《上蔡语录》卷一、《性理群书句解》卷四、《性理大全书》卷三九、《性理大全书》卷七〇、《二程子抄释》卷一〇、宋尹焞撰《和靖集》卷四、《宋文鉴》卷二五、《两宋名贤小集》卷一三〇、《御选宋金元明四朝诗·御选宋诗》卷四七。诗题或《秋日》，或《秋日偶成》，或《秋景》，或无题，作者或明道先生，或程子。

程颐《古今事文类聚》前集卷一〇，诗题《秋日偶成》，作者程

---

① （宋）朱熹撰：《孟子精义》，清康熙吕氏宝诰堂刻本。

正叔。

《两宋名贤小集》卷五八，诗题作《秋日》，作者邵雍。当为误入。

《全宋诗》朱熹作出《宋名臣言行录》外集卷二，细按文意，此出《全宋诗》编者承前晦庵而误，是不明“提格”体例而误。

此诗为程颢作。

（三）苏轼与黄庭坚

苏轼《次韵子由题憩寂图后》（《全宋诗》册14卷830页9600），又见黄庭坚《文与可尝云老僧墨竹一派近在湖州吾竹虽不及石似过之此一卷公案不可无鲁直正句因次韵》：“东坡虽是湖州派，竹石风流各一时。前世画师今姓李，不妨还作辋川诗。”（《全宋诗》册17卷1027页11737）重出失注。

苏轼作见《御定佩文斋书画谱》卷八三、《御定佩文斋广群芳谱》卷七〇、《东坡全集》卷二九、《东坡诗集注》卷二七、《苏诗补注》卷三〇。

黄庭坚作出《声画集》卷二：

> 文与可尝云：老僧墨竹一派，近在湖州，吾竹虽不及石，似过之此一卷。公案：不可。无鲁直正句，因次韵黄山谷。
>
> “东坡虽是湖州派，竹石风流各一时。前世画师今姓李，不妨还作辋川诗。”
>
> 或言子瞻不当目伯时为前身，画师流俗不领便是语病。伯时一丘一壑，风流未减。古人虽尝作此痴计，子瞻此语是真相知。又作二首。[①]

《御定佩文斋书画谱》卷八三“宋李公《麟憩图》”条：

> 元祐元年正月十二日，苏子瞻、李伯时为柳仲远作《松石图》。仲远取杜子美诗：“松根胡僧憩寂寞，庞眉皓首无住着。偏袒右肩露双脚，叶里松子僧前落。”之句，复求伯时画此数句，为《憩寂图》。

---

① （宋）孙绍远撰：《声画集》，清康熙扬州曹氏楝亭刻本。

子由题云："东坡自作苍苍石，留取长松待伯时。只有两人嫌未足，兼收前世杜陵诗。"因次其韵云："东坡虽是湖州派，竹石风流各一时。前世画师今姓李，不妨题作辋川诗。"文与可尝云："老夫墨竹一派，近在徐州。吾竹虽不及，石似过之此一卷。"公案：不可不令鲁直下一句。《东坡集》

或言子瞻不当目伯时为前身画师，流俗人不领便是语病。伯时一丘一壑，不减古人。谁当此痴计，子瞻此语是真相知。《山谷集》①

前引可知，此诗为苏轼作，《全宋诗》编者错解《声画集》卷二的说法，"次韵黄山谷"，误为次韵，黄山谷作。

七 朋友歧误

（一）苏辙与黄庭坚

苏辙《次韵子瞻书黄庭内景卷后赠蹇道士拱辰》："君诵黄庭内外篇，本欲洗心不求仙。夜视片月堕我前，黑氛剥尽朝日妍。一暑一寒久自坚，体中风行上通天。亭亭孤立孰傍缘，至哉道师昔云然。既已得之戒不传，知我此心未亏骞。指我婴儿藏谷渊，言未绝口行已旋，我思其言夜不眠。"（《全宋诗》册 15 卷 864 页 10039）

黄庭坚《黄庭画赞》："君诵黄庭内外篇，本欲洗心不求仙。夜视片月堕我前，黑气剥尽朝日鲜。一暑一寒久自坚，体中风行上通天，亭亭孤立孰旁缘。至哉道师昔云然，既已得之戒不传。知我此心未亏骞，指我婴儿藏谷渊。言未绝口行已旋，我记其言夜不眠。"（《全宋诗》册 17 卷 1023 页 11697）

苏辙作见《栾城集》卷一六，又《苏诗补注》卷三〇附此诗，自注曰："附子由次韵"。黄庭坚作出《山谷集》卷一四。此诗苏氏兄弟集互见次韵，当属无误。黄庭坚集误收。

（二）苏辙与晁补之

苏辙《次韵子瞻生日见寄》："日月中人照与芬，心虚虑尽气则薰。彤霞点空来群群，精诚上彻天无云。寸田幽阙暖不焚，眇视中外绛锦纹。

① （清）孙岳颁等编：《佩文斋书画谱》，清康熙四十七年静文堂刻本。

冥然物我无复分，不出不入常氤氲。道师东西指示君，乘此飞仙勿留坟。茅山隐居有遗文，世人心动随虻蚊。不信成功如所云，蚤夜宾饯同华勋。尔来仅能破魔军，我经生日当益勤。公禀正气饮不醺，梨枣未实要锄耘。日云莫矣收桑枌，西还闭门止纷纷。忧愁真能散凄焄，万事过耳今不闻。”（《全宋诗》册 15 卷 865 页 10069）

晁补之《句》其四：“日月中人照与芬。”（《全宋诗》册 19 卷 1142 页 12890）

苏辙作见《苏诗补注》卷三七、《栾城集》后集卷一、《坡门酬唱集》卷一二。

晁补之残句出明杨慎《哲匠金浮》卷一。

（三）释净端与陆蒙老

释净端《答陆蒙老韵》：“枕上浮生过半百，短发毵毵霜样白。西溪河上旧家山，岁岁故乡归似客。船头渐进古松门，云是吴筠读书宅。烟云半岭望层楼，鳌顶峥嵘蕊宫窄。有人挂衲归盘陀，棱棱瘦骨真维摩。几年面壁舌不动，忽然拍手赓渔歌。秋来满船载明月，俄惊雨笠仍烟蓑。黄梅渡口水流急，五湖深处任风波。”（《全宋诗》册 12 卷 721 页 8341）

陆蒙老《赴官晋陵别端禅师》：“枕上浮生过半百，短发毵毵霜样白。西溪溪上旧家山，岁岁故乡归似客。船头渐近古松门，云是吴均读书宅。烟云半岭见层楼，峥嵘鳌顶蓬宫窄。有人挂衲归盘陀，棱棱瘦骨真维摩。几年面壁舌不动，忽然拍手演渔歌。秋来满船载明月，直钩不钓闲鼋鼍。一雨笠，一烟蓑，五湖深处任风波。黄梅渡口水流急，救护心谁如老婆。”（《全宋诗》册 30 卷 1726 页 19436）

释净端作出《石仓历代诗选》卷二二七，又见《御选宋金元明四朝诗·御选宋诗》卷三四、《宋元诗会》卷五九，诗题作《答陆蒙老》。

陆蒙老作出清陆心源《吴兴诗存》第二集卷三，此诗后半部颇不同，但系同诗无疑。

（四）黄庭坚与张耒

黄庭坚《塞上曲》：“十月北风燕草黄，燕人马肥弓力强。虎皮裁鞍雕羽箭，射杀山阴双白狼。青毡帐高雪不湿，击鼓传觞令行急。戎王半醉拥貂裘，昭君犹抱琵琶泣。”（《全宋诗》册 17 卷 1027 页 11741）

张耒《塞猎》：“十月北风燕草黄，燕人马饱弓力强。虎皮裁鞍雕羽箭，射杀阴山双白狼。青毡帐高雪不湿，击鼓传觞打令急。单于半醉解貂裘，昭君独抱琵琶泣。”（《全宋诗》册20卷1163页13129）

此诗黄庭坚作见《山堂肆考》卷一六一、《宋艺圃集》卷一〇；《渊鉴类函》卷二三〇，未题作者，从前文为黄庭坚。

张耒作见《柯山集》卷一一、《记纂渊海》卷二二、《石仓历代诗选》卷一五四、《五代诗话》卷四。

另《渊鉴类函》卷三三六：“唐张子潜《幽州诗》曰：‘十月北风燕草黄，燕人马饱弓力强。虎皮裁鞍鹏羽箭，射杀阴山双白狼。’”[①] 唐张子潜不知何许人，疑“唐”为衍字。

八 君臣歧误

（一）陈与义与宋高宗赵构

陈与义《种竹》：“种竹不必高，摇绿当我楹。向来三家墅，无此笙箫声。皇天有老眼，为闳十日晴。护我萧萧碧，伟事邻翁惊。同林偶落此，相向意甚平。何须俟迷日，可笑世俗情。明年万夭矫，穿地听雷鸣。但恨种竹人，南山合归耕。他时梦中路，留眼记所更。苍云屯十里，不见陈留城。”（《全宋诗》册31卷1740页19504）

宋高宗赵构《诗四首》其四：“种竹不必高，摇绿当我楹。向来三家墅，无此笙箫声。皇天有老眼，为闳十月晴。护我萧萧碧，伟事邻翁惊。同林偶落此，相向意甚平。何须俟迷日，可笑世俗情。明年万夭矫，穿地听雷鸣。但恨种竹人，南山合归耕。他时梦中路，留眼记所更。苍云屯十里，不见陈留城。”（《全宋诗》册35卷1982页22217）

陈与义《对酒》：“陈留春色撩诗思，一日搜肠一百回。燕子初归风不定，桃花欲动雨频来。人间多待须微禄，梦里相逢记此杯。白竹扉前容醉舞，烟村渺渺欠高台。”（《全宋诗》册31卷1740页19504）

宋高宗赵构《诗四首》其三：“陈留春色掩思诗，一日搜肠一百回。燕子初归风不定，桃花欲动雨频来。人间多待须微禄，梦里相逢记此杯。白竹扇前客醉舞，烟村渺渺欠高台。”（《全宋诗》册35卷1982页22217）

① （清）张英等纂：《渊鉴类函》，清康熙四十九年清吟堂刻本。

陈与义作出《增广笺注简斋诗集》卷一三，又见四库本《简斋集》卷三。

宋高宗赵构作出明汪砢玉《珊瑚网》卷七“法书题跋”条：“宋高宗宸翰行书诗四首在白宋纸上后述通鉴数则不录”①，又见《式古堂书画汇考》卷一三：“宋高宗宸翰四诗行书白宋纸本后述史数则不录”②。

此为宋高宗赵构题写陈与义诗，《全宋诗》编者不明《珊瑚网》等汇录法书、题跋的文献体例，多有误题写者为作者者。

（二）曹勋与宋高宗赵构

曹勋《谢赐丹桂》：“秋入幽岩桂影团，香深粟粟照林丹。应随西母瑶池晓，染得朝霞下广寒。”（《全宋诗》册33卷1893页21166）

宋高宗赵构《题丹桂画扇赐从臣》其二：“秋入幽丛桂影团，香深粟粟照林丹。应随王母瑶池晓，染得朝霞下广寒。”（《全宋诗》册35卷1982页22215）

曹勋作出《松隐文集》卷一七，宋高宗赵构作出宋罗濬《宝庆四明志》卷二一。从两处诗题可知，此为宋高宗题写曹勋诗。

九　同年、同官、同执事歧误

刘筠与杨亿

刘筠《句》其三四：“峭帆横渡官桥柳，叠鼓惊飞海岸鸥。”（《全宋诗》册2卷112页1288）又见杨亿《句》其三：“峭帆横渡官桥柳，叠鼓警飞海岸鸥。”（《全宋诗》册3卷122页1421）重出失注。

此则见于《六一诗话》、《江西通志》卷一五九、《文献通考》卷二四八、《绀珠集》卷九、《事实类苑》卷三四、《仕学规范》卷三七、《说郛》卷八二上、《海录碎事》卷五、《文忠集》卷一二八、《诗话总龟》卷六、《苕溪渔隐丛话》后集卷二、《诗人玉屑》卷一七、《修辞监衡》卷一诸书，其源均出于《六一诗话》：“杨大年与钱、刘数公唱和，自《西昆集》出，时人争效之，诗体一变。而先生老辈患其多用故事，至于语僻难晓，殊不知自是学者之弊。如子仪《新蝉》云：‘风来玉宇乌先

① （明）汪砢玉撰：《珊瑚网》，台湾商务印书馆1983年影印《四库全书》本。

② （清）卞永誉撰：《式古堂书画汇考》，台湾商务印书馆1983年影印《四库全书》本。

转，露下金茎鹤未知。’虽用故事，何害为佳句也。又如‘峭帆横渡官桥柳，叠鼓惊飞海岸鸥。’其不用故事，又岂不佳乎？盖其雄文博学，笔力有余，故无施而不可，非如前世号诗人者，区区于风云草木之类，为许洞所困者也。”[①] 细索原文，此则为刘筠（刘筠字子仪）作无疑。

十 同门歧误

游酢与杨时

1. 游酢《归雁》：“天末惊风急，江湖野思长。悲鸣愁绝塞，接翼冒风霜。泽岸多矰弋，云间乏稻粱。茫然栖息地，饮啄欲何乡。”（《全宋诗》册 19 卷 1143 页 12909）

杨时《归雁》：“天末惊风急，江湖夜思长。悲鸣愁绝塞，接翼冒清霜。泽岸多缯弋，云间乏稻粱。茫然栖息地，饮啄欲何伤。”（《全宋诗》册 19 卷 1146 页 12935）

游酢作见《游廌山集》卷四、《两宋名贤小集》卷一三一、《石仓历代诗选》卷一六〇、《宋元诗会》卷三一。

杨时作见《龟山集》卷四〇、《两宋名贤小集》卷九七、《御选宋金元明四朝诗·御选宋诗》卷三八、《石仓历代诗选》卷一六〇。

2. 游酢《感事》：“世事浮云薄，劳生一梦长。散材依栎社，幽意慕濠梁。风急鹰鹯迅，霜残草木黄。投闲如有约，早晚问耕桑。”（《全宋诗》册 19 卷 1143 页 12909）

杨时《感事》：“世事浮云薄，劳生一梦长。散材依栎社，幽意慕濠梁。风激鹰鹯迅，霜残草木黄。投闲如有约，早晚问耕桑。”（《全宋诗》册 19 卷 1146 页 12935）

游酢作见《游廌山集》卷四、《两宋名贤小集》卷一三一、《石仓历代诗选》卷一六〇、《宋元诗会》卷三一。

杨时作见《龟山集》卷四〇、《两宋名贤小集》卷九七、《御选宋金元明四朝诗·御选宋诗》卷三八、《石仓历代诗选》卷一六〇。

3. 游酢《在颍昌寄中立》其一：“绛帷燕侍每从容，一听微言万虑空。却愧犹悬三釜乐，未能终此挹清风。”（《全宋诗》册 19 卷 1143 页

---

① （宋）欧阳修撰：《六一诗话》，台湾商务印书馆 1983 年影印四库全书本。

12910)，又见杨时《寄游定夫》其一："绛帷燕侍每从容，一听微言万虑空。却愧犹悬三釜乐，未能终此挹清风。"（《全宋诗》册 19 卷 1148 页 12953）重出失注。

游酢《在颍昌寄中立》其二："萧条清颍一茅庐，魂梦长怀与子居。五里桥西杨柳路，至今车马往来疏。"（《全宋诗》册 19 卷 1143 页 12910）

杨时《寄游定夫》其二："萧条清颍一茅庐，魂梦长怀与子俱。五里桥西杨柳路，可能鞭马复来无。"（《全宋诗》册 19 卷 1148 页 12953）

游酢作见《游廌山集》卷四、《两宋名贤小集》卷一三一，杨时作见《龟山集》卷四二。

第三节　诗句诗题丛脞讹误

一　诗题讹为作者

（一）欧阳修《戏刘原甫》二首讹为刘敞《戏作》二首

欧阳修《戏刘原甫》其一："平生志业有谁先，落笔文章海内传。昨日都城应纸贵，开帘却扇见新篇。"（《全宋诗》册 6 卷 302 页 3803）又见刘敞《戏作二首》其二："文章落笔有谁先，坐上诗成海外传。明日帝京应纸贵，开帘却扇有新编。"（《全宋诗》册 9 卷 490 页 5940）重出单注。

欧阳修《戏刘原甫》其二："仙家千载一何长，浮世空惊日月忙。洞里新花莫相笑，刘郎今是老刘郎。"（《全宋诗》册 6 卷 302 页 3803）又见刘敞《戏作二首》其一："仙家千载亦何长，人世空惊日月忙。洞里桃花莫相笑，刘郎今是老刘郎。"（《全宋诗》册 9 卷 490 页 5940）重出单注。

欧阳修作见《类说》卷五七、《古今事文类聚》后集卷一三、《文忠集》卷五七、《苕溪渔隐丛话》前集卷二九、《诗林广记》后集卷一、《宋诗纪事》卷一二。刘敞作出《两宋名贤小集》卷五四。《类说》卷五七"原父再婚"条记其本事云："刘原父敞再婚，欧公以二绝戏之，曰：'平生志业有谁先，落笔文章海内传。昨日都城应纸贵，开帘却扇见新篇。''仙家千载一何长，浮世空惊日月忙。洞里新花莫相笑，刘郎今是老刘郎。’原父不悦。”[1] 细读全诗特别是“洞里桃花莫相笑，刘郎今是老刘郎”一句，应非刘敞自作，此为题目误为作者，诗属欧阳修无疑。

（二）陈襄《寄谢三井山祷雨》二首讹为谢雨《三井庙》

陈襄《寄谢三井山祷雨二首》其一：“曾祷神龙井，云林杳莽间。苹蘩朝荐庙，风雨夜离山。百里田畴熟，一年囹圄闲。因循失报谢，石险路难攀。”（《全宋诗》册 8 卷 413 页 5085）

陈襄《寄谢三井山祷雨二首》其二：“何年修庙貌，栋宇已摧残。牲币三时少，风泉四月寒。野僧多稌䆉，古木有杉栾。深欲重修葺，蹉跎又解官。”（《全宋诗》册 8 卷 413 页 5085）

又见谢雨《三井庙》：“曾祷神龙井，云林杳莽间。苹蘩朝荐庙，风雨夜离山。百里田畴熟，一年囹圄闲。因循失报谢，石险路难攀。何年修庙貌，栋宇已摧残。牲币三时少，风泉四月寒。野僧多稌䆉，古木有杉栾。深欲重修葺，蹉跎又解官。”（《全宋诗》册 67 卷 3521 页 42053）重出失注。

此诗陈襄作见《古灵集》卷二三、《天台续集》卷下，谢雨作出宋陈耆卿《嘉定赤城志》卷三一：“有谢雨诗”。《全宋诗》编者将其理解为“谢雨作的诗”，而此处应该是“谢祷雨成功的诗”，此诗既见《古灵集》，又入《天台续集》可知此为陈襄诗。

二 作者讹为诗题

王质《过洞庭》误为张经《王质过洞庭》

张经《王质过洞庭》：“云可有无水，风能奔走沙。蟠深鸣老蝠，飞倦落长鸦。地有湘头尾，山无楚正斜。人间与天上，何处碍浮槎。”（《全宋诗》册 10 卷 579 页 6804）又见王质《过洞庭》：“云可有无水，风能奔走沙。蟠深鸣老蚰，飞倦落长鸦。地有湘头尾，山无楚正斜。人间与天上，何处碍浮槎。”（《全宋诗》册 46 卷 2499 页 28895）

此二处同出《永乐大典》引《岳阳楼集》。查《永乐大典》卷二二六一，可知《全宋诗》编者误王质《过洞庭》诗为前一首的作者张经诗。

---

① （宋）曾慥辑：《类说》，书目文献出版社 1998 年北京图书馆古籍珍本丛刊本，第六二册，第 981 页。

三 地名讹为作者

卞育《留题灵岩寺》误为冤亭卞《留题灵岩古诗十韵》

卞育《留题灵岩寺》："屈指数四绝，四绝中最幽。此景冠天下，不独奇东州。夜月透岩白，乱云和雨收。甘泉泻山腹，圣日穿岩头。大暑不知夏，爽气常如秋。风高松子落，天外钟身浮。祖师生朗石，古殿名般州。人巧不可至，天意何所留。老僧笑相语，兹事常穷求。移出蓬莱岛，待吾仙子游。"（原注：元祐庚午三月二十八日东武王璞书）（《全宋诗》册21卷1251页14137）

冤亭卞《留题灵岩古诗十韵》："屈指数四绝，四绝中最优。此景冠天下，不独奇东州。夜月透岩白，乱云和雨收。甘泉泻山腹，圣日穿崖头。大暑不知夏，爽气常如秋。风高松子落，天外钟声浮。祖师生朗石，古殿名般舟。人巧不可至，天意何所留。老僧笑相语，此事常穷求。移出蓬莱岛，待吾仙子游。"（《全宋诗》册21卷1264页14250）

卞育作出《宋诗纪事补遗》卷二九引《长清县志》。《全宋诗》冤亭卞作出清顾炎武《求古录》，此诗又见《六艺之一录》卷九六、《宋诗纪事》卷三二，同引《求古录》。

《庄寨镇》："宋元祐元年（1086），改冤句县为冤亭，属兴仁府（曹州）济阴郡。"①

可知，因"冤亭卞□（育）"缺石一角，地名误讹为人名。冤亭卞实为冤亭人卞育。《全宋诗》冤亭卞当删。

四 诗歌本事讹误

（一）张俞与李回

张俞《题汉州妓项帕罗》（《全宋诗》册7卷382页4714），又见李回《题妓帕》："蜀国佳人号细腰，东台御史惜妖娆。从今唤作杨台柳，舞尽春风万万条。"（《全宋诗》册20卷1193页13495）重出失注。

张俞作出《邵氏闻见录》卷一〇，又见《能改斋漫录》卷五、《清

① 山东省地方史志办公室编：《山东强镇名村志》，山东省地图出版社2002年版，第1028页。

波杂志》卷八、《何氏语林》卷二九、《蜀中广记》卷一〇三、《宋稗类钞》卷一六、《宋诗纪事》卷一七。李回作出《锦绣万花谷》前集卷一七，又见《山堂肆考》卷一一一。

《邵氏闻见录》卷一〇："文潞公庆历间以枢密直学士知成都府。公年未四十，成都风俗喜行乐，公多燕集，有飞语至京师。御史何郯圣从，蜀人，因谒告归，上遣伺察之。圣从将至，潞公亦为之动。张俞少愚者谓公曰：'圣从之来无足念。'少愚因迎见于汉州。同郡会有营妓善舞，圣从喜之，问其姓，妓曰：'杨。'圣从曰：'所谓杨台柳者。'少愚即取妓之项上帕罗题诗曰：'蜀国佳人号细腰，东台御史惜妖娆。从今唤作杨台柳，舞尽春风万万条。'命其妓作《柳枝词》歌之，圣从为之沾醉。后数日，圣从至成都，颇严重。一日，潞公大作乐以燕圣从，迎其妓杂府妓中，歌少愚之诗以酌圣从，圣从每为之醉。圣从还朝，潞公之谤乃息。事与陶谷使江南《邮亭词》相类云。张少愚者，奇士，潞公固重其人也。"①

《锦绣万花谷》前集卷一七"杨台柳"条："文潞公知成都，喜行乐，有飞语至京师。御史何郯字圣徒，蜀人，告归，上遣察之。李少愚谓公曰：'无足念虑。'因迎谒圣徒于汉州，同郡会有妓善舞，圣徒喜之，问其姓，曰杨，圣徒曰：'所谓杨台柳者。'少愚取妓帕题诗曰：'蜀国佳人号细腰，东台御史惜妖娆。从今唤作杨台柳，舞尽春风万万条。'命其妓歌之数日。圣徒至成都，颇严重潞公。一日宴圣徒，迎其妓杂府妓中，歌其词以酌圣徒。圣徒每为之醉，事与陶毂使江南相类。闻见录"②

又张俞，字少愚，又字才叔，号白云居士，益州郫人。屡试进士不第。仁宗宝元初，西夏事起，曾于蜀上书陈攻取十策，诏赴阙。庆历元年（1041），除试秘书省校书郎，不就。

李回，字少愚，江宁人。琮子。哲宗元祐二年（1087）进士。

文潞公即文彦博（1006—1097），字宽夫，汾州介休人。

综上可知，张、李皆字少愚。文彦博庆历（1041—1048）知成都府，李少愚当无缘及此。而张少愚事正合。又《锦绣万花谷》转引《邵氏闻

① （宋）邵伯温撰：《邵氏闻见录》，台湾商务印书馆 1983 年影印《四库全书》本。

② （宋）佚名编：《锦绣万花谷》，台湾商务印书馆 1983 年影印《四库全书》本。

见录》，误张少愚为李少愚，《全宋诗》编者未查原始文献，沿其误，此张俞诗无疑。

（二）刘敞与刘攽

刘敞《赠别长安妓蔡娇》："玳筵银烛彻宵明，白玉佳人唱渭城。更尽一杯须起舞，关河秋月不胜情。"（《全宋诗》册9卷490页5941）

刘攽《别茶娇》："画堂银烛彻宵明，白玉佳人唱渭城。唱尽一杯须起舞，关河风月不胜情。"（《全宋诗》册11卷616页7315）

刘敞作见《永乐大典》卷二四〇五、《两宋名贤小集》卷五一、《宋诗纪事》卷一六，又《侯鲭录》卷八："刘原父晚守长安，春宫妓蔡娇所谓添酥者也。其召还作诗别曰：'玳筵银烛彻宵明，白玉佳人唱渭城。更尽一杯须起舞，关河秋月不胜情。'"

刘攽作出《过庭录》："刘贡父知长安妓有茶娇者，以色慧称。贡父惑之，事传一时。贡父被召造朝茶远送之，贡父为夜宴痛饮，有别诗曰：'画堂银烛彻宵明，白玉佳人唱渭城。唱尽一杯须起舞，关河风月不胜情。'至阙，永叔直出道者院，去城四十五里，迓贡父，贡父适病酒未起。永叔曰：'何故未起？'贡父曰：'自长安路中，亲识留饮颇为酒病。'永叔戏之曰：'贡父非独酒能病人，茶亦能病人多矣。'"① 《陕西通志》卷一〇〇、《宋稗类钞》卷一七、《宋百家诗存》卷四并同。

此本事宋代已两歧，很难分辨到底属兄弟何人。

五　一诗部分重出

（一）胡宿

胡宿《送张待诏知越州》："长安厩吏驭花骢，竹使遥分浙水东。远势早推贤相子，任诚真有古人风。稽山一镇居封内，阿阁三休耸禁中。长乐钟声偏怨别，何时同谒建章宫。"（《全宋诗》册4卷182页2093）又见胡宿《寄会稽张待制》："长安厩吏跃花骢，竹马遥分浙水东。远势早推贤相子，任诚真有古人风。稽山一镇居封内，阿阁三休耸禁中。不及临沧陪置酒，忆君千里寄书筒。"（《全宋诗》册4卷186页2132）

此诗两处末二句不同，见《文恭集》卷四、《会稽掇英总集》卷

---

① （宋）范公称撰：《过庭录》，上海古籍出版社2002年续修《四库全书》本。

一一。

（二）朱松

朱松《五言杂兴七首》其六："湛湛天宇清，宛宛穹脊白。投深得僧窗，千嶂倚苍壁。开卷与晤言，炷香伴岑寂。独将万里心，收敛入寻尺。"（《全宋诗》册 33 卷 1855 页 20717）

朱松《甲辰七月二日宿永和寺用旧诗韵》："湛湛天宇清，宛宛穹脊白。投深得僧窗，千嶂倚苍壁。开卷与晤言，炷香伴岑寂。了无魔娆梦，皎皎知道力。鸣珂绿槐影，想见下朝客。笑我守吴门，心形等相役。"（《全宋诗》册 33 卷 1855 页 20720）

同出《韦斋集》卷三。

（三）徐照

徐照《访可公宿》："枯株围古寺，长觉莫寒增。坐听吹风雪，吟移照佛灯。试茶铛则水，点笔砚生冰。门外营营者，谁人及似僧。"（《全宋诗》册 50 卷 2670 页 31368）

徐照《访奭公宿和其韵》："枯株围古寺，长觉夜寒增。坐听风吹雪，吟移佛照灯。灰沉麟骨碎，茶沸蟹涎凝。何计从师老，生涯若履冰。"（《全宋诗》册 50 卷 2671 页 31390）

前出《永嘉四灵诗》卷甲，后出《永嘉四灵诗》卷乙。

六 律诗截为绝句

（一）寇准与陈师道

寇准《春睡》："春力着人春睡重，叶底黄鹂鸣自送。绿幕朱栏日观明，回廊侧户风帘动。"（《全宋诗》册 2 卷 92 页 1040）又见陈师道《和魏衍闻莺》："春力着人朝睡重，叶底黄鹂鸣自送。绿幕朱栏日观明，回廊侧户风帘动。昨夜春回到寒谷，好鸟飞来把修竹。整翰厉觜初一鸣，已落君诗专妙独。退红着绿春事残，后时独立知何言。侧听不尽已飞去，怀抱此时谁与论。"（《全宋诗》册 19 卷 1117 页 12689）重出失注。

寇准作同陈师道前四句出《古今合璧事类备要》前集卷一三。陈师道作见《锦绣万花谷》前集卷三、《古今事文类聚》后集卷四五、《后山集》卷三、《后山诗注》卷七、《石仓历代诗选》卷一六一、《宋元诗会》卷三〇。另陈师道有《答魏衍惠朱樱》《和魏衍三日二首》等多首酬赠魏衍之作，魏衍是陈师道的门人，陈师道的遗著最早就是由魏衍编为《彭城陈先生集》二十卷，其中诗六卷，456 篇（魏衍《彭城陈先生集记》）。此诗为陈师道作无疑，寇准名下当存目。

（二）林逋与郭祥正

林逋《过芜湖县》："诗中长爱杜池州，说着芜湖是胜游。山掩县城当北起，渡冲官道向西流。风稍樯碇网初下，雨摆鱼薪市未收。更好两三僧院舍，松衣石发斗山幽。"（《全宋诗》册 2 卷 106 页 1215）又见郭祥正《过芜湖县》："诗中长爱杜池州，说着芜城是胜游。山掩县城当北起，渡冲官道向南流。"（《全宋诗》册 13 卷 779 页 9021）郭祥正作出《舆地纪胜》卷一八，与林逋诗前半首重出，此诗见于《林和靖集》卷二、《宋诗钞》卷一三，林逋作无疑。

（三）林逋与王安石

林逋《山舍小轩有石竹二丛哄然秀发因成二章》其一："麝香眠后露檀匀，绣在罗衣色未真。斜倚细丛如有恨，冷摇疏朵欲生春。阶前红药推词客，篱下黄花重古人。今日含毫与题品，可怜殊不愧清新。"（《全宋诗》册 2 卷 106 页 1219）又见王安石《石竹花》："麝香眠后露檀匀，绣在罗衣色未真。斜倚细丛如有恨，冷摇数朵欲无春。"（《全宋诗》册 10 卷 577 页 6782）另《渊鉴类函》卷四〇七收入该诗前四句"麝香眠后露檀匀，绣在罗衣色未真。斜倚细丛如有恨，冷摇疏朵欲生春。"作者为王旦。《御定佩文斋广群芳谱》卷四六、《全芳备祖集》前集卷二七、《御定佩文斋咏物诗选》卷三七二定前四句为王安石作。《林和靖集》卷二收有全诗八句，可见应为林逋作。

七 零章残句重见全诗

（一）梅尧臣与晁说之

梅尧臣《近有谢师厚寄襄阳柑子乃吴人所谓绿橘耳今王德言遗姑苏者十枚此真物也因以诗答》："荆州持大橘，亦自名黄柑。忽得洞庭美，气味何可参。遂生吴洲思，恨不羽翼南。"（《全宋诗》册 5 卷 246 页 2877）又见晁说之《句》其四："荆州持大橘，亦名作黄柑。"（《全宋诗》册 21 卷 1212 页 13826）重出失注。

《御定佩文斋广群芳谱》卷六四题作者为晁冲之（字叔用，晁说之堂弟，生卒年不详），《全芳备祖集》后集卷三题作者为晁说之。晁氏兄弟半首与梅尧臣全诗重出，见载《宛陵集》卷二六，此诗当为梅尧臣作。

（二）张耒与张栻

张耒《句》其一一：“玉立春深雪不如，生香透骨雪应无。”（《全宋诗》册 20 卷 1187 页 13420）

张栻《昨过漕台庭前荼蘼盛开已而詹体仁海棠和章及此因用前韵赋两章》其一：“玉立春深雪不如，生香透骨雪应无。莫遣飘零杂尘土，芬芳留入碧琳腴。”（《全宋诗》册 45 卷 2420 页 27933）

《全宋诗》张耒作出《全芳备祖集》后集卷一五，查此卷未见此句，《全芳备祖集》前集卷一五录此句未题作者。张栻作见《御定佩文斋广群芳谱》卷四二、《南轩集》卷七。残句与全诗重出，此张栻诗。

（三）赵湘与释绍嵩

赵湘《答徐本》（《全宋诗》册 2 卷 76 页 874），又见赵湘《句》其二：“天远草离离。”（《全宋诗》册 2 卷 77 页 891）又见释绍嵩《忆游天衣》：“寺忆新游处，江村日暮时。溪长石磊磊，天远草离离。塔院关松雪，山泉满路歧。那知岩下树，一一入吾诗。”（《全宋诗》册 61 卷 3234 页 38618）重出失注。

《全宋诗》卷 77 赵湘 77 残句出绍嵩集句诗，又重本人诗《答徐本》，卷 77 残句当删。

（四）寇准与王安石

寇准《句》其四：“汉水泱泱绕凤林，岘山南路白云深。”（《全宋诗》册 2 卷 92 页 1042）此残句又见王安石全诗《次杨乐道韵六首·幕次忆汉上旧居》：“汉水泱泱绕凤林，岘山南路白云深。如何忧国忘家日，尚有求田问舍心。直以文章供润色，未应风月负登临。超然便欲遗荣去，却恐元龙会见侵。”（《全宋诗》册 10 卷 555 页 6616）重出失注。

寇准作出《舆地纪胜》卷八二。王安石作见《临川文集》卷一八、《王荆公诗注》卷二九，此诗当为王安石作。

（五）林逋与苏轼

林逋《尝茶次寄越僧灵皎》：“白云峰下两枪新，腻绿长鲜谷雨春。静试恰如湖上雪，对尝兼忆剡中人。瓶悬金粉师应有，箸点琼花我自珍。清话几时搔首后，愿和松色劝三巡。”（《全宋诗》册 2 卷 107 页 1225）

又见苏轼《句》其三三："白云峰下两枪新。"（《全宋诗》册 14 卷 832 页 9639）重出失注。

苏轼残句出《咸淳临安志》。林逋作见《锦绣万花谷》前集卷三五、《林和靖集》卷三、《御定佩文斋咏物诗选》卷二四四、《御选宋金元明四朝诗·御选宋诗》卷四五。此当为林逋作无疑。

（六）秦观与杜甫

秦观《句》其八："城晚通云雾，亭深到芰荷。"（《全宋诗》册 18 卷 1068 页 12156）

杜甫《章梓州水亭》："城晚通云雾，亭深到芰荷。吏人桥外少，秋水席边多。近属淮王至，高门蓟子过。荆州爱山简，吾醉亦长歌。"（《全唐诗》卷 227）

秦观残句出清王敬之刻本《淮海集·补遗》。杜甫全诗见《九家集注杜诗》卷二四、《补注杜诗》卷二四、《集千家注杜工部诗集》卷九、《杜诗详注》卷一二、《唐诗品汇》卷六二、《石仓历代诗选》卷四五、《蜀中广记》卷二九、《御定佩文斋广群芳谱》卷三一、《全唐诗》卷二二七、《御定佩文斋咏物诗选》卷一一八、《御选唐宋诗醇》卷一六、《全唐诗录》卷三〇、《唐音癸签》卷九。

第四节　其他讹误

一　奉酬之作歧为原主

（一）范镇与司马光

范镇《秋怀答司马君实》（《全宋诗》册 6 卷 345 页 4258），又见司马光《又和秋怀》（《全宋诗》册 9 卷 500 页 6052）。重出失注。

范镇作出《两宋名贤小集·范蜀公集》卷三九，司马光作出《传家集》卷三。此诗《传家集》在《秋怀呈景仁》后，当为司马光集收录范镇的和诗，题目、作者讹脱，误为司马光自作，实为范镇诗。

（二）张咏与潘阆

张咏《句》其一："莫嗟黑鬓从头白，终见黄河到底清。"（《全宋诗》册 1 卷 51 页 552）又见潘阆《句》其二："莫嗟黑发从头白，终见黄河到底清。"（《全宋诗》册 1 卷 57 页 632）重出失注。

张咏作出《诗话总龟》前集卷一二，谓此为张乖崖寄逍遥诗。《事实类苑》卷三十六“潘逍遥”条：“《哭高舍人》云：‘生前是客曾投卷，死后何人为撰碑。’《寄张咏》云：‘莫嗟黑发从头白，终见黄河到底清。’皆佳句也。故宋尚书赠诗曰：‘宋朝归圣主，潘阆是诗人。’又王禹偁亦赠诗曰：‘江城卖药常将鹤，古寺看碑不下驴。’其为名公赏激如此。”《青箱杂记》卷六记述相同，皆言潘阆寄张咏之作，《逍遥集》《宋诗纪事》卷五并同，可见此为潘阆作无疑。

（三）王珪与王安石

王珪《依韵和蔡枢密岷洮恢复部落迎降》：“河湟形胜厌西陲，忽觉连营列汉旗。天子坐筹星两两，将军归旆印累累。称觞别殿传新曲，衔璧名王按旧仪。江汉一篇犹未美，周宣方事伐淮夷。”（《全宋诗》册9卷495页5984）

王安石《次韵王禹玉平戎庆捷》：“熙河形势压西陲，不觉连营列汉旗。天子坐筹星两两，将军归佩印累累。称觞别殿传新曲，衔璧名王按旧仪。江汉一篇犹未美，周宣方事伐淮夷。”（《全宋诗》册10卷576页6777）重出单注。

王珪作出《华阳集》卷三，王安石作出《王荆文公诗李雁湖笺注》卷三六。

河湟：河湟，当指黄河上游、湟水流域、大通河流域，古称“三河间”。即今青海省和甘肃省境内的黄河和湟水流域。《唐书·吐蕃传》曰：“世举谓西戎地曰河湟。”

岷洮指甘肃省岷州、洮州。宋属熙河路。《宋朝事实·熙河路》：“熙州，熙宁五年，收复吐蕃之武胜军，置州，升镇洮军节度。熙宁五年，置渭源堡，属州。……岷州，熙宁六年收复。洮州，元符二年，收复临潭县。湟州，大观三年，赐向德军额。宣和元年，改为乐州。”①

熙宁五年，在湟水流域和洮河流域，为西夏所控制，并把这一地区作为侵扰宋朝陕西各路的走廊。王韶（字子醇，江西德安人）在熙宁元年（1068）就向神宗提出了《平戎策》，建议收复熙河地区。熙宁五年（1072），王安石派大将王韶领兵出征，一举收复熙河地区。次年冬，共

① （宋）李攸撰：《宋朝事实》，清乾隆四十二年刻本。

收复失陷200多年的两千多里土地，招附藏族百姓30多万人，为北宋立国80年来最大的一次军事胜利。

此诗本事当即熙河大捷。

此诗王珪作所言蔡枢密不知是谁，亦不知此人与熙河战役有何关联，而王安石本人正亲与此事，从题目看疑为和王珪（王禹玉）诗，误为王珪作，此王安石诗。

二　无名氏诗重出

（一）孔平仲与无名氏

孔平仲《题织锦璇玑图》其一："红窗小泣低声怨，永夕春寒斗帐空。中酒落花飞絮乱，晓莺啼破梦匆匆。"（《全宋诗》册16卷931页10966）

孔平仲《题织锦璇玑图》其二："晞草露如郎行薄，乱花风似客情多。归鸿见处弹珠泪，语燕闻时敛翠蛾。"（《全宋诗》册16卷931页10966）

孔平仲《题织锦璇玑图》其三："同谁更倚闲窗绣，落日红扉小院深。东复西流分水岭，恨兼愁续断弦琴。"（《全宋诗》册16卷931页10966）

孔平仲《题织锦璇玑图》其四："肠断写愁萦字字，锦纹传意寄君看。床空照月残灯冷，黄叶霜前秋信寒。"（《全宋诗》册16卷931页10967）

孔平仲《题织锦璇玑图》其五："前堂画烛残凝泪，半夜清香旧惹衾。烟锁竹枝寒宿鸟，水沉天色霁横参。"（《全宋诗》册16卷931页10967）

无名氏《回文》其一："红窗小立低声怨，永日春寒斗帐空。中酒落花飞絮乱，晓莺啼破梦匆匆。"（《全宋诗》册71卷3737页45064）

无名氏《回文》其二："同谁更倚闲窗绣，落日红扉小院深。东复西流分水岭，恨兼愁续断弦琴。"（《全宋诗》册71卷3737页45064）

无名氏《回文》其三："寒信风飘霜叶黄，冷灯残月照空床。看君寄忆回文锦，字字萦愁写断肠。"（《全宋诗》册71卷3737页45064）

无名氏《回文》其四："前堂画烛残凝泪，半夜清香旧惹衾。烟锁竹

枝寒宿鸟，水沈天色霁横参。”（《全宋诗》册71卷3737页45064）

无名氏《回文》其五：“娥翠敛时闻燕语，泪珠弹处见鸿归。多情妾似风花乱，薄幸郎如露草晞。”（《全宋诗》册71卷3737页45064）

此组诗苏轼作见《东坡全集》卷二九、《东坡诗集注》卷一四、《施注苏诗》续补遗卷下，题作《和人回文五首》《宋艺圃集》卷四。又附载《淮海后集》卷二，《回文类聚》卷一、《宋诗钞》卷三六据《淮海后集》卷二。《苏诗补注》卷四九：“慎按：《淮海后集》载此五绝句题云：‘苏子瞻记《江南集》所题诗，本不全，余尝见之，记其五绝，今以补子瞻之遗。’考之《经籍志》有《江南集》十卷，不载作者姓名。据此则非东坡诗可知。施氏原本不载，新刻本载，续补下卷今改编。”[①] 可知此回文诗非苏轼作。

孔平仲作见《清江三孔集》卷二八、《御定历代题画诗类》卷四三。

无名氏作出《苕溪渔隐丛话》前集卷六〇，引《漫叟诗话》。《诗话总龟》后集卷四七同引。

《宋诗纪事》卷九六录其中四首，题士人诗。

孔平仲，字义甫，一作毅父，临江新喻（今江西新余）人。英宗治平二年（1065）进士。《清江三孔集》为南宋王蓬编，此组诗当属孔平仲作。

（二）方惟深与无名氏

方惟深《古柏》：“四边乔木尽儿孙，曾见吴宫几度春。若使当时成大厦，也应随例作埃尘。”（《全宋诗》册15卷875页10186）

无名氏《咏古树》：“四围乔木尽儿孙，曾见吴宫几度春。若使当年成大厦，也应随例作灰尘。”（《全宋诗》册72卷3779页45615）

方惟深作出《诗话总龟》前集卷一〇引李元文《云斋广录》，《福建通志》卷六六引同。无名氏作出清李元度《小学弦歌》卷一。此诗当属方惟深。

（三）苏辙与无名氏

苏辙《游庐山山阳七咏·简寂观》：“山行但觉鸟声殊，渐近神仙简寂居。门外长溪净客足，山腰苦笋助盘蔬。乔松定有藏丹处，大石仍存

---

① （宋）顾禧注：《苏诗补注》，台湾商务印书馆1983年影印《四库全书》本。

拜斗馀。弟子苍髯年八十，养生世世授遗书。”（《全宋诗》册 15 卷 858 页 9950）

无名氏《诗一首》：“山行似觉鸟声殊，渐近神仙简寂居。门外长溪容净足，山腰苦笋耿盘蔬。乔崧定有藏丹处，大石仍存拜斗馀。弟子苍髯年八十，养生世世授遗书。”（《全宋诗》册 71 卷 3738 页 45080）

苏辙作出《栾城集》卷一〇，又见《宋元诗会》卷二二。无名氏作出《锦绣万花谷》后集卷二七未题作者，从后诗作者东坡。《江西通志》卷一五四未题作者。《山堂肆考》卷一七四云“东坡道观诗”、《渊鉴类函》卷三五四云“宋苏轼道观诗曰”。

此诗既见《栾城集》卷一〇，为苏辙作无疑。

（四）卢秉、杨皇后与无名氏

卢秉《宫词十首》其八：“迎春新燕尾纤纤，拂柳穿花掠翠檐。问道蕊宫三十六，美人争为卷珠帘。”（《全宋诗》册 12 卷 721 页 8331）

杨皇后《宫词》其二〇：“迎春燕子尾纤纤，拂柳穿花掠翠檐。闻道蕊官三十六，美人争为卷珠帘。”（《全宋诗》册 53 卷 2779 页 32890）

无名氏《宫词二首》其一：“迎春燕子尾纤纤，拂柳穿花掠翠檐。闻道蕊宫三十六，美人争为卷珠帘。”（《全宋诗》册 72 卷 3775 页 45556）

卢秉作出《竹庄诗话》卷一八，又见《事实类苑》卷四八、《锦绣万花谷》前集卷八。杨皇后作出《二家宫词》卷下。无名氏作出《宋诗纪事》卷九六引《西清诗话》。

又：

卢秉《宫词十首》其九：“蓬莱风蹙水纹班，月甃风廊四百间。云外跸声穿岭去，行宫簇马望骊山。”（《全宋诗》册 12 卷 721 页 8331）

无名氏《宫词二首》其二：“蓬莱风促水纹斑，月甃风廊数百间。云外跸声穿岭去，行宫簇马望骊山。”（《全宋诗》册 72 卷 3775 页 45556）

卢秉作见《事实类苑》卷四八、《锦绣万花谷》前集卷八、《竹庄诗话》卷一八。无名氏作出《宋诗纪事》卷九六引《西清诗话》。

《全宋诗》卷 3775 页 45556—45558 收无名氏诗八首，来源复杂，必非同一人作。

有《四库全书总目》卷一八九：“《二家宫词》二卷，明毛晋编。凡宋徽宗皇帝三百首，宁宗杨皇后五十首。徽宗卷末有帝姬长公主《跋》，称自建中靖国二年至宣和六年，缉熙殿所收藏御制宫词，共三百首，命左昭仪孔祯同嫔御章安恺等收辑，类而成书云云。考蔡京改‘公主’为‘帝姬’各有封号，此既云‘帝姬’又云‘长公主’，非当时之制。又祯字为仁宗庙讳，当时改‘文贞’为‘文正’，改魏徵为魏证，嫌名犹避之甚严，岂有宫中昭仪，敢以此字为名者？此《跋》殆出于依托。杨后卷末有潜夫《跋》不著名氏，毛晋谓不知何许人。考刘克庄字潜夫，《跋》称癸酉仲春，为度宗咸淳九年，时代亦合，或克庄所题耶？毛晋跋徽宗卷末，称旧刻或二百八十首，或二百九十二首，或三百首，或三百首有奇，多混入鄙俚赝作，后从云间得一元本，止缺二首，则其书已屡经窜乱。即所谓云间元本，亦未必旧观，又跋杨后卷末，称今本止三十首，馀二十首从未之见，乃天启丁卯得胡应麟家秘本所载，又称《迎春燕子尾纤纤》一首、《落絮濛濛立夏天》一首、《紫禁仙舆诘旦来》一首，向刻唐人；《兰径香消玉辇踪》一首、《缺月流光入绮疏》一首、《辇路青苔雨后深》一首，向刻元人。今姑仍原本云云。今考集中‘阿姊携侬近紫微，蕊宫承宠对芳菲，绣帏独自裁新锦，怕看花开蝴蝶飞’一首，亦似杨妹子作，故有首句；《书史会要》称杨妹子诗，语关情思，人或讥之，盖即此类。不应出杨后之笔，盖此三百五十首者，皆后人裒辑得之，真伪参半，不尽可凭。姑以流传已久存之耳。”① 可见《迎春燕子尾纤纤》《落絮濛濛立夏天》等作品，刻《二家宫词》时，亦疑非杨皇后作。

综合前述文献，其中二首宫词应属卢秉作。

另：

卢秉《宫词十首》其一〇：“落絮蒙蒙立夏天，楼前槐影叶初圆。传闻紫殿深深处，便有薰风入舜弦。”（《全宋诗》册 12 卷 721 页 8331）

杨皇后《宫词》其二一：“落絮蒙蒙立夏天，楼前槐树影初圆。传闻紫殿深深处，别有薰风入舜弦。”（《全宋诗》册 53 卷 2779 页 32890）

卢秉作见《锦绣万花谷》前集卷八、《竹庄诗话》卷一八，杨皇后作《二家宫词》卷下，此亦卢秉诗，考证参前。

杨皇后《宫词》其二〇：“迎春燕子尾纤纤，拂柳穿花掠翠檐。闻道蕊官三十六，美人争为卷珠帘。”（《全宋诗》册 53 卷 2779 页 32890）

① （清）永瑢、纪昀等编纂：《四库全书总目》，中华书局 1965 年影印本。

无名氏《宫词二首》其一："迎春燕子尾纤纤，拂柳穿花掠翠檐。闻道蕊宫三十六，美人争为卷珠帘。"（《全宋诗》册72卷3775页45556）

杨皇后作出《二家宫词·杨太后宫词》，无名氏作出《宋诗纪事》卷九六引《西清诗话》。

三 补遗诗重出

（一）范镇

范镇《游昭觉寺》："炎蒸无处避，此地忽如寒。松砌行无际，石房禅自安。鸳鸯秋沼涨，蝙蝠晚庭宽。登眺见田舍，衡茅半不完。"（《全宋诗》册6卷345页4254）

范镇《寓大邑游仙寺》："炎蒸无处避，此地忽如寒。松砌行无际，石旁禅自安。鸳鸯秋沼涨，蝙蝠晚庭宽。登眺见田舍，衡茅半不完。"（《全宋诗》册6卷346页4265）

此诗见载《蜀中广记》卷三、《成都文类》卷五、《两宋名贤小集》卷三九、《全蜀艺文志》卷一四、《御选宋金元明四朝诗·御选宋诗》卷三六、《宋元诗会》卷一八。昭觉寺在成都北郊凤凰山麓，素有"川西第一禅林"之誉。据清同治十二年（1873）所修之《成都县志·舆地志·寺观》载：昭觉寺旧名建元寺，为唐代眉州司马董常舍宅所建。陆游，入蜀八年，曾数度游昭觉寺，《剑南诗稿》中有《访昭觉寺》《人日饮昭觉寺》等可证。《全宋诗》卷345据《两宋名贤小集》收录，而卷346又从清吴巩嘉庆《邛州直隶州志》卷四四辑入此诗。

（二）陶弼

陶弼《鸡头》（《全宋诗》册8卷406页4982），又见陶弼《芡》（《全宋诗》册8卷407页4999）。重出失注。

此诗见载《两宋名贤小集》卷九六、《邕州小集》《御定佩文斋广群芳谱》卷六六、《全芳备祖》后集卷二，已入作者本集，编者不察，又从《全芳备祖》辑入，致误重出。

（三）刘敞

1. 刘敞《樱桃花开留徐二饮》："晨晖照屋清露晞，樱桃花房开欲齐。繁花先得造物巧，不与众卉争高低。参差萼萼相照耀，恍惚满眼令人迷。鸟惊风过若无意，云起雪飞空满蹊。仰攀浓香俯玩影，应接不暇昏鸦栖。流光易失动壮士，斗酒相劳和天倪。浩歌直欲并日夜，醉耳不能分鼓鼙。人间出处未尝定，暂虽会合终当睽。子今跃马至万里，脱略尘土排云霓。豫知明年花复发，怅望君子无由携。少年且作后日意，更使封植惊淮西。”（《全宋诗》册9卷478页5788）

刘敞《樱桃》：“晨晖照屋清露稀，樱桃花房欲开齐。繁华先得造物巧，不与众卉争高低。参差萼萼相照耀，恍惚满眼令人迷。”（《全宋诗》册9卷490页5936）重出失注。

前全诗见《公是集》卷一八，后半首为《全宋诗》编者从《全芳备祖集》前集卷二四辑入，导致半首与全诗重出。

2. 刘敞《芍药》：“跗萼晴相照，芳香暖竞飘。波翻蜀地锦，霞萃赤城标。”（《全宋诗》册9卷487页5906）

刘敞《芍药》：“溱洧洵訏乐，维阳厥草夭。传闻多失实，看尽谩无聊。婉娩春阳谢，中开道路遥。谁移化工巧，忽是物华饶。跗萼晴相照，芳春暖并飘。波翻蜀江锦，霞萃赤城标。”（《全宋诗》册9卷490页5935）重出单注。

前半首出《公是集》卷二七，后首出《全芳备祖》前集卷三。

（四）司马光

司马光《赠邵尧夫》：“家虽在城阙，萧瑟似荒郊。远去名利窟，自称安乐巢。云归白石洞，鹤立碧松梢。得丧非吾事，何须更解嘲。”（《全宋诗》册9卷508页6176）

司马光《别一章改韵同五诗呈尧夫》：“家虽在城阙，萧瑟似山阿。远去名利窟，自称安乐窝。云归白石洞，鹤立碧松柯。得丧非吾事，何须更寤歌。”（《全宋诗》册9卷512页6223）重出失注。

前首已入《传家集》卷九，《全宋诗》编者又从《击壤集》卷九辑入，此处当删。

（五）黄庭坚

1. 黄庭坚《题伯时画松下渊明》：“南渡诚草草，长沙慰艰难。终风霾八表，半夜失前山。远公香火社，遗民文字禅。虽非老翁事，幽尚亦可观。松风自度曲，我琴不须弹。客来欲开说，觞至不得言。”（《全宋诗》册17卷987页11377）

黄庭坚《松下渊明》：“南渡诚草草，长沙济艰难。夜半舟移岸，今无晋衣冠。松风自度曲，我弦不须弹。慧远香火社，遗民文字禅。虽非老翁事，幽尚亦可欢。客来欲开说，觞至不得言。”（《全宋诗》册 17 卷 1014 页 11575）

诗见《山谷集》卷三、《山谷集》外集卷四、《山谷内集诗注》卷九、《山谷外集诗注》卷一六、《涧泉集》卷五、《声画集》卷一、《石仓历代诗选》卷一五二、《御定历代题画诗类》卷三七。

2. 黄庭坚《为黄龙心禅师烧香颂三首》其三：“海风吹落楞伽山，四海山徒着眼看。一把柳丝收不得，和风搭在玉阑干。”（《全宋诗》册 17 卷 1024 页 11717）

黄庭坚《吊死心禅师偈》：“海风吹落楞伽山，四海禅徒着眼看。一把柳丝收不得，和烟搭在玉栏干。”（《全宋诗》册 17 卷 1027 页 11738）

前见《山谷集》卷一五、《瓮牖闲评》卷五，后见《五灯会元》卷一七。

四　误题写者为作者

（一）苏洵与胡舜陟

苏洵《菊花》（《全宋诗》册 7 卷 352 页 4374），又见胡舜陟《题秋香亭》（《全宋诗》册 27 卷 1573 页 17851）。重出失注。

苏洵作出《群书通要》庚集卷三，又见《全芳备祖集》前集卷一二、《御定佩文斋咏物诗选》卷三五七、《御定佩文斋广群芳谱》卷四九。

《全宋诗》胡舜陟作出《苕溪渔隐丛话》前集卷四一，又引入《百菊集谱》卷三、《宋诗纪事》卷三八。

《古今事文类聚》后集卷二九题苏明元为作者，云：“《菊》：‘骚人足奇思，香草比君子。况此霜下杰，清芬绝兰茝。气禀金行秀，德备黄中美。古来鹤发翁，餐英饮其水。但恐蓬藋伤，课仆加料理。’”①

《苕溪渔隐丛话》前集卷四一：“苕溪渔隐曰：‘菊以黄为正，余皆可鄙。’此朱逊之之语，东坡《印可作诗赠之》有‘识真似渊明’之句。余顷岁居泗上，假馆官舍，小圃中有一亭，榜曰秋香，环植以黄菊，别无他物，必好事者原东坡之意而作也。先君题诗云：‘骚人足奇思，香草

① （宋）祝穆撰：《古今事文类聚》，台湾商务印书馆 1983 年影印《四库全书》本。

比君子。况此霜下杰，清芬绝兰茝。气禀金行秀，德备黄中美。古来鹤发翁，餐英饮其水。但恐蓬藿伤，课仆加料理。'"①

胡舜陟（1083—1143），字汝明，晚号三山老人绩溪人。苕溪渔隐即胡舜陟次子胡仔（1110—1170），字元任。斟酌胡仔所言，言其父题诗，并未明言谁写。另从题目上看《菊花》《菊》，也比《题秋香亭》更符合诗意。此诗应是胡舜陟题诗而非自作。苏洵（1009—1066），字明允，号老泉，眉山人。《古今事文类聚》以苏明元（未详何人）为作者，此诗又不见苏洵本集，是苏明元误为苏明允，还是苏明允误为苏明元，暂且存疑。

（二）苏舜元与白居易

苏舜元《题海昌安国寺》："画堂三月初三日，絮扑纱窗燕拂檐。莲子数杯尝冷酒，柘枝一曲试新衫。阶临池面胜看镜，屋映花丛当下帘。谁倚南楼指新月，玉钩素手两纤纤。"（《全宋诗》册 5 卷 272 页 3463）又见《全唐诗》卷四五六，题为《三月三日》，作者白居易。

苏舜元作出《娱书堂诗话》卷上："苏才翁舜元仕至转运使，皇祐辛卯，按部至海昌安国寺藏院，留一诗于壁曰：'画堂三月初三日，絮扑纱窗燕拂檐。莲子数杯尝冷酒，柘枝一曲试新衫。阶临池面胜看镜，屋映花丛当下帘。谁倚南楼指新月，玉钩素手两纤纤。'书法遒劲有怀素体，今刻于石。"② 此诗《白氏长庆集》卷三三、《白香山诗集》卷三四、《古诗镜·唐诗镜》卷四四、《全唐诗》卷四五六、《御选唐宋诗醇》卷二六并作白居易。《白氏长庆集》为白氏晚年编订，此为白居易诗无疑。《娱书堂诗话》并未明言诗为苏舜元作。此处编者不察误题诗为自作。

（三）苏舜钦与白居易

苏舜钦《寄陆同年》："忽忆前年科第后，此时鸡鹤暂同群。秋风惆怅忽吹散，鸡在中庭鹤在云。"（《全宋诗》册 6 卷 317 页 3958）又见《全唐诗》卷四三六，题为《寄陆补阙（前年同登科）》，作者白居易。

（四）苏舜钦与唐彦谦

苏舜钦《楚天》："楚天遥望每长颦，宋玉襄王尽作尘。不作瑶姬歌

---

① （宋）胡仔编：《苕溪渔隐丛话》，清道光潘氏刻本。

② （宋）赵与虤撰：《娱书堂诗话》，商务印书馆 1936 年丛书集成初编本，第二五七一册，第 1 页。

入梦，更为云雨待何人。”（《全宋诗》册6卷317页3958）又见《全唐诗》卷六七二，题为《楚天》，作者唐彦谦。

苏舜钦《观炀帝宝帐》：“汉文穷相作前王，悭惜明珠不斗量。翡翠鲛绡何所直，千裨万补上书囊。”（《全宋诗》册6卷317页3958）又见《全唐诗》卷六七二，题为《见炀帝宝帐》，作者唐彦谦。

苏舜钦《春晚》：“纷纷从此见花残，已觉长绳系日难。楼上有愁春不浅，小桃风雨凭阑干。”（《全宋诗》册6卷317页3958）又见《全唐诗》卷六七二，题为《春早落英》，作者唐彦谦。

此四首诗苏舜钦作为《全宋诗》，编者辑自《宝真斋法书赞》卷一〇：“宋名人真迹：苏舜钦草书四诗帖二十行”，此为苏舜钦草书题写唐人诗，《全宋诗》编者不察，误为苏舜钦自作。

（五）宋仁宗赵祯与刘言史、王维

1. 宋仁宗赵祯《庆历八年四月二十八日汉体书二诗》其一：“花领红鬃一向偏，绿槐香陌欲朝天。仍嫌众里骄行疾，傍镫深藏白玉鞭。”（《全宋诗》册7卷354页4400）又见《乐府诗集》卷一，题为《春游曲》，作者刘言史。

2. 宋仁宗赵祯《庆历八年四月二十八日汉体书二诗》其二：“腰间宝剑七星文，臂上雕弓百战勋。见说云中擒丑虏，始知天上有将军。”（《全宋诗》册7卷354页4400）又见《全唐诗》卷一二八，题为《赠裴旻将军》，作者王维，又见《王右丞集笺注》卷一四。

此二首赵祯作出《宝真斋法书赞》卷一“仁宗皇帝二诗御汉体书二纸各七行”条：“‘花领红鬃一向偏，绿槐香陌欲朝天。仍嫌众里骄行疾，傍镫深藏白玉鞭。’庆历八年四月二十八日。‘腰间宝剑七星文，臂上雕弓百战勋。见说云中擒丑虏，始知天上有将军。’庆历八年四月二十八日。御押”①

不言自明，此二诗为赵祯书写前人诗，《全宋诗》编者失察，此处当删。

（六）苏轼与宋孝宗赵眘

苏轼《孤山二咏·柏堂》：“道人手种几生前，鹤骨龙筋尚宛然。双

① （宋）岳珂撰：《宝真斋法书赞》，台湾商务印书馆1983年影印《四库全书》本。

干一先神物化，九朝三见太平年。忽惊华构依岩出，乞与佳名到处传。此柏未枯君记取，灰心聊伴小乘禅。”（孤山有陈时柏二株。其一为人所薪，山下老人自为儿时已见其枯矣，然坚悍如金石，愈于未枯者。僧志诠作堂于其侧，名之曰柏堂。堂与白公居易竹阁相连属。余作二诗以纪之。）（《全宋诗》册14卷793页9181）

宋孝宗赵昚《西太乙宫陈朝桧》：“道人手种几生前，鹤骨龙姿尚宛然。双干一先神物化，九朝三见太平年。忽惊华构依岩出，乞与佳名到处传。此柏未枯君记取，灰心聊伴小乘禅。”（《全宋诗》册43卷2337页26868）

苏轼作见《施注苏诗》卷七、《苏诗补注》卷一〇、《西湖游览志》卷二、《记纂渊海》卷九五、《石仓历代诗选》卷一五〇、《御选唐宋诗醇》卷三四。

宋孝宗赵昚作出《梦粱录》卷八：“真养素宫中，旧有陈朝桧至今七百五十余年矣。苏东坡曾为僧志诠作诗以记，侧有小亭，孝庙宸翰其诗，石刻于亭下曰：‘道人手种几生前，鹤骨龙姿尚宛然。双干一先神物化，九朝三见太平年。忽惊华构依岩出，乞与佳名到处传。此柏未枯君记取，灰心聊伴小乘禅。’”[①] 可知此为孝宗赵昚宸翰苏轼诗。《全宋诗》编者未细审原稿。

① （宋）吴自牧撰：《梦粱录》，台湾商务印书馆1983年影印《四库全书》本。

第三章

《全宋诗》重出误收的时代情况

前文从重出误收诗的频度类型出发，注重考察重出误收诗的形式规律，以重出诗为主。本章着重从诗歌重出误收的时限特征、时序关联，以误收诗为主。

第一节　误收前代诗

一　误收隋前诗

（一）误收汉诗

宋孝宗赵昚《赐赵士忠二首》其一："职事烦填委，文墨分消散。驰翰未暇食，日昃不知晏。沉迷簿书领，回回自昏乱。释此出西城，登高且游观。方塘含白水，中有凫与雁。安得肃肃羽，从尔游波澜。"（《全宋诗》册43卷2337页26867）

汉末刘桢《杂诗》："职事相填委。文墨纷消散。驰翰未暇食。日昃不知晏。沈迷簿领间。回回自昏乱。释此出西城。登高且游观。方塘含白水。中有凫与雁。安得肃肃羽。从尔浮波澜。"（《先秦汉魏晋南北朝诗·魏诗卷三》）

宋孝宗赵昚出《宝真斋法书赞》卷三："孝宗皇帝古体诗二篇御书行书十四行后批一行"。[①]

刘桢刘公幹作见《文选注》卷二九、《六臣注文选》卷二九、《文章

① （宋）岳珂撰：《宝真斋法书赞》，商务印书馆1936年丛书集成初编本，第一六二八册，第39页。

正宗》卷二二上、《风雅翼》卷二、《古诗纪》卷二六、《古今事文类聚》别集卷二二、《石仓历代诗选》卷二、《古诗镜》卷六、《汉魏六朝百三家集》卷三一。此诗既见《文选注》《六臣注文选》刘桢作无疑。

（二）误收晋诗

宋李颙《舟泊太湖》："旋经义兴境，顿桌石兰渚。震泽为何在，今惟太湖浦。圆经萦五百，盼目眇无睹。高天淼着岸，长津杂如缕。窈窕寻湾埼，迢递望峦屿。惊飙扬飞湍，浮霄漾悬岨。轻禽翔云汉，游鳞憩中浒。暗靄天时阴，峣岧舟航舞。冯河安可狥，静观戒行旅。"（《全宋诗》册33卷1876页21029）

晋李颙《涉湖诗》："旋经义兴境，弭棹石兰渚。震泽为何在，今唯太湖浦。图径萦五百，眇目缅无睹。高天淼若岸，长津杂如缕。窈窕寻湾漪，迢递望峦屿。惊飚扬飞湍，浮霄薄悬岨。轻禽翔云汉，游鳞憩中浒。黯蔼天时阴，岧峣舟航舞。凭河安可殉，静观戒征旅。"（《先秦汉魏晋南北朝诗·晋诗》卷一一）

宋李颙作出明蔡升《震泽编》卷五。

此诗又见《初学记》卷七、《艺文类聚》卷九、《御定渊鉴类函》卷三二、《古诗纪》卷四二、《古今诗删》卷七、《吴都文粹续集》卷二三、《宋诗纪事》卷二二。

此诗既见《初学记》《艺文类聚》必非宋人作，为晋李颙作无疑。《初学记》卷一录《雷赋》一篇，替作者正是晋李颙，亦可作为旁证。晋李颙，字长林。充子，举孝廉，为本郡太守。有《尚书注》十卷、本集十卷。

另：李颙《句》："黯霧重云阴，碎棱震雷咤。"（《全宋诗》册33卷1876页21029）出宋杨伯嵒《六帖补》卷一"雷"之"震咤"条："李颙诗：'黯霧重云阴，碎棱震咤雷。'震咤即稼及。"① 此句无法考订作者时代，似亦可补入晋李颙名下，两存之。

（三）误收南朝诗

钱选《五君咏·阮籍》："阮公虽沦迹，识密鉴亦洞。沉醉似埋照，寓辞类托讽。长啸若怀人，越礼自惊众。物故不可论，途穷能无恸。"

---

① （宋）杨伯嵒辑：《六帖补》，台湾商务印书馆1983年影印《四库全书》本。

（《全宋诗》册 68 卷 3582 页 42803）

钱选《五君咏·嵇康》："中散不偶世，本自餐霞人。形解验默仙，吐论知凝神。立俗迕流议，寻山洽隐沦。鸾翮有时铩，龙性谁能驯。"（《全宋诗》册 68 卷 3582 页 42803）

钱选《五君咏·刘伶》："刘公善闭关，怀情灭闻见。鼓钟不足欢，容色岂能眩。韬精日沉饮，谁知非荒宴。颂酒虽短章，深衷自此见。"（《全宋诗》册 68 卷 3582 页 42803）

钱选《五君咏·阮咸》："仲容青云器，实禀生民秀。达音何用深，识微在金奏。郭奕已心醉，山公非虚觏。屡荐不入官，一麾乃出守。"（《全宋诗》册 68 卷 3582 页 42804）

钱选《五君咏·向秀》："向秀甘淡薄，深心托毫素。探道好渊玄，观书鄙章句。交吕既鸿轩，攀嵇亦凤举。流连河里游，恻怆山阳赋。"（《全宋诗》册 68 卷 3582 页 42804）

钱选作出赵氏《铁网珊瑚》卷一三："钱舜举白描《五君咏图》"，又见《式古堂书画汇考》卷四七："钱玉潭《五君咏图》并书卷白描"①。

颜延年作见《文选注》卷二一、《六臣注文选》卷二一、《文选颜鲍谢诗评》卷一、《文章正宗》卷二二下、《风雅翼》卷七、《古诗纪》卷五六、《古今诗删》卷八、《石仓历代诗选》卷五、《古诗镜》卷一二、《汉魏六朝百三家集》卷六七。

此诗既见《文选注》非宋诗无疑，此为赵宋钱选题写刘宋颜延年诗。

（四）误收北朝诗

黄庭坚《即来》："先去岂长别，后来非久亲。新坟将旧冢，相次似鱼鳞。茂陵谁辨汉，骊山讵识秦。千里与昨日，一种并成尘。定知今世士，还是昔时人。乌用取他骨，复持埋我身。"（《全宋诗》册 17 卷 1016 页 11592）

释亡名《五盛阴诗》："先去非长别。后来非久亲。新坟将旧冢。相次似鱼鳞。茂陵谁辨汉。骊山讵识秦。千年与昨日。一种并成尘。定知今世土。还是昔时人。焉能取他骨。复持埋我身。"（《先秦汉魏晋南北朝诗·北周诗卷六》）

① （清）卞永誉撰：《式古堂书画汇考》，台湾商务印书馆 1983 年影印《四库全书》本。

黄庭坚作见《山谷别集诗注》卷上。释亡名（俗姓宋，南郡人。事梁元帝，深见礼待，梁亡，远客岷蜀，有集十卷）。作又见《广弘明集》卷三〇、《古诗纪》卷一一三。

《广弘明集》，唐京兆释道宣撰。可知此为北周释亡名诗。

二 误收唐诗

（一）误收李世民诗

宋高宗赵构《秋日》："爽气澄兰沼，秋风动桂林。露凝千片玉，菊散一丛金。日岫高低影，云空点缀阴。蓬瀛不可望，泉石且娱心。"（《全宋诗》册35卷1982页22216）

李世民《秋日二首》其二："爽气澄兰沼，秋风动桂林。露凝千片玉，菊散一丛金。日岫高低影，云空点缀阴。蓬瀛不可望，泉石且娱心。"（《全唐诗》卷1）

赵构作出《新编增广事联诗苑丛珠》卷一，李世民作见《初学记》《文苑英华》卷一五八、《锦绣万花谷》后集卷三、《记纂渊海》卷二、《御定渊鉴类函》卷一五、《御制诗集》初集卷四二、《瀛奎律髓》卷一二、《全唐诗录》卷一。

（二）误收陈叔达诗

陈与行《句》其二："霜间开紫蒂，露下发金英。"（《全宋诗》册53卷2775页32845）陈叔达《咏菊》："霜间开紫蒂，露下发金英。但令逢采摘，宁辞独晚荣。"

陈与行作出《山堂肆考》卷一九九："陈叔达诗：'霜间开紫蒂，露下发金英'。"①

陈叔达作见《锦绣万花谷》后集卷三八、《御定佩文斋广群芳谱》卷五〇、《御定渊鉴类函》卷四〇九、《石仓历代诗选》卷一五、《全唐诗》卷三〇、《御定佩文斋咏物诗选》卷三五七、《御选唐诗》卷二七。

陈与行，字叔达，罗源（今属福建）人。《全宋诗》编者误《山堂肆考》唐陈叔达为宋陈与行。

另陈与行《句》其一："椒兰平酒酌，簠簋散香箕。"（《全宋诗》册

① （明）彭大翼撰：《山堂肆考》，明万历梅墅石渠阁刻本。

53卷2775页32845）出《群书通要》甲集卷六，又见《古今合璧事类备要》外集卷五。此句又见《说郛》卷六九下、《御定骈字类编》卷一六九。《御定渊鉴类函》卷一八：“李叔达《祠社诗》曰：‘升坛预结祀，诸皂肃分司。椒兰平酒酌，簠簋撤香萁。’”①

《全宋诗》录李叔达《舟中闻木犀》：“地近孤城水合流，天风吹下广寒秋。岩花似喜幽人至，先遣清香到小舟。”（《全宋诗》册72卷3747页45189）

此句当补入李叔达名下，并注重出。

（三）误收徐珩诗

宋徐珩《日暮望泾水》：“导源经陇阪，属汭贯嬴都。下濑波常急，回圻溜亦纡。毒流秦卒毙，泥粪汉田腴。独有迷津客，怀归轸暮途。”（《全宋诗》册37卷2050页23050）

唐徐珩《日暮望泾水》：“导源径陇阪，属汭贯嬴都。下濑波常急，回圻溜亦纡。毒流秦卒毙，泥粪汉田腴。独有迷津客，怀归轸暮途。”（《全唐诗》卷44）

《全宋诗》徐珩作出《古今事文类聚》前集卷一六。唐徐珩作见《文苑英华》卷一六三、《唐诗纪事》卷五、《全唐诗》卷四四。此诗既见《文苑英华》，当属唐徐珩。

（四）误收李峤诗

丁谓《柳》其一（《全宋诗》册2卷102页1153），又见《全唐诗》卷60，题为《柳》，作者李峤。丁谓作出《诗渊》册一页一一四九。李峤作见《御定佩文斋广群芳谱》卷七六、《御定渊鉴类函》卷四一五、《石仓历代诗选》卷二三、《御定佩文斋咏物诗选》卷二八九、《全唐诗录》卷三。此诗为李峤作无疑。

（五）误收李邕诗

王秬《登历下古城员外新亭二首》其二：“吾宗固神秀，体物写谋长。形制开古迹，曾冰延乐方。太山雄地理，巨壑眇云庄。高兴泊烦促，永怀清典常。含弘知四大，出入见三光。负郭喜粳稻，安时歌吉祥。”（《全宋诗》册37卷2046页22994）

① （清）张英等纂：《渊鉴类函》，清康熙四十九年清吟堂刻本。

李邕《登历下古城员外孙新亭》："吾宗固神秀，体物写谋长。形制开古迹，曾冰延乐方。太山雄地理，巨壑眇云庄。高兴汨烦促，永怀清典常。含弘知四大，出入见三光。负郭喜粳稻，安时歌吉祥。"（《全唐诗》卷115）

王秬作出《诗渊》册五页三四七五。

李邕作见《李北海集》卷一、《九家集注杜诗》卷一、《补注杜诗》卷一、《集千家注杜工部诗集》卷一、《杜诗详注》卷一、《山东通志》卷三五之一上、《唐诗纪事》卷一七。

（六）误收史青诗

释普度《偈颂一百二十三首》其一二三："今岁今宵尽，明年明日来。寒随一夜去，春逐五更回。"（《全宋诗》册61卷3227页38512）

史青《应诏赋得除夜》："今岁今宵尽，明年明日催。寒随一夜去，春逐五更来。气色空中改，容颜暗里回。风光人不觉，已著后园梅。"（《全唐诗》卷115）

王諲《除夜》："今岁今宵尽，明年明日催。寒随一夜去，春逐五更来。气色空中改，容颜暗里回。风光人不觉，已著后园梅。"（《全唐诗》卷145）

释普度作出《虚舟和尚语录》。

史青作见《御定佩文斋广群芳谱》卷六、《锦绣万花谷》前集卷四、《氏族大全》卷一三、《山堂肆考》卷一四、《御定渊鉴类函》卷二七七、《石仓历代诗选》卷四六、《诗话总龟》卷一一。

王諲作见《文苑英华》卷一五八、《御定佩文斋咏物诗选》卷四八、《唐诗纪事》卷二三。

《岁时杂咏》卷四一未属作者，从前诗作卢贞。

《氏族大全》卷一三："诗话以为王涯诗非也。"①

此诗考订可参考《全唐诗重出误收考》页七十九。

（七）误收范朝诗

米芾《诗二首》其一："水势临阶转，峰形对路开。槎从天上得，石

① （元）不著撰人：《氏族大全》，线装书局2001年日本宫内厅书陵部藏宋元版汉籍影印丛书本。

是海边来。瑞草分丛种，祥花间竹栽。旧传辞赋客，唯见有邹枚。”（《全宋诗》册 18 卷 1078 页 12282）

米芾作见《宝晋英光集补》卷一。

此诗唐范朝作见《国秀集》卷下，题目为《宁王山池》：“水势临阶转，峰形对路开。槎从天上得，石是海边来。瑞草分丛种，祥花间色栽。旧传词赋客，唯见有邹枚。”[1] 又见《石仓历代诗选》卷四六、《全唐诗》卷一四五、《御定佩文斋咏物诗选》卷一二二。此诗既见《国秀集》非宋人诗无疑。

（八）误收孟浩然诗

卢明甫《过檀溪》：“鸟泊随阳雁，鱼藏缩项鳊。停杯问山简，何似习池边。”（《全宋诗》册 72 卷 3741 页 45127）

卢明甫作出《舆地纪胜》卷八二。

孟浩然作见《孟浩然集》卷二、《文苑英华》卷三一八、《岁时杂咏》卷三九、《能改斋漫录》卷六、《剡录》卷六上、《湖广通志》卷八六、《潏水集》卷六、《唐诗品汇》卷七四、《全唐诗》卷一六〇、《御定佩文斋咏物诗选》卷一二三、《全唐诗录》卷一一、《唐诗纪事》卷二三、《历代诗话》卷六八。

（九）误收岑参诗

蔡必荐《观葵有感》：“昨日一花开，今日一花开。今日花正好，昨日花已老。始知人老不如花，可惜落花君莫扫。人生不得长少年，莫负床头沽酒钱。得钱向酒家，君不见，戎葵花。”（《全宋诗》册 69 卷 3613 页 43276）

岑参《蜀葵花歌》：“昨日一花开，今日一花开。今日花正好，昨日花已老。始知人老不如花，可惜落花君莫扫。人生不得长少年，莫惜床头沽酒钱。请君有钱向酒家，君不见，蜀葵花。”（《全唐诗》卷 199）

刘昚虚《戎葵花歌》：“昨日一花开，今日一花开；今日花正好，昨日花已老。人生不得长少年，莫惜床头酤酒钱。请君有钱向酒家，君不见，戎葵花。”（《全唐诗》卷 256）

蔡必荐作出《曲阿诗综》卷七。

---

① （唐）芮挺章编：《国秀集》，商务印书馆 1919 年四部丛刊初编本。

刘昚虚作见又见《文苑英华》卷三二三:"刘昚虚附见《岑参集》"。

岑参作出《河岳英灵集》卷中、《蜀中广记》卷六一、《御定佩文斋广群芳谱》卷四六、《全芳备祖集》前集卷一四、《御定渊鉴类函》卷四〇九、《唐音》卷三、《唐诗品汇》卷二九、《全唐诗》卷一九九。

此诗既见《河岳英灵集》《文苑英华》,非蔡必荐作无疑。

(十) 误收李白诗

1. 李之仪《诗一首》:"美人在时花满堂,美人去后留空床。床上绣衾闲不寝,至今三载犹余香。香亦竟不灭,人亦竟不来。相思复相忆,白露湿苍苔。"(《全宋诗》册 17 卷 975 页 11294)

《全唐诗》卷二五、卷一六五李白《长相思》:"美人在时花满堂,美人去后花馀床。床中绣被卷不寝,至今三载犹闻香。香亦竟不灭,人亦竟不来。相思黄叶落,白露点青苔。"

李之仪作出清钱尚濠《买愁集》卷上。李白作见《李太白文集》卷二三、《李太白集分类补注》卷二五、《李太白集注》卷二五、《唐文粹》卷一五下、《乐府诗集》卷六九、《唐诗品汇》卷二七、《全唐诗》卷二五、《全唐诗》卷一六五、《御选唐宋诗醇》卷四、《全唐诗录》卷二二。

2. 穆修《思边》:"去年何时君别妾,南园绿草飞蝴蝶。今岁何时妾忆君,西山白雪暗秦云。玉关此去三千里,欲寄音书那可闻。"(《全宋诗》册 3 卷 145 页 1617),又见《全唐诗》卷一八四,题为《思边(一作春怨)》,作者李白。此诗《全宋诗》出《穆参军集》卷上,与《全唐诗》李白诗只差一字。李白作见《李太白文集》卷二三、《李太白集分类补注》卷二五、《李太白集注》卷二五、《石仓历代诗选》卷四四上、《古诗镜·唐诗镜》卷一九、《全唐诗》卷一八四、《全唐诗录》卷二二,当以李白诗为是。

3. 米芾《为政》:"美人为政本忘机,服药求仙事不违。叶县已泥丹灶毕,瀛洲当伴赤松归。先师有诀神将助,大圣无心火自飞。九转但能生羽翼,双凫忽去定何依。"(《全宋诗》册 18 卷 1077 页 12273)

米芾作见《宝晋英光集》补遗。

此诗又见《李太白文集》卷二二《题雍丘崔明府丹灶》:"美人为政本忘机,服药求仙事不违。叶县已泥丹灶毕,瀛州当伴赤松归。先师有诀神将助,大圣无心火自飞。九转但能生羽翼,双凫忽去定何依。"又见

《李太白集分类补注》卷二四、《李太白集注》卷二四、《唐诗品汇》卷八三、《全唐诗》卷一八三、《御定佩文斋咏物诗选》卷二四一。

4. 释明辩《颂古十六首》其六："不向东山久，蔷薇几度华。白云他自散，明月落谁家。"（《全宋诗》册29卷1650页18482）

李白《忆东山二首》其一："不向东山久，蔷薇几度花。白云还自散，明月落谁家。"

释明辩作出《嘉泰普灯录》卷二八。李白作见《记纂渊海》卷九三、《李太白文集》卷二〇、《李太白集分类补注》卷二三、《李太白集注》卷二三、《唐诗品汇》卷三九、《石仓历代诗选》卷四四下、《全唐诗》卷一八二、《御定佩文斋咏物诗选》卷八三、《御选唐宋诗醇》卷八、《全唐诗录》卷二三、《韵语阳秋》卷五、《历代诗话》卷四六。此李白诗。

5. 宋高宗赵构《崇恩显义院五首》其五："海神来过隐风回，浪打天门石壁开。浙江八月何如此，清似连山喷雪来。"（《全宋诗》册35卷1982页22215）

李白《横江词六首》其四："海神来过恶风回，浪打天门石壁开。浙江八月何如此，涛似连山喷雪来。"

宋高宗赵构作出《淳祐临安志》，李白作见《李太白文集》卷六、《李太白集分类补注》卷七、《李太白集注》卷七、《文苑英华》卷一六二、《乐府诗集》卷九〇、《古今事文类聚》前集卷一五、《记纂渊海》卷八、《记纂渊海》卷二〇、《万首唐人绝句》卷二、《全唐诗》卷一六六、《全唐诗录》卷二三。

（十一）误收杜甫诗

1. 夏倪《句》其三："天寒霜雪繁，游子有所之。"（《全宋诗》册22卷1318页14969）

杜甫《赤谷》："天寒霜雪繁，游子有所之。岂但岁月暮，重来未有期。晨发赤谷亭，险艰方自兹。乱石无改辙，我车已载脂。山深苦多风，落日童稚饥。悄然村墟迥，烟火何由追。贫病转零落，故乡不可思。常恐死道路，永为高人嗤。"

夏倪作出《紫薇诗话》："夏均父倪文词富赡，侪辈少及。尝以'天寒霜雪繁，游子有所之'为韵，作十诗留别饶德操，不愧前人作也。"可见“天寒霜雪繁，游子有所之”为前人作。夏倪，字均父，蕲州（今湖北蕲春东北）人。

此诗杜甫作见《九家集注杜诗》卷六、《集千家注杜工部诗集》卷六、《杜诗详注》卷八、《说郛》卷八四上、《唐诗品汇》卷七、《石仓历代诗选》卷四五、《古诗镜·唐诗镜》卷二二、《全唐诗录》卷二五。

2. 王柜《登历下古城员外新亭二首》其一：“新亭结构罢，隐见清湖阴。迹籍台观旧，气溟海岳深。圆荷想自昔，遗堞感至今。芳宴此时具，哀丝千古心。主称寿尊客，筵秩宴北林。不阻蓬荜兴，得兼梁甫吟。”（《全宋诗》册 37 卷 2046 页 22994）

杜甫《同李太守登历下古城员外新亭》（亭对鹊湖）：“新亭结构罢，隐见清湖阴。迹籍台观旧，气溟海岳深。圆荷想自昔，遗堞感至今。芳宴此时具，哀丝千古心。主称寿尊客，筵秩宴北林。不阻蓬荜兴，得兼梁甫吟。”

王柜作出《诗渊》册五页三四七五。

杜甫作见《九家集注杜诗》卷一、《补注杜诗》卷一、《集千家注杜工部诗集》卷一、《杜诗详注》卷一、《李北海集》卷一、《全唐诗》卷二一六、《山东通志》卷三五之一上、《御选唐宋诗醇》卷九。

3. 释如净《偈颂三十四首》其三四：“糁径杨花铺白毡，点池荷叶叠青钱。两彩一赛，其或未然。竹根稚子无人见，沙上凫雏傍母眠。”（《全宋诗》册 52 卷 2749 页 32364）

杜甫《绝句漫兴九首》其七：“糁径杨花铺白毡，点溪荷叶叠青钱。笋根稚子无人见，沙上凫雏傍母眠。”

释如净作出《住建康府清凉寺语录》，杜甫作见《九家集注杜诗》卷二二、《补注杜诗》卷二二、《集千家注杜工部诗集》卷七、《杜诗详注》卷九、《御定佩文斋广群芳谱》卷七八、《古今事文类聚》后集卷二三、《记纂渊海》卷九五、《全芳备祖集》前集卷一八、《全唐诗录》卷三三、《竹庄诗话》卷六、《诗林广记》卷二。

（十二）误收陈存诗

宋陈存《丹阳作》：“暂入新丰市，犹闻旧酒香。抱琴沽一醉，尽日卧垂杨。”（《全宋诗》册 65 卷 3432 页 40850）

唐陈存《丹阳作》：“暂入新丰市，犹闻旧酒香。抱琴沽一醉，尽日卧垂杨。”

宋陈存作出清光绪《丹阳县志》卷三四。唐陈存作见《唐诗纪事》卷三九、《全唐诗》卷三一一、《御选唐诗》卷二七。

《全宋诗》小传：“陈存，字体仁，号本斋，龙泉（今属浙江）人，徙居安吉州（今浙江湖州）。理宗淳祐七年（1247）进士。”

计有功，字敏夫，大邑安仁人。生卒年均不详，约北宋末前后在世。他是张浚的从舅，曾居浚幕府中。（《全宋诗》册 65 卷 3432 页 40850）

此诗既见《唐诗纪事》，非宋陈存作无疑。

（十三）误收殷遥诗

潘阆《夏》：“野花成子落，江燕引雏飞。暗草薰苔径，晴杨拂石矶。”（《全宋诗》册 1 卷 57 页 631）又见《全唐诗》卷一一四，题为《春晚山行》：“寂历青山晚，山行趣不稀。野花成子落，江燕引雏飞。暗草薰苔径，晴杨扫石矶。俗人犹语此，余亦转忘归。”作者殷遥。

潘阆作出《锦绣万花谷》后集卷三，此诗全章又见《文苑英华》卷一六一，当为殷遥作。

（十四）误收韦应物诗

1. 晏殊《社日》：“山郡多暇日，社时放吏归。坐阁独成闷，行塘阅清辉。春风动高柳，芳园掩夕扉。遥思里中会，心绪怅微微。”（《全宋诗》册 3 卷 172 页 1954）又见《全唐诗》卷一八八，题为《社日寄崔都水及诸弟群属》，作者韦应物。晏殊作出《古今岁时杂咏》卷一〇，其前一首为晏殊的《奉和圣制社日》，本首未题作者，按例从前首属晏殊。韦应物作见《韦苏州集》卷三、《方舆胜览》卷四七、《石仓历代诗选》卷四九、《全唐诗》卷一八八。《因话录》卷六：“都水使者崔绰……元和初犹在，年九十余卒。苏州刺史韦公集中所赠崔都水诗者是也……崔即苏州之堂妹婿也。”《全宋诗》误收，此当为韦应物诗。

2. 宋高宗赵构《题马麟画》：“南望青山满禁闱，晓陪鸳鹭正差池。共爱朝来何处雪，蓬莱宫里拂松枝。”（《全宋诗》册 35 卷 1982 页 22217）

韦应物《雪夜下朝，呈省中一绝》：“南望青山满禁闱，晓陪鸳鹭正差池。共爱朝来何处雪，蓬莱宫里拂松枝。”

宋高宗赵构作出《珊瑚网》卷四三：“瓢印御书”，又见《式古堂书画汇考》卷三三："宋高宗书"，《南宋院画录》卷八："高宗御书"。韦应物作见《韦苏州集》卷二、《文苑英华》卷一五四、《万首唐人绝句》卷四、《全唐诗》卷一八七、《御定佩文斋咏物诗选》卷一四、《苕溪渔隐丛话》前集卷七、《诗人玉屑》卷二、《竹庄诗话》卷一九、《诗林广记》卷二。

（十五）误收元结诗

张耒《句》其五："灵橘无根井有泉。"（《全宋诗》册20卷1187页13419）

元结《橘井》："灵橘无根井有泉，世间如梦又千年。乡园不见重归鹤，姓字今为第几仙。风泠露坛人悄悄，地闲荒径草绵绵。如何蹑得苏君迹，白日霓旌拥上天。"

张耒残句据《舆地纪胜》卷五七收录。此残句实出唐元结《橘井》，见《湖广通志》卷七九、《氏族大全》卷三、《全唐诗》卷二四一、《全唐诗录》卷一八、《诗话总龟》卷一六。

（十六）误收戎昱诗

高翥《寂上人禅房》："俗尘浮垢闭禅关，百岁身心几日闲。安得此生同草木，无营长在四时间。"（《全宋诗》册55卷2859页34145）

戎昱《寂上人禅房》："俗尘浮垢闭禅关，百岁身心几日闲。安得此生同草木，无营长在四时间。"

高翥作出《诗渊》册五页三七五二。戎昱作见《万首唐人绝句》卷七五、《全唐诗》卷二七〇。

（十七）误收刘商诗

刘攽《题湛上人院画松》："水墨乍成岩下树，摧残半隐洞中云。猷公曾住天台寺，阴雨猿声何处闻。"（《全宋诗》册11卷615页7302）

刘攽作出《彭城集》卷一八。《御定佩文斋广群芳谱》卷七〇、《御定历代题画诗类》卷七一诗题作《与湛上人画松》，作者刘商；《万首唐人绝句》卷四二、《天台前集》卷中、《全唐诗》卷三〇四题目作《与湛上人院画松》，作者刘商。《全唐诗》卷三〇四："刘商，字子夏，彭城人。少好学，工文，善画。登大历进士第，官至检校礼部郎中，汴州观察判官。集十卷，今编诗二卷。”[①]

《四库全书总目》：“《天台前集》三卷……宋李庚原本，林师蒧等增修。皆录唐以前诗，成于宁宗嘉定元年戊辰。”[②]

《四库全书总目》卷一五三：“彭城集四十卷（永乐大典本）……今检《永乐大典》所载，篇章尚富。盖即据《彭城集》收入。谨掇拾排比，厘为四十卷。较之原书，所少不过十之一二。与新编其兄敞《公是集》，钜制鸿裁，旧观几复。在北宋诸家中，可谓超轶三孔，而凭陵两宋者矣。”[③]

可见编订《全唐诗》撰写小传时，刘商集尚存，此诗又入《天台前集》，其文献可靠程度，远过《永乐大典》辑本《彭城集》，此诗属唐刘商。

（十八）误收李翱诗

释道宁《偈六十九首》其三六：“选得幽居惬野情，终年无送复无迎。有时直上孤峰顶，月下披云啸一声。”（《全宋诗》册 19 卷 1143 页 12894）

释道宁作出《开福寺宁禅师语录》卷上。

此为唐李翱诗，《类说》卷二〇“云在青天水在瓶”条记载本事：“朗州刺史李翱问：如何是道？师曰：云在天，水在瓶。翱作偈曰：练得身形似鹤形，千株松下两函经。我来问道无余话，云在青天水在瓶。翱问：如何是戒定慧？师曰：太守欲保任此事，须向高高山顶坐，深深海底行，闺阁中物舍不得，便为渗漏师一夜，登山大笑。翱赠诗曰：选得幽居惬野情，终年无送亦无迎。有时直上孤峰顶，月下披云笑一声。”[④]李翱作又见《湖广通志》卷七五、《锦绣万花谷》后集卷二八、《山堂肆考》卷一四七、《宋高僧传》卷一七、《五灯会元》卷五、《全唐诗》卷三六九、《御定佩文斋咏物诗选》卷二三四、《御选唐诗》卷二九、《全唐诗录》卷五三、《唐诗纪事》卷三五、《苕溪渔隐丛话》前集卷二〇。

---

① （清）曹寅等编：《全唐诗》，清康熙扬州诗局刻本。

② （清）永瑢、纪昀等编纂：《四库全书总目》，中华书局 1965 年影印本。

③ 同上。

④ （宋）曾慥辑：《类说》，书目文献出版社 1998 年北京图书馆古籍珍本丛刊本，第六二册，第 361 页。

（十九）误收白居易诗

1. 刘敞《桐花》："一株青玉立，千叶绿云委。亭亭五丈余，高意犹未已。仙僧年九十，清净老不死。自云手种时，一颗青桐子。"（《全宋诗》册9卷474页5743）又见《全唐诗》卷四二四，题为《云居寺孤桐》："一株青玉立，千叶绿云委。亭亭五丈余，高意犹未已。山僧年九十，清净老不死。自云手种时，一颗青桐子。直从萌芽拔，高自毫末始。四面无附枝，中心有通理。寄言立身者，孤直当如此。"作者白居易。

此诗刘敞作见《公是集》卷一四、《两宋名贤小集》卷六四、《全芳备祖集》前集卷一九。白居易作《白氏长庆集》卷一、《白香山诗集》卷一、《御定佩文斋广群芳谱》卷七三、《记纂渊海》卷九五、《全芳备祖集》后集卷一八、《山堂肆考》卷二〇一、《全唐诗》卷四二四。白集为香山自定，既录此诗全诗，必白居易作无疑。

2. 曾几《把酒思闲事二首》其一："把酒思闲事，春愁谁最深。乞钱羁客面，落第举人心。月下低眉立，灯前抱膝吟。凭君劝一醉，胜与万黄金。"（《全宋诗》册29卷1660页18598）

白居易《把酒思闲事二首》其一："把酒思闲事，春愁谁最深。乞钱羁客面，落第举人心。月下低眉立，灯前抱膝吟。凭君劝一醉，胜与万黄金。"

曾几《把酒思闲事二首》其二："把酒思闲事，春娇何处多。试鞍新白马，弄镜小青娥。掌上初教舞，花头欲按歌。凭君劝一醉，劝了又如何。"（《全宋诗》册29卷1660页18598）

白居易《把酒思闲事二首》其二："把酒思闲事，春娇何处多。试鞍新白马，弄镜小青娥。掌上初教舞，花前欲按歌。凭君劝一醉，劝了问如何。"

曾几作出《瀛奎律髓》卷一九，白居易作见《白氏长庆集》卷三一、《白香山诗集》卷三二、《全唐诗》卷四五四、《全唐诗录》卷六三。此白居易诗。

3. 曾几《晚春酒醒寻梦得》："料合同惆怅，花残酒亦残。醉心忘老易，醒眼别春难。独出虽慵懒，相逢定喜欢。还携小蛮去，试觅老刘看。"（《全宋诗》册29卷1660页18598）

白居易《晚春酒醒寻梦得》："料合同惆怅，花残酒亦残。醉心忘老易，醒眼别春难。独出虽慵懒，相逢定喜欢。还携小蛮去，试觅老刘看。”

曾几作出《瀛奎律髓》卷一九，白居易作见《白氏长庆集》卷三三、《白香山诗集》卷三四、《古诗镜·唐诗镜》卷四四、《全唐诗》卷四五六。此白居易诗。

4. 仲并《花前有感兼呈崔相公刘郎中》：“落花如雪鬓如霜，醉把花看益自伤。少日为名多检束，长年无兴可颠狂。四时轮转春常少，百刻支分夜苦长。何事同生壬子岁，老于崔丈及刘郎。”（《全宋诗》册34卷1929页21542）

白居易《花前有感兼呈崔相公刘郎中》：“落花如雪鬓如霜，醉把花看益自伤。少日为名多检束，长年无兴可颠狂。四时轮转春常少，百刻支分夜苦长。何事同生壬子岁，老于崔相及刘郎。”

仲并作出《浮山集》卷二，白居易作见《白氏长庆集》卷二五、《白香山诗集》卷二八、《文苑英华》卷二五八、《全唐诗》卷四四八。

5. 宋高宗赵构《崇恩显义院五首》其四：“管妙弦清韵入神，老人合眼醉醺醺。成知不及当来曲，犹觉闻时胜不闻。”（《全宋诗》册35卷1982页22215）

白居易《听歌》：“管妙弦清歌入云，老人合眼醉醺醺。诚知不及当年听，犹觉闻时胜不闻。”

宋高宗赵构作出《淳祐临安志》，白居易作见《白氏长庆集》卷三四、《白香山诗集》卷三五、《文苑英华》卷二一三、《万首唐人绝句》卷一六、《全唐诗》卷四五七。

6. 宋高宗赵构《诗二首》其一：“随宜饮酒聊充腹，取次衣裘亦暖身。未必得年非瘦薄，无妨长福是单贫。老龟岂羡牺牲饱，蟠木宁争桃李春。随分自安心自断，是非何必问闲人。”（《全宋诗》册35卷1982页22219）

白居易《自咏》：“随宜饮食聊充腹，取次衣裘亦暖身。未必得年非瘦薄，无妨长福是单贫。老龟岂羡牺牲饱，蟠木宁争桃李春。随分自安心自断，是非何用问闲人。”

赵构作出《式古堂书画汇考》卷一三：“高宗随宜饮酒诗卷草书”。

又见《清河书画舫》卷一〇上："思陵草书一卷"。[①]

白居易作见《白氏长庆集》卷二七、《白香山诗集》卷三一、《全唐诗》卷四五〇。

宋高宗赵构《题刘松年竹楼说听图》："小书楼下千竿竹，深火炉前一盏灯。此处与谁相伴宿，烧丹道士坐禅僧。"（《全宋诗》册35卷1982页22220）

白居易《竹楼宿》："小书楼下千竿竹，深火炉前一盏灯。此处与谁相伴宿，烧丹道士坐禅僧。"

赵构作出《式古堂书画汇考》卷三三，又见《南宋院画录》卷四。白居易作见《白氏长庆集》卷二〇、《白香山诗集》卷二五、《万首唐人绝句》卷一四、《西溪丛语》卷下、《全唐诗》卷四四三、《御定佩文斋咏物诗选》卷一一九、《御选唐诗》卷二九、《全唐诗录》卷六五。

7. 宋孝宗赵眘《题周文矩合乐士女图》："今夜调琴忽有情，欲弹惆怅忆崔卿。何人解爱中徽上，秋思头边八九声。"（《全宋诗》册43卷2337页26869）

白居易《夜调琴忆崔少卿》："今夜调琴忽有情，欲弹惆怅忆崔卿。何人解爱中徽上，秋思头边八九声。"

宋孝宗赵眘作出《式古堂书画汇考》卷三三，白居易作见《白氏长庆集》卷二八、《白香山诗集》卷三〇、《文苑英华》卷二一二、《万首唐人绝句》卷一五、《全唐诗》卷四五一、《御定佩文斋咏物诗选》卷一九三。

（二十）误收张籍诗

1. 李之仪《偶题六绝》其二："行人犹未有归期，万里初程日暮时。唯爱门前双柳树，枝枝叶叶不相离。"（《全宋诗》册17卷960页11207）

《全唐诗》卷三八六张籍《忆远》："行人犹未有归期，万里初程日暮时。唯爱门前双柳树，枝枝叶叶不相离。"

李之仪作见《姑溪居士前集》前集卷一一。张籍作见《张司业集》卷七、《万首唐人绝句》卷二三、《石仓历代诗选》卷五九、《全唐诗》卷三八六，现存蜀本《张司业集》早于李之仪，此唐张籍诗。

---

① （明）张丑撰：《清河书画舫》，清乾隆二十八年池北草堂刻本。

2. 李之仪《偶题六绝》其三："长溪新雨色如泥，野水阴寒尽向西。楚客天南行渐远，山山树里鹧鸪啼。"（《全宋诗》册17卷960页11207）

《全唐诗》卷三八六张籍《玉仙馆》："长溪新雨色如泥，野水阴云尽向西。楚客天南行渐远，山山树里鹧鸪啼。"

李之仪作见《姑溪居士前集》前集卷一一。张籍作见《张司业集》卷七、《万首唐人绝句》卷二三、《唐诗品汇》卷五一、《江西通志》卷三九、《石仓历代诗选》卷五九、《全唐诗》卷三八六、《御定佩文斋咏物诗选》卷四三三、《御选唐诗》卷三二。此唐张籍诗。

3. 李之仪《偶题六绝》其四："数卷新游蜀苑诗，长安僻巷得相随。草堂雪夜携琴处，况似青城馆里时。"（《全宋诗》册17卷960页11207）

《全唐诗》卷三八六张籍《弟萧远雪夜同宿》："数卷新游蜀客诗，长安僻巷得相随。草堂雪夜携琴宿，说是青城馆里时。"

李之仪作见《姑溪居士前集》前集卷一一。张籍作见《张司业集》卷七、《万首唐人绝句》卷六八、《石仓历代诗选》卷五九、《全唐诗》卷三八六、《唐诗纪事》卷四一。此唐张籍诗。

4. 曾致尧《东林寺》（《全宋诗》册1卷54页580），又见《全唐诗》卷三八四，题为《江南春》，作者张籍。

《全宋诗》曾致尧作出清张豫章《御选宋金元明四朝诗·御选宋诗》卷三五，另《宋元诗会》卷十六收录；张籍作见《张司业集》卷三、《瀛奎律髓》卷十、《古诗镜·唐诗镜》卷四八、《全唐诗》卷三八四、《全唐诗录》卷五四，因《张司业集》早于曾致尧（947—1012），可见此诗当为张籍诗。

5. 林逋《寄孙仲簿公》（《全宋诗》册2卷105页1202），又见《全唐诗》卷三八四，题为《寄孙冲主簿》，作者张籍。林逋作见《海录碎事》卷九上、《林和靖集》卷一、《宋诗钞》卷一三。张籍作见《张司业集》卷三、《瀛奎律髓》卷四二、《全唐诗》卷三八四。《张司业集》早于林逋，此张籍诗。

6. 林逋《赠任懒夫》（《全宋诗》册2卷105页1204），又见《全唐诗》卷三八四，题为《赠任懒》，作者张籍。林逋《林和靖集》卷一。张籍作见《张司业集》卷三、《瀛奎律髓》卷四二、《全唐诗》卷三八四。《张司业集》早于林逋，此张籍诗。

7. 张毂《行路难》："湘东行人长叹息，十年离家归未得。敝裘羸马苦难行，僮仆尽饥少筋力。君不见床头黄金尽，壮士无颜色。龙蟠泥中未有云，不能生彼升天翼。"（《全宋诗》册31卷1788页19938）

张籍《杂曲歌辞·行路难》："湘东行人长叹息，十年离家归未得。弊裘羸马苦难行，僮仆饥寒少筋力。君不见床头黄金尽，壮士无颜色。龙蟠泥中未有云，不能生彼升天翼。"

张毂作出明神宗《诸儒笺解古文真宝》前集卷七。张籍作见《张司业集》卷二、《唐文粹》卷一二、《乐府诗集》卷七一、《古今事文类聚》别集卷二五、《山堂肆考》卷一三七、《唐诗品汇》卷三四、《石仓历代诗选》卷五九、《全唐诗》卷二五、《全唐诗》卷三八二、《全唐诗录》卷五四。《张司业集》《唐文粹》早于张毂，此张籍诗，《全宋诗》此人当删。

（二十一）误收王建诗

林洪《宫词》："金殿当头紫阁重，仙人掌上玉芙蓉。太平天子朝元日，五色云车驾六龙。"（《全宋诗》册64卷3394页40392）

王建《宫词》："金殿当头紫阁重，仙人掌上玉芙蓉。太平天子朝迎日，五色云车驾六龙。"

林洪作出《后村千家诗》卷一六。王建作见《御定渊鉴类函》卷三四一、《水东日记》卷二六、《王司马集》卷八、《唐百家诗选》卷一三、《万首唐人绝句》卷三一、《三体唐诗》卷一、《唐音》卷七、《唐诗品汇》卷五一、《石仓历代诗选》卷六〇、《三家宫词》卷上、《全唐诗》卷三〇二、《御定佩文斋咏物诗选》卷一一一、《御选唐诗》卷二九、《全唐诗录》卷五六、《唐诗纪事》卷四四。此诗见《唐百家诗选》非南宋林洪作，当属唐王建诗。

（二十二）误收刘禹锡诗

1. 史尧弼《重题湖上》："林端落照尽，湖上远风清。水榭芝兰室，仙舟鱼鸟情。人琴何寂寞，烟月足平生。一泛钓璜处，再吟锵玉声。"（《全宋诗》册43卷2341页26902）

刘禹锡《和重题》："林端落照尽，湖上远岚清。水榭芝兰室，仙舟鱼鸟情。人琴久寂寞，烟月若平生。一泛钓璜处，再吟锵玉声。"

史尧弼作出《莲峰集》卷二。刘禹锡作见《刘宾客文集》外集卷七、

《会昌一品集》别集卷四、《蜀中广记》卷九、《全唐诗》卷三五八。《全蜀艺文志》卷一五因此诗附入《会昌一品集》，误为李德裕作。

2. 李善美《大堤曲》："酒旗相望大堤头，堤下连樯堤下楼。日暮行人争渡急，桨声幽轧满中流。"（《全宋诗》册 72 卷 3741 页 45127）

李善美作出《舆地纪胜》卷八二。刘禹锡作见《刘宾客文集》卷二六、《乐府诗集》卷九四、《万首唐人绝句》卷五、《唐音》卷一一、《唐诗品汇》卷五一、《古诗镜·唐诗镜》卷三六、《全唐诗》卷三六五、《全唐诗》卷五六三、《御定佩文斋咏物诗选》卷一二六、《御选唐诗》卷三二、《唐人万首绝句选》卷四、《全唐诗录》卷四〇。

（二十三）误收韩愈诗

1. 黄庭坚《古意》："太华峰头玉井莲，开花十丈藕如船。冷比雪霜甘比蜜，一片入口沉痾痊。我欲求之不惮远，青壁无路难夤缘。安得长梯上摘食，下种七泽根株连。"（《全宋诗》册 17 卷 1027 页 11740）

韩愈《古意》："太华峰头玉井莲，开花十丈藕如船。冷比雪霜甘比蜜，一片入口沈痾痊。我欲求之不惮远，青壁无路难夤缘。安得长梯上摘实，下种七泽根株连。"

黄庭坚作见明万历《御制重刻古文真宝》前集卷四。韩愈作见《御定佩文斋书画谱》卷五六、《御定佩文斋广群芳谱》卷二九、《御定佩文斋广群芳谱》卷六六、《说郛》卷二四下、《锦绣万花谷》前集卷七、《古今事文类聚》前集卷一三、《古今事文类聚》后集卷三二、《记纂渊海》卷六、《记纂渊海》卷九二、《记纂渊海》卷九三、《全芳备祖集》后集卷二、《山堂肆考》卷一九九、《山堂肆考》卷二〇七、《御定渊鉴类函》卷四〇七、《别本韩文考异》卷三、《五百家注昌黎文集》卷三、《东雅堂昌黎集注》卷三、《双溪类稿》卷二、《全唐诗》卷三三八、《全唐诗录》卷四八、《诗林广记》卷五。

2. 朱熹《句》其一："秋夜不可晨，秋日苦易暗。我无汲汲志，何以有此恨。"（《全宋诗》册 44 卷 2394 页 27682）

韩愈《秋怀诗十一首》其七："秋夜不可晨，秋日苦易暗。我无汲汲志，何以有此憾。寒鸡空在栖，缺月烦屡瞰。有琴具徽弦，再鼓听愈淡。古声久埋灭，无由见真滥。低心逐时趋，苦勉祇能暂。有如乘风船，一纵不可缆。不如觑文字，丹铅事点勘。岂必求赢余，所要石与甔。"

朱熹作出《洛水集》卷九。韩愈作见《别本韩文考异》卷一、《五百家注昌黎文集》卷一、《东雅堂昌黎集注》卷一、《文章正宗》卷二四、《唐诗品汇》卷二〇、《石仓历代诗选》卷五七、《全唐诗》卷三三六、《御选唐宋诗醇》卷二七、《全唐诗录》卷四六、《竹庄诗话》卷七。

3. 释文礼《颂马祖因僧问离四句绝百非》："唤起窗全曙，催归日未西。无心花里鸟，更与尽情啼。"（《全宋诗》册54卷2829页33698）

韩愈《游城南十六首·赠同游》："唤起窗全曙，催归日未西。无心花里鸟，更与尽情啼。"

释文礼作出《天童寺志》卷四，韩愈作见《野客丛书》卷一七、《类说》卷五五、《编珠·续编珠》卷二、《海录碎事》卷二二上、《锦绣万花谷》前集卷三七、《古今事文类聚》后集卷四七、《宋稗类钞》卷二〇、《墨客挥犀》卷七、《别本韩文考异》卷九、《五百家注昌黎文集》卷九、《东雅堂昌黎集注》卷九、《碧梧玩芳集》卷二三、《唐诗品汇》卷四三、《全唐诗》卷三四三、《御定佩文斋咏物诗选》卷四二一、《苕溪渔隐丛话》前集卷一七、《苕溪渔隐丛话》前集卷二七、《苕溪渔隐丛话》后集卷一〇、《诗人玉屑》卷二、《诗人玉屑》卷六、《诗林广记》卷五、《唐音癸签》卷二〇、《历代诗话》卷四九。

（二十四）误收孟郊诗

曾巩《句》其五："旷然青霞抱，永矣白云适。"（《全宋诗》册8卷462页5612），又见《全唐诗》卷三七五，题为《游韦七洞庭别业》："洞庭如潇湘，叠翠荡浮碧。松桂无赤日，风物饶清激。逍遥展幽韵，参差逗良觌。道胜不知疲，冥搜自无斁。旷然青霞抱，永矣白云适。崆峒非凡乡，蓬瀛在仙籍。无言从远尚，还思君子识。波涛漱古岸，铿锵辨奇石。灵响非外求，殊音自中积。人皆走烦浊，君能致虚寂。何以祛扰扰，叩调清淅淅。既惧豪华损，誓从诗书益。一举独往姿，再摇飞遁迹。山深有变异，意惬无惊惕。采翠夺日月，照耀迷昼夕。松斋何用扫，萝院自然涤。业峻谢烦芜，文高追古昔。暂遥朱门恋，终立青史绩。物表易淹留，人间重离析。难随洞庭酌，且醉横塘席。"作者孟郊。

《全宋诗》曾巩作出《韵府群玉》卷一九，孟郊作又见《孟东野诗集》卷四，此孟郊诗无疑。

（二十五）误收贾岛诗

1. 释无本《行次汉上》："习家池沼草萋萋，岚树光中信马蹄。汉主庙前湘水碧，一声风角夕阳低。"（《全宋诗》册72卷3741页45128）

释无本《马嵬》："长川几处树青青，孤驿危楼对翠屏。一自玉皇惆怅后，至今来往马蹄腥。"（《全宋诗》册72卷3741页45128）

二诗见《才调集》卷九、《万首唐人绝句》卷六四、《唐僧弘秀集》卷七、《唐音》卷一四、《唐诗品汇》卷五五、《古今禅藻集》卷七、《全唐诗》卷五七四、《唐人万首绝句选》卷七、《全唐诗录》卷九八。

此唐贾岛诗。

2. 释居简《颂古二十一首》其九："客舍并州已十霜，归心日夜忆咸阳。无端又渡桑干水，却望并州是故乡。"（《全宋诗》册53卷2801页33288）

贾岛《渡桑干》："客舍并州已十霜，归心日夜忆咸阳。无端更渡桑干水，却望并州是故乡。"

释居简作出《北涧居简禅师语录》，贾岛作见《长江集》卷九、《唐百家诗选》卷一五、《畿辅通志》卷一二〇、《山西通志》卷二二六、《墨庄漫录》卷五、《万首唐人绝句》卷二四、《唐音》卷一三、《唐诗品汇》卷五二、《古今诗删》卷二二、《石仓历代诗选》卷七二、《古诗镜·唐诗镜》卷四八、《全唐诗》卷五七四、《唐人万首绝句选》卷五、《全唐诗录》卷五二、《诗话总龟》卷一一、《诗话总龟》后集卷二〇、《对床夜语》卷四、《颐山诗话》。

3. 高翥《崇圣寺斌公房》："近来唯一食，树下掩禅扉。落日寒山磬，多年坏衲衣。白须长更剃，青霭远还归。仍说游南岳，经行是息机。"（《全宋诗》册55卷2859页34145）

贾岛《崇圣寺斌公房》："近来惟一食，树下掩禅扉。落日寒山磬，多年坏衲衣。白须长更剃，青霭远还归。仍说游南岳，经行是息机。"

高翥作出《诗渊》册五页三七五二。贾岛作见《长江集》卷五、《文苑英华》卷二三七、《御定全唐诗》卷五七三。

4. 皇甫□《句》："桌穿波底月。"（《全宋诗》册72卷3770页45475）

皇甫□作出元佚名《拦江网》巳集上卷一，贾岛作见《诗话总龟》

后集卷九：“高丽使过海有诗云：‘水鸟浮还没，山云断复连时。’贾岛诈为稍人，联下句云：‘棹穿波底月，船压水中天。’丽使嘉叹久之。碧溪”[①] 又见《苕溪渔隐丛话》前集卷一九、《诗人玉屑》目录、《诗人玉屑》卷一五、《诗林广记》卷七。

另《分门古今类事》卷一五引《幕府燕闲录》：“天圣高第天圣五年春，有二举人闲行建隆观中，相与语曰：‘今岁高第是何人?’有二道士棊于庑下，白髭者曰：‘不难知之。’二生曰：‘师岂有异乎?’曰：‘无之。棹穿波底月，寒压水中天。不离乎此也。其年牓首王尧臣小名越哥，次韩琦，次赵槩。月与越同，寒与韩同，天水则赵氏郡号也。再寻道士，不复见矣。’”[②]

（二十六）误收储嗣宗诗

赵汝唫《朝山》：“犬入五云音信绝，风楼凝碧悄无声。焚香古洞步虚夜，露湿松花空月明。”（《全宋诗》册60卷3154页37847）

储嗣宗《和茅山高拾遗忆山中杂题五首·胡山》：“犬入五云音信绝，凤楼凝碧悄无声。焚香古洞步虚夜，露湿松花空月明。”

赵汝唫出《诗渊》册三页二〇六九。唐储嗣宗作见《万首唐人绝句》卷三六、《石仓历代诗选》卷九八、《全唐诗》卷五九四、《御定佩文斋咏物诗选》卷八三。

洪迈（1123—1202），字景卢，号容斋，鄱阳人。

赵汝唫，字仁父，号两山。太宗八世孙。曾知临安县（《咸淳临安志》卷五一）。理宗端平元年（1234）知江阴军（明嘉靖《江阴县志》卷一二）。今录诗九首。（《全宋诗》册60卷3154页37846）

《万首唐人绝句》作者洪迈早于赵汝唫，此为唐诗。

（二十七）误收苏郁诗

宋徽宗赵佶《诗一首》：“十二楼藏玉蝶中，凤凰双宿碧梧桐。流霞浅酌留君醉，今夜吹箫第几重。”（《全宋诗》册26卷1495页17078）

唐苏郁《步虚词》：“十二楼藏玉堞中，凤凰双宿碧芙蓉。流霞浅酌谁同醉，今夜笙歌第几重。”

---

① （宋）阮阅编：《诗话总龟（后集）》，人民文学出版社1987年版，第52页。

② （宋）委心子撰，金心点校：《新编分门古今类事》，中华书局1987年版，第235页。

徽宗赵佶作出清姚际恒《好古堂家藏书画记》卷上。唐苏郁作见《文苑英华》卷一九三、《全唐诗》卷四七二。《文苑英华》成书于雍熙三年（986）。此为赵佶题写苏郁诗被误为作者。

（二十八）误收李廓诗

释法泰《颂古十二首》其九："商岭东西路不分，两间茅屋一溪云。师年耳聩知师意，人是人非不欲闻。"（《全宋诗》册 29 卷 1649 页 18465）

李廓《赠商山东于岭僧》："商岭东西路欲分，两间茅屋一溪云。师言耳重知师意，人是人非不欲闻。"

韦蟾《赠商山僧》："商岭东西路欲分，两间茅屋一溪云。师言耳重知师意，人是人非不欲闻。"

释法泰作出《嘉泰普灯录》卷二八。

李廓作见《才调集》卷一、《全唐诗》卷四七九、《全唐诗录》卷七一、

韦蟾作见《记纂渊海》卷二四、《全唐诗》卷五六六、《诗话总龟》卷一四、《唐诗纪事》卷五八。

此诗既见《才调集》，绝非宋法泰作。佟培基先生《全唐诗重出误收考》疑为韦蟾作，当可信从。① 此补一证：

《诗话总龟》卷一四引《雅言杂载》："韦中宪蟾廉问鄂州，春日除替，祖筵上题《文选》两句云：'悲莫悲兮生别离，登山临水送将归。'以毫笺授宾从，请续其句，坐中怅望，皆不属。有酒妓泫然曰：'某不知，欲口占两句。'乃曰：'武昌无限新栽柳，不见杨花扑面飞。'坐客嘉叹。韦有《赠聋僧》诗云：'于岭东西烟霭合，两间茅屋一溪云。'师云：'耳重谁解知师意，人是人非不欲闻。'"②

（二十九）误收王播诗

释道颜《颂古》其五七："三十年前此寺游，木兰花发院新修。如今再到经行处，树老无花僧白头。"（《全宋诗》册 32 卷 1824 页 20309）

王播《题木兰院二首》其一："三十年前此院游，木兰花发院新修。

---

① 佟培基：《全唐诗重出误收考》，陕西人民教育出版社 1996 年版，第 348—349 页。

② （宋）阮阅编：《诗话总龟（前集）》，人民文学出版社 1987 年版，第 166—167 页。

如今再到经行处，树老无花僧白头。”

释道颜作出《古尊宿语录》卷四七。王播作见《唐摭言》卷七、《锦绣万花谷》后集卷二八、《类说》卷三四、《山西通志》卷二二九、《御定佩文斋广群芳谱》卷三八、《绀珠集》卷四、《玉芝堂谈荟》卷六、《太平广记》卷一九九、《万首唐人绝句》卷三二、《御定全唐诗》卷四六六、《唐人万首绝句选》卷四。

《唐摭言》卷七：“王播少孤贫，尝客扬州惠昭寺木兰院，随僧餐。诸僧厌怠，播至，已饭矣。后二纪，播自重位出镇是邦，因访旧游，向之题已皆碧纱幕其上。播继以二绝句曰：‘二十年前此院游，木兰花发院新修。而今再到经行处，树老无花僧白头。上堂已了各西东，惭愧阇黎饭后钟。二十年来尘扑面，如今始得碧纱笼。’”《唐摭言》早于释道颜，此唐王播诗。

（三十）误收章孝标诗

1. 杨璇《咏西山广福院二首》其一：“野寺孤峰上，危楼耸翠微。卷廉沧海近，洗钵白云飞。竹影临经案，松花点衲衣。日斜登望处，湖畔一僧归。”（《全宋诗》册 31 卷 1797 页 20030）

章孝标《西山广福院》：“野寺孤峰上，危楼耸翠微。卷帘沧海近，洗钵白云飞。竹影临经案，松花点衲衣。日斜登望处，湖畔一僧归。”

2. 杨璇《咏西山广福院二首》其二：“地势连沧海，山名号紫微。景闲僧坐久，路僻客来稀。峡影青相照，河流石自围。尘喧都不到，安得此忘归。”（《全宋诗》册 31 卷 1797 页 20030）

章孝标《题紫微山上方》：“地势连沧海，山名号紫微。景闲僧坐久，路僻客来稀。峡影云相照，河流石自围。尘喧都不到，安得此忘归。”

《全宋诗》诗后注杨璇作出：“以上《咸淳临安志》卷八五”，查此卷未见此诗。此诗实出《咸淳临安志》卷二七。《宋元方志丛刊》本、《中国方志丛书》本、《四库全书》本并见此卷。唯宋元方志丛刊本、中国方志丛书本作者为杨璇，四库本作杨基。

章孝标作散见《武林梵志》卷六、《全唐诗》卷五〇六、《全唐诗录》卷七一、《浙江通志》卷二二七。

（三十一）误收李远诗

1. 宋李远《赠写御真李长史》：“玉座烟销砚水清，龙髯不动彩毫轻。乍分隆准山河秀，初点重瞳日月明。宫女卷帘皆暗认，侍臣开殿尽遥惊。六朝天下应无敌，始觉僧繇浪得名。”（《全宋诗》册43卷2339页26885）

唐李远《赠写御容李长史》：“玉座尘消砚水清，龙髯不动彩毫轻。初分隆准山河秀，乍点重瞳日月明。宫女卷帘皆暗认，侍臣开殿尽遥惊。三朝供奉无人敌，始觉僧繇浪得名。”

宋李远作出《古今事文类聚》前集卷四一，题作者李远。

李远作又见《才调集》卷一、《唐百家诗选》卷一七、《唐诗鼓吹》卷八、《全唐诗》卷五一九、《御定佩文斋咏物诗选》卷一八四、《御定历代题画诗类》卷五四、《御选唐诗》卷二二、《唐诗纪事》卷五六。

此诗既见《才调集》《唐百家诗选》，唐李远作无疑。

2. 宋李远《失鹤》：“秋风吹却九皋禽，一片闲云万里心。碧落有情应怅望，青天无路可追寻。来时白雪翎犹短，去日丹砂顶渐深。华表柱头留语后，不知消息到如今。”（《全宋诗》册43卷2339页26885）

唐李远《失鹤》：“秋风吹却九皋禽，一片闲云万里心。碧落有情应怅望，青天无路可追寻。来时白云翎犹短，去日丹砂顶渐深。华表柱头留语后，更无消息到如今。”

宋李远作出《古今事文类聚》后集卷四二，题作者李远。

又见《唐百家诗选》卷一七、《山堂肆考》卷二一一、《唐诗鼓吹》卷八、《瀛奎律髓》卷二七、《石仓历代诗选》卷八二、《全唐诗》卷五一九、《御定佩文斋咏物诗选》卷四二四、《御选唐诗》卷二二、《唐诗纪事》卷五六。

此诗见《唐百家诗选》，唐李远作。

3. 宋李远《咏壁鱼》：“鳞细粉光鲜，开书乱眼前。透窗疑漏网，落砚似流泉。潜穴河渊内，吞钩乙字边。莫言鬐鬣小，食尽白苹篇。”（《全宋诗》册43卷2339页26885）

唐李远《咏壁鱼》：“鳞细粉光鲜，开书乱眼前。透窗疑漏网，落砚似流泉。潜穴河图内，吞钩乙字边。莫言鬐鬣小，食尽白苹篇。”

宋李远作出《古今事文类聚》后集卷四九，题作者李远。

李远作又见《御定渊鉴类函》卷四五〇、《全唐诗》卷五一九、《御定佩文斋咏物诗选》卷四八四。

此亦唐李远作。

4. 宋李远《句》其一："长日惟消一局棋。"（《全宋诗》册 43 卷 2339 页 26885）

唐李远《句》："青山不厌三杯酒，长日惟消一局棋。"

宋李远作出《古今事文类聚》前集卷四二，题作者李远。

此句又见《资治通鉴》卷二四九、《唐语林》卷二、《通鉴总类》卷一下、《咸淳临安志》卷九一、《西湖游览志·西湖游览志馀》卷十、《蜀中广记》卷一〇二、《能改斋漫录》卷四、《类说》卷四三、《说郛》卷二七下、《经济类编》卷二三、《同姓名录》卷八、《天中记》卷四一、《宋稗类钞》卷二一、《全唐诗》卷五一九、《御选唐宋诗醇》卷二五、《诗话总龟》后集卷五〇、《碧溪诗话》卷七、《苕溪渔隐丛话》后集卷一七。

此句既见《资治通鉴》《唐语林》，唐李远作无疑。

5. 宋李远《句》其二："红压驿边楼。"（《全宋诗》册 43 卷 2339 页 26885）

唐李远《送人入蜀》："蜀客本多愁，君今是胜游。碧藏云外树，红压驿边楼。杜魄呼名语，巴江作字流。不知烟雨夜，何处梦刀州。"

残句与全诗重出。

宋李远作出《亚愚江浙纪行集句诗》卷三，题作者李远。

又见《文苑英华》卷二七四、《唐百家诗选》卷一七、《御定渊鉴类函》卷三三九、《成都文类》卷一二、《三体唐诗》卷五、《瀛奎律髓》卷四、《全蜀艺文志》卷二〇、《石仓历代诗选》卷八二、《全唐诗》卷五一九、《全唐诗录》卷八一。

此诗既见《文苑英华》《唐百家诗选》，唐李远作。

6. 宋李远《句》其三："钗斜穿彩燕，罗薄剪春虫。"（《全宋诗》册 43 卷 2339 页 26885）

唐李远《立春日》："暖日傍帘晓，浓春开箧红。钗斜穿彩燕，罗薄剪春虫。巧着金刀力，寒侵玉指风。娉婷何处戴，山鬟绿成丛。"

宋李远作出《翰苑新书》卷三，题作者李远。

又见《岁时杂咏》卷三、《全唐诗》卷五一九。

残句与全诗重出，此唐李远诗。

总之，《全宋诗》录宋李远诗四首三句，除第一首外，余皆唐李远诗。

（三十二）误收刘得仁诗

释绍昙《颂古五十五首》其二九：“白发宫娃不解愁，满头犹自插花枝。曾缘玉皃君王宠，准拟人看似旧时。”（《全宋诗》册65卷3429页40793）

刘得仁《悲老宫人》：“白发宫娃不解悲，满头犹自插花枝。曾缘玉貌君王宠，准拟人看似旧时。”

释绍昙作出《希叟绍昙禅师广录》卷五。

唐刘得仁作见《才调集》卷七、《唐百家诗选》卷一七、《古今事文类聚》前集卷二一、《庄靖集》卷六、《万首唐人绝句》卷三九、《三体唐诗》卷二、《唐诗品汇》卷五四、《石仓历代诗选》卷九九、《古诗镜·唐诗镜》卷五〇、《全唐诗》卷五四五、《全唐诗录》卷八一、《唐诗纪事》卷五三。

《竹庄诗话》卷二〇题作者杜牧。

此诗既见《才调集》卷七，当是唐人诗。

（三十三）误收高骈诗

释原妙《颂古三十一首》其八：“绿树阴浓夏日长，楼台倒影入池塘。水晶帘动微风起，满架蔷薇一院香。”（《全宋诗》册68卷3605页43169）

高骈《山亭夏日》：“绿树阴浓夏日长，楼台倒影入池塘。水精帘动微风起，满架蔷薇一院香。”

释原妙作出《高峰原妙禅师禅要》。

唐高骈作见《御定佩文斋广群芳谱》卷四、《古今事文类聚》前集卷九、《记纂渊海》卷二、《万首唐人绝句》卷四七、《唐音》卷一四、《石仓历代诗选》卷一二三、《全唐诗》卷五九八、《御定佩文斋咏物诗选》卷二六、《御选唐诗》卷三〇、《全唐诗录》卷九〇。

（三十四）误收张乔诗

艾性夫《赠头陀僧》：“自说年深别石桥，遍游灵迹熟南朝。已知世路皆虚幻，不觉空门是寂寥。沧海附船浮浪久，碧山寻塔上云遥。如今竹院藏衰老，一点寒灯弟子烧。”（《全宋诗》册70卷3701页44425）

张乔《赠头陀僧》："自说年深别石桥，遍游灵迹熟南朝。已知世路皆虚幻，不觉空门是寂寥。沧海附船浮浪久，碧山寻塔上云遥。如今竹院藏衰老，一点寒灯弟子烧。"

艾性夫作出《诗渊》册一页三九〇引《孤山晚稿》。张乔作见《文苑英华》卷二二四、《天台前集》别编、《全唐诗》卷六三九。

（三十五）误收卢肇诗

释晓莹《句》其六二："习习和风至。"（《全宋诗》册32卷1846页20579）

卢肇《风不鸣条》："习习和风至，过条不自鸣。暗通青律起，远傍白蘋生。拂树花仍落，经林鸟自惊。几牵萝蔓动，潜惹柳丝轻。入谷迷松响，开窗失竹声。薰弦方在御，万国仰皇情。"

释晓莹作出《亚愚江浙纪行集句诗》卷三。唐卢肇作见《古俪府》卷一、《文苑英华》卷一八三、《全唐诗》卷五五一、《御定佩文斋咏物诗选》卷六。

（三十六）误收曹唐诗

宋高宗赵构《题马远画册五首》其二："闲来洞口访刘君，缓步轻抬玉线裙。细白桃花掷流水，更无言语倚彤云。"（《全宋诗》册35卷1982页22217），又见宋光宗赵惇《题张萱游行士女图》（《全宋诗》册50卷2653页31080）重出失注。

曹唐《小游仙诗九十八首》其二六："偷来洞口访刘君，缓步轻抬玉线裙。细擘桃花逐流水，更无言语倚彤云。"

宋高宗赵构作出《珊瑚网》卷四四，《南宋院画录》卷七："远非高宗时人，误。"① 马远（1190—1279），河中人，宋代杰出画家。赵构（1107—1187）。

宋光宗赵惇作见《式古堂书画汇考》卷三三。曹唐作见《万首唐人绝句》卷六一、《天台前集》别编、《全唐诗》卷六四一。

综之，此为赵惇题曹唐诗。

（三十七）误收李群玉诗

1. 朱熹《训蒙绝句·无题》："白鹤高飞不逐群，嵇康琴酒鲍照文。

① （清）厉鹗编：《南宋院画录》，台湾商务印书馆1983年影印《四库全书》本。

此身未有栖归处，天下人间一片云。”（《全宋诗》册 44 卷 2394 页 27682）

李群玉《言怀》：“白鹤高飞不逐群，嵇康琴酒鲍昭文。此身未有栖归处，天下人间一片云。”

朱熹作出《朱熹传记资料》第九册。

李群玉作见《李群玉诗集》后集卷四、《万首唐人绝句》卷六八、《全唐诗》卷五七〇。

此当为朱熹题写李群玉诗。

2. 李壁《黄陵题咏二首》其一：“南云哭重华，水死悲二女。天边九点黛，白骨迷处所。朦胧波上瑟，清夜降北渚。万古一双魂，飘飘在烟雨。”（《全宋诗》册 52 卷 2744 页 32320）

李群玉《湖中古愁三首》其三：“南云哭重华，水死悲二女。天边九点黛，白骨迷处所。朦胧波上瑟，清夜降北渚。万古一双魂，飘飘在烟雨。”

李壁作出《永乐大典》卷五七六九，李群玉作见《御定渊鉴类函》卷二六五、《李群玉诗集》卷上、《唐诗品汇》卷二二、《全唐诗》卷五六八。

3. 谢安国《素曲送酒》：“帘外春风正落梅，须求狂药解愁回。烦君玉指轻拢捻，慢拨死灰送一杯。”（《全宋诗》册 72 卷 3764 页 45395）

谢安国作出《诗渊》册一页一三二。

李群玉作见《李群玉诗集》后集卷四、《香屑集》卷一二、《万首唐人绝句》卷二七、《全唐诗》卷五七〇。

（三十八）误收郑谷诗

宋光宗赵惇《题陆瑾渔家风景图》：“翠岚迎步兴何长，笑领渔翁入醉乡。日暮渚田微雨后，鹭鸶闲暇稻花凉。”（《全宋诗》册 50 卷 2653 页 31080）

郑谷《野步》：“翠岚迎步兴何长，笑领渔翁入醉乡。日暮渚田微雨后，鹭鹚闲暇稻花香。”

宋光宗赵惇《式古堂书画汇考》卷三三：“宋光宗对题方绢本”。郑谷作见本集《云台编》卷下、《万首唐人绝句》卷五四、《全唐诗》卷六七六。

（三十九）误收来鹄诗

邵清甫《金钱花》："也无棱郭也无神，露洗还同铸出新。青帝若教花底用，牡丹应是得钱人。"（《全宋诗》册72卷3749页45210）

邵清甫作出《后村千家诗》卷九。

唐来鹄作见《万首唐人绝句》卷四九、《山堂肆考》卷二〇〇、《全唐诗》卷六四二、《全芳备祖集》前集卷二六"米鹤"。

（四十）误收胡曾诗

周光岳《长沙》："江上南风起白苹，长沙城郭异咸秦。故乡犹自嫌卑湿，何况当时赋鹏人。"（《全宋诗》册72卷3759页45337）

周光岳作出《宋诗拾遗》卷一二，又见《湖广通志》卷八九、《宋诗纪事》卷八三。

唐胡曾作见《咏史诗》卷下、《万首唐人绝句》卷五三、《全唐诗》卷六四七。

（四十一）误收罗隐诗

陈郁《商驿楼东望有感》："山川去接汉江东，曾伴隋侯醉此中。歌绕夜梁珠宛转，舞娇春席雪朦胧。棠遗善政阴犹在，薤送哀声事已空。惆怅知音竟难得，两行清泪白杨风。"（《全宋诗》册57卷3007页35815）

罗隐《商于驿楼东望有感》："山川去接汉江东，曾伴隋侯醉此中。歌绕夜梁珠宛转，舞娇春席雪朦胧。棠遗善政阴犹在，薤送哀声事已空。惆怅知音竟难得，两行清泪白杨风。"

陈郁作出《诗渊》册五页三五六三。唐罗隐作见《罗昭谏集》卷三、《文苑英华》卷二九八、《石仓历代诗选》卷八九、《全唐诗》卷六五七。

（四十二）误收杜荀鹤诗

1. 释文珦《赠云英院》："贾岛怜无可，都缘数句诗。君虽是后辈，我谓过当时。溪浪和星动，松阴带鹤移。因吟到明坐，此道澹谁知。"（《全宋诗》册63卷3327页39673）

释文珦作出《诗渊》册一页三八九，杜荀鹤作见《唐风集》卷一、《文苑英华》卷二二四、《全唐诗》卷六九一、《御定佩文斋咏物诗选》卷二三四。

2. 艾性夫《赠僧》："利门名路两何凭，百岁风前短焰灯。只恐为僧

僧不了，为僧心了总输僧。”（《全宋诗》册 70 卷 3701 页 44425）

杜荀鹤《赠僧》：“利门名路两何凭，百岁风前短焰灯。只恐为僧僧不了，为僧得了总输僧。”

艾性夫作出《诗渊》册一页三九〇引《孤山晚稿》。杜荀鹤作见《鉴诫录》卷九、《唐风集》卷三、《古今事文类聚》前集卷三五、《万首唐人绝句》卷五五、《全唐诗》卷六九三、《唐诗纪事》卷六五。

（四十三）误收朱景玄诗

宋祁《句》其二二：“淅淅寒流涨浅沙。”（《全宋诗》册 4 卷 225 页 2620）此句又见释绍嵩集句诗《仙岩江口》：“淅淅寒流涨浅沙，小桥通去路横斜。因寻野渡逢渔舍，夹路松开黄玉花。朱景玄、总老、韦庄、陈与义。”（《全宋诗》册 61 卷 3237 页 38644）又见《全唐诗》卷五四七，题为《宿新安村步》“淅淅寒流涨浅沙，月明空渚遍芦花。离人偶宿孤村下，永夜闻砧一两家。”作者朱景玄。又见《全唐诗》卷七〇一，题为《宿新安村步》，作者王贞白。《全宋诗》宋祁作出《雅愚江浙纪行集句诗》卷五（参见书影 3—1），可知《全宋诗》编者误朱景玄为宋景文。此为唐诗，《全宋诗》宋祁名下残句当删。

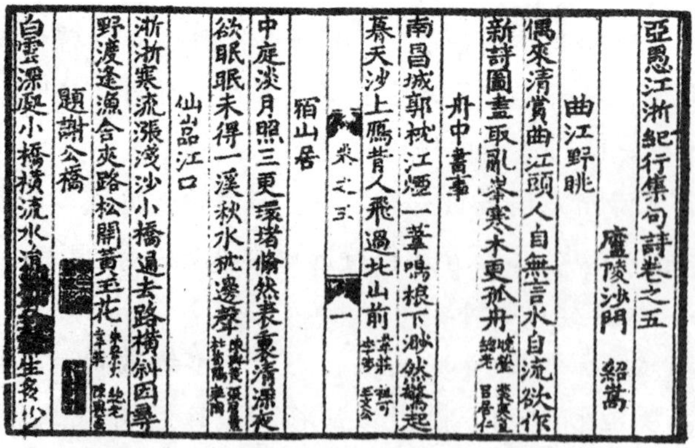

亞愚江浙紀行集句詩卷之五
廬陵沙門　紹嵩
曲江野眺
偶來清賞曲江頭人自無言水自流欲作
新詩圖畫取亂峯寒木更孤舟
舟中書事
南昌城郭枕江煙一葦鳴根下渺然驚起
暮天沙上鴈背人飛過北山前
宿山居
中庭淡月照三更環堵翛然表裏清涼夜
欲眠眠未得一溪秋水枕邊聲
仙岩江口
浙浙寒流漲淺沙小橋通去路橫斜因尋
野渡逢漁舍夾路松開黃玉花
題謝公橋
白雲深處小橋橫流水[illegible]生衣少

书影 3—1：《雅愚江浙纪行集句诗》卷五

（四十四）误收陆龟蒙诗

1. 刘攽《引泉诗睦州龙兴观老君院作》：“上嗣位六载，吾宗刺桐川。余来拜旌戟，诏下之明年。是时春三月，绕郭花蝉联。岚盘百万髻，上插黄金钿。授以道士馆，置榻于东偏。满院声碧树，空堂形老仙。本性乐凝澹，及来更慕玄。焚香礼真像，盥手披灵编。新定山角角，乌龙独巉然。除非净晴日，不见苍崖连。上有拏云峰，下有喷壑泉。泉分数十派，落处皆琤潺。寒声入烂醉，聒破西窗眠。支筇起独寻，只在墙东边。呼僮具畚锸，立凿莓苔穿。灇淙一派堕，练带横斜牵。乱石抛落落，寒流响溅溅。狂奴七里濑，缩到疏楹前。跳光泼半散，涌沫飞漩圆。势束三峡拄，泻危孤磴悬。会闻瑶池溜，亦灌朱草田。凫伯弄翠蕊，鸾雏舞丹烟。凌风捩桂舵，隔雾驰犀船。况当玄元家，尝着道德篇。上善可比水，斯文参五千。精灵若在此，肯恶微波传。不拟争滴沥，还应会沦涟。出门后飞箭，合势浮青天。必有学真子，鹿冠秋鹤颜。如龙辅余志，日使疏其源。”（《全宋诗》册 11 卷 602 页 7119）

刘攽作出《彭城集》卷五，陆龟蒙作见《笠泽丛书》卷五、《甫里集》卷三、《唐文粹》卷一七下、《严陵集》卷二、《全唐诗》卷六一九、《全唐诗录》卷八五，诗题并作《引泉诗》（睦州龙兴观老君院作）。

刘攽（1023—1089），字贡父，号公非，临江新喻（今江西新余）人。唐乾符六年（879）陆龟蒙卧病笠泽期间，自编《笠泽丛书》四卷，系为诗、赋、颂、铭、记等杂文集，不分类次，故名“丛书”。此“丛书”一词之始。宋叶茵汇《笠泽丛书》《松陵集》等，编成《甫里文集》二十卷。宋朝陈振孙在《直斋书录题解》中收录《笠泽丛书》两种，蜀本十七卷和四卷补遗本。元马端临的《文献通考》著录《笠泽丛书》七卷本。顾楗碧筠草堂、陆钟辉水云渔屋、许连古韵阁等三家书舍，都曾刊行过手写版《笠泽丛书》，世称“写刻本”或“精刻本”。《唐文粹》的编者姚铉（968—1020）字宝之，庐州合肥人。此两种文献皆早于刘攽，可见为陆龟蒙诗无疑。

2. 李之仪《又书扇》：“几年无事在江湖，醉倒黄公旧酒垆。觉后不知新月上，满身花影倩人扶。”（《全宋诗》册 17 卷 958 页 11197）

李之仪作出《姑溪居士前集》前集卷九，又见《宋诗纪事》卷二八，诗题作《书扇》。此诗又见《甫里集》卷一一，诗题作《和春夕酒醒》，作者陆龟蒙。

《才调集》卷三、《万首唐人绝句》卷四六、《御定佩文斋咏物诗选》

卷三，诗题作《春夕酒醒》，作者陆龟蒙。《全唐诗》卷六二八，诗题作《和袭美春夕酒醒》："几年无事傍江湖，醉倒黄公旧酒垆。觉后不知明月上，满身花影倩人扶。"作者陆龟蒙。《甫里集》《才调集》成书早于李之仪，此唐陆龟蒙诗，《全宋诗》当删。

（四十五）误收刘媛诗

潘阆《宫词》（《全宋诗》册1卷56页628）；又见《全唐诗》卷20，题为《相和歌辞·长门怨二首》，作者刘氏媛；又见《全唐诗》卷六六五，题为《宫词》，作者罗隐；又见《全唐诗》卷八一〇，题为《长门怨》，作者刘媛。

《锦绣万花谷》后集卷八以作者为罗隐；《北窗炙輠录》卷上以作者为王建；《逍遥集》收录为潘阆；《乐府诗集》卷四二、《万首唐人绝句》卷六五、《石仓历代诗选》卷一〇三、《古诗镜·唐诗镜》卷四八、《全唐诗》卷二〇、《全唐诗》卷八〇一、《全唐诗录》卷九九、《唐诗纪事》卷七九均作刘氏媛（又作刘媛、刘瑗），可见此诗为唐人刘媛作，潘阆名下当删。

（四十六）误收胡曾诗

1. 石延年《真定怀古》："光武经营业未兴，王郎兵革暂凭陵。须知后汉功臣力，不及滹沱一片冰。"（《全宋诗》册3卷176页2007）又见《全唐诗》卷六四七，题为《咏史诗·滹沱河》，作者胡曾。石延年作出《石学士诗集》，又见《记纂渊海》卷二一。胡曾作见《万首唐人绝句》卷五三、《畿辅通志》卷一二〇、《咏史诗》卷下、《石仓历代诗选》卷一〇三、《唐诗镜》卷五三、《全唐诗》卷六四七、《全唐诗录》卷九〇。此诗当为唐胡曾作。

2. 胡元质《吴江怀古》："子胥今日委东流，吴国明朝亦古丘。大笑夫差诸将相，更无人解守苏州。"（《全宋诗》册43卷2338页26873）

胡曾《咏史诗·吴江》："子胥今日委东流，吴国明朝亦古丘。大笑夫差诸将相，更无人解守苏州。"

胡元质作出明钱穀《吴都文粹续集》卷二四。唐胡曾作见本集《咏史诗》卷上、《万首唐人绝句》卷五三、《全唐诗》卷六四七。

（四十七）误收韩偓诗

1. 魏野《句·蔷薇》："通体全无力，酡颜不自持。"（《全宋诗》册

2卷87页969）又见《全唐诗》卷六八二，题为《寒食日沙县雨中看蔷薇（己巳）》："何处遇蔷薇，殊乡冷节时。雨声笼锦帐，风势偃罗帏。通体全无力，酡颜不自持。绿疏微露刺，红密欲藏枝。惬意凭阑久，贪吟放盏迟。旁人应见讶，自醉自题诗。"作者韩偓。此残句出《全芳备祖》前集卷一七。韩偓作见《御定佩文斋广群芳谱》卷四二、《韩内翰别集》《岁时杂咏》卷二、《全唐诗》卷六八二、《御定佩文斋咏物诗选》卷三四三。此为韩偓作，此处当存目。

2. 韩浩《禁苑》："星斗疏时禁漏残，紫泥封后独凭栏。露和玉屑金盘冷，月射珠光贝阙寒。天衬楼台笼苑外，风吹歌管下云端。长卿祇为长门赋，未识君王际会难。"（《全宋诗》册22卷1315页14925）

韩偓《中秋禁直》："星斗疏明禁漏残，紫泥封后独凭阑。露和玉屑金盘冷，月射珠光贝阙寒。天衬楼台笼苑外，风吹歌管下云端。长卿只为长门赋，未识君臣际会难。"

韩浩作出《古今合璧事类备要》前集卷一七，又见《锦绣万花谷》后集卷四。韩偓作见《韩内翰别集》《唐百家诗选》卷二〇、《岁时杂咏》卷三〇、《唐诗鼓吹》卷二、《瀛奎律髓》卷二、《御选唐诗》卷一七、《全唐诗》卷六八〇、《全唐诗录》卷九〇三、《御定渊鉴类函》卷二〇。

《韩内翰别集》《唐百家诗选》卷二〇早于韩浩，此唐韩偓诗。

3. 陈与义《火蛾》："阳光不照临，积阴生此类。非无惜死心，素有贼明意。粉穿红焰燋，翅扑兰膏沸。为尔一伤嗟，自弃非天弃。"（《全宋诗》册31卷1758页19584）

韩偓《火蛾》："阳光不照临，积阴生此类。非无惜死心，奈有灭明意。妆穿粉焰焦，翅扑兰膏沸。为尔一伤嗟，自弃非天弃。"

陈与义作出《古今事文类聚》续集卷一八，韩偓作见《韩内翰别集》《全唐诗》卷六八一、《后村诗话》卷一二。

（四十八）误收曹松诗

范仲淹《赠广宣大师》："忆昔同游紫阁云，别来三十二回春。白头相见双林下，犹是清朝未退人。"（《全宋诗》册3卷167页1900）又见《全唐诗》卷七一七，题为《赠广宣大师》，作曹松。

曹松，字梦征，舒州人。学贾岛为诗，久困名场。至天复初，杜德祥主文，放松及王希羽、刘象、柯崇、郑希颜等及第，年皆七十余，时号五老榜。广宣，姓廖氏，蜀中人。与刘禹锡最善，元和、长庆两朝，并为内供奉，赐居安国寺红楼院，有《红楼集》。《全唐诗》有多人酬赠广宣之作，此为唐曹松诗，范仲淹名下当删。

（四十九）误收熊皦诗

梅尧臣《早梅》："江南近腊时，梅亚雪中枝。一夜欲开尽，百花犹未知。人心空共惜，天意不教迟。莫讶无秾艳，芳筵最好吹。"（《全宋诗》册5卷262页3343）又见《全唐诗》卷七三七，题为《早梅》，作者熊皎。《御定佩文斋咏物诗选》卷二九七收录此诗，作者亦熊皎（熊皎，自称九华山人，《南金集》《全唐诗》录其诗四首）。此诗最早见《才调集》卷九，题为《早梅》，作者熊皦。熊皦，后唐清泰二年登进士第，延州刘景岩辟为从事。入晋拜补阙，贬商州上津令，有《屠龙集》五卷，《全唐诗》录诗二首。可见此诗为熊皦作，《全唐诗》当修改作者，《全宋诗》当删。

（五十）误收金昌绪诗

释明辩《颂古三十二首》其二三："打起黄莺儿，莫教枝上啼。几回惊妾梦，不得到辽西。"（《全宋诗》册29卷1650页18487）

金昌绪《春怨》（一作伊州歌）："打起黄莺儿，莫教枝上啼。啼时惊妾梦，不得到辽西。"

释明辩作出《颂古联珠通集》卷二四。

金昌绪作见《御定渊鉴类函》卷二六三、《全唐诗》卷七六八、《御定佩文斋咏物诗选》卷二四。

《唐音》卷六："打起黄莺儿，莫教枝上啼。啼时惊妾梦，不得到辽西。"① 诗题为《伊州歌二首》其一，作者盖嘉运。

《唐诗品汇》卷四五、《古今诗删》卷二〇、《诗人玉屑》卷六、《诗林广记》后集卷八、《怀麓堂诗话》《唐音癸签》卷一〇、《师友诗传录》续录、《西河词话》卷一未题作者。

此诗作者众说纷纭，莫衷一是。但非宋诗当可确定。

---

① （元）杨士宏撰：《唐音》，台湾商务印书馆1983年影印《四库全书》本。

(五十一) 误收曾麻几诗

曾几《放猿》:“孤猿锁槛岁年深，放出城南百丈林。绿水任从联臂饮，青山不用断肠吟。”(《全宋诗》册29卷1660页18595)

曾麻几《放猿》:“孤猿锁槛岁年深，放出城南百丈林。绿水任从联臂饮，青山不用断肠吟。”

曾几作出《两宋名贤小集》卷一九〇，曾麻几作出《全唐诗》卷七六八。

《能改斋漫录》卷一一“曾庶几放猿绝句”条:“吉水与敞友接境，有曾庶几者，隐士也。五代时，中朝累有聘召，不起。故老有能记其《放猿》绝句云:‘孤猿锁槛岁年深，放出城南百丈林。绿水任从联臂饮，青山不用断肠吟。’”① 《五代诗话》卷二、《江西通志》卷一五九引是书同。《全唐诗》曾麻几当为曾庶几形讹。曾几为脱讹。

(五十二) 误收江为诗

赵葵《荒城》其一:“万里黄云冻不飞，碛烟烽火夜深微。胡儿移帐寒笳绝，云路时闻探马归。”(《全宋诗》册57卷3022页36007)

此诗赵葵作出《诗渊》册三页一九八六，未题作者从前首赵葵。唐江为作见《宋艺圃集》卷一、《乐府诗集》卷九二、《万首唐人绝句》卷三九、《唐诗品汇》卷五四、《唐诗品汇·唐诗拾遗》卷四、《石仓历代诗选》卷九五、《全唐诗》卷七四一。题目或《塞下》，或《塞下曲》，或《塞上》。

(五十三) 误收皇甫冉诗

刘季孙《郑令狐明府》:“行当腊候晚，共惜岁阴残。闻道巴山远，何如蜀路难。荒林藏积雪，乱石起惊湍。君有亲人术，应令劳者安。”(《全宋诗》册12卷723页8370)

刘季孙作出《永乐大典》卷一一〇〇〇引《诗海绘草》。《唐百家诗选》卷一〇、《全唐诗》卷八八二，诗题《送令狐明府》，作者皇甫冉。

刘季孙(1033—1092)，字景文，祥符(今河南开封)人。王安石(1021—1086)编选的《唐百家诗选》，据卷首王安石自序:“同为三司判

① (宋)吴曾撰:《能改斋漫录》，清乾隆四十二年刻本。

官时，次道出其家藏唐诗百余编。”[①] 从编选情况看，此诗应属皇甫冉。

（五十四）误收皇甫松诗

张耒《怨曲二首》其一：“白首南朝女，愁听异域歌。收兵颉利国，饮马胡卢河。毳布腥膻久，穹庐岁月多。雕窠城上宿，吹笛泪滂沱。”（《全宋诗》册20卷1155页13029）

张耒作出《柯山集》卷三，皇甫松作见《尊前集》卷上、《全唐诗》卷三六九、《全唐诗》卷八九一、《唐诗纪事》卷五二，皇甫冉作见《全唐诗》卷二五〇。

张耒《怨曲二首》其二：“祖席驻征桡，开帆复信潮。隔筵桃叶泣，吹管杏花飘。船去鸥飞阁，人归鹿上桥。别离惆怅泪，江鹭宿红蕉。”（《全宋诗》册20卷1155页13029）

张耒作见《柯山集》卷三、《御选宋金元明四朝诗·御选宋诗》卷六，皇甫松作见《词律》卷三、《全唐诗》卷三六九、《全唐诗》卷八九一、《唐诗纪事》卷五二，皇甫冉作见《全唐诗》卷二五〇。

《全唐诗》卷二五〇：《怨回纥歌二首》　皇甫冉

白首南朝女，愁听异域歌。收兵颉利国，饮马胡芦河。毳布腥膻久，穹庐岁月多。雕巢城上宿，吹笛泪滂沱。

祖席驻征棹，开帆信候潮。隔烟桃叶泣，吹管杏花飘。船去鸥飞阁，人归尘上桥。别离惆怅泪，江路湿红蕉。

《全唐诗》卷三六九：《怨回纥歌》　皇甫松

白首南朝女，愁听异域歌。收兵颉利国，饮马胡芦河。毳布腥膻久，穹庐岁月多。雕巢城上宿，吹笛泪滂沱。

《江上送别》　皇甫松

祖席驻征棹，开帆候信潮。隔筵桃叶泣，吹管杏花飘。船去鸥

---

① （宋）王安石编：《唐百家诗选》，台湾商务印书馆1983年影印《四库全书》本。

飞阁，人归尘上桥。别离惆怅泪，江路湿红蕉。

《全唐诗》卷八九一：《怨回纥》 皇甫松

白首南朝女，愁听异域歌。收兵颉利国，饮马胡卢河。毳布腥膻久，穹庐岁月多。雕窠城上宿，吹笛泪滂沱。

祖席驻征棹，开帆候信潮。隔筵桃叶泣，吹管杏花飘。船去鸥飞阁，人归尘上桥。别离惆怅泪，江路湿红蕉。

佟培基先生以此二首为皇甫松作，可从。①

（五十五）误收陈甫诗

林逋《句》其一一："算吟千万首，方得两三联。"（《全宋诗》册2卷108页1246）又见《全唐诗》卷七九五，题为《句》："算吟千万首，方得两三联。"作者陈甫（字惟岳，吉州人）。林逋作出《锦绣万花谷》卷二一。另《诗话总龟》前集卷一四作陈甫。此残句应为陈甫作。

（五十六）误收唐子兰诗

释子兰《华严寺望樊川》："万木叶初红，人家树色中。疏钟摇雨脚，积水浸云容。雪碛回寒雁，村灯促夜春。旧山归未得，生计欲何从。"（《全宋诗》册72卷3754页45264）

《全宋诗》据《宋元诗会》卷五九收录。又见《唐僧弘秀集》卷九、《瀛奎律髓》卷四七、《石仓历代诗选》卷一一〇、《石仓历代诗选》卷二三〇、《全唐诗》卷八二四。

此唐子兰诗。

（五十七）误收灵澈诗

1. 赵蕃《闻李处州亡》："时时闻说故人死，日日自悲垂老身。白发不生应不得，青山长在属何人。"（《全宋诗》册49卷2641页30938）

灵澈《闻李处士亡》："时时闻说故人死，日日自悲随老身。白发不生应不得，青山长在属何人。"

赵蕃作出《乾道稿·章泉稿》卷四。

① 佟培基：《全唐诗重出误收考》，陕西人民教育出版社1996年版，第199页。

灵澈作见《文苑英华》卷三〇三、《唐僧弘秀集》卷二、《唐四僧诗》卷一、《全唐诗》卷八一〇。

2. 释文礼《颂古五十三首》其三八：“山边水边待月明，暂向人间借路行。如今还向山边去，只有湖水无行路。”（《全宋诗》册 54 卷 2829 页 33695）

灵澈《归湖南作》：“山边水边待月明，暂向人间借路行。如今还向山边去，只有湖水无行路。”

释文礼作出《颂古联珠通集》卷二四，灵澈作见《杼山集》卷九、《宋高僧传》卷一五、《石仓历代诗选》卷一〇六、《全唐诗》卷八一〇。

此诗既见《杼山集》，当为唐灵澈作。

（五十八）误收寒山诗

释祖珍《偈三十五首》其一七：“吾心似秋月，碧潭清皎洁。无物堪比伦，教我如何说。”（《全宋诗》册 29 卷 1648 页 18452）

寒山《诗三百三首》：“吾心似秋月，碧潭清皎洁。无物堪比伦，教我如何说。”

释祖珍作出《续古尊宿语要》卷四。寒山作《武林梵志》卷九：“慧淳禅师名圆智住灵隐上堂云吾心似秋月碧潭清皎洁乃喝云寒山子话堕了也”，《五灯会元》卷一六、《五灯会元》卷一七、《容斋随笔》卷四、《寒山诗集》《本堂集》卷四八、《古今禅藻集》卷六、《全唐诗》卷八〇六、《历代诗话》卷三四同。

（五十九）误收广宣诗

黄宣《应制咏菊》：“可讶东篱菊，能知节候芳。细枝青玉润，繁叶碎金香。爽气浮朝露，浓姿带夜霜。泛杯传寿酒，应共乐时康。”（《全宋诗》册 27 卷 1542 页 17513）

广宣《九月菊花咏应制》（一作清江诗）：“可讶东篱菊，能知节候芳。细枝青玉润，繁蕊碎金香。爽（一作浮）气（浮一作凝）朝露，浓姿带夜霜。泛杯传寿酒，应共乐时康。”

黄宣作出《古今合璧事类备要》前集卷一七。广宣作见《文苑英华》卷一七三、《岁时杂咏》卷三五、《唐僧弘秀集》卷五、《石仓历代诗选》卷一〇七、《古今禅藻集》卷四、《全唐诗》卷八二二、《御定佩文斋咏物诗选》卷三五七、《御定佩文斋广群芳谱》卷五〇、《御定渊鉴类函》

卷四〇九、《御定韵府拾遗》卷二二上。《唐诗纪事》卷七二作者从前误为清江，作者从后为广宣。

黄宣为广宣形讹。《全宋诗》录黄宣诗仅此首，当删此人。

（六十）误收齐己诗

释法演《句》其一："檐声不断前旬雨，电影还连后夜雷。"（《全宋诗》册11卷619页7356）

释如净《偈颂三十八首》其八："檐声不断前旬雨，电影还连后夜雷。麦怕水侵秧怕冷，蚕桑犹要暖来催。众生没在苦，苍天良可哀。咄，杲日当空慧眼开。"（《全宋诗》册52卷2749页32366）

释法演作见《五灯会元》卷一九、《禅林僧宝传·补禅林僧宝传》《佛祖历代通载》卷一九，《五灯会元》载本事："上堂：'汝等诸人，见老和尚鼓动唇吻，竖起拂子，便作胜解。及乎山禽聚集，牛动尾巴，却将作等闲。殊不知檐声不断前旬雨，电影还连后夜雷。谢监收。'"上堂：佛教用语，指禅宗丛林中，住持之上堂说法。古时长老住持可随时上堂，中世以后则有定期及临时上堂之别。主要有：旦望上堂、五参上堂、九参上堂、圣节上堂、出乡上堂、因事上堂、谢秉拂上堂、谢都寺斋上堂、大行追严上堂等。此处"上堂"指代法演。释如净作出《天童如净法师语录》。"檐声不断前旬雨，电影还连后夜雷。"一句又见《白莲集》卷九、《全唐诗》卷八四六，诗题作《春寄尚颜》，作者齐己。全诗："含桃花谢杏花开，杜宇新啼燕子来。好事可能无分得，名山长似有人催。檐声未断前旬雨，电影还连后夜雷。心迹共师争几许，似人嫌处自迟回。"齐己《白莲集》十卷，是由齐己的学生西文辑印行世，收诗歌809首，雕印于后晋天福三年（938）。可见此句最早出齐己，释法演借用而已，《全宋诗》此处当删。

（六十一）误收无名氏诗

唐观《南郊回仗》："传警千门寂，南郊彩仗回。但惊龙再见，谁识日双开。德泽施云雨，恩光变烬灰。阅兵貔武振，听乐凤凰来。"（《全宋诗》册72卷3755页45272）

唐观作出《古今合璧事类备要》外集卷三，《宋诗纪事》卷四三引同。

唐薛存诚作见《文苑英华》卷一八〇、《全唐诗》卷四六六。

唐无名氏作见《全唐诗》卷七八七。

此诗见《文苑英华》薛存诚名下，当为唐人作。

三 误收五代诗

晚唐五代断限较难，兹举数例。

（一）误收崔道融诗

杨则之《早梅》："数萼初含雪，孤清画本难。有香终是别，虽瘦亦胜寒。横笛和愁听，斜枝倚病看。朔风如解意，容易莫吹残。"（《全宋诗》册11卷627页7495）

杨则之作出宋龚明之《中吴纪闻》卷六"之彝老"条。《御选宋金元明四朝诗·御选宋诗》卷四四、《宋诗纪事》卷九一，题作者为则之。《石渠宝笈》卷二〇未题作者。此诗又见《全唐诗》卷七一四，诗题《早梅》，作者崔道融。《丹铅馀录·总录》卷一九"崔道融梅诗"条："杨诚斋爱唐人崔道融《咏梅》云：'香中别有韵，清极不知寒。'方虚谷云：惜不见全篇，余近见杂抄唐诗册子，此首适全，今载之：'数萼初含雪，孤标画本难。香中别有韵，清极不知寒。横笛和愁听，斜枝倚病看。朔风如解意，容易莫摧残。'因思古人诗文前代不传，或又出于后，未可知也。"① 《五代诗话》卷六引《丹铅馀录》同，《升庵集》卷五五记本事同。

崔道融，自号东瓯散人，荆州（今湖北江陵县）人。早年曾游历陕西、湖北、河南、江西、浙江、福建等地。乾宁二年（895）前后，任永嘉（今浙江省温州市）县令。后入朝为右补阙，避战乱入闽。工诗，与司空图、方干为诗友。《全唐诗》录存其诗近八十首。

两处唯颔联不同，当为同一首诗。崔道融或即则之，被误为杨则之。

（二）误收赵庆诗

赵庆《句·赠邵拙》："迈古文章金鸑鷟，出群行止玉麒麟。"（《全宋诗》册3卷152页1730）又见《全唐诗》卷七九五，题为《句·赠邵拙》，作者赵庆。又见《锦绣万花谷》前集卷二三，作者为赵瑕。此句最早出马令《南唐书》卷二二，载本事为赵庆赠邵拙之句，作于入宋前，

① （明）杨慎撰：《丹铅馀录》，台湾商务印书馆1983年影印《四库全书》本。

按《全宋诗》体例，当删。

（三）误收陈峤诗

陈峤《句》其二："小桥风月年年事，争奈潘安老去何。"（《全宋诗》册7卷395页4851）又见《全唐诗》卷八七一，题为《句》："小桥风月年年事，争奈潘郎去□何。"作者同。

此则载《南部新书》卷五、《类说》卷四一、《氏族大全》卷四、《全唐诗》卷七九五，作者为晚唐五代陈峤。

（四）误收布袋和尚偈

僧某作出宋善果《开福道宁禅师语录》。

释昙华作出宋守铨《应庵和尚语录》卷四。

此偈又见《宝庆四明志》卷一五、《延祐四明志》卷一六、《江南通志》卷四四、《鸡肋编》卷中、《宋高僧传》卷二一、《五灯会元》卷二、《佛祖历代通载》卷一七，诸书所载本事大同小异，此为唐末后梁时期，布袋和尚之偈。

第二节 误收同代诗

《全宋诗》误收同代诗情况颇复杂，各种类型往往交叉、混合出现。如下例就是一人误为两人，同时又是一人误为他人。

张景修《睡香花》："曾向庐山睡里闻，香风占断世间春。窃花莫扑枝头蝶，惊觉南窗半梦人。"（《全宋诗》册14卷840页9739）

张耒《睡香花》："曾向庐山睡里闻，香风六断世间春。窃花莫扑枝头蝶，惊觉南窗半梦人。"（《全宋诗》册20卷1187页13418）

张祠部《瑞香花》："曾向庐山睡里闻，香风占断世间春。窃花莫扑枝头蝶，惊觉南窗半梦人。"（《全宋诗》册72卷3748页45202）

三重出失注。

张景修作出《能改斋漫录》卷一五，题作者为张祠部。

《全宋诗》张耒作、张祠部作同出张淏《会稽志·会稽续志》卷四，题作者为张祠部。

《苕溪渔隐丛话》后集卷三五、《江西通志》卷一六〇、《升庵集》卷五九，并题作者为张祠部。

《宋诗纪事》卷二三题作者为张景修。

可知此诗系张景修作［张景修，字敏叔，常州人。英宗治平四年（1067）进士。神宗元丰末知饶州浮梁县。后两为宪漕，五典郡符，历仕神宗、哲宗、徽宗三朝，官终祠部郎中，年七十余卒。有《张祠部集》，已佚①］。《全宋诗》编者误张祠部为张景修、张祠部两人。张耒作、张祠部作同出张淏《会稽志·会稽续志》卷四，明白作张祠部，不知《全宋诗》编者何以误为张耒。另《全宋诗》册二〇卷一一八七页一三四一八此诗出处，误《会稽志·会稽续志》的作者张淏为张淏，当改正。

另据《苕溪渔隐丛话》后集卷三五、《升庵集》卷五九可知，张景修字图之，可补《全宋诗》张景修小传。

一　一人两处

（一）盛世忠

盛世忠《胡苇航寄古剑》（《全宋诗》册 59 卷 3087 页 36827），又见盛世忠《胡苇航寄古剑》："有人尺锦长安来，远寄宝匣手自开。红云紫气灿虚室，铗中青蛇鳞生苔。诚携掌握一挥动，瞬息天地兴风雷。少年志气老益壮，惟愿圣诏下九垓。厩中我有汗血马，与汝直北清氛埃。丈夫当为国雪耻，笑指经生真不才。"（《全宋诗》册 63 卷 3338 页 39855）重出失注。

盛世忠《柴门》（《全宋诗》册 59 卷 3087 页 36827），又见盛世忠《柴门》："石砌苔初合，柴门手自开。日催花影转，风递竹声来。蟹眼翻茶鼎，鹅儿滟酒杯。不须忧岁计，魁芋已新栽。"（《全宋诗》册 63 卷 3338 页 39855）重出失注。

盛世忠《刘常簿席上》（《全宋诗》册 59 卷 3087 页 36827），又见盛世忠《刘常簿席上》："近授长生券，从天下绮筵。潞公专洛日，吕望佐姬年。坐语风生舌，梳头雪满肩。上思耆旧用，飞诏到林泉。"（《全宋诗》册 63 卷 3338 页 39855）重出失注。

盛世忠《观棋》（《全宋诗》册 59 卷 3087 页 36827），又见盛世忠《观棋》："争先刘与项，得势楚侵秦。本是知心友，翻成敌国人。运筹争

① 傅璇琮等主编：《全宋诗》，北京大学出版社 1998 年版，第 9738 页。

劫杀，败局在逡巡。袖手旁观者，机深亦损神。”（《全宋诗》册63卷3338页39856）重出失注。

盛世忠《送吕东山之清漳》（《全宋诗》册59卷3087页36828），又见盛世忠《送吕东山之清漳》：“君是纯阳派，神清性亦真。有诗聊遣兴，无术可医贫。富贵皆尤物，江湖易老人。置山钱足矣，客路莫因循。”（《全宋诗》册63卷3338页39856）重出失注。

盛世忠《寄藏叟僧善珍》（《全宋诗》册59卷3087页36828），又见盛世忠《寄藏叟僧善珍》：“访友南山路，桥横古木阴。砌苔无俗迹，庭柏是禅心。旧衲连云补，新诗带月吟。同袍严戒行，别是一丛林。”（《全宋诗》册63卷3338页39856）重出失注。

盛世忠《生涯诗》（《全宋诗》册59卷3087页36828），又见盛世忠《生涯诗》：“壮岁欲飞腾，生涯亦可矜。一千余日战，三十九年僧。砚枕秋风梦，书灯夜雨澄。儒生贵知命，饮水曲吾肱。”（《全宋诗》册63卷3338页39856）重出失注。

盛世忠《简贾户部》（《全宋诗》册59卷3087页36828），又见盛世忠《简贾户部》：“十五年前别，相逢各老成。旧游如一梦，忽见似重生。剧饮无人敌，高谈坐客惊。诸郎尤可喜，事业短灯檠。”（《全宋诗》册63卷3338页39856）重出失注。

盛世忠《病起书院偶成》（《全宋诗》册59卷3087页36828），又见盛世忠《病起书院偶成》：“蓄水滋兰畹，开窗近竹林。败糊黄蚁哄，断简老虫侵。酒尚欺人病，诗能对客吟。晨昏一饱足，此外不关心。”（《全宋诗》册63卷3338页39856）重出失注。

盛世忠《秦竹溪校书清漳未回》（《全宋诗》册59卷3087页36829），又见盛世忠《秦竹溪校书清漳未回》：“茅斋雅称竹方床，风过疏篱有暗香。剧饮一冬成酒病，得闲终日为诗忙。新移橘本便霜信，贪看梅花倚夕阳。相望故人三百里，十宵九梦到清漳。”（《全宋诗》册63卷3338页39857）重出失注。

盛世忠《今是行呈刘以道》（《全宋诗》册59卷3087页36829），又见盛世忠《今是行呈刘以道》：“少年湖海误加鞭，久成归欤暂息肩。时有故山来梦里，更无愁绪到吟边。晨餐全仰数畦菜，岁计尤逋二顷田。闲倚瘦筇长啸处，此身疑是结绳前。”（《全宋诗》册63卷3338页

39857）重出失注。

盛世忠《塞上闻角》（《全宋诗》册59卷3087页36829），又见盛世忠《塞上闻角》："刁斗城头夜月寒，一声呜咽到江干。梅花吹落浑闲事，白首征人泪暗弹。"（《全宋诗》册63卷3338页39857）重出失注。

盛世忠《倦妆图》（《全宋诗》册59卷3087页36829），又见盛世忠《倦妆图》："睡觉春山懒更添，起来余恨锁眉尖。料应春事关心曲，怕见杨花不卷帘。"（《全宋诗》册63卷3338页39857）重出失注。

盛世忠《懒读书》（《全宋诗》册59卷3087页36829），又见盛世忠《懒读书》："不弄丝桐不作诗，槃池叠石学儿嬉。少年读易都忘却，身似羲皇未画时。"（《全宋诗》册63卷3338页39857）重出失注。

盛世忠《王昭君》（《全宋诗》册59卷3087页36829），又见盛世忠《王昭君》："汉使南归绝信音，毡庭青草始知春。蛾眉却解安邦国，羞杀麒麟阁上人。"（《全宋诗》册63卷3338页39857）重出失注。

《全宋诗》册五九卷三〇八七页三六八二七盛世忠小传："盛世忠，字景韩，清源（今山西清徐）人。今录诗十五首。"

《全宋诗》册六三卷三三三八页三九八五五盛世忠小传："盛世忠，字景韩，清源（今福建泉州）人。与胡仲弓（苇航）有交。有《松坡摘稿》，已佚。事见《江湖后集》卷一四。今录诗十五首。"

此十五组诗同出《江湖后集》卷一四，《全宋诗》编者不察，被编入《全宋诗》卷三〇八七、卷三三三八两处。

（二）松庵道人

松庵道人《题真仙岩》（《全宋诗》册66卷3458页41211），又见松庵道人《真仙岩》："千岩万壑倚晴空，此洞真奇迥不同。未数洞天三十六，想移当日太清宫。"（《全宋诗》册72卷3778页45597）重出失注。

前出今人陈垣《道家金石略》，后出清乾隆《柳州府志》卷三八。此一人两处。

（三）何麟

何麟《外大父丞相初登科为雒县主簿经摄堉窑镇税官留诗护国寺中令狐监征录以见寄谨再拜追和而记其后》（《全宋诗》册33卷1869页20904），又见何麟《外大父丞相初登科为雒县主簿经摄堉窑镇税官留诗护国寺中令狐监征录以见寄谨再拜追和而记其后》："传翁遗墨剩咨嗟，四海当年尚一家。大老不为今日用，小诗徒遣后人夸。兴来思跨巴滇马，归去方乘下泽车。燕麦兔葵僧舍里，何如梦得访桃花。”（《全宋诗》册34卷1946页21760）重出失注。

同出《成都文萃》卷五。

何麟《句》其二（《全宋诗》册33卷1869页20905），又见何麟《句》其三：“一楠枯再生，两石合无罅。”（《全宋诗》册34卷1946页21760）重出失注。

同出《舆地纪胜》卷一六四。

何麟《句》其三（《全宋诗》册33卷1869页20905），又见何麟《句》其四：“梁山韭黄妙天下，玉箸金钗盈大把。”（《全宋诗》册34卷1946页21760）重出失注。

同出《舆地纪胜》卷一七九。

《全宋诗》册三三卷一八六九页二〇九〇三何麟小传：“何麟，字子应，青城（今四川灌县东南）人。张商英外孙。高宗建炎元年（1127）为宣教郎《建炎以来系年要录》卷六。绍兴十一年（1141），赐同进士出身，为夔州路提点刑狱（同上书卷一四一）。十三年，知邵州，未几落职，主管台州崇道观，道州居住（同上书卷一四九、一五〇）。今录诗八首。”

《全宋诗》册三四卷一九四六页二一七五九何麟小传：“何麟，字子应（《舆地纪胜》卷一七九）。高宗绍兴十三年（1143）知嘉州（《建炎以来系年要录》卷一四八）。今录诗三首。”

由小传可以看出，此二何麟为同一人，当删并一处，重订小传。

（四）释法空

释法空《乞赀曹绩》：“一梦江湖已十春，芒鞋不践马头尘。只知今日了今日，岂料一身愁一身。南阮固应惭北阮，越人那得累秦人。西风不但吹游子，吹老天涯白发亲。”（《全宋诗》册33卷1903页21267）

释法空《乞赀曹绩》：“一梦江湖已十春，芒鞋不践马头尘。只知今日了今日，岂料一身愁一身。南阮固应惭北阮，越人哪得累秦人。西风不但吹游子，吹老天涯白发新。”（《全宋诗》册45卷2397页27730）

同出宋王质《雪山集》卷一四《吊法空诗》注引。

《全宋诗》册三三卷一九〇三页二一二六七释法空小传：“释法空，

曾参妙喜宗杲禅师。事见《雪山集》卷一四《吊法空诗》自注。”

《全宋诗》册四五卷二三九七页二七七三〇释法空小传：“释法空，从妙喜（宗杲）参禅。卒后二十年，王质有诗追吊。事见《雪山集》卷一四《吊法空》注。”

此典型一个作者，两处安家。

（五）淳熙太学生

淳熙太学生《刺陈贾》：“周公大圣独遭谤，元晦真贤亦被讥。堪叹古今两陈贾，如何都把圣贤非。”（《全宋诗》册 50 卷 2679 页 31491）

淳熙太学生《诮陈贾》：“周公大圣犹遭谤，伊洛名贤亦被讥。堪叹古今两陈贾，如何专把圣贤非。”（《全宋诗》册 51 卷 2737 页 32236）

前出《吹剑录外集》，后出《道命录》卷五。实为一人。

二 一人误为两人

一人误为两人的情况，在《全宋诗》中非常普遍。不同来源文献的不同解读，以及脱讹、衍讹、同名讹、同字讹、同称交错讹、无名氏讹，是造成一人误为两人的主要原因。

（一）刘文颜与刘袐

刘文颜《赠欧阳济》（《全宋诗》册 12 卷 678 页 7906），又见刘袐《赠欧阳济》：“妙笔君今第一人，心欺造化夺天真。精明形骨从来一，移入青缣作两身。”（《全宋诗》册 18 卷 1069 页 12170）重出失注。

此两处同出宋刘斧《青琐高议》后集卷一。《全宋诗》刘文颜小传：“刘文颜，生平不详，与杨杰同时。”

《全宋诗》刘袐小传：刘袐，字文毅（《青琐高议》后集卷一），莆田（今属福建）人。神宗元丰二年（1079）进士。尝为乌程县丞（清乾隆《莆田县志》卷一二）。可见此二人为同一人，《全宋诗》卷 678 编者不察，误字为名，导致重收作者。

（二）宋球与奚球

宋球《玉华山》（《全宋诗》册 7 卷 399 页 4910），又见奚球《玉华山》：“玉华山来自何处，巉巉拔立陵紫烟。上有干云切霄之苍松，下有迸崖漱壑之清泉。长河西来啮山足，磷火白日明峰巅。浮岚暖翠入窗户，六月殿阁风泠然。我来岂暇吊古迹，俯仰但喜遗嚣喧。心魂澄澈耳目醒，如脱世故游神仙。平明却入俗尘去，回首烟萝羞满颜。”（《全宋诗》册13卷781页9053）重出失注。

《全宋诗》此两处同出《金石萃编》卷一六三。宋球误为奚球。

（三）董传与童传

董传《句》（《全宋诗》册7卷353页4375），又见童传《句》：“古来风义遗才少，近世公卿荐士稀。”（《全宋诗》册14卷839页9715）重出失注。

《全宋诗》此则两处同出《增刊校正王状元集注分类东坡先生诗》卷二二，此为同一人，考订见第一章。

（四）林逋与林逋叟

林逋《华阳洞》（《全宋诗》册2卷108页1245），又见林逋叟《华阳洞》（《全宋诗》册72卷3755页45274）。重出失注。

《全宋诗》林逋与林逋叟作同出《景定建康志》卷一九。《景定建康志》卷一九：“林通叟诗：‘华阳山雨拂轻尘，独步烟霞访隐真。笑傲太平云外客，安闲清世梦中身。金章名重人称贵，布褐才高道不贫。吟罢洞天风正淡，自知凡骨定逢人。’”①《全宋诗》编者误读文献，此诗作者即非林逋，亦非林逋叟，而是林通叟。林逋名下当删此诗，改《全宋诗》卷三七五五林逋叟为林通叟。

（五）王十朋与无名氏

王十朋《楚塞楼》：“楚国封疆六千里，荆门岩峦十二背。南标铜柱北虎牙，天险城边古西塞。江山如故名尚存，形势虽强国何在。水流三峡无古今，月照孤城几兴废。吴蜀英雄空战争，屈宋风骚谩悲慨。但愿时清塞不尘，楼上芳尊日相对。”（《全宋诗》册36卷2034页22815）

无名氏《楚塞楼》：“楚国封疆六千里，荆门岩峦十二碚。”（《全宋诗》册72卷3741页45123）

王十朋作出《梅溪先生后集》卷一一，无名氏出《舆地纪胜》卷七三。此无名氏录仅此句，当删。

---

① （宋）周应合撰：《景定建康志》，载中华书局编辑部编《宋元方志丛刊》，中华书局1990年版，第1614页。

三 一人误为他人

（一）韩晋卿与韩伯修

韩晋卿《洪山》："壁立东南第一峰，问名知是葛仙翁。丹砂灶逼云头近，玉井泉流海眼通。六字籀文天篆刻，鼓间洞室石㻬㠓。我来整屐层峦上，无数群峰立下风。"（《全宋诗》册12卷685页8005）

韩伯修《洪山》："壁立东南第一峰，问知名道葛仙翁。丹砂灶逼云头近，玉井泉流海眼通。六字籀文天篆刻，数间洞屋石㻬㠓。我来整屐层巅上，无数群山立下风。"（《全宋诗》册62卷3284页39124）

韩晋卿出《福建通志》卷七七，题作者为韩伯修。《全宋诗》卷六八五编者不察，以韩晋卿字伯修，误为韩晋卿作，不知另有一韩伯修字子长者。《全宋诗》此处韩晋卿当删。

（二）范仲淹与范晞文

范仲淹《春日游湖》（《全宋诗》册3卷169页1919），又见范晞文《湖上》（《全宋诗》册69卷3613页43276）。重出失注。

范仲淹作出《永乐大典》卷二二六四，大典题作者为范晞文，《全宋诗》编者误范晞文为范希文，误为范仲淹作。又《四朝诗》卷六九、《元诗选》癸集作范晞文。此诗为范晞文作，范仲淹名下当删。

四 疑为同一人

（一）郭獬与郑獬

郭獬《送吴中复守长沙》（《全宋诗》册7卷382页4710），又见郑獬《送吴中复镇长沙》："初登西汉文章府，便领吴王第一州。绕郭白云衡岳近，满帆明月洞庭秋。"（《全宋诗》册10卷586页6896）重出互注。

郭獬作出《方舆胜览》卷二三，郑獬作出《永乐大典》卷五七七〇。《古今事文类聚外集》卷一〇录此诗未题作者，《御定渊鉴类函》卷一一三、《宋诗纪事》卷一八并作郭獬。《全宋诗》录郭獬诗仅此首，疑郭獬误为郑獬，俟查。

（二）曾纡与曾子公

曾纡《宣州水西作》："杖藜出郭一水近，石蹬古路穿松筠。万仞绝壑倚天末，八节惊滩当寺门。泉声飞下锦绣谷，殿影插入玻璃盆。宣州水西天下胜，阆州城南何足云。”（《全宋诗》册24卷1369页15725）

曾子公《水西寺》：“杖藜出郭一水近，石磴古路穿松筠。万仞绝壑倚天末，八节惊滩当寺门。泉声飞下锦绣谷，殿影插入玻璃盆。宣州水西天下胜，阆州城南亦何云。”（《全宋诗》册72卷3740页45107）

曾纡作出《方舆胜览》卷一五，《宋诗纪事》卷三四引是书同。曾子公作出《舆地纪胜》卷一九。曾纡（1073—1135），字公衮，晚号空青先生，南丰（今属江西）人。曾布第四子。疑曾子公即曾公衮之讹误。

（三）张扩与张广

张扩《送喻迪孺郎中知遂宁府》：“平时场屋漫声名，晚下瞿唐信此生。万里不应频去国，一麾聊复为专城。送春杯酒侵行色，上峡家山慰客情。坐遣官曹顿牢落，说诗谁复似匡衡。”（《全宋诗》册24卷1398页16082）

张广《送喻迪孺郎中知遂宁府》：“平时场屋漫声名，晚下瞿唐信此生。万里不应频去国，一麾聊复为专城。送春杯酒侵行色，上峡家山慰客情。坐遣官曹顿牢落，说诗谁复似康衡。”（《全宋诗》册27卷1582页17941）

张扩作出《东窗集》卷四，张广作出《永乐大典》卷一〇九九九。

（四）郑之才与□公才

郑之才《南龛山》：“一本修楠出万蓬，挺生绵邈尚谁穷。胡为壮烈思严老，雅爱甘棠学召公。惟德自应存庇荫，企贤那不念英雄。要知遗躅传无尽，时听龛崖度远风。”（《全宋诗》册27卷1542页17516）

□公才《次庭倚怀古韵》：“一本修楠出万蓬，挺生绵邈尚谁穷。胡为壮烈思严老，雅爱甘棠学召公。怀德自应存芘荫，企贤那不念英雄。要知遗躅传无尽，时听龛岩度远风。”（《全宋诗》册72卷3779页45617）

重出失注。

郑之才作出清史观道光《保宁府志》卷六二，□公才作出清朱锡谷道光《巴州志》卷八。保宁、巴州其地今属四川，来源文献地域相近，且《全宋诗》二人名下仅录此诗，疑为同一人。

（五）释德光与径山寺僧

释德光《女真进千手千眼观音像颂》：“一手动时千手动，一眼观时千眼观。自是太平无一事，何须弄出几多般。”（《全宋诗》册38卷2104页23761）

径山寺僧《千手眼白玉观音偈嘲金使》：“一手动时千手动，一眼观时千眼观。幸自太平无一事，何须做得许多般。”（《全宋诗》册50卷2651页31068）

释德光作出清文聚奎同治《新喻县志》卷一六，更早见《江西通志》引《府志》。

径山寺僧作出《鹤林玉露》丙编卷一：“孝宗皇帝喜球马，偶伤一目。金人遣贺生辰使来，以千手眼白玉观音为寿，盖寓相谑之意。上命迎入径山，邀使者同往。及寺门，住持僧说偈云：‘一手动时千手动，一眼观时千眼观。幸自太平无一事，何须做得许多般。’使者闻之惭。”

《全宋诗》册三八卷二一〇四页二三七五六释德光小传：“释德光（1121—1203），号拙庵，赐号佛照，俗姓彭，临江军新喻（今江西新余）人。……光宗绍熙三年（1192），迁径山。”

《全宋诗》册五〇卷二六五一页三一〇六八径山寺僧小传：“径山寺僧，僧，孝宗时有诗，事见《鹤林玉露》丙编卷一。”

疑为同一人，释德光曾主径山寺，唯年代尚需考辨。

五 两人误为一人

（一）湛俞与湛执中

湛俞《句·照碧亭》：“人在蓬壶颓白玉，地连兜率布黄金。”（《全宋诗》册6卷347页4275），又见湛执中《句·照碧亭》：“人在蓬壶颓白玉，地连兜率布黄金。”（《全宋诗》册22卷1277页14437）重出失注。

此则同出《舆地纪胜》卷一二八，此为谌执中诗。不知《全宋诗》卷三四七编者为何收入湛俞名下，亦不知卷一二七七编者如何肯定湛执中与谌执中是同一人。

（二）彭九成与彭九万

彭九成《界牌铺》：“地僻人家早掩关，行人忙逐暮鸦还。急风花落

隔墙树，暗雨鸟啼何处山。”（《全宋诗》册 69 卷 3615 页 43313）

彭九万《界牌铺》：“地僻人家早掩关，行人忙逐暮鸦还。急风花落隔墙树，暗雨鸟啼何处山。”（《全宋诗》册 70 卷 3660 页 43955）

彭九成作出清嘉庆《崇安县志》卷三。彭九万作出《闽诗录》丙集卷一六，题作者彭九成。《全宋诗》卷三六六〇编者以彭九成、彭九万为同一人，俟考。

（三）王陶与李逢、李诚之

王陶《相公行》：“已枯断竹钧私被，既没贤公帝念深。仆木偃禾如不起，至今谁识大忠心。”（《全宋诗》册 9 卷 518 页 6292）

李逢《莱公竹》：“已枯断竹再成林，既殁贤公帝念深。仆木偃禾如不起，至今谁识大忠心。”（《全宋诗》册 13 卷 748 页 8715）重出失注。

李逢、王陶同时，此诗应为李逢作，《江汉丛谈》的说法出《渑水燕谈录》，作者以为此李承之，乃李诚之，随误为李茂钦。《古今事文类聚》之误并同。考订详见第一章。

（四）鲁交与鲁某

1. 鲁交《游安乐山》：“苔径傍岩斜，林间是道家。夜潭鱼戏月，春地鹿眠花。”（《全宋诗》册 7 卷 399 页 4891）

鲁某《游安乐山》：“苔径傍岩斜，林间是道家。夜潭鱼戏月，春地鹿眠花。”（《全宋诗》册 10 卷 579 页 6808）

《全宋诗》此诗两处同出《舆地纪胜》卷一五三。《全宋诗》录鲁交诗十首、句两则。其中来自《舆地纪胜》卷一五三的诗一首、句一则，同《全宋诗》卷五七九鲁某。《全宋诗》录鲁某诗二首、句三则，全部来自《舆地纪胜》卷一五三。《舆地纪胜》并未言此鲁殿丞为谁，不知《全宋诗》卷三九九的编者何以知道此鲁殿丞是鲁交；又既认为此殿丞为鲁交，为何不把鲁殿丞其他诗句收录。

2. 鲁交《句·游安乐山》（《全宋诗》册 7 卷 399 页 4893），又见鲁某《句·游安乐山》：“万仞青崖碧玉寒，岩萝相引御仙坛。”（《全宋诗》册 10 卷 579 页 6808）重出失注。

此诗两处同出《舆地纪胜》卷一五三，乃鲁某（鲁殿丞）诗。考证见条 1。

六 同代一般讹误

1. 丁谓《句》其五："泣珠泉客通关市，种玉仙翁寄版图。"（《全宋诗》册2卷102页1168）又见释尚能《句》其二："泣珠泉路通关市，种玉仙翁寄版图。"（《全宋诗》册3卷170页1929）重出失注。

丁谓作出《诗话总龟》前集卷一二。尚能作出《宋诗纪事》卷九一引《宋朝事实类苑》卷三七，翻阅该卷此则为丁谓作，《宋诗纪事》误引为尚能。可见此则出丁谓无疑。

2. 范仲淹《赴桐庐郡淮上遇风三首》其一（《全宋诗》册3卷166页1889），又见唐介《谪官渡淮舟中遇风欲覆舟而作》（《全宋诗》册7卷354页4404）。重出失注。

唐介作见《类说》卷一八、《自警编》卷二、《古今事文类聚》前集卷一七、《氏族大全》卷九、《山堂肆考》卷二一、《诗话总龟》卷三、《宋诗纪事》卷一三。范仲淹作见《范文正集》卷三、《严陵集》卷三、《宋文鉴》卷二二、《御选宋金元明四朝诗·御选宋诗》卷三五、《宋元诗会》卷八。《自警编》卷二载本事曰："唐质肃公为御史，因张尧佐以侄女有宠于仁宗，骤除宣徽节度、景灵郡牧使。唐公力争不已，上怒贬公英州别驾。公之南迁，挈家渡淮，至中流大风波涛泛滥，舟人恐，不免饲鱼鳖。公兀坐舟中，吟诗云：'圣宋非狂楚，清淮异汨罗。平生仗忠信，今日任风波。舟楫颠危甚，鼋鼍出没多。斜阳幸无事，沽酒听渔歌。'"此诗当为唐介作。

3. 张先《润州甘露寺》（《全宋诗》册3卷170页1934），又见沈括《润州甘露寺》（《全宋诗》册12卷686页8014）。重出失注。

张先作仅见《两宋名贤小集·张都官集》卷四八。沈括作见《古今事文类聚》前集卷三五、《山堂肆考》卷一七四、《御定渊鉴类函》卷三五三、《宋文鉴》卷二五、《两宋名贤小集·沈中允诗集》卷一二六、《宋艺圃集》卷一一、《石仓历代诗选》卷一三九、《宋元诗会》卷一五、《宋元诗会》卷二七、《宋诗纪事》卷二二，此诗沈括作无疑。

4. 刘敞《迎春花》（《全宋诗》册9卷490页5936），又见王珪《失题》其一："华省当时绿鬓郎，金樽美酒醉红芳。今日对花不成饮，春愁已与草俱长。"（《全宋诗》册9卷496页5992）重出失注。

刘敞作出《全芳备祖》卷二〇、《御定佩文斋广群芳谱》卷四二，王珪作见《华阳集》卷四。“《华阳集》六十卷、《附录》十卷，宋王珪撰。……集本一百卷，诸家著录皆同。自明以来，久已湮没。仅《宋文鉴》《文翰类选》等书略载数篇。今从《永乐大典》各韵中裒掇排比，所存诗文尚夥，而内外制草为尤备。其生平高文典册，大约已罕所遗佚。谨依类编次，厘为六十卷。其遗闻逸事，与后人评论之语，见于他书者，亦详加搜辑。别为《附录》十卷。系之集末，用资考核。”①

此诗当以刘敞作为是。

5. 刘敞《自恩平还题嵩台宋隆馆》（二首）（《全宋诗》册9卷490页5942），又见黄公度《自恩平还题嵩台宋隆馆二绝》（《全宋诗》册36卷2007页22508）。重出失注。

刘敞作出《永乐大典》卷一一三一三，黄公度作见《知稼翁集》卷下、《宋诗纪事》卷四五。

嵩台宋隆馆，康定年间（1040—1041）包拯知端州，将崧合驿迁建于城西，原址改为宋隆馆。考刘敞生平，未见有“二年羁宦客嵩台”之事。又“据龚茂良《行状》、林大鼎《墓志铭》，公度有文集十一卷，此十一卷本在宋尝两刻，本书卷末载其子黄沃跋，云其父‘文成辄为人取去，故笥所存，涂乙之馀，才十一卷。沃于暇日泣而次之，名之曰《知稼翁集》，已刊于家塾。今复刊于邵阳郡斋’。则十一卷本又有家塾本，载有陈俊卿《序》；邵阳郡斋本，载有洪迈《序》。《宋史·艺文志》著录《莆阳知稼翁集》十二卷，盖以词一卷系之，黄沃于《知稼翁词》卷末《题记》尝明言之：‘庆元乙卯假守邵阳，逾年，谨刊《知稼翁集》于郡斋，并以词一卷系其后。’故庆元间邵阳郡斋刻本不计词则十一卷，计词则十二卷。宋刻本在明代书目如《文渊阁书目》中有著录，然不详十一卷本抑或十二卷本。又据《四库》本卷末载裔孙黄崇翰跋，知明代有衡州十二卷刻本，其底本系前朝秘府藏本即庆元刻本。天启五年，黄崇翰又据衡州本刊刻，此本题‘宋尚书考工员外郎黄公度著，知邵州军事借紫男沃编。新泉州惠安县主簿孙处权校勘，明广东按察司佥事十一世孙廷宣、工部右侍郎十一世孙廷用重校’。天启本不仅对衡州本多有校

① （清）永瑢、纪昀等编纂：《四库全书总目》卷152，中华书局1965年影印本。

订，而最大差别在于将十二卷改为上下二卷，盖刊刻者以其篇什少而卷帙繁，遂合并其卷帙也。”[1] 可见黄公度《知稼翁集》较为可靠，此二诗当属黄公度。

6. 张载《岳阳书事》（《全宋诗》册 9 卷 517 页 6285），又见杨时《岳阳书事》（《全宋诗》册 19 卷 1145 页 12930）。重出失注。

张载作出《濂洛风雅》卷四，杨时作见《龟山集》卷三九、《两宋名贤小集》卷九九、《宋艺圃集》卷五、《湖广通志》卷八五、《石仓历代诗选》卷一六〇、《宋元诗会》卷三一。《宋集珍本丛刊书目提要·龟山先生全集》：“《直斋书录解题》卷十八著录《龟山集》二十八卷，《宋史》卷二百八《艺文志七》著录‘《杨时集》二十卷，又《龟山集》三十五卷’，但此三本失传已久，未见宋人序跋，编刊情况不详。现存以明刻为最古，据《藏园订补郘亭知见传本书目》卷十三下载，明刻有四十二卷、十六卷、三十五卷、十五卷、三十六卷等各种版本。文集名称冠以‘龟山集’、‘龟山先生集’、‘龟山杨文靖公集’、‘龟山先生全集’、‘杨龟山先生集’不等。明刻第一本为弘治十五年将乐知县李熙等所刻，其底本乃勒氏所钞程敏政选内阁钞本十六卷，现有递修本，大陆、台湾及日本皆有所藏。其后又有常州东林书院三十六卷本、宜兴三十五卷刊本。另外还有二刻，即正德十二年沉晖刻本与万历十九年将乐令林熙春刊本。正德刊本三十五卷，乃杨集全帙，祝尚书《宋人别集叙录》卷十三考证此本可能源于宋本。万历本四十二卷。清代，龟山集共刊三次，分别为顺治八年、康熙四十六年、光绪五年，三本皆刊于道南杨氏祠堂，且卷帙都与明万历本同。《四库全书》收录本据鲍士恭家藏，据《提要》此本乃顺治重修本。后民国十年有光绪本之重校本。清三本及重修本，今国内及日本皆有所藏。”[2] 杨时集应属可靠，此诗诸集所见均以其为作者，此诗当属杨时。

---

① （清）永瑢、纪昀等编纂：《四库全书总目》，中华书局 1965 年影印本。

② 四川大学古籍所编：《宋集珍本丛刊书目提要》，线装书局 2004 年版，第 79 页。

七 两宋讹误

(一) 刘敞与林之奇

刘敞《示张直温》(《全宋诗》册 9 卷 468 页 5675),又见林之奇《示张直温》(《全宋诗》册 37 卷 2044 页 22965)。重出失注。

刘敞作见《公是集》卷八、《宋文鉴》卷一六、《两宋名贤小集》卷五四、《石仓历代诗选》卷一三九、《宋元诗会》卷二三、《宋百家诗存》卷四,林之奇作见《拙斋文集》卷三。刘敞(1019—1068)诗题中有三首有张直温,林之奇(1112—1176)只此一首,考虑到时限,此诗当属刘敞。

(二) 刘敞与刘宰

刘敞《答钟元达觅藕栽二首》(《全宋诗》册 9 卷 488 页 5912),又见刘宰《答钟元达觅藕栽二首》(《全宋诗》册 53 卷 2806 页 33354)。重出失注。

刘敞作见《公是集》卷二八,刘宰作见《漫塘集》卷一。

钟元达即钟颖(1160—1233),字元达,号练塘,丹阳人。光宗绍熙五年(1194)以父荫入仕,授静海主簿。宁宗庆元二年(1196)进士。

刘敞(1019—1068),字原父,或作原甫,新喻人。仁宗庆历六年(1046)进士。

刘宰(1166—1239),字平国,自号漫塘病叟,金坛(今属江苏)人。光宗绍熙元年(1190)进士。

此两首诗属刘宰无疑。

(三) 王珪与郑獬

1. 王珪《送程公辟给事出守会稽》(《全宋诗》册 9 卷 495 页 5985),又见郑獬《送程公辟给事出守会稽兼集贤殿修撰》:"越州太守何潇洒,应为能吟住集仙。雪急紫蒙催玉勒,日长青琐听薰弦。一时冠盖倾离席,半醉珠玑落彩笺。自恨君恩浑未报,五湖终负钓鱼船。"(《全宋诗》册 10 卷 584 页 6873)重出失注。

王珪作出《华阳集》卷四,郑獬作见《郧溪集》卷二七、《两宋名贤小集》卷一三三、《瀛奎律髓》卷五、《宋艺圃集》卷一四。"翰林侍读学士、提举鸿庆宫郑獬卒。（云按：神宗熙宁五年，1072）”① 而程师孟（1009—1086）神宗熙宁九年（1076），入为给事中，判都水监。出知越州在此之后。此诗不可能是郑獬作，当属王珪（1019—1085）。

王珪《送公辟给事自青州致政归吴中》（《全宋诗》册 9 卷 495 页 5987），又见郑獬《送公辟给事自青州致政归吴中》（《全宋诗》册 10 卷 584 页 6873）。重出互注。

王珪作见《华阳集》卷五，郑獬作见《郧溪集》卷二七、《两宋名贤小集》卷一三三。

2. 王珪《奉诏赴琼林苑燕饯太尉潞国文公出镇西都》（《全宋诗》册 9 卷 495 页 5986），又见郑獬《奉诏赴琼林苑燕饯太尉潞国文公出镇西都》（《全宋诗》册 10 卷 584 页 6872）。重出互注。

王珪作见《华阳集》卷三、《墨庄漫录》卷四、《宋稗类钞》卷三。郑獬作见《郧溪集》卷二七、《两宋名贤小集》卷一三三、《瀛奎律髓》卷五、《宋艺圃集》卷一四、《宋诗纪事》卷一五。

《墨庄漫录》卷四记本事曰：“文潞公丞相，出镇西京，奉诏于琼林苑燕饯，从列皆预赋诗送行。王禹玉时为内相诗云：‘都门秋色满旌旗，祖帐容陪醉御卮。功业特高嘉祐末，精神如破贝州时。匣中宝剑腾霜锷，海上仙桃压露枝。昨日更闻褒诏下，别刊名姓入烝彝。’时以为警绝。曾弦伯容为予言此诗，第一句便见体面之大，若非上公大僚讵敢于都门而张旌旗耶，此余人所不可当也。白居易献裴度丞相诗云：‘闻说风情筋力在，只如初破蔡州时。’禹玉用此事也。”② 又司马光《洛阳耆英会序》中曰：“元丰（1078—1085）中，潞国文公留守西都，韩国富公纳政在里第，自馀士大夫以老自逸于洛者，于时为多。潞公谓韩公曰：‘凡所为慕乐天者，以其志趣高逸也，奚必数与地之袭焉。’”③ 作此诗之时，郑獬已殪，此王珪诗无疑。

（四）王砺与无名氏

王砺《赠日本僧》（《全宋诗》册 1 卷 54 页 598），又见无名氏《赠

① （宋）李焘撰：《续资治通鉴长编》，中华书局 1986 年版，第 5797 页。

② （宋）张邦基撰，商濬校：《墨庄漫录》，明万历商氏刻本。

③ （宋）司马光撰：《传家集》卷 68，吉林出版集团 2005 年影印摛藻堂荟要本。

日本僧寂照礼天台山》（《全宋诗》册 71 卷 3736 页 45043）。重出失注。

王砺作、无名氏作都源于《王氏谈录》“赠日本僧诗”条：“公言。祥符中，日本僧寂照来朝，后求礼天台山。先中令守会稽，寂照经由来谒。寂照善书，迹习二王，而不习华言，但以笔札通意。时长兄为天台宰，中令以书导之，兼赠诗云‘沧波泛瓶锡，几月到天朝。乡信日边断，归程海面遥。秋泉吟里落，霜叶定中飘。为爱华风住，扶桑梦自消。’既至天台，来致书谢，累幅勤至。其字体婉美可爱。杨文公在禁中识之，亦尝序其事。”[①]《全宋诗》卷五四的编者和卷三七六六的编者做出了不同的解读。今查《说郛》卷二四上、《宋诗纪事》卷九六并同，皆源出《王氏谈录》。《四库全书总目》卷一二〇：“《王氏谈录》一卷，不著撰人名氏。《说郛》载之，题曰王洙撰。《书录解题》则以为翰林学士南京王洙之子录其父所言。今观此书，凡九十九则，而称先公及公者七十余则，则非洙所著明甚。编此书者，见卷尾有编录观览书目，一则末题云王洙敬录，遂以为全书皆出洙手。不知此则，乃嘉祐以前人所为，洙特录而跋之，其子附载书末耳。世无自著书而自标敬录者也。”[②]

王砺，字汝坚，应天宋城人。太宗太平兴国五年（980）进士。真宗景德二年（1005）以职方员外郎知越州，卒赠太师中书令兼尚书令。

秦王政二十五年（前 222），定荆、江南地，降越君，于故吴越地置会稽郡。隋开皇九年（589）平陈，废会稽郡，改东扬州为吴州，置总管府，总管原东扬州诸郡。大业元年（605）废诸州总管府，改吴州为越州；大业三年，越州复为会稽郡，治会稽。宋太平兴国三年（978），吴越纳土归宋，宋袭五代制，越州称大都督府越州会稽郡镇东节度使。1131 年，宋高宗驻跸越州，取“绍奕世之宏休，兴百年之丕绪”之意，改元绍兴。越州官吏军民僧道上表乞赐府额，本年十月升越州为绍兴府。王洙乃王砺第七子[③]，王砺仕历、职衔称谓，与《王氏谈录》正合，可知《全宋诗》卷五四的编者定为王砺作，应属无疑。《全宋诗》卷三七六六此诗当删。

---

① （宋）王洙撰：《王氏谈录》，台湾商务印书馆 1983 年影印《四库全书》本。

② （清）永瑢、纪昀等编纂：《四库全书总目》，中华书局 1965 年影印本。

③ 昌彼得、王德毅等编：《宋人传记资料索引》，鼎文书局 1986 年版，第 134 页。

（五）胡宿与张明中

胡宿《谢惠诗》："君诗来贶我难当，语带诚斋句妙香。鲛室垂垂新下泣，蚌珠颗颗烂生光。魂飞锦里花争巧，梦到池塘草又芳。早晚交游逢大手，急将名姓为传扬。"（《全宋诗》册4卷182页2090）又见张明中《谢惠诗》："君诗来贶我难当，语带诚斋句妙香。鲛室垂垂新下泣，玭珠颗颗烂生光。魂飞锦里花争巧，梦到池塘草又芳。早晚交游逢大手，急将名姓为传扬。"（《全宋诗》册58卷3084页36794）重出失注。

胡宿作出《文恭集》卷四，张明中作出《诗渊》页四二二〇。诗中有"语带诚斋句妙香"，此诗作者当在杨诚斋之后。胡宿（995—1067），字武平，常州晋陵人。杨万里（1127—1206），字廷秀，号诚斋，吉州吉水人。可知此断非胡宿诗。张明中，生平不详，《诗渊》列于刘克庄（1187—1269）后，此诗当属张明中。

（六）吕夷简与释文礼

吕夷简《天花寺》（《全宋诗》册3卷146页1623），又见释文礼《颂古五十三首》其五一（《全宋诗》册54卷2829页33697）。重出失注。

释文礼作出《颂古联珠通集》卷三四。吕夷简作见《老学庵笔记》卷六、《爱日斋丛钞》卷三、《吕氏杂记》卷下、《俨山外集》卷五、《诗话总龟》卷二十、《宋诗纪事》卷九、《钦定四库全书考证》卷五十。另《老学庵笔记》的作者陆游（1125—1209）稍早于文礼（1167—1250）。综而言之，此吕夷简诗无疑。

（七）梅尧臣与释永颐

梅尧臣《吕晋叔著作遗新茶》（《全宋诗》册5卷258页3227），又见释永颐《吕晋叔著作遗新茶》（《全宋诗》册57卷3021页36000）。重出失注。

《宛陵集》卷五二、《宋诗钞》卷九并属梅尧臣作，永颐作出《江湖后集》卷一六。吕晋叔当即吕缙叔，生平不详，但其为宋初人无疑（苏颂、梅尧臣与之有多首酬赠诗，并参与修《唐书》）。如系此人，永颐当无缘一见，此当为梅尧臣诗。

（八）文同与林之奇

文同《村居》（《全宋诗》册8卷434页5324），又见林之奇《村居》

(《全宋诗》册 37 卷 2044 页 22967)。重出单注。

文同作出《丹渊集》卷四，又见《宋文鉴》卷一八、《御选宋金元明四朝诗·御选宋诗》卷一二，林之奇作出《拙斋文集》卷三。

《宋集珍本丛刊书目提要·丹渊集》："文同诗文甚富，其文集据《直斋书录解题》卷十七、衢本《郡斋读书志》卷十九、《文献通考》卷二百三十六及《宋史·艺文志》著录，均为四十卷本，然《丹渊集》卷首载有范百禄所作《文公墓志铭》，云其'平生所为文五十卷'，则四十卷本已非原帙之旧矣。盖五十卷本未尝刊行，而其曾孙文鷟刊行之时，其文或已散佚，遂重编为四十卷。文鷟刊本今已佚……今所存最古者，乃明代万历刻本，而万历本又有二：一为吴一标所刊，题《陈眉公先生订正丹渊集》，除正集四十卷外，有《拾遗》二卷、《石室先生年谱》一卷、附录一卷。另一本为盐亭县令蒲以怿刊本，即本丛刊所选之《新刻石室先生丹渊集》，有正集四十卷、《拾遗》二卷、《年谱》一卷、《续编诸公书翰诗文》一卷、杂记一卷，又有万历四十年蒲以怿序。其书署衔为'宋尚书司封员外郎充秘阁校理新知湖州军州事兼管内劝农事上轻车都尉文同著'，故《增订四库简目标注·续录》据此考订此本为'仿宋本'，是此本仍存宋本之原貌。"①

此诗既入《丹渊集》，又见《宋文鉴》，当属文同。

八 误收辽金诗

《全宋诗》误收多首辽金诗人诗，王从之、宇文虚中、吴激、张斛、祝廉、施宜生等人，已有学者考订。此处据笔者研究，举两例。

（一）房灏

房灏《别西湖》其一："闻说西湖可乐饥，十年劳我梦中思。湖边欲买三间屋，问遍人家不要诗。"(《全宋诗》册 72 卷 3762 页 45365)

房灏作出《永乐大典》引《中州元气集》。《中州元气集》，佚名氏编，约成书于金末元初，收金及金元之际诗人。由此可推知房灏非宋诗人。

① 四川大学古籍所编：《宋集珍本丛刊书目提要》，线装书局 2004 年版，第 31 页。

此诗又见《河汾诸老诗集》卷五："白云子房先生皞希白"①，《御订全金诗增补中州集》卷五五："补房皞字希白自号白云子"②，《元诗选》三集卷一："房皞白云子集"③。

题作者为房皞。

（二）李之纯

1. 李之纯作出明樊深嘉靖《河间府志》卷二七，题作者李之纯。李伯玉作出明李蓘《宋艺圃集》卷一八，查此书，作者题李纯甫。

李之纯，字端伯，沧州无棣（今山东无棣西北）人。李伯玉，初名诚，以犯理宗潜讳改，字纯甫，号斛峰，饶州余干（今江西余干西北）人。

《中州集》卷四，作者题屏山李先生纯甫。纯甫字之纯，弘州人承安二年进士。

《御选宋金元明四朝诗·御选金诗》卷七，作者金李纯甫。《御订全金诗增补中州集》卷一六，作者金李纯甫。

总之，此诗为金李纯甫作，因其字之纯误为宋李之纯，因其名与李伯玉字同，误为宋李伯玉。

2. 李之纯《真味堂》："问渠真味若为言，不着盐梅也自全。鼋鼎大夫徒染指，曲车公子谩流涎。胸中已有五千卷，徽外更听三两弦。此老清馋何所嗜，宦途嚼腊已多年。"（《全宋诗》册15卷878页10216）

李之纯作出明樊深嘉靖《河间府志》卷二七，题作者李之纯。

《中州集》卷四、《御选宋金元明四朝诗·御选金诗》卷一四、《御订全金诗增补中州集》卷一六、《山西通志》卷二二四。并题作者为李纯甫。

此为李纯甫诗，考订见前。

3. 李伯玉《天游斋》："丈人未始出吾宗，草靡波流尽太冲。七窍凿开无混沌，六根消落尽圆通。法身兔角声闻外，尘事牛毛梦幻中。谁会

① （元）房祺编：《河汾诸老诗集》，清咸丰二年伍氏刻本。

② （金）元好问撰，（清）郭元釪补辑：《御订全金诗增补中州集》，台湾商务印书馆1983年影印四库全书本。

③ （清）顾嗣立编：《元诗选》，清康熙顾氏秀野草堂刻本。

天游更端的，瘦梅疏竹一窗风。”（《全宋诗》册 62 卷 3294 页 39261）

《中州集》卷四、《御选宋金元明四朝诗·御选金诗》卷一四、《御订全金诗增补中州集》卷一六、《山西通志》卷二二四。并题作者为李纯甫。

此为李纯甫诗，考订见前。

第三节 误收后代诗

一 误收宋元之际诗

谢枋得《荆棘中杏花》：“墙东荒蹊抱村斜，荆棘狼藉盘根芽。何年丹杏此留种，小红溅溅争春华。野人惯见谩不省，独有诗客来咨嗟。天真不到铅粉笔，富艳自是宫闱花。曲池芳迳非宿昔，苍苔浊酒同天涯。京师惜花如惜玉，晓担卖彻东西家。杏花看红不看白，十日忙杀游春车。谁家园里有此树，郑重已着重帏遮。阿娇新宠贮金屋，明妃远嫁愁清笳。落花萦帘拂床席，亦有飘泊沾泥沙。天公无心物自物，得意未用相陵夸。黄昏人归花不语，惟有落月啼栖鸦。”（《全宋诗》册 66 卷 3479 页 41412）

谢枋得作出《叠山集》卷三，又见《石仓历代诗选》卷二一三。

金元好问作见《遗山集》卷三、《御订全金诗增补中州集》卷六四、《宋元诗会》卷六六、《御定佩文斋广群芳谱》卷二五、《御选宋金元明四朝诗·御选金诗》卷八、《元诗选》初集卷一。

二 误收元诗

（一）误收元宋沂诗

宋祁《送赵御史仲礼之任南台并柬兼善达公经历元载王公用道孔公二御史》：“天子龙沙拜法官，议郎亲戴辟邪冠。晓辞漠北冰霜重，秋到江南草树寒。谏疏频烦明主听，题诗长共故人看。应怜闾里诛求急，尚布朝廷礼意宽。幕下风清鸣一鹗，台端雪霁见双鸾。寥寥渡海三冬翮，翙翙凌空五色翰。晋代新亭苍藓合，梁朝旧地土花残。石城慷慨悲袁粲，别墅风流忆谢安。千里凭高麾绣斧，几回揽辔并银鞍。诤臣事业须公等，努力明时匪素餐。”（《全宋诗》册 4 卷 220 页 2544）又见《元诗选三集·庚集·春咏亭稿》，题为《送赵御史仲礼之任南台并简兼善达公经历元载王公用道孔公二御史》，作者宋常山沂。

宋祁作见《景文集》卷二一、《两宋名贤小集》卷二四、《御选宋金元明四朝诗·御选宋诗》卷六〇、《宋百家诗存》卷三。宋沂作见《草堂雅集》卷八、《元诗选》第三集卷十。

宋祁（998—1061）字子京，开封雍丘人。天圣二年（1024）与兄郊同登进士第，奏名第一。

宋沂字子与，清江人。生卒年均不详，约元惠宗至元初（1335）前后在世。由成均诸生擢艺文监掾，迁赣州从事，复除常山县尹。所著有《春咏亭稿》。

宋赵仲礼，与孙应时（1137—1213）（《送赵仲礼入朝为大理寺簿三首》《赵仲礼示达庵唱酬次韵》）、楼钥（1154—1206）（《送赵仲礼守天台》）有酬赠诗。

元赵仲礼，赵汴后裔。与张可久（约1270—1348），有交往。泰定元年（1324）任衢州路总管。

可见宋祁不可能与宋赵仲礼有交往，而宋沂与元赵仲礼则同时。此诗为元宋沂诗，《全宋诗》宋祁名下当删。

（二）误收元陈孚诗

1. 陈孚《琼花图》："荒棘萋萋后土宫，芳根已逐彩云空。男儿别有扬州泪，不为琼花滴晓风。"（《全宋诗》册7卷401页4942）又见《元诗选》乙集，题为《后土祠琼花》，作者陈孚。

《全宋诗》卷401陈孚，曾从宋咸学。宋咸，字贯之，建阳人。仁宗天圣二年（1024）进士。则宋陈孚为北宋人。

元陈孚字刚中，号笏斋，台州临海人。幼清峻颖悟，及长，博学有气节。至元（1264—1294）中，孚以布衣上《大一统赋》。

此诗又入《陈刚中诗集》卷一，元陈孚作无疑。此诗《全宋诗》陈孚作出《琼花集》卷二，当是编者未审，宋元有两个陈孚。

2. 陈孚《吕翁祠》："山形天矫苍精剑，日气曈曚紫磨丹。度尽世人人不识，青烟起处是邯郸。"（《全宋诗》册7卷401页4942）

《全宋诗》陈孚作出民国杨晨《赤诚别集》卷五。此诗又见《陈刚中诗集》卷一、《石仓历代诗选》卷二三二，为元陈孚作，考证见前条。

《全宋诗》陈孚当删。

3. 蔡槃《越州早行》:“青鞋三十里，草露惹衣斑。潮落曹娥渡，云荒夏禹山。秋声黄叶里，天影白鸥间。欲问钱塘□，渔家未启关。”(《全宋诗》册72卷3785页45691)

蔡槃作出《东欧诗存》卷一〇。

陈孚作见《陈刚中诗集》卷一、《御定渊鉴类函》卷三〇六、《石仓历代诗选》卷二三二、《御选宋金元明四朝诗·御选元诗》卷三五、《宋元诗会》卷七〇、《元诗选》第二集卷六。

《乾坤清气》卷一二未题作者，从前诗王沂师鲁。

4. 蔡槃《瓜州》:“烟际系孤舟，芦花两岸秋。江空双雁落，天迥一星流。急鼓西津渡，残云北固楼。商人茅店下，沽酒话扬州。”(《全宋诗》册72卷3785页45692)

蔡槃作出《东欧诗存》卷一〇，《宋诗纪事》卷七二引同。

陈孚作见《陈刚中诗集》卷一、《御定渊鉴类函》卷三〇六、《石仓历代诗选》卷二三二、《御选宋金元明四朝诗·御选元诗》卷三五、《元诗选》第二集卷六。

《乾坤清气》卷一二未题作者，从前诗王沂师鲁。

5. 蔡槃《金陵》:“六代帝王州，寒烟满石头。星河天北转，江汉水东流。步绝金莲雨，歌残玉树秋。白头有渔父，犹说景阳楼。”(《全宋诗》册72卷3785页45692)

蔡槃作出《东欧诗存》卷一〇。

陈孚作《陈刚中诗集》卷一、《元风雅》后集卷四、《元音》卷一、《御选宋金元明四朝诗·御选元诗》卷三五、《元诗选》第二集卷六。

《乾坤清气》卷一二未题作者，从前诗王沂师鲁。

(三) 误收元袁士元诗

张耒《水阁二首》其一:“积雨荒池水欲平，轩窗长夏有余清。公余一枕沧浪梦，卧听风荷受雨声。”(《全宋诗》册20卷1174页13258)

张耒作出《柯山集》卷二二；又见《石仓历代诗选》卷一五四，题作《题水阁》，《御选宋金元明四朝诗·御选宋诗》卷六七同。

《御选宋金元明四朝诗·御选元诗》卷七三，题作《题水西轩和府推何德孚韵》，作者袁士元，《元诗选》初集卷四八同。

（四）误收元黄镇成诗

沈大廉《鼓山》：“屴崱峰头万丈梯，上方高与白云齐。青山尽处海门阔，红日上来天宇低。”（《全宋诗》册33卷1860页20778）

黄镇成《鼓山灵源洞有屴崱天风海涛亭喝水岩》：“屴崱峰头万丈梯，上方高与白云齐。青山尽处海门阔，红日上来天宇低。喝水无人空宴坐，磨崖有客漫留题。飘然欲御长风去，一笑何烦过虎溪。”（《秋声集》卷三）

沈大廉作出清曾唯《东瓯诗存》卷一。元黄镇成作见本集《秋声集》卷三、《石仓历代诗选》卷二七一、《御选宋金元明四朝诗·御选元诗》卷五四、《宋元诗会》卷八八、《元诗选》初集卷五一。

（五）误收元张宪诗

张宪《玩鞭亭》：“畸乌压营营作声，红光紫电围金钲。黄须小龙马上啸，白日饥豺梦里惊。老奴怒掷珊瑚枕，追兵起合琉璃井。巴马东归疾似风，道旁遗粪如水冷。健儿空玩七宝鞭，荆台老姥空谁传。”（《全宋诗》册33卷1901页21233）

宋张宪作出清梁启让《芜湖县志》卷二二。

元张宪作见本集《玉笥集》卷一、《石仓历代诗选》卷二七四、《宋元诗会》卷九二、《元诗选》初集卷五四。

《元诗选》初集卷五四：“宪字思廉，山阴人。别号玉笥生，负才自放。走京师，创言天下事，众骇其狂，还富春山中。一日，升高望远，呼所亲谓曰：‘亟去！’三日，逃寇猝至，死者五百余家，始悔不用生言。张氏据吴，辟为枢密院都事。吴亡，变姓名走杭州。”

可知此为元张宪诗，《全宋诗》因名同误录。

另：《吴都文粹续集》卷二四有《过独墅》：“短棹微风窈窕，片帆落日横斜。舍傍谁开酒肆，牛疲知是田家。”① 可补宋张宪名下。

（六）误收元周权诗

詹体仁《湘中》：“天寒楚云净，木落湘山幽。空江夜来雨，水满芦花洲。西风何渺渺，沧波日悠悠。有怀谁与言，注目孤鸿秋。”（《全宋诗》册48卷2613页30365）

① （明）钱穀编：《吴都文粹续集》，台湾商务印书馆1983年影印《四库全书》本。

周权《湘中》："天寒楚云净，木落湘山幽。空江夜来雨，水满芦花洲。西风何渺渺，沧波日悠悠。有怀谁与言，注目孤鸿秋。"

詹体仁作出《詹元善先生遗集》卷下。

周权作见本集《此山诗集》卷二、《石仓历代诗选》卷二五〇、《御选宋金元明四朝诗·御选元诗》卷一九、《宋元诗会》卷七八、《元诗选》初集卷四五。

（七）误收元范梈诗

詹体仁《游南台闽粤王庙》："海角钓龙人杳杳，云间待雁路迢迢。若为借得山头石，每到商秋坐看潮。"（《全宋诗》册48卷2613页30366）

范梈《遊南台闽粤王庙》："海角钓龙人杳杳，云间待雁路迢迢。若为借得山头石，每到高秋坐看潮。"

詹体仁作出《詹元善先生遗集》卷下。

范梈作见《范德机诗集》卷六、《御选宋金元明四朝诗·御选元诗》卷七一、《元诗选》初集卷二九。

（八）误收元詹体仁诗

詹体仁《幽居》："投老安闲世味疏，深深水竹葺幽居。床头昨夜风吹落，多是经年未报书。"（《全宋诗》册48卷2613页30367）

洪希文《幽居》："投老安闲世味疏，深深水竹葺幽居。床头昨夜风吹落，多是经年未报书。"

詹体仁作出《詹元善先生遗集》卷下。

洪希文作见《续轩渠集》卷八、《御选宋金元明四朝诗·御选元诗》卷、《元诗选》初集卷四八。

（九）误收元纳延诗

赵葵《荒城》其二："乌桓城下雨初晴，紫菊金莲漫地生。最爱多情白翎雀，一双飞近马边鸣。"（《全宋诗》册57卷3022页36007）

此诗赵葵作出《诗渊》册三页一九八六，未题作者，从前首作者赵葵。

纳延作见《金台集》卷二、《御定佩文斋咏物诗选》卷四三〇、《御选宋金元明四朝诗·御选元诗》卷六、《元诗选》初集卷四一。题目作《塞上曲》。

（十）误收元张珪诗

张圭《玉蝶泉》："仙人修炼地，玉井着神功。日月双轮见，阴阳两窍通。可堪清澈底，那更施无穷。尚冀丹砂力，当浇尘念空。"（《全宋诗》册 57 卷 3027 页 36065）

宋张圭作出清朱绪曾《金陵诗微》卷八。元张珪作见《御选宋金元明四朝诗·御选元诗》卷三六、《元诗选》第二集卷四。

（十一）误收元偰哲笃诗

笃世南《题赵千里夜潮图卷》："风涛汹涌千堆雪，拍岸翻空倒银阙。雁声惊起一江秋，万里无云挂明月。" （《全宋诗》册 57 卷 3027 页 36065）

元偰哲笃《题赵千里夜潮图》："风涛汹涌千堆雪，拍岸翻空倒银阙。雁声惊起一江秋，万里无云挂明月。"

笃世南作出《式古堂书画汇考》卷四四，题作者为："偰哲笃世南题"。偰哲笃作见《海塘录》卷二五、《元诗选》第三集卷一〇。

《元诗选》第三集卷一〇："偰哲笃，字世南，玉立弟。登延祐二年进士第，知高邮州。"①

可见《式古堂书画汇考》卷四四"偰哲笃世南"作者即偰哲笃，《全宋诗》编者竟然理解为"笃世南，字偰哲"，这种先字再姓名的理解不符合古人署名习惯。

（十二）误收元贡奎诗

1. 吴潜《邳州》："荒城十载路重经，暂舣扁舟坐驿亭。春到梅花何处白，雪晴山色向人青。惊心家远书难寄，迎面风寒酒易醒。莫忆牵衣儿女态，晓猿夜鹤笑林扃。"（《全宋诗》册 60 卷 3158 页 37895）

元贡奎《邳州》："荒城十载路重经，暂舣扁舟坐驿亭。春到梅花何处白？雪晴山色向人青。惊心家远书难寄，迎面风寒酒易醒。莫忆牵衣儿女态，晓猿夜鹤笑林扃。"

吴潜作出《诗渊》册二页一九三七。元贡奎作见《云林集》卷五、《石仓历代诗选》卷二四四、《御选宋金元明四朝诗·御选元诗》卷四六、《宋元诗会》卷七九、《元诗选》初集卷二二。吴潜之时，邳州属金，吴

① （清）顾嗣立编：《元诗选》，清康熙顾氏秀野草堂刻本。

潜未有入邳州经历。此为元诗无疑。

2. 吴潜《通州道中》：“万雉参差云雾开，四千里外客重来。平冈日出车牛喘，古道尘飞驿骑回。白玉至今传楚璞，黄金自古说燕台。高楼红旆应如昨，莫遣新杯到酒杯。”（《全宋诗》册60卷3158页37895）

元贡奎《通州道中》：“万雉参差云雾开，四千里外客重来。平冈日出车牛喘，古道尘飞驿骑回。白玉至今传楚璞，黄金自古说燕台。高楼红旆应如昨，莫遣新愁到酒杯。”

吴潜作出《诗渊》册二页二〇〇二。元贡奎作见《云林集》卷五、《宛陵群英集》卷八、《元诗选》初集卷二二。

3. 董天吉《惠安桥》：“涝阳山水壮南州，千尺飞梁速去邮。蛟鳄翻涛声吼夜，虹霓分雨气横秋。险疑云栈通车马，高比银河挟女牛。巨万功成书太史，绝胜舟楫济中流。”（《全宋诗》册72卷3762页45366）

董天吉作出《诗渊》册三页二〇三五。

贡奎作见《云林集》卷五、《宛陵群英集》卷八、《御定佩文斋咏物诗选》卷一二五、《元诗选》初集卷二二。

4. 董天吉《采石矶》：“断矶江上碧嶙峋，漠漠芦花转岸濒。舟小风微犹胜马，山高石立宛如人。羡渠钓艇沧波阔，老我征途白发新。寂寞蛾眉在天际，远烟青处晚双颦。”（《全宋诗》册72卷3762页45366）

董天吉作出《诗渊》册三页二一三三。

贡奎作见《云林集》卷五、《元诗选》初集卷二二。

三 误收明诗

（一）误收明李祁诗

李祁《题朱泽民山水》：“洞庭之南湘水东，青山奕奕蟠苍龙。云阳峰高七十一，欲与衡岳争为雄。我家近在云阳下，来往看山如看画。十年尘土走西风，每忆云阳动悲咤。吴中胜士朱隐君，笔精墨妙天下闻。画图画出湘江水，青山上有云阳云。云阳山高湘水绿，十年不见劳心目。只今看画如看山，万里归情寄鸿鹄。”（《全宋诗》册31卷1803页20082）

李祁《题朱泽民先生画山水图》：“洞庭之南湘水东，青山奕奕蟠苍龙。云阳峰高七十一，欲与衡岳争为雄。我家近在云阳下，来往看山如看画。十年尘土走西风，每忆云阳动悲咤。吴中胜士朱隐君，笔精墨妙天下闻。画图画出湘江水，青山上有云阳云。云阳山高湘水绿，十年不见劳心目。只今看画似看山，万里归情寄鸿鹄。”

宋李祁作出明钱谷《吴都文粹续集》卷二五，题作者李祁。

元末明初李祁见本集《云阳集》卷一、《御定历代题画诗类》卷一一、《御选宋金元明四朝诗·御选元诗》卷三二、《元诗选》初集卷四九、《列朝诗集》甲集前编第六。

《云阳集》提要：“臣等谨案：《云阳集》十卷，元李祁撰。祁字一初，别号希蘧，茶陵人。元统元年进士。除应奉翰林文字，改授婺源州同知，迁江浙儒学副提举，以母忧解职。”① 据此参照《列朝诗集》所记，元明诗集之李祁为同一人。此诗《全宋诗》编者因名同误录元明李祁诗为宋诗。

（二）误收明李东阳诗

李昉《泰陵忌辰》（《全宋诗》册 1 卷 13 页 189），又见《列朝诗集·丙集·李少师东阳》，题为《五月七日泰陵忌晨（二首）》的第二首。

此诗亦见《历代诗话·癸集中》卷七六，题曰“忌辰”，诗下解题明确为李东阳作。《全宋诗》李昉作出自《存馀堂诗话》，今查《存馀堂诗话》：“李文正公《怀麓堂稿·五月七日泰陵忌辰》诗云：‘秘殿深严圣语温，十年前是一乾坤。孤臣林壑余生在，帝里金汤旧业存。舜殿南风难解愠，汉陵西望欲消魂。年年此日无穷恨，风雨潇潇独闭门。’读之不能不使人掩卷流涕。”② 李昉与李东阳均可称为李文正公，但《怀麓堂稿》为李东阳著，可知《全宋诗》编者把李东阳误为李昉，《全宋诗》此处当删。

（三）误收明戈镐诗

鲁交《寄刘彦炳》：“征旆遥分苑路西，马蹄春去弋阳溪。相思欲和乌啼曲，一拂瑶弦意总迷。”（《全宋诗》册 7 卷 399 页 4893）又见《列朝诗集》甲集卷一八，题为《寄刘彦炳》，作者戈镐。

---

① （明）李祁撰：《云阳集》，台湾商务印书馆 1983 年影印《四库全书》本。

② （明）朱承爵撰：《存馀堂诗话》，清道光十一年六安晁氏刻本。

鲁交作出《永乐大典》卷一四三八〇，戈镐作见《雅颂正音》卷四。《万姓统谱》卷三五："戈镐，字仲京，镇江人，宣德进士。"① 《四库总目提要》卷一六九："《刘彦昺集》九卷，明刘炳撰。炳字彦昺，以字行，鄱阳人。洪武初，献书言事，授中书典签。出为大都督府掌记，除东阿知县。阅两考，引疾归。"② 又《四库总目提要》卷一八九："《雅颂正音》五卷，明刘仔肩编。仔肩字汝弼，鄱阳人。洪武初，因荐应召至京，集同时之诗为此书，上自公卿，下至衲子，凡五十余人，而仔肩所作亦附焉。用刘向、王逸、徐陵、芮挺章例也。有宋濂、张孟兼前后二《序》，皆作于洪武三年。所选之诗，每人寥寥数首，盖是时诸人之集，皆未成编，随得随录，故未能赅备；然明初诸家，今无专集行世者，颇藉以略存梗概。其时武功初定，文治方兴，仔肩拟之《雅》《颂》，固未免溢美。要其春容谐婉，雍雍乎开国之音，存之亦足以见明初之风气也。此本犹洪武时旧刻，岁久刓敝，颇有模糊佚脱之处，无别本可校，今悉姑仍其旧焉。"③

此诗酬赠对象为明初人刘彦炳，其诗又入《雅颂正音》，明戈镐诗无疑。

（四）误收明解缙诗

王禹偁《伍子胥庙》："朝驱下越坂，夕饮当吴门。停车访古迹，霭霭林烟昏。青山海上来，势若游龙奔。星临斗牛卷，气与东南吞。九折排怒涛，壮哉天地根。落日见海色，长风卷浮云。山椒戴遗祠，兴废今犹存。残香吊木客，倒树哀清猿。我来久沉抱，重此英烈魂。嗟吁属镂锋，冥尔国士冤。峨峨姑苏台，榛棘晚露繁。深居麋鹿游，此事谁能论。因之毛发竖，落叶秋纷纷。"（《全宋诗》册2卷71页807）

《全宋诗》据明聂心汤万历《钱塘县志》收录。此诗见《列朝诗集》乙集，题为《题吴山伍子胥庙》，作者解学士缙；又见《石仓历代诗选》卷三一七，题为《题吴山伍子胥庙》，作者解缙；《浙江统志》卷二七二，题为《题吴山伍子胥庙》，作者解缙。《虚舟集》卷三，题为《题吴山伍

① （明）刘仔肩编：《雅颂正音》，台湾商务印书馆1983年影印《四库全书》本。

② （清）永瑢、纪昀等编纂：《四库全书总目》，中华书局1965年影印本。

③ 同上。

子胥庙》，作者王偁；《西湖游览志》卷一二，无题，作者王偁。此诗应为明解缙诗，先误为明王偁诗，又因名近似而误为宋王禹偁诗，此处当删。

（五）误收明王偁诗

1. 宋王偁《谒张文献公祠》："停舟曲江浒，吊古谒遗祠。岩岩始兴公，遗泽芬在斯。堂倾风雨萃，碑断苔藓滋。芳春□行旅，落日归文狸。唐宫替无事，衡鉴方独持。弼谐展嘉猷，谠论非□□。雝雝朝阳凤，粲粲补衮丝。侧闻卧病后，九庙烟尘□。渔阳突骑来，中华混群彝。信哉砥柱力，用舍同安危。昭陵铁马空，仙李祚九疑。维馀兰菊存，千秋恒若兹。我来荐微诚，再拜当前墀。顾瞻庙貌间，风度犹可希。武溪何茫茫，笔峰亦巍巍。只今相业隆，孰与前修期。临风一长叹，山雨来霏霏。"（《全宋诗》册50卷2651页31067）

宋王偁作出清唐宗尧《韶州府志》卷一五，题作者王偁。明王偁作见《虚舟集》卷三，题作《曲江谒张文献祠》；又见《闽中十子诗》卷二三。明解缙作见《文毅集》卷三、《石仓历代诗选》卷三一七。

2. 宋王偁《余襄公祠》："寂寞孤城野水滨，乱馀犹见几家存。女墙落日埋秋草，官树啼乌集暮云。百战徒闻存国步，孤忠谁复吊英魂。夜来遗庙荒庭月，长逐悲笳不忍闻。"（《全宋诗》册50卷2651页31067）

宋王偁作出清唐宗尧《韶州府志》卷一六。

明王偁作见《虚舟集》卷五，题作《过晚城谒余忠宣祠》；又见《闽中十子诗》卷二六。

余襄公，即宋余靖。余靖（1000—1064）本名希古，字安道，号武溪。天圣二年（1024）进士及第。北宋英宗治平元年（1064）余靖回京述职，病卒于江宁府秦淮亭，英宗恻然辍朝，追赠刑部尚书，谥曰"襄"，后人尊称忠襄公。

余忠宣，即余阙。余阙（1303—1358），字廷心，一字天心，元末官吏，生于庐州。先世为唐兀人，世居河西武威。元统元年（1333）进士。至正十二年（1352），红巾军起，天下震动，朝廷任命余阙代理淮西宣慰副使、都元帅府佥事，分兵镇守安庆。历与陈友谅、赵普胜、祝寇等军战，前后扼守安庆7年，经大小数十战。阙为政严明，治军与兵士同甘苦。至正十八年正月，与陈友谅战于清水塘，身负重创十余处，见大势已去，遂自刎，沉于清水塘中。元廷赠余阙为淮南行省平章，追封豳国公，谥忠宣。有《青阳集》四卷传于世。

细读全诗，有“百战徒闻存国步，孤忠谁复吊英魂”，与余靖仕历不合，而以之写余阙正合其事。

四 误收清诗

蒋之奇《琴高台怀古》其一：“高士遗台曲涧东，俯临百丈之飞虹。云卷云舒绝壁下，花开花落空潭中。丹砂炼去山俱寂，赤鲤骑归路不通。叹息往来车马客，几人忙处问琴公。”（《全宋诗》册 12 卷 688 页 8032）

蒋之奇作见《两宋名贤小集》卷七四。

《晚晴簃诗汇》卷二七梅清《琴溪》：“高士遗台东硐东，俯临百尺之飞虹。云卷云舒绝壁下，花开花落空潭中。丹砂炼去山俱寂，赤鲤骑归路不通。叹息往来车马客，几人招手问琴公。”

梅清（1623—1697），字渊公，号瞿山，安徽宣城人。生于明熹宗天启三年（1623），卒于清圣祖康熙三十六年（1697）。顺治十一年（1654）举人，他善诗和书法，著有《天延阁删后诗》《天延阁集》《瞿山诗略》等。

第四节 两收诗《全宋诗》不误

《全宋诗》在编纂过程中，也修正、剔除了部分文献讹误，笔者研究发现，有部分不同总集中两见的诗歌，《全宋诗》是正确的，兹举证如下。

一 重见隋前诗，《全宋诗》不误

释惟政《送僧偈》：“山中何所有，岭上多白云。祇可自怡悦，不堪持赠君。”（《全宋诗》册 3 卷 162 页 1832）又见《先秦汉魏南北朝诗·梁诗》卷一五，题为《诏问山中何所有赋诗以答》（答齐高帝诏）：“山中何所有。岭上多白云。只可自怡悦。不堪持寄君。”作者陶弘景。释惟政作出《禅林僧宝集》卷一九。陶弘景作出《茅山志》卷二八引《金薤记》作《答诏问》，又见《诗纪》八九。《太平广记》三〇二引《谈薮》：

“先生尝曰：‘我读外书未满万卷，以内书兼之，乃当小出耳。’齐高祖问之曰：‘山中何所有？’弘景赋诗以答之，词曰：‘山中何所有？岭上多白云。只可自怡悦，不堪持寄君。’高祖赏之。”① 《谈薮》作者不可考，是小说《解颐》的增补本，记录了南北朝、隋朝八代文人名士、帝王将相的嘉言懿行，其作为史料使用，须当谨慎。细索此诗，不似答帝诏之语气，作为方外赠酬之作正合诗意，当为释惟政诗。

二 重见隋唐五代诗，《全宋诗》不误

1. 王禹偁《谷帘水》：“泻从千仞石，寄逐九江船。迢递康王谷，尘埃陆羽篇。何当结茅屋，长在水帘前。”（《全宋诗》册 2 卷 71 页 807）又见《全唐诗》卷三〇八，作者陆羽，《题康王谷》：“泻从千仞石，寄逐九江船。”

陆羽作出《天中记》卷十转引《明一统志》卷五二。王禹偁作出《舆地纪胜》卷二五。康王谷有“天下第一泉”之称，位于庐山大汉阳峰。陆羽在《煮茶记》中品评江、淮、井、泉、雪水，并列出二十品，定“甘腴清冷，具备诸美”的庐山康王谷谷帘泉水“天下第一”，从此，谷帘泉名噪天下。陆游《入蜀记》：“史志道饷谷帘水器，真绝品也，甘腴清冷，具备诸美。前辈或斥《水品》，以为不可信，水品固不必精当，至谷帘泉旧然非惠山所及，则亦不可诬也。”② 北宋文学家王禹偁在《谷帘泉序》中评价称：“水之来，计程一月矣，而其味不败，取茶煮之，浮云散雪之状，与井泉绝殊。”宋代文人苏轼、陈舜俞也以饮谷帘泉为快，赋诗赞叹“天下第一泉”的名不虚传。《二泉映月》无锡惠山“天下第二泉”名闻中外，而地处江西的“天下第一泉”却鲜为人知。细读王禹偁诗及《谷帘泉序》，全诗为王禹偁作无疑，“泻从千仞石，寄逐九江船”一联是陆羽作。

2. 赵湘《方广寺石桥》（《全宋诗》册 2 卷 76 页 879），又见《全唐诗》卷七七五，题为《题天台石桥》，作者赵湘。《全宋诗》此首出武英殿聚珍版《南阳集》卷二，题下编者注曰：“四库本与《游烂柯山》合

① （宋）李昉等纂：《太平广记》，扫叶山房 1926 年刻本。

② （宋）陆游撰：《入蜀记》，《陆游集》第五册，中华书局 1976 年版，第 2436 页。

题《游山》,《天台续集》卷下作《天台石桥》,《宋诗拾遗》卷二作《石梁》。"方广寺位于石梁镇石桥山(又名烂柯山、石室山),相传为五百应真栖止处。宋建中靖国元年(1101),始建石桥寺,宋绍熙四年(1193)重建。《南阳集》作者赵湘(959—993),字叔灵,祖籍南阳,太宗淳化三年进士,授庐江尉。四年卒。有集十二卷,已佚。清四库馆臣据《永乐大典》等书辑成六卷(《全宋诗》册2卷75页861)。此诗又见《方舆胜览》,出赵湘无疑,赵湘为北宋人,不当入全唐五代诗,《全唐诗》卷七七五赵湘当删。

3. 陈尧佐《唐施肩吾山居有感》:"幽居正想餐霞客,夜久月寒珠露滴。千年独鹤两三声,飞下岩前一枝柏。"(《全宋诗》册2卷97页1087)又见《全唐诗》卷四九四,题为《秋夜山居二首》其一,作者施肩吾。又见陈尧咨《施肩吾宅》(《全宋诗》册2卷97页1094)。重出失注。

此诗作者情况较为复杂。唐宋有两个较为著名的施肩吾。唐施肩吾(780—861),唐宪宗元和十五年(820)进士,今浙江省富阳市洞桥镇贤德村人,字希圣,号东斋,入道后称栖真子。著有《西山集》十卷、《闲居诗》百余首。《全唐文》收有《养生辨疑诀》(或作《辨疑论》)等,《全唐诗》卷四九四收入其诗作。

宋施肩吾,北宋道士。自号华阳子。九江(一说溢浦)人。生卒年不详。李竦作于大中祥符七年(1014)之后的《指元(玄)图序》中有"仆游江南,于南京应天府遇华阳施真人肩吾希圣者"之句,仁宗时好道之士晁迥曾引及华阳子施肩吾的《三住铭》,而其本人所作《西山群仙会真记》不避"玄"字(真宗称宋室圣祖赵玄朗之讳),又当在大中祥符六年之前。白玉蟾跋《施华阳文集》云:"李真多以太乙刀圭火符之诀传之钟离权,钟离权传之吕洞宾,吕即施之师也。施有上足李文英。昔施君授李一十六字,世罕知者:'一灵妙有,法界圆通,离种种边,允执阙中。'予偶得之,故并以告胡栖真,使补其遗云。"①

《全唐文》将北宋施肩吾的《西山群仙会真记序》等编入其作品中,盖误。北宋末南宋初道教学者曾慥在其所编《道枢》中,凡引唐施肩吾

① (元)赵道一:《历世真仙体道通鉴》,明正统道藏本。

则称栖真子，引北宋施肩吾则称华阳子或华阳真人。[①]

陈尧佐（963—1044），字希元，号知余子，阆州阆中人。太宗端拱元年（988）进士。康定元年以太子太师致仕，庆历四年卒，谥文惠。有文集三十卷，又有《潮阳新编》《野庐编》《愚丘集》《遣兴集》等，均佚。(《全宋诗》册2卷97页1085)

陈尧咨（970—?），字嘉谟，阆州阆中人。尧佐弟。真宗咸平三年进士。卒赠太尉，谥康肃。(《全宋诗》册2卷97页1094)

此诗唐施肩吾作见《万首唐人绝句》卷三三、《全唐诗》卷四九四、《御选唐诗》卷二九、《全唐诗录》卷六九。《全宋诗》陈尧佐出《会稽掇英总集》卷一三。《全宋诗》陈尧咨作出《会稽志》卷十三。查阅《会稽志》卷十三"施肩吾宅"条："施肩吾宅在山阴，唐真人施君肩吾之故居也，陈文惠公诗云：'幽居正想餐霞客，夜久月寒珠露滴。千年独鹤两三声，飞下岩前一枝柏。'"[②] 可知《全宋诗》编者误陈文惠公（陈尧佐）为其弟陈尧咨。而《万首唐人绝句》又误诗题为作者，进而误入《全唐诗》。此当为陈尧佐诗，《全唐诗》施肩吾名下及《全宋诗》陈尧咨名下当删。

4. 宋绶《句》其八："海国瓯乡浙水东，暂烦良守此凭熊。"(《全宋诗》册3卷174页1972)，又见《全唐诗》卷六〇〇，题为《句》，作者翁绶。宋绶作出《翰苑新书》前集卷五三。《全唐诗》翁绶作出《事文类聚》，《事文类聚》外集卷一〇，此句作者署名宋绶。可见此句为宋绶诗无疑，《全唐诗》当删。

5. 滕宗谅《赠回道士》："华州回道士，来到岳阳城。别我游何处，秋空一剑横。"(《全宋诗》册3卷174页1974)，又见《全唐诗》卷八五八，题为《赠滕宗谅》，作者吕岩。此诗见载诸书，本事皆为吕岩谒滕宗谅。吕岩作见《山西通志》卷一六〇。滕宗谅作出《东轩笔录》卷十，又见《类说》卷一七、《事实类苑》卷四五、《湖广通志》卷七五、《古今事文类聚》前集卷四一、《山堂肆考》卷一五〇、《山堂肆考》卷一六

---

① 参见《施肩吾》，见卿希泰主编《中国道教》第1卷，知识出版社1994年版，第301—303页。

② （宋）施宿修：《会稽志》，越中先贤祠1926年刻本。

七、《耆旧续闻》卷六、《苕溪渔隐丛话》前集卷五八、《五代诗话》卷九。可知为滕宗谅赠回道士之作，宋诗无疑，《全唐诗》当删。

6. 胡宿诗《全唐诗》卷七三一收19首，均见《唐诗鼓吹》，此为宋人胡宿（995—1067）诗误入《全唐诗》。佟培基先生考订精审，今不复录。①

7. 王珪《宫词·三二至六七》（《全宋诗》册9卷496页5998—6000），共36首，王珪作见《华阳集》卷五。又见《全唐诗》卷七九八，题为《宫词》，作者花蕊夫人。

王珪《宫词》其一〇一（《全宋诗》册9卷496页6002），一首，王珪作见《华阳集》卷五。又见《全唐诗》卷七九八，题为《宫词》，作者花蕊夫人。

此37首宫词散见《三家宫词》卷下、《两宋名贤小集》卷四〇、《全蜀艺文志》卷七、《华阳集》卷五、《宋元诗会》《宋艺圃集》卷一、《御定佩文斋咏物诗选》《全唐诗》卷七九八、《御选宋金元明四朝诗·御选宋诗》卷六五、《石仓历代诗选》卷一一二、《蜀中广记》卷四、《香屑集》。此三十七首非花蕊夫人作，当属王珪。浦江清《花蕊夫人宫词考证》对此有详尽考订②，结论可从。

8. 程俱《九日写怀》："节物惊心两鬓华，东篱空绕未开花。百年将半仕三已，五亩就荒天一涯。岂有白衣来剥啄，亦从乌帽自攲斜。真成独坐空搔首，门柳萧萧噪暮鸦。"（《全宋诗》册25卷1418页16334）

高适《重阳》："节物惊心两鬓华，东篱空绕未开花。百年将半仕三已，五亩就荒天一涯。岂有白衣来剥啄，一从乌帽自攲斜。真成独坐空搔首，门柳萧萧噪暮鸦。"

程俱作出《北山集》卷九，又见《两宋名贤小集》卷二〇一、《宋诗纪事》卷四〇。

高适作见《全唐诗》卷二一四、《石仓历代诗选》卷三八、《御定佩文斋咏物诗选》卷四六、《全唐诗录》卷一五。

《北山集》卷九此诗后自注："高适《九日诗》：'纵使登高祇断肠，

① 佟培基：《全唐诗重出误收考》，陕西人民教育出版社1996年版，第510页。

② 浦江清：《浦江清文录》，人民文学出版社1958年版，第47—101页。

不如独坐空搔首’。”《全唐诗》卷二一四：“檐前白日应可惜，篱下黄花为谁有。行子迎霜未授衣，主人得钱始沽酒。苏秦憔悴人多厌，蔡泽栖迟世看丑。纵使登高只断肠，不如独坐空搔首。”诗题作《九日酬颜少府》，作者高适。此诗为宋程俱诗，诗后自注“高适”被误为作者，《全唐诗》高适名下当删此诗。

9. 杜牧《七夕》：“云阶月地一相过，未抵经年别恨多。最恨明朝洗车雨，不教回脚渡天河。”

韩驹作出《陵阳集》卷四，杜牧作见《古今事文类聚》前集卷一〇、《山堂肆考》卷一二、《全唐诗》卷五二七。从诗题和诗歌内容风格，不似杜牧作品，当为宋韩驹作。

10. 李衡《乐庵所藏柳影及松梅二画因作二绝摹作砑花笺至今盛行于吴门》其一：“三月江南花满枝，风轻帘幕燕争飞。游人休惜夜秉烛，杨柳阴浓春欲归。”（《全宋诗》册 33 卷 1904 页 21282）

无名氏《粉笺题诗》：“三月江南花满枝，风轻帘幕燕争飞。游人休惜夜秉烛，杨柳阴浓春欲归。”

李衡作出《昆山杂咏》卷中，又见《吴都文粹续集》卷二七。唐无名氏作见《万首唐人绝句》卷七二、《全唐诗》卷七八六、《御选唐诗》卷三二。

11. 挂笠道人《诗一首》：“偶乘青帝出蓬莱，剑戟峥嵘遍九垓。我在目前人不识，为留一笠莫沉埋。”（《全宋诗》册 34 卷 1935 页 21596）

吕岩《绍兴道会》：“偶乘青帝出蓬莱，剑戟峥嵘遍九垓。我在目前人不识，为留一笠莫沉埋。”

挂笠道人作出《舆地纪胜》卷一五一，又《蜀中广记》卷七三引《夷坚志》：“《夷坚丙志》云：青城以二月望为道会，四远毕至，巨室张氏、唐氏轮主之，既集闭门罢，乃启筞，众方斋，有道人扣门，阍者止之，乃下茶肆脱笠挂壁间，曰：‘为我视此。’随当复来，少顷笠旋如轮，惊报观中，揭之，下有诗云：‘偶乘青帝出蓬莱，剑戟峥嵘遍九垓。我在目前人不识，为留一笠莫沉埋。’”①

吕岩作见《全蜀艺文志》卷一四、《全唐诗》卷八五八，诗题《绍

① （明）曹学佺撰：《蜀中广记》，台湾商务印书馆 1983 年影印《四库全书》本。

兴道会》。绍兴之名称，源于南宋。此非唐诗可知。

12. 罗大经《陪桂林伯赵季仁游桂林暗洞列炬数百随以鼓吹市人从之者以千计已而入申而出入自曾公岩出于栖霞洞入若深夜出乃白昼恍如隔宿异世季仁索余赋诗纪之》："瑰奇恣搜讨，贝阙青瑶房。方隘疑永巷，俄敞如华堂。玉桥巧横溪，琼户正当窗。仙佛肖仿佛，钟鼓铿击撞。赑赑左顾龟，狺狺欲吠尨。丹灶俨亡恙，芝田蔼生香。搏噬千怪聚，绚烂五色光。更无一尘浣，但觉六月凉。玲珑穿数路，屈曲通三湘。神鬼工剜刻，乾坤真混茫。入如夜漆暗，出乃日珠光。隔世疑恍惚，异境难揣量。"（《全宋诗》册 60 卷 3161 页 37922）

唐无名氏《纪游东观山山在桂林府城外三里》："瑰奇恣搜讨，贝阙青瑶房。才隘疑永巷，俄敞如华堂。玉梁窈浮溪，琼户正当窗。仙佛肖仿佛，钟鼓鏑击撞。赑赑左顾龟，狺狺欲吠龙。丹灶俨亡恙，芝田霭生香。搏噬千怪聚，绚烂五色光。更无一尘浣，但觉六月凉。玲珑穿屡折，诘曲通三湘。神鬼若剜刻，乾坤真混茫。入如深夜暗，出喜瞰日光。隔世惊瞬息，异境难揣量。"

罗大经作出《鹤林玉露》卷五，又见《桂胜》卷二、《粤西文载》卷一九、《宋诗纪事》卷七二。

唐无名氏作见《全唐诗》卷七八六、《粤西诗载》卷五。

此出罗大经自撰笔记，当为罗诗。

13. 王柏《野兴》："文字饥难煮，为农策最良。兴来锄晓月，倦后卧斜阳。秋稼连千顷，春花醉几场。任他名利客，车马闹康庄。"（《全宋诗》册 60 卷 3167 页 38007）

殷尧藩《寄许浑秀才》："文字饥难煮，为农策最良。兴来钽晓月，倦后卧斜阳。秋稼连千顷，春花醉几场。任他名利客，车马闹康庄。"

王柏作出《鲁斋集》卷二，又见《两宋名贤小集》卷二一四、《石仓历代诗选》卷二一五、《御选宋金元明四朝诗·御选宋诗》卷四三、《宋元诗会》卷五〇。

殷尧藩作见《全唐诗》卷四九二。

14. 王柏《自述》："身坐众香国，蒲团诗思新。一贫虽累我，此兴未输人。陋巷谁为侣，寒窗不染尘。五言盟四友，笔下顿生春。"（《全宋诗》册 60 卷 3167 页 38008）

殷尧藩《过友人幽居》："身坐众香国，蒲团诗思新。一贫曾累我，此兴未输人。陋巷谁为俗，寒窗不染尘。石斋盟四友，年下顿生春。"

王柏作出《鲁斋集》卷二，殷尧藩作见《全唐诗》卷四九二、《全唐诗录》卷六九。

15. 王柏《过故家有感》："衣冠零落久，今日事堪伤。厨起青烟薄，门关白日长。残梅欹古道，枯柳卧颓墙。山色依然好，兴衰未可量。"（《全宋诗》册60卷3167页38008）

王柏作出《鲁斋集》卷二，殷尧藩作见《全唐诗》卷四九二。

16. 王柏《韦轩游山遇雨》："踏碎羊山黄叶堆，天飞细雨相车回。二皇应讶来何晚，不忍听君话别杯。"（《全宋诗》册60卷3168页38043）

王柏作出《鲁斋集》卷二，殷尧藩作见《全唐诗》卷四九二。

17. 王柏《秋兴》其二："巷底萧萧绝市尘，供愁疏雨打黄昏。悠然一曲泉鸣调，烧了夜香深闭门。"（《全宋诗》册60卷3168页38044）

王柏作出《鲁斋集》卷三，殷尧藩作见《全唐诗》卷四九二。

18. 王柏《湖上》其二："笙歌只解闹花天，谁肯敲冰棹小船。要识湖山真面目，偷他冷月访三贤。"（《全宋诗》册60卷3168页38044）

王柏作出《鲁斋集》卷三，殷尧藩作见《全唐诗》卷四九二。

19. 无名氏《石刻诗》："雨滴空阶晓，无心换心香。井桐花落尽，一半在银床。"（《全宋诗》册72卷3775页45556）

无名氏《河中石刻》："雨滴空阶晓，无心换夕香。井梧花落尽，一半在银床。"

此诗见《能改斋漫录》卷六："嘉祐中，许彦周知澶州，河滨渔网得一小石，刻诗云：'雨滴空阶晓，无心换夕香。井梧花落尽，一半在银床。'"[①]《艺林汇考·栋宇篇》卷九："按元人小说载：嘉祐中，河滨渔人网得小石碑，题云：'雨滴空阶晓，无心换夕香。井梧花落尽，一半在银床。'其诗不类唐以后人。"[②] 此诗又见《类说》卷五五、《全唐诗》卷七八六、《诗话总龟》卷一九、《苕溪渔隐丛话》前集卷七、《山西通志》

① （宋）吴曾撰：《能改斋漫录》，清乾隆四十二年刻本。

② （清）沈自南撰：《艺林汇考》，台湾商务印书馆1983年影印《四库全书》本。

卷二二五。

本事最早见载宋代笔记，本事亦关宋人，以风格定为作唐诗无据。《全唐诗》当删。

20. 王禹偁《即席送许制之曹南省兄》（《全宋诗》册2卷63页693），又见《全唐诗》卷五八九，题为《即席送许□之曹南省兄》，作者李频。《吴都文粹》卷十、《香屑集》卷一七题为李频作。因其收入王禹偁自编《小畜集》卷七，本诗应为王禹偁作。

21. 王禹偁《苏州寒食日送人归觐》（《全宋诗》册2卷63页695），又见《全唐诗》卷五八九，题为《苏州寒食日送人归觐》，作者李频。《黎岳集》《吴都文粹》卷十题为李频作。《石仓历代诗选》卷一二五作王禹偁，又收入《小畜集》卷七，可见本诗应为王禹偁作。

22. 王禹偁《送罗著作两浙按狱》（《全宋诗》册2卷63页702），又见《全唐诗》卷五八九，题为《送罗著作两浙按狱》（题下注：著作尝宰苏州吴县），作者李频。《黎岳集》卷十题为李频作。收入《小畜集》卷七，本诗应为王禹偁作。

三 重见元诗，《全宋诗》不误

1. 郭祥正《醉歌行》："明月珠，不可襦，连城璧，不可餔。世间所有皆虚无，百年光景驹过隙，功名富贵将焉如。君不见北邙山，石羊石虎排无数。旧时多有帝王坟，今日累累蛰狐兔，残碑断碣为行路。又不见秦汉都，百二山河能险固，旧时宫阙亘云霄。今日原田但禾黍，古恨新愁迷草树。不如且买葡萄醅，携壶挈榼闲往来。日日大醉春风台，何用感慨生悲哀。"（《全宋诗》册13卷749页8729）

郭祥正作出宋本《青山集》卷一，此诗又见《竹斋集》卷下、《元诗选》第二集卷一八，诗题作《大醉歌》，作者王冕。王冕（1287—1359）元代著名画家、诗人、书法家，字元章，号煮石山农、放牛翁、会稽外史、梅花屋主、九里先生、江南古客、江南野人、山阴野人、浮萍轩子、竹冠草人、梅叟、煮石道者、闲散大夫、老龙、老村、梅翁等。著有《竹斋集》《墨梅图题诗》等。其人晚于宋本《青山集》，此为郭祥正诗。

2. 陈与义《和张规臣水墨梅五绝》其三："粲粲江南万玉妃，别来

几度见春归。相逢京洛浑依旧，唯恨缁尘染素衣。”（《全宋诗》册 31 卷 1731 页 19472）

元梅花道人吴镇《题墨梅二首》其一：“粲粲江南万木妃，别来几度见春归。相逢京洛浑依旧，却恨缁尘染素衣。”

陈与义作出《增广笺注简斋诗集卷四》，又见《容斋随笔》续笔卷八、《隐居通议》卷一一、《古今事文类聚》前集卷四〇、《全芳备祖集》前集卷一、《简斋集》卷一三、《滹南集》卷四〇、《声画集》卷五、《宋艺圃集》卷八、《御定佩文斋咏物诗选》卷二九七、《御定历代题画诗类》卷八五、《御选宋金元明四朝诗·御选宋诗》卷六九、《宋诗钞》卷四二、《竹庄诗话》卷一七、《诗林广记》后集卷八、《宋诗纪事》卷三八。吴镇作见《元诗选》第二集卷一四。此《容斋随笔》《全芳备祖》《滹南集》等文献作陈与义诗，自非元诗。

3. 陆游《听琴》：“疏帘曲槛苹风凉，细腰美人藕丝裳。绿藤水文穿矮床，玉指纤纤弹履霜。高林莺哢日正长，幽涧泉鸣夜未央。哀思不怨和而庄，有齐淑女礼自防。世人但惑青楼倡，琵琶箜篌杂胡羌。试听一曲醒汝狂，文姬指法传中郎。”（《全宋诗》册 39 卷 2158 页 24361）

洪希文《听琴歌》：“疏帘曲槛苹风凉，细腰美人藕丝裳。神闲意定丰度远，玉指纤纤弹履霜。乔林莺哢日卓午，幽涧泉鸣夜未央。孤鸾别鹤生暗恨，毋以冰炭置我肠。”

陆游作出《剑南诗稿》卷五，又见《放翁诗选》前集卷二、《石仓历代诗选》卷一七五、《御选唐宋诗醇》卷四三。

洪希文作见《续轩渠集》卷三、《石仓历代诗选》卷二四八、《御选宋金元明四朝诗·御选元诗》卷七、《宋元诗会》卷八四、《元诗选》初集卷四八。

4. 翁卷《送包释可抚机》：“州带福星明，君今指去程。乱山秋雨后，一路野蝉鸣。时静军书少，人间官况清。归来话风土，尽识荔枝名。”（《全宋诗》册 50 卷 2673 页 31411）

陈天锡《送包释可入幕》：“州带福星明，君今指去程。乱山秋雨后，一路野蝉鸣。时静军书少，人间官况清。归来话风土，尽识荔枝名。”

翁卷作出《宋元四十三家集·苇碧轩诗集》，又见《西岩集》《石仓历代诗选》卷一九五、《宋诗钞》卷八五。翁卷，字续古，一字灵舒，乐清人。

陈天锡见《元诗选》第三集卷八。陈天锡，字载之，号晋斋，福宁人。生卒年均不详。至顺初（1330—1333）擢建阳尹。

包释可：包履常（1154—1217），字释可，一作适可，乐清人。真德秀《真文忠公文集·朝请郎通判平江府事包君墓志铭》："君名履常，字适可，姓包氏。孝肃公（包拯）七世孙也。孝肃世家合肥，曾孙莘徙永嘉之雁池，是为君之四世祖。祖汝家又徙乐清之柳市。其居城之西洋，则自君始。"① 包履常的母亲和岳母都姓翁，和翁卷是姑表亲。从三人年辈和地域关系而论，此为翁卷诗无疑。

5. 张尧同《嘉禾百咏·陈贤良隐居》："发策名犹在，回头事已非。池塘春草绿，空忆谢公归。"（《全宋诗》册 56 卷 2952 页 35182）

张尧同作见《至元嘉禾志》卷三一、《嘉禾百咏》《两宋名贤小集》卷一五四、《檇李诗系》卷三。

元吴镇作见《梅花道人遗墨》卷上、《御选宋金元明四朝诗·御选元诗》卷六七、《元诗选》第二集卷一四。

6. 赵东山《题海月岩》其一："踏尽崔嵬倚石门，海风山月满岩峦。自然仙室依蓬岛，不觉人寰变广寒。千载扬尘安可测，一杯对景且为欢。崖前浴日皆诗境，唤醒东坡仔细看。"（《全宋诗》册 70 卷 3702 页 44443）

赵东山《题海月岩》其二："架岩凿石有规模，不学桃源旧画图。亭豁人稀林鸟乐，锡飞天老野云孤。雨余石井泉深浅，烟淡虎门山有无。说与山灵莫分别，从教仙窟着浮屠。"（《全宋诗》册 70 卷 3702 页 44443）

赵东山二首据清陈伯陶《宋东莞遗民录》卷上收录。《全宋诗》小传："赵东山，名不详，号野仙。宋宗室，居东莞（今属广东）。宋亡，与同邑何文季相与吟咏，以寓黍离之悲。事见《宋季忠义录》卷一五。今录诗二首。"（《全宋诗》册 70 卷 3702 页 44443）此二首又见《御选宋金元明四朝诗·御选元诗》卷五八。及《元诗选》第二集卷二四："东山先生赵汸，字子常，休宁人。师事九江黄泽楚望、严陵夏溥大之、义乌

① （宋）真德秀撰：《真文忠公文集》卷 45，清康熙刻本。

黄溍晋卿，明《易》象、《春秋》之学。至正初，临川虞学士集见其书，深加敬异，延致于家。未几归，筑东山精舍，隐居著述，学者尊之。辅元帅汪同起兵保乡井，授为江南行枢密院都事。丙申后，结茅星溪古阆山。洪武二年（1369），召至京师，与修元史。既竣事，得请还，未逾月以疾卒，年五十一。门人汪荫及范准先后集其所为诗文得若干卷。星源汪仲鲁谓子常之诗，因感发而形诸咏歌，虽不专乎是，然长篇短哦，亦不一字苟为也。”①

《全宋诗》录赵东山，与元赵汸赵东山经历不符，非同一人。

四 重见明清诗，《全宋诗》不误

1. 姜夔《姑苏怀古》：“夜暗归云绕柂牙，江涵星影鹭眠沙。行人怅望苏台柳，曾与吴王扫落花。”（《全宋诗》册 51 卷 2724 页 32040）

张如兰《吴门夜泊》：“夜暗归云绕柁牙，江涵星影雁团沙。行人怅望苏台柳，曾与吴王扫落花。”

姜夔作见《白石道人诗集》卷下、《江湖小集》卷五六、《宋百家诗存》卷二六、《宋诗纪事》卷五九。《江西通志》卷八八、《鹤林玉露》卷二、《池北偶谈》卷一九、《两宋名贤小集》卷二七〇、《宋元诗会》卷四二。

明张如兰作见《列朝诗集·丁集第十》《御选宋金元明四朝诗·御选明诗》卷一〇九。

2. 赵师秀《桃花寺》：“旧有桃花树，人呼寺故云。石幽秋鹭上，滩远夜僧闻。汲井连黄叶，登台散白云。烧丹勾漏令，无处不逢君。”（《全宋诗》册 54 卷 2841 页 33846）

明无名氏《蓟州桃花寺壁诗》：“旧有桃花树，人呼寺故云。石危秋鹭上，滩远夜僧闻。汲井连黄叶，登台散白云。烧丹勾漏令，无处不逢君。”

赵师秀作见《清苑斋诗集》《瀛奎律髓》卷四七、《宋艺圃集》卷一八、《畿辅通志》卷一一九、《石仓历代诗选》卷一九五、《宋诗钞》卷八四。

① （清）顾嗣立编：《元诗选》，清康熙顾氏秀野草堂刻本。

明无名氏作见《列朝诗集·闰集第五》。

3. 张志道《西湖怀古》："荷花桂子不胜悲，江介繁华异昔时。天目山来孤凤歇，海门潮去六龙移。贾充误国终无策，庾信哀时尚有词。莫向中原夸绝景，西湖□恨是西施。"（《全宋诗》册63卷3308页39410）

张以宁《钱唐怀古》："荷花桂子不胜悲，江介繁华异昔时。天目山来孤凤歇，海门潮去六龙移。贾充误世终无策，庾信哀时尚有词。莫向中原夸绝景，西湖遗恨似西施。"

张志道作出《宋诗拾遗》卷九，又见《西湖游览志·西湖游览志馀》卷二、《天中记》卷一〇。明张以宁作见《翠屏集》卷二、《大雅集》卷六、《列朝诗集·甲集第一三》。

此诗见《宋诗拾遗》，当为宋张志道作。

4. 吕徽之《春景》："脱溪冻解绿生波，好雨催花向晓过。宿酒未醒眠未起，半窗红日鸟声多。"（《全宋诗》册68卷3594页42930）

吕徽之《夏景》："竹几藤床石砚屏，薰风帘幕篆烟清。空斋数点黄梅雨，添得芭蕉绿满庭。"（《全宋诗》册68卷3594页42930）

吕徽之《秋景》："商声早已到梧桐，夜气生凉湛碧空。闲倚小窗待明月，紫箫吹彻木犀风。"（《全宋诗》册68卷3594页42931）

吕徽之《冬景》："斗室萧萧日晏眠，疏狂惟与懒相便。寻常甲子无心记，看到梅花又一年。"（《全宋诗》册68卷3594页42931）

吕徽之作出《宋诗拾遗》卷二一。

明王绂作见《列朝诗集·乙集第六》《御选宋金元明四朝诗·御选明诗》卷一〇三，诗题作《题静乐轩四首》。

5. 陆游《春游绝句》："一百五日春郊行，三十六溪春水生。千秋观里逢急雨，射的峰前看晚晴。"（《全宋诗》册39卷2170页24641）

陈洪绶《即事》："一百五日春郊行，三十六溪春水生。千秋馆里逢雨急，射的峰前看晚晴。"

陆游作出《剑南诗稿》卷一七，又见《放翁诗选》后集卷八、《御定佩文斋咏物诗选》卷二四、《御选唐宋诗醇》卷四五。

陈洪绶作见《晚晴簃诗汇》卷一七。

第五节 两收诗存疑

或文献不足，或少见缺闻，颇有部分不同总集、别集分别收录的两见诗，不能考订作者之情况。兹举例如下，以俟达者指正。

一 重见隋唐五代诗存疑

1. 黄庭坚《梨花》："巧解逢人笑，还能乱蝶飞。清风时入户，几片落新衣。"（《全宋诗》册 17 卷 1022 页 11685）

黄庭坚作见《山谷集》别集卷一、《石仓历代诗选》卷一五二。

皇甫冉作见《全唐诗》卷二五〇，题作《和王给事（一本有维字）禁省梨花咏》，又见《御定渊鉴类函》卷四〇〇、《二皇甫集》卷六、《石仓历代诗选》卷五一。

《二皇甫集》是唐皇甫冉、皇甫曾兄弟合集。冉字茂政，丹阳人，天宝十五年进士，大历中官至左补阙；曾字孝常，天宝十二年进士，官至监察御史，谪阳翟令以终。破难辨别，当两存之。

2. 蔡襄《入天竺山留客》："山光物态弄春晖，莫为轻阴便拟归。纵使晴明无雨过，入云深处亦沾衣。"（《全宋诗》册 7 卷 391 页 4817）又见《全唐诗》卷一一七，题为《山行留客》，作者张旭。

蔡襄作出《端明集》卷七，又见《御定佩文斋咏物诗选》卷四九、《石仓历代诗选》卷一四七、《御选宋金元明四朝诗·御选宋诗》卷六五、《宋元诗会》卷一三。张旭作见《唐贤三昧集》卷下、《万首唐人绝句》卷七二、《升庵集》卷五四、《御选唐诗》卷二八、《唐人万首绝句选》卷三、《全唐诗录》卷一〇、《诗话补遗》卷一。

3. 邵叶《击瓯楼》："驻旌元帅遗风在，击缶高人逸兴酣。水转巴文清溜急，山连蒙岫翠光涵。"（《全宋诗》册 18 卷 1069 页 12168）

邵叶作出《舆地纪胜》卷一八七。

张祎《蜀中广记》卷二五："又有《击瓯楼》唐张祎诗：'驻旌元帅遗风在，击缶高人逸兴酣。水转巴文清溜急，山连蒙岫翠光涵。'"[①]《全

① （明）曹学佺撰：《蜀中广记》，台湾商务印书馆 1983 年影印《四库全书》本。

唐诗》卷六六七，题作《题击瓯楼》。

4. 张耒《寒食离白沙》：“莫惊客路已经年，尚有青春一半妍。试上芳堤望春野，万丝杨柳拂晴天。”（《全宋诗》册20卷1175页13264）

赵嘏《寒食离白沙》：“莫惊客路已经年，尚有青春一半妍。试上方坦望春野，万条杨柳拂青天。”

张耒作出《柯山集》卷二三，赵嘏作见《全唐诗》卷五五〇。《岁时杂咏》卷一三录此诗题同，未录作者。

5. 赵企《樱桃》：“王母阶前种几株，水晶帘外看如无。只应汉武金盘上，泻得珊珊白露珠。”（《全宋诗》册20卷1199页13537）

《全唐诗》卷六九六：韦庄《白樱桃（一作于邺诗）》：“王母阶前种几株，水精帘外看如无。只应汉武金盘上，泻得珊珊白露珠。”又见《浣花集》卷二、《石仓历代诗选》卷一〇二、《全唐诗录》卷九四。

《全唐诗》卷七二五：于邺《白樱桃》：“王母阶前种几株，水晶帘内看如无。只应汉武金盘上，泻得珊珊白露珠。”

《全芳备祖集》后集卷九，题作者为赵循道。赵企（？—1118），字循道，南陵（今属安徽）人。神宗熙宁九年（1076）进士。

《万首唐人绝句》卷八录诗未题作者，从前作者为杨巨源。

6. 赵期《临安自述》其一：“尘生宫阙雾蒙蒙，万骑龙飞幸越中。在野三间君不顾，乘轩卫鹤懿何功。虽知四海同文久，未合中原武备空。星落夜原妖气满，汉家麟阁待英雄。”（《全宋诗》册22卷1292页14647）

郑启《严塘经乱书事》：“尘生宫阙雾蒙蒙，万骑龙飞幸蜀中。在野傅岩君不梦，乘轩卫懿鹤何功？虽知四海同盟久，未合中原武备空。星落夜原妖气满，汉家麟阁待英雄。”

赵期作出民国六年《五云赵氏宗谱》卷一。郑启作出《全唐诗》卷六六七，郑启，郑谷之兄，《全唐诗》存其诗三首。

7. 王安中《晏起》：“日过辰时犹在梦，客来应笑也求名。浮生自得长高枕，不向人间与命争。”（《全宋诗》册24卷1392页16006）

刘得仁《晏起》：“日过辰时犹在梦，客来应笑也求名。浮生自得长高枕，不向人间与命争。”

王安中作出《初寮集》卷二，刘得仁作见《万首唐人绝句》卷七三、《全唐诗》卷五四五。

8. 陈克《阳羡春歌》："石亭梅花落如积，吐鲛斓斑竹茹赤。祝陵有酒清若空，煮糯蒸鱼作寒食。长桥新晴好天气，两市儿郎棹船戏。溪头铙鼓狂杀侬，青盖红裙偶相值。风光何处最可怜，邵家高楼白日边。楼下游人颜色喜，溪南黄帽应羞死。三月未有二月残，灵龟可信渰水干。葑草青青促归去，短箫横笛说明年。"（《全宋诗》册25卷1480页16899）

李郢《阳羡春歌》："石亭梅花落如积，玉藓斓斑竹姑赤。祝陵有酒清若空，煮糯蒸鱼作寒食。长桥新晴好天气，两市儿郎棹船戏。溪头铙鼓狂杀侬，青盖红裙偶相值。风光何处最可怜，邵家高楼白日边。楼下游人颜色喜，溪南黄帽应羞死。三月未有二月残，灵龟可信淹水干。葑草青青促归去，短箫横笛说明年。"

陈克作出宋史能之《咸淳毗陵志》卷二七，又见《宋诗纪事》卷四六。李郢作见《全唐诗》卷五九〇。

9. 曾几《太湖石》："谁怜孤峭质，移在太湖心。出得风波外，任他池馆深。不同花逞艳，多愧竹垂阴。一片至坚操，那忧岁月侵。"（《全宋诗》册29卷1655页18538）

王贞白《太湖石》："谁怜孤峭质，移在太湖心。出得风波外，任他池馆深。不同花逞艳，多愧竹垂阴。一片至坚操，那忧岁月侵。"

曾几作出《茶山集》卷四，王贞白见《全唐诗》卷八八五。

10. 王阗《在京思故园见乡人问》："旅泊多年岁，这去不知回。忽逢门外客，道发故乡来。敛眉俱握手，破涕共衔杯。殷勤访朋旧，屈曲问童孩。衰宗多弟侄，若个赏池台。旧园今在否，新树也应栽。柳行疏密布，茅斋宽窄裁。经移何处竹，别种几株梅。渠当无绝水，石计总生苔。院果谁先熟，林花那复开。羁心衹欲问，为报不须猜。行当驱下泽，去剪故园莱。"（《全宋诗》册29卷1678页18806）

王绩《在京思故园见乡人问》："旅泊多年岁，老去不知回。忽逢门前客，道发故乡来。敛眉俱握手，破涕共衔杯。殷勤访朋旧，屈曲问童孩。衰宗多弟侄，若个赏池台。旧园今在否，新树也应栽。柳行疏密布，茅斋宽窄裁。经移何处竹，别种几株梅。渠当无绝水，石计总生苔。院果谁先熟，林花那后开。羁心衹欲问，为报不须猜。行当驱下泽，去剪故园莱。"

王阗作出《晦庵集》，《宋诗拾遗》《宋诗纪事补遗》同。王绩作见《古今事文类聚》续集卷九、《东皋子集》卷中、《全唐诗》卷三七、《全唐诗录》卷二。

二 重见金元诗存疑

1. 洪迈《秋日漫兴二首》其一："江湖久客日思家，坐觉微霜上鬓华。节序又催秋后雁，风光争发雨前花。倦游已梦庄生蝶，不饮何忧广客蛇。怪底朝来衣袖薄，一川白露下蒹葭。"（《全宋诗》册38卷2121页23984）

陈基《秋日杂兴五首》其三："江头久客日思家，坐觉微霜上鬓华。节序又催秋后燕，风光争发雨前花。倦游已梦庄生蝶，不饮何忧广客蛇。怪底朝来衣袖薄，一川白露下蒹葭。"

洪迈《秋日漫兴二首》其二："一夕西风木叶飞，画梁落月淡馀辉。银灯夜照还家梦，金剪亲裁寄远衣。霜信早随新雁至，素书深讶故人稀。无因为谢东曹掾，鲈熟莼香莫便归。"（《全宋诗》册38卷2121页23984）

陈基《秋日杂兴五首》其四："一夕西风木叶飞，画梁落月淡馀辉。银灯夜照还家梦，金剪秋裁寄远衣。霜信早随新雁至，素书深讶故人稀。无因为谢东曹掾，鲈熟莼香莫便归。"

洪迈作出《野处类稿》卷上，又见《江湖小集》卷一、《两宋名贤小集》卷一五六、《宋诗纪事》卷四五引《野处类稿》。

陈基作见《夷白斋稿》卷七、《元诗选》初集卷五三、《御选宋金元明四朝诗·御选元诗》卷五五。

2. 孙应时《闽宪克庄以故旧托文公五世孙明仲远征鄙文老退遗弃散逸荷伯宗用昭止善浩渊子勖至善及余表侄孙陈谊予兄子丰仲弟之婿贾熙用昭之从子大年等十余人寒冬连旬日夜录之得五十卷亦已劳矣赋此为谢》："老去斯文付寂寥，寒枝枯甲一遗蜩。虚言自叹真何补，好友相求不惮遥。败箧尘埃烦数子，破窗风雨每连宵。诗成明日寻梅去，共看春风转斗杓。"（《全宋诗》册51卷2697页31795）

宋孙应时作出《烛湖集》卷一九。元虞集作见《道园学古录》卷二九、《元诗选》初集卷二六。

3. 舒岳祥《石台纪游》："苍山面长溪，势若饮奔马。层台跨其脊，万古绝萧洒。登临惟兹时，朋从未云寡。迢迢历榛莽，靡靡眺原野。白云与翠霞，夐在履舄下。穷秋向摇落，霜菊摘盈把。赏心孰与同，幽抱欣已写。邈矣千载期，名山俟来者。"（《全宋诗》册 65 卷 3435 页 40906）

舒岳祥作出本集《阆风集》卷一，又见《宋诗纪事》卷六七。

元黄溍作见本集《文献集》卷一、《元诗选》初集卷三一。

4. 文天祥《太白楼》其一："高城蘸云根，聊可慰心迹。长风万里来，如对骑鲸客。监州好事者，树此楼与石。隆鼻号金仙，更长漫嗟惜。"（《全宋诗》册 68 卷 3600 页 43122）

文天祥作见《北河纪・北河纪馀》卷一，曹伯启作见《曹文贞公诗集》卷一、《元诗选》初集卷二三。

另《山东通志》卷三五之一上："《济州登太白楼》，元张养浩。"[①]疑为曹伯启诗，《元诗选》其名列张养浩后，误为张诗。

5. 林景熙《题陆秀夫负帝蹈海图》："紫宸黄阁共楼船，海气昏昏日月偏。平地已无行在所，丹心犹数中兴年。生藏鱼腹不见水，死抱龙髯直上天。板荡纯臣有如此，流芳千古更无前。"（《全宋诗》册 69 卷 3633 页 43530）

林景熙作出《归田诗话》卷中。

元姚燧作见《元诗体要》卷一一："《宋陆秀夫抱惠王入海图》，姚燧。"[②] 又见《石仓历代诗选》卷二七九、《御定历代题画诗类》卷四一、《宋元诗会》卷七一、《元诗选》第二集卷五。

元盛元仁作见《吴礼部诗话》："陆秀夫抱幼主沉海，诸公作挽诗，惟盛元仁一章为冠：'紫宸黄阁共楼船，海气昏昏日月偏。平地已无行在所，丹心犹数中兴年。生投鱼腹不见水，死抱龙髯欲上天。板荡纯臣有如此，流芳青史更无前。'盛号虎林。"[③]

6. 聂守真《题汪水云诗卷》其一："汴堤杨柳摇春风，翠华南幸紫禁空。雕栏玉砌明月冷，羽人规作神仙宫。苏堤杨柳飘晴雪，又见紫鸾

---

① （清）岳浚等监修：《山东通志》，台湾商务印书馆 1983 年影印《四库全书》本。

② （明）宋绪编：《元诗体要》，明正德十四年辽藩刻本。

③ （元）吴师道撰：《吴礼部诗话》，清乾隆长塘鲍氏刻本。

催驾发。沉香亭北莺乱啼，金殿又成诸佛刹。东南王气一旦终，乾坤四海今会同。兴亡成败自有数，不由人力由天公。二龙南翔一龙北，凤只鸾孤重铩翮。南龙苦热北龙寒，鸾凤欲飞飞不得。周原禾黍秋离离，含光草色春萋萋。露盘应拆声动地，金铜仙人空泪垂。来今往古知几代，嬴颠刘蹶浮云改。□平抵掌笑不言，会见桑田变沧海。”（《全宋诗》册70卷3672页44086）

聂守真《题汪水云诗卷》其二：“三日钱塘海不波，子婴系组纳山河。兵临鲁国犹弦诵，客过殷墟独啸歌。铁马渡江功赫奕，铜人辞汉泪滂沱。知章喜得黄冠赐，野水间云一钓蓑。”（《全宋诗》册70卷3672页44086）

聂守真《题汪水云诗卷》其三：“一曲丝桐奏未休，萧萧笳鼓禁宫秋。湖山有意风云变，江水无情日夜流。供奉自歌南渡曲，拾遗能赋北征愁。仙人一去无消息，沧海桑田空白头。”（《全宋诗》册70卷3672页44086）

三诗聂守真作出《诗渊》册六页四一三八。《湖山类稿·水云集》附录上，题作者“纳新”。

《金台集》卷二，题作者纳延，《元明事类钞》卷二同，纳延当即纳新之误。

《宋稗类钞》卷一三，题作者“马易之”。《湖山类稿·水云集》附录下引《归田诗话》：“元马易之题其帙后云：‘三日钱塘海不波，子婴系组纳山河。兵临鲁国犹弦诵，客过商墟独啸歌。铁马渡江功赫奕，铜人辞汉泪滂沱。知章喜得黄冠赐，野水闲云一钓蓑。’”① 《元诗选》初集卷四一：“纳新，字易之，本葛逻禄氏，驿言马也，世居金山之西。”②

三 重见明清诗存疑

1. 释普洽《和葛天民南翔寺韵》：“白鹤南翔何日返，香云不动春风转。屋为鳞次枕江安，江作蛇行到门远。的的明灯金殿寒，沉沉复道长廊晚。老翁矍铄皎须眉，爱客将迎笑盈面。自言天监拓基来，食指数千

① （宋）汪元量撰：《湖山类稿》，清光绪钱塘丁氏嘉惠堂刻本。

② （清）顾嗣立编：《元诗选》，清康熙顾氏秀野草堂刻本。

犹共饭。断碑壁下试摩挲，龟趺剥落生苔藓。茫茫往事比寒潮，苍烟落日愁难遣。遣中何处惬深深，玉甃新池开别院。二齐已去老堪殂，故垒空来巢旧燕。吾宗有弟知此怀，炊黍功名岂云愿。便呼阿买写新诗，研池涩拥清冰片。”（《全宋诗》册 51 卷 2725 页 32078）

溥洽《游南翔寺追和葛天民韵》：“白鹤南翔何日返，香云不动春风转。屋为鳞次枕江安，江作蛇行到门远。的的明灯金殿寒，沉沉复道长廊晚。老翁矍铄皎须眉，爱客将迎笑盈面。自言天监拓基来，食指数千犹共饭。断碑壁下试摩挲，龟趺剥落生苔藓。茫茫往事比寒潮，苍烟落日愁难遣。遣中何处惬深深，玉甃新池开别院。二齐已去老堪殂，故垒空来巢旧燕。吾宗有弟知此怀，炊黍功名岂云愿。便呼阿买写新诗，研池涩拥清冰片。”

宋普洽作出明钱穀《吴都文粹续集》卷三四，明溥洽作见《古今禅藻集》卷二〇、《列朝诗集·闰集第一》。《补续高僧传》“南洲溥洽法师”条：“师，讳溥洽，字南洲，晚号迂叟，又称一雨翁，姓陆氏。”①

2. 陈著《至直学士院樊伯撝家》：“远树晴堪数，孤云暝欲遮。自怜江海迹，能到友生家。落日明江色，轻风动麦花。相看吾鬓白，不必问年华。”（《全宋诗》册 64 卷 3364 页 40168）

陈献章《至陈冕家》：“远树晴堪数，孤云暝欲遮。自怜江海迹，能到友生家。落日明江色，轻风动麦花。相看吾鬓白，不必间年华。”

陈著作出《本堂文集》卷一〇，明陈献章《石仓历代诗选》卷四〇五、《列朝诗集·丙集第四》。

樊伯撝，宋人。陈冕，不详。

3. 丘葵《御史马伯庸与达鲁花赤征币不出》：“皇帝书征老秀才，秀才懒下读书台。张良本为韩仇出，黄石特因汉祚来。太守枉劳阶下拜，使臣空向日边回。床头一卷春秋笔，斧钺胸中独自裁。”（《全宋诗》册 69 卷 3655 页 43901）

《列朝诗集·甲集前编第七之上》杨维桢《不赴召有述》：“皇帝书征老秀才，秀才懒下读书台。子房本为韩仇出，诸葛应知汉祚开。太守枉于堂下拜，使臣空向日边回。老夫一管春秋笔，留向胸中取次裁。”

---

① （明）明河撰：《补续高僧传》，涵芬楼 1923 年刻本。

杨维桢作见清李清馥《闽中理学渊源考》卷三三、《历代诗话》卷七〇。

另《历代诗话》卷七〇："吴旦生曰：廉夫高狷性成，晚年益纵诗酒，用自晦耳。洪武二年遣詹同文趣召廉夫，作老客妇谣上之，同文为作老客妇传。其自为诗云：'皇帝书征老秀才，秀才懒下读书台。'"[①]

达鲁花赤：蒙古汗国和元朝的官名，为所在地方、军队和官衙的最大监治长官。

① （清）吴景旭撰：《历代诗话》，台湾商务印书馆1983年影印《四库全书》本。

第四章

《全宋诗》重出误收的原因探讨

从《全宋诗》的具体情况出发，其重出误收诗出现的原因主要是：延续旧误和编纂新误。余嘉锡先生《目录学发微·版本序跋》中说："盖书籍由竹木而帛而纸，由简篇而卷而册而手抄而刻版而活字，其经过不知其若干岁，缮校不知其几何人。有出于通儒者，有出于俗士者，于是有断烂而部不完，有删削而篇不完，有节抄而文不完，有脱误而字不同，有增补而书不同，有校勘而本不同。使不载明为何本，则著者与读者所见迥异，叙录中之论说，不能不根据原书，吾所举为足本，而彼所读为残本，则求之而无有矣。吾所据为善本，而彼所读为误本，则考之而不符矣。吾所引为原本，而彼所书为别本，则篇卷之分合，先后之次序皆相剌谬矣。"① 余嘉锡此处虽是针对版本的重要性而说的，但充分说明了古籍文献讹误的原因状况，揭示了订正讹误对文献整理意义及在文献利用中的重要作用。历代文献典籍，或毁于火灾，或丧于兵燹，或残于虫蛀，或讹于俗手，残缺衍脱乙倒云糊之中，旧误在所难免。原始文献讹误是指《全宋诗》编纂时，能够采信的最早说法，最原始的出处，由于各种原因，本身并不正确，编者又不能准确断定是非，导致重出误收。而每一次大型文献的编纂整合，都会消除部分旧有讹误，但同时，有意无意中，也会产生一些新的讹误，造成新的重出误收。来源错误从某种意义上讲，就是编撰者延续了旧误。总而言之，旧误也有可刊正者，也有不可避免者。底本问题及采用文献的错误，也部分地是编者失误。除此之外，编纂体例及集句诗、联句诗等特殊情况，也会带来一部分重出。

---

① 余嘉锡撰：《目录学发微》，中国人民大学出版社 2004 年版，第 78—79 页。

第一节 来源错误

一 底本缺陷

底本缺陷是指《全宋诗》编纂采用的工作底本，本身存在错误、脱漏，编者未详加考辨，改正错误，导致重出误收。原始文献的质量，从根本上影响二次文献的质量，也从根本上决定研究成果的可信度和效度，所以历代文献学家都强调版本，如张之洞就提出过善本的概念。但遗憾的是，《全宋诗》所采用、参用的文献，并非皆是现存最好的本子。或搜罗不足，或善本无存。虽然《全宋诗》编者并未给出编纂书目，但据笔者的研究，《全宋诗》重出误收诗部分是由底本缺陷造成的。

（一）底本脱讹残缺不全

滕元发《结客》（《全宋诗》册 9 卷 518 页 6300），又见黄庭坚《结客》（《全宋诗》册 17 卷 1027 页 11736）。重出单注。

滕元发作出《中吴纪闻》卷四，又见《宋稗类钞》卷一五、《竹庄诗话》卷一八。黄庭坚作见《侯鲭录》卷二、《类说》卷一五、《说郛》卷一八上。

《侯鲭录》卷二："黄鲁直《读太真外传》诗云：'扶风乔木夏阴合，斜谷铃声秋夜深。人到愁来无处会，不关情处总伤心。'亦妙语也。"① "滕达道长于五言，《省试》诗云：'寒日边声断，春风塞草长。'《结客》诗云：'结客结英豪，莫同儿女曹。黄金装剑佩，猛兽画旌旄。北极狼星落，中原王气高。终令贺兰贼，不着赭黄袍。'"② 此两条相连，疑《全宋诗》卷 1027 编者所见《侯鲭录》有脱文，脱去作者滕达道而误为黄庭坚诗。

补：翻查四库全书本《侯鲭录》，此处文字与《类说》《说郛》同。"黄鲁直读《太真外传》诗云：'寒日边声断，春风塞草长。'《结客》诗云：'结客结英豪，莫同儿女曹。黄金装剑佩，猛兽画旌旄。北极狼星

① （宋）赵令畤撰，孔凡礼点校：《侯鲭录》，中华书局 2002 年版，第 58 页。
② 同上。

落，中原王气高。终令贺兰贼，不着赭黄袍。'"[①] 果如云言，此处四库本脱去"'扶风乔木夏阴合，斜谷铃声秋夜深。人到愁来无处会，不关情处总伤心。'亦妙语也。滕达道长于五言，《省试》诗云"数句，《全宋诗》编者采用的是残缺不全的四库本《侯鲭录》，致使滕元发诗误为黄庭坚诗。

（二）同名诗集之间的讹误

《南阳集》

赵湘《柘湖》："盐邑沦此地，柘山峊其濒。复惊秦时女，化作湖上神。世事喜反覆，孰能识涯津。物变虽万殊，不惑固有人。"（《全宋诗》册2卷77页890）又见韩维《和彦猷在华亭赋十题依韵·柘湖》："柘湖沦此地，柘山峊其濒。复惊秦时女，化作湖上神。世事喜反覆，孰能识涯津。物变虽万殊，不惑固有人。"（《全宋诗》册8卷420页5160）赵湘作出《永乐大典》卷二二六六。韩维作出本集《南阳集》卷四，此诗为韩维作无疑。

赵湘《蒙惠拄杖及诗依韵奉答》（《全宋诗》册2卷77页891），又见韩维《蒙惠拄杖及诗依韵奉答》（《全宋诗》册8卷430页5284）。

赵湘《答圣俞设脍示客》（《全宋诗》册2卷77页886），又见韩维《答圣俞设脍示客》（《全宋诗》册8卷422页5177）。

赵湘《皇帝合春帖子》（四首）（《全宋诗》册2卷77页887），又见韩维《春帖子皇帝阁六首》（前四首）。

赵湘《太皇太后合春帖子》（三首）（《全宋诗》册2卷77页887），又见韩维《太皇太后阁六首》（前三首）（《全宋诗》册8卷430页5276）。

赵湘《太后合春帖子》（三首）（《全宋诗》册2卷77页887），又见韩维《太后阁六首》（前三首）（《全宋诗》册8卷430页5277）。

赵湘《皇后合春帖子》（三首）（《全宋诗》册2卷77页888），又见韩维《皇后阁五首》（前三首）（《全宋诗》册8卷430页5277）。

赵湘《夫人合春帖子》（二首）（《全宋诗》册2卷77页888），又见韩维《夫人阁四首》（前二首）（《全宋诗》册8卷430页5277）。

---

① （宋）赵令畤撰：《侯鲭录》，台湾商务印书馆1983年影印《四库全书》本。

赵湘《皇帝合春帖子》（二首）（《全宋诗》册2卷77页888），又见韩维《春贴子皇帝阁六首》（后二首）（《全宋诗》册8卷430页5276）。

赵湘《太皇太后合春帖子》（六首前三首）（《全宋诗》册2卷77页888），又见韩维《太皇太后阁六首》（后三首）（《全宋诗》册8卷430页5276）。

赵湘《太皇太后合春帖子》（六首后三首）（《全宋诗》册2卷77页888），又见韩维《太后阁六首》（后三首）（《全宋诗》册8卷430页5277）。

赵湘《皇后合春帖子》（二首）（《全宋诗》册2卷77页889），又见韩维《皇后阁五首》（后二首）（《全宋诗》册8卷430页5277）。

赵湘《夫人合春帖子》（二首）（《全宋诗》册2卷77页889），又见韩维《夫人阁四首》（后二首）（《全宋诗》册8卷430页5278）。

上述28首诗赵湘名下当删归存目，此皆韩维诗误入，因二人集均名《南阳集》。《全宋诗》编者已有考订，当可信从。

（三）本集自身的不可靠

1.《补编长兴集》

沈括《自题水阁绝句》："三间水阁贾耘老，一首佳词沈会宗。无限当时好风月，如今总属绩溪翁。"（《全宋诗》册12卷686页8017）

胡仔《咏苕溪水阁》："三间小阁贾耘老，一首佳词沈会宗。无限当时好风月，如今总属绩溪翁。"（《全宋诗》册36卷2008页22528）

沈括作出《补编长兴集》卷一。胡仔作出《苕溪渔隐丛话》前集卷五九，又见《诗话总龟》卷三二、《宋诗纪事》卷五〇、《克斋词》跋、《词苑丛谈》卷六。《苕溪渔隐丛话》前集卷五九记本事云："贾耘老旧有水阁，在苕溪之上，景物清旷。东坡作守，时屡过之，题诗画竹于壁间。沈会宗又为赋小词云：'景物因人成胜概，满目更无尘可碍。等闲帘幕小栏干，衣未解，心先快。明月清风如有待，谁信门前车马隘，别是人间闲世界。坐中无物不清凉，山一带，水一派，流水白云长自在。'其后水阁屡易主，今已摧毁久矣，遗址正与余水阁相近，同在一岸，景物悉如会宗之词，故余尝有鄙句云：'三间小阁贾耘老，一首佳词沈会宗，无限当时好风月，如今总属绩溪翁。’盖谓此也。”① 此为胡仔自叙，当无疑。《全宋诗》因《补编长兴集》而致误重出。

2. 《广陵集》

杨蟠《约冲晦宿东山禅寺精舍先寄》（《全宋诗》册 8 卷 409 页 5034），又见王令《约僧宿北山庵先寄平甫》（《全宋诗》册 12 卷 704 页 8167）。重出失注。

杨蟠作见《镡津集》卷二一、《石仓历代诗选》卷二二九，王令作出《广陵集》卷一五。《镡津集》是宋释契嵩撰，卷二一有序曰：“此与杨公济（杨蟠字公济）、晤冲晦，山游唱和诗，今总编于此，贵后贤披览，以见一时文会之清胜焉。岁暮值雪山斋焚香独坐，命童取雪烹茗。因思‘柳絮随风起’之句，遂取谢道蕴传读之，见其神情散朗，故有林下风气，益发幽兴，乃为诗兼简居士公济、彼上人冲晦。”②

契嵩自编唱和诗，不至于弄错作者，此杨蟠诗无疑。

3. 《周元公集》

周敦颐《天池》（《全宋诗》册 8 卷 411 页 5065），又见朱熹《山北纪行十二章章八句》其五：“斯须暮云合，白日无余晖。金波从地涌，宝焰穿林飞。僧言自雄夸，俗骇无因依。安知本地灵，发见随天机。”（《全宋诗》册 44 卷 2389 页 27615）重出失注。

周敦颐作出《周元公集》卷二。《四库全书总目》卷六〇：“《周元公集》十卷，明周沈珂编。沈珂，吴县人，周子裔也。是集卷一为图像，卷二为世系年谱，卷三为遗书，卷四为杂著，卷五为诸儒议论，卷六为事状，卷七为褒崇优恤，卷八为祠墓诸记，卷九、卷十皆附录后人诗文。虽以集为名，实则周子手著仅五之一。今入之《传记类》中，从其实也。”③

朱熹作见《晦庵集》卷七、《玉芝堂谈荟》卷二三、《水东日记》卷一六、《江西通志》卷一四八、《升庵集》卷五八、《新安文献志》卷五一上、《石仓历代诗选》卷一三三、《宋诗钞》卷六〇，此诗朱熹作无疑。

---

① （宋）胡仔编：《苕溪渔隐丛话》，清道光潘氏刻本。

② （宋）释契嵩撰：《镡津集》，台湾商务印书馆 1983 年影印《四库全书》本。

③ （清）永瑢、纪昀等编纂：《四库全书总目》，中华书局 1965 年影印本。

（四）永乐大典辑本问题多多

《全宋诗》编纂，多采用四库全书本宋人别集，据不完全统计，其采用永乐大典辑本多达118种，其间颇多重出误收诗。

1. 永乐大典辑本《相山集》的重出诗

（1）王禹偁《赠赞宁大师》（《全宋诗》册2卷63页697），又见王之道《赠赞宁大师》（《全宋诗》册32卷1818页20240）。重出失注。

王之道作出《相山集》卷一二。王禹偁作见《咸淳临安志》卷七〇“赞宁”条：“赞宁受业于祥符寺，学南山律，兼通六籍、史书、庄老、百氏之学。太平兴国三年十月，赞宁奉阿育王塔舍归朝，见太宗皇帝于滋福殿，一日七召对，赐号通慧大师。八年秋，诏撰《大宋高僧传》三十卷，淳化二年预史馆集新书，五年真宗召对赐坐，以为右街僧录，三年迁左街。崇宁三年赐号通慧圆明大师。王内翰元之与诗有‘诏修僧史浙江滨，万卷书中老一身’之句。”① 另赞宁寂灭于1001年，于983年修撰《大宋高僧传》，此时王之道（1093—1169）尚未出生。又《小畜集》卷七收录此诗。此为王禹偁诗无疑，王之道名下当存目。

（2）王禹偁《寄赞宁上人》（题下注：时上人进新修《高僧传》，有诏赴阙）（《全宋诗》册2卷63页699），又见王之道《寄赞宁上人》（题下注：时上人进新修《高僧传》，有诏赴阙）（《全宋诗》册32卷1818页20241）。重出失注。

此诗分别出《相山集》卷一二、《小畜集》卷七。此为王禹偁诗无疑，王之道名下当存目。考证见前条。

（3）王禹偁《赠朗上人》（题下注：朗公少游渚宫，与齐己相识）（《全宋诗》册2卷65页743），又见王之道《赠朗上人》（题下注：朗公少游渚宫，与齐己相识）（《全宋诗》册32卷1818页20240）。重出失注。

此诗分别出《小畜集》卷七、《相山集》卷一二。此为王禹偁诗无疑，王之道名下当存目。考证见前。另朗上人疑为朗智大师，寂灭于992年，俟考。齐己（约860—940），僧人。姓胡，自号衡岳沙门，益阳人，晚岁为荆州僧正。诗人，不以书称。留心书翰，传布四方，人以其诗并

---

① （宋）潜说友撰：《咸淳临安志》，清道光十年钱塘汪氏振绮堂刻本。

传。笔迹洒落。得行字法。尝书唐长生粥疏在洪州。后唐长兴末卒。不管朗上人是谁，如果曾与齐己会面，王之道就不可能与之有酬赠之作。

2. 永乐大典辑本《元宪集》的重出诗

（1）宋庠作出《元宪集》卷一五，陆游作见《剑南诗稿》卷一三、《放翁诗选》前集卷九。《四库全书总目》卷一六〇："《剑南诗稿》八十五卷，宋陆游撰。游有《入蜀记》，已著录。是集末有嘉定十三年游子朝请大夫知江州军事子虡跋，称游'西溯僰道，乐其风土，有终焉之志，宿留殆十载。戊戌春正月，孝宗念其久外，趣召东下。然心未尝一日忘蜀也。是以题其平生所为诗卷曰《剑南诗稿》，盖不独谓蜀道所赋诗也。'又称戊申、己酉后诗，游自大蓬谢事归山阴故庐，命子虡编次为四十卷，复题其签曰《剑南诗续稿》。自此至捐馆舍，通前稿为诗八十五卷。子虡假守九江，刊之郡斋，遂名曰《剑南诗稿》云云。则此本游子虡之所编。"[①]《剑南诗稿》远比《元宪集》可靠，此四首诗当属陆游。

（2）夏竦《四月昌州奏圣祖殿下生芝草一本四茎及面有红光如悦怿之状》（《全宋诗》册3卷159页1796），又见宋庠《存目·四月昌州奏圣祖殿下生芝草一本四茎及面有红光如悦怿之状》："诗题：首句（全诗）：昌之远地凝和气"（《全宋诗》册4卷201页2308）。夏竦此诗见《文庄集》卷三四，宋庠作见《元宪集》卷一二。重出失注。《郡斋读书志》卷四下："右皇朝夏竦子乔，江州德安人。以父死事补官。举贤良，除光禄丞。累擢知制诰。仁宗屡欲相之，为言者所攻而寝。初封英国公，后改封郑，谥文庄，贵显凡四十年。天资好学，自经史、百氏、阴阳、律历之书，无所不通。善为文章，尤长偶俪之语，朝廷大典策，屡以属之。为诗巧丽，皆'山势蜂腰断，溪流燕尾分'之类。其集夏伯孙编次，有宋次道序。"[②] 又现存《元宪集》为永乐大典辑本，此当为夏竦诗。

（3）宋庠《次韵范纯仁和郭昌朝寺丞见寄二首》（《全宋诗》册4卷199页2282），又见范纯仁《和郭昌朝寺丞见寄二首》（《全宋诗》册11卷624页7438）。重出失注。

① （清）永瑢、纪昀等编纂：《四库全书总目》，中华书局1965年影印本。

② （宋）晁公武撰，（宋）赵希弁重编后志，（宋）赵希弁撰附志：《郡斋读书志》，商务印书馆四部丛刊三编本。

宋庠作见《元宪集》卷一三，范纯仁作见《范忠宣集》卷四。《范忠宣集》见载《宋史·本传》《读书附志》卷下、《直斋书录解题》卷一七，又《四库全书总目》卷一五三："文集凡二十卷。前五卷为诗，后十二卷皆杂文。其末三卷为国史本传及李之仪所撰行状，皆其侄孙之柔刊集时所附入也。前有嘉定五年楼钥序，后有之柔及知永州沈圻、廖视、永州教授陈宗道四跋。"[①] 现存《范忠宣集》比辑本《元宪集》可靠，此二首当属范纯仁。

3. 永乐大典辑本《文恭集》的重出诗

（1）胡宿《水馆》："约略横云岛，栏干瞰玉渊。雨汀翘睡鹭，风树咽嘶蝉。绿发莓苔地，红衣菡萏天。夜凉三弄笛，月在钓鱼船。"（《全宋诗》册4卷180页2061）又见韩维《水阁》："约略横云岛，栏干瞰玉渊。雨汀翘睡鹭，风树咽嘶蝉。绿发莓苔地，红衣菡萏天。夜深三弄笛，月在钓鱼船。"（《全宋诗》册8卷423页5188）重出失注。

胡宿作出《文恭集》卷二，韩维作出《南阳集》卷七。今存《南阳集》流转数百年，刊版久佚，藏书家转相缮录，讹脱颇多，谬误参差不可俱免。[②] 然仍比永乐大典辑本《文恭集》可靠，此诗当属韩维。

（2）胡宿《余山人居》："一室闭春林，萧然物外心。棋声敲月重，屐齿印苔深。竹阁茶烟细，山园锻树阴。会当逃世网，来此缔朋簪。"（《全宋诗》册4卷180页2062）又见韩维《题余山人壁》："一室闭香林，萧然物外心。棋声敲月重，屐齿印苔深。竹径茶烟细，山园锻树阴。会当逃世网，尘事缔朋簪。"（《全宋诗》册8卷423页5188）重出失注。

此诗出处同《水馆》，应为韩维诗，考证见前条。

（3）胡宿《山居》："松韵笙竽径，云容水墨天。人行春色里，莺语落花边。修竹三间屋，清泉二顷田。了无官府事，鸡犬莫登仙。"（《全宋诗》册4卷180页2062）又见张孝祥《山居》："松韵笙竽径，云容水墨天。人行秋色里，莺语落花边。修竹三间屋，清泉二顷田。了无官府事，鸡犬慕神仙。"（《全宋诗》册45卷2408页27803）重出失注。

胡宿作出《文恭集》卷二。张孝祥作见《两宋名贤小集·于湖集》

① （清）永瑢、纪昀等编纂：《四库全书总目》，中华书局1965年影印本。

② （清）永瑢、纪昀等编纂：《四库全书总目》卷153，中华书局1965年影印本。

卷一四六、《全蜀艺文志》卷二二、《御选宋金元明四朝诗·御选宋诗》卷四〇。此诗当属张孝祥。

（五）类书自身的讹误

1.《全芳备祖》的讹误

（1）石延年《松二首》其二："城郭人家岁寒木，桧柏森森映化屋。青松介僻不入城，野性特嫌尘土辱。"（《全宋诗》册3卷176页2010）又见苏辙《种松》："城郭人家岁寒木，桧柏森森映华屋。青松介僻不入城，野性特嫌尘土辱。中庭冉冉盈尺苗，条干虽短风霜足。培根不用粪壤厚，插竹预防鸡犬触。他年期汝三丈高，独立仙翁毛发绿。老翁自分不及见，子孙见汝知遗直。"（《全宋诗》册15卷870页10133）重出失注。

石延年作出《全芳备祖》后集卷一四。苏辙作见《栾城集》第三集卷二、《御定佩文斋广群芳谱》卷六九。《栾城集》乃苏辙自定。《栾城第三集引》："崇宁四年，余年六十有八，编近所为文得二十四卷，目之《栾城后集》。又五年，当政和元年，复收拾遗稿，以类相从，谓之《栾城第三集》。方昔少年，沉酣文字之间，习气所薰，老而不能已，既以自喜，亦以自笑。今益以老矣，余日无几，方其未死，将复有所为，故随类辄空其后，以俟异日附益之云尔。颍滨遗老书。"[①] 此诗为苏辙作无疑。

（2）杜衍《荷花》（《全宋诗》册3卷144页1599），又见杨万里《栟楮江滨芙蓉一株发红白二色二首》其一（《全宋诗》册42卷2300页26423）。重出失注。

《全芳备祖集》前集卷一一、《御定佩文斋广群芳谱》卷三一作杜衍。《诚斋集》卷二六作杨万里，当以杨万里为是。

（3）王禹偁《句》其一二："春回积雪殊冰里，香动荒山野水滨。带月一枝斜弄影，背风千片远随人。"（《全宋诗》册2卷71页810）又见陆游《浣花赏梅》："老子人间自在身，插梅不惜损乌巾。春回积雪层冰里，香动荒山野水滨。带月一枝低弄影，背风千片远随人。石家楼上贪吹笛，肯放朝朝玉树新。"（卷2162册39页24448）又见陈亮《咏梅》其一："春回积雪层冰里，香动荒山野水滨。带月一枝低弄影，背风千片

① （宋）苏辙撰：《栾城集》，台湾商务印书馆1983年影印《四库全书》本。

远随人。”（《全宋诗》册 48 卷 2613 页 30363）重出失注。

王禹偁作出《全芳备祖》前集卷一。陆游作出《剑南诗稿》卷九。陈亮作出《锦绣万花谷》后集卷三八。《蜀中广记》卷六三、《放翁诗选》前集卷三、《全蜀艺文志》卷一九并作陆游诗。《蜀中广记》卷六三，记其本事云：“陆放翁曰：‘成都城南，有故蜀主宣华苑，多梅，皆百余年物也。’……又于《浣花溪赏梅诗》：‘老子人间自在身，插梅不惜损乌巾。春回积雪层冰里，香动荒山野水滨。带月一枝低弄影，背风千片远随人。石家楼上贪吹笛，肯放朝朝玉树新。’又《看梅归马上作》诗云：‘本为梅花判痛饮，却嗅梅香消宿醒。日欲落时始上马，青羊宫前闻发更。’”① 此诗为陆游作无疑，此处及卷二六一三陈亮此诗当存目。

2.《永乐大典》残本的讹误

（1）文彦博《汶阳馆》（《全宋诗》册 6 卷 278 页 3551），又见文天祥《汶阳馆》（《全宋诗》册 68 卷 3598 页 43043）。重出失注。

此诗文彦博作出《永乐大典》卷一一三一三，文天祥作见《文山集》卷一九、《山东通志》卷三十五下。《文山集》作者文天祥（1236—1283），初名云孙，字天祥，后以字为名，改字履善，中举后又字宋瑞，号文山，吉州吉水人。理宗宝祐四年（1256）进士。景炎三年，军溃被执北行，拘燕三年，终不屈。元世祖至元十九年十二月九日遇害。著作遭难后散佚，元元贞、大德间其乡人辑编为前集 32 卷，后集 7 卷。明初重加编次为诗文 17 卷，另有《指南录》《指南后录》《集杜诗》等传世（《全宋诗》册 68 卷 3595 页 42936）。此诗当为文天祥作。

（2）张咏《秋日寄友人》（《全宋诗》册 1 卷 51 页 549），又见苏轼《秋日寄友人》（《全宋诗》册 14 卷 832 页 9634）。重出失注。

张咏作见于作者宋本《乖崖集》卷五；苏轼作出《永乐大典》卷三〇〇五，不见本集。当张咏为作者较为可靠。

（3）王禹偁《再泛吴江》：“二年为吏住江滨，重到江头照病身。满眼碧波输野鸟，一蓑疏雨属渔人。随船晓月孤轮白，入座晴山数点春。张翰精灵还笑我，绿袍依旧惹埃尘。”（《全宋诗》册 2 卷 63 页 696）又见陈瓘《垂虹亭》：“三年为吏住东滨，重到江头照病身。满眼碧波输野

① （明）曹学佺撰：《蜀中广记》，台湾商务印书馆 1983 年影印《四库全书》本。

鸟，一蓑疏雨属渔人。随船晓月孤轮白，入座群山数点春。张翰英灵应笑我，绿袍依旧惹埃尘。”（《全宋诗》册 20 卷 1191 页 13475）重出失注。

《全宋诗》卷 1190 陈瓘作此诗出《吴都文粹续集》卷三六。王禹偁作并见《小畜集》卷七、《锦绣万花谷》后集卷五、《吴都文粹》卷五、《宋艺圃集》卷二、《御选宋金元明四朝诗·御选宋诗》卷四五、《宋诗钞》卷一、《宋元诗会》卷二、《宋诗纪事》卷四，此诗王禹偁作无疑。

（六）总集自身讹误

1.《诗渊》的讹误

（1）张咏《幽居》（《全宋诗》册 1 卷 50 页 541），又见范镇《端居》（《全宋诗》册 6 卷 346 页 4264）。重出失注。

此诗范镇作出《诗渊》；张咏作见于作者本集宋本《乖崖集》卷四及《宋诗钞》卷六。《四库全书总目》卷一五二：“《乖崖集》十二卷、《附录》一卷，宋张咏撰。咏事迹具《宋史》本传。其集宋代有两本。一本十卷，见于赵希弁《读书附志》，所称钱易《墓志》、李畋《语录》附于后者是也。一本十二卷，见于陈振孙《书录解题》，所称郭森卿宰崇阳刻此集，旧本十卷，今增广并《语录》为十二卷者是也。此本前有森卿序，盖即振孙所见之本。”[①] 今定此诗为张咏作。

（2）梅尧臣《寄题梵才大士台州安隐堂》（《全宋诗》册 5 卷 243 页 2808），又见郑起《寄题梵才大士台州安隐堂》（《全宋诗》册 61 卷 3189 页 38261）。重出失注。

梅尧臣作出《宛陵集》卷八，又见《天台续集》卷上。郑起作出《诗渊》册三页一五八八。此为梅尧臣诗。

（3）梅尧臣《浮来山》（《全宋诗》册 5 卷 249 页 2962），又见赵时韶《浮来山》（《全宋诗》册 57 卷 3014 页 35895）。重出失注。

梅尧臣作出《宛陵集》卷三四，赵时韶见《诗渊》册三页二〇五八，此当为梅尧臣诗。

梅尧臣《寄题杭州广公法喜堂》（《全宋诗》册 5 卷 253 页 3053），又见郑起《寄题杭州广法善堂》（《全宋诗》册 61 卷 3189 页 38261）。重

① （清）永瑢、纪昀等编纂：《四库全书总目》，中华书局 1965 年影印本。

出失注。

梅尧臣作出《宛陵集》卷一六，郑起作出《诗渊》册三页一五八八。此为梅尧臣诗。

2.《锦绣万花谷》的讹误

（1）陈抟《句》其一："蚕月桑叶青，莺时柳花白。"（《全宋诗》册1卷1页11），又见《全唐诗》卷八二刘希夷《孤松篇》三十二句之前两句。今查《唐百家诗选》卷一、《岁时广记》卷一，皆作刘希夷诗，唯《锦绣万花谷》后集卷三作陈希夷。陈抟，字图南，自号扶摇子，人称白云先生，宋太宗太平兴国时朝京，赐号希夷先生。《全宋诗》编者延续《锦绣万花谷》之误，把刘希夷诗当作陈希夷残句，此处当删。

（2）魏野《挽王平甫》（《全宋诗》册2卷87页969），又见魏泰《挽王平甫二首》其二（《全宋诗》册13卷782页9069）。重出失注。

魏野作出《锦绣万花谷》前集卷二六，王平甫即王安石弟王安国（1028—1074，字平甫，临川人）。魏野（960—1020，字仲先，号草堂居士，陕州陕县人）。魏野为王平甫作挽词，于理不合。魏泰作见《宋艺圃集》卷一二，翻阅魏泰《东轩笔录》卷五："王安国性亮直，嫉恶太甚。……余尝为挽词二首，颇道其事。云：'海内文章杰，朝廷亮直闻。黄琼起处士，子夏遽修文。贝锦生迁怒，江湖久离群。伤心王佐略，不得致华勋。'又曰：'今日临风泪，潇潇似绠縻。空怀徐稚絮，谁立郑玄碑。无力酬推毂，平时愤抵巇。何人知枉状，路粹岂能为。'盖谓是也。"① 此诗《锦绣万花谷》误魏泰为魏野，《全宋诗》编者沿其误，此诗魏泰作无疑，此处当存目。

3.《后村千家诗》的讹误

（1）孙何《侍宴御楼》："突兀毬场锦绣峰，游人士女拥千重。月离云海飞金镜，灯射冰帘掣火龙。"（《全宋诗》册2卷88页979）又见陆游《丁酉上元三首》其一："突兀毬场锦绣峰，游人士女拥千重。月离云海飞金镜，灯射冰帘掣火龙。信马随车纷醉侠，卖薪买酒到耕农。今年自笑真衰矣，但觉凭鞍睡思浓。"（《全宋诗》册39卷2161页24417）孙何诗源《后村千家诗》卷三，与陆游诗前四句重出，陆游该诗出《剑南

① （宋）魏泰撰：《东轩笔录》，沔阳卢氏慎始基斋刻本。

诗稿》卷八，此为陆游诗无疑，此处当存目。

（2）孙何《上元雨》："淡月微云外，街泥小雨余。人如墟市散，灯似晓星疏。"（《全宋诗》册2卷88页979）又见陆游《抚州上元》："江月微云外，街泥小雨余。人如虚市散，灯似晓星疏。羁雁同身世，新霜上鬓须。明年更清绝，渔火对茅庐。"（《全宋诗》册39卷2165页24506）孙何诗源《后村千家诗》卷三，与陆游诗前四句重出，陆游该诗出《剑南诗稿》卷一二，此为陆游诗无疑，此处当存目。

4. 《甬上宋元诗略》的讹误

韩琦《观鱼轩》："雨后方池碧涨秋，观鱼亭槛俯临流。时看隐荇骈头戏，忽见开萍作队游。喜掷舟前翻乱锦，静潜波下起圆沤。吾心大欲同斯乐，肯插�竿饵钓钩。"（《全宋诗》册6卷330页4066）

陈槩《玩鸥亭》："雨后方池碧涨秋，玩鸥亭槛俯清流。时看雪翅轻披縠，忽见霜毫细滚毬。来往径随苹岸戏，浮沉争逐晚潮游。吾心久欲同斯乐，早已忘机共倡酬。"（《全宋诗》册54卷2839页33808）

韩琦作见《安阳集》卷一三、《宋诗钞》卷三、《石仓历代诗选》卷一二八、《御定佩文斋咏物诗选》卷四六九，陈槩作出清董沛《甬上宋元诗略》卷八，此当为韩琦诗。

5. 《宋艺圃集》

杨徽之《赠谭先生》（《全宋诗》册1卷11页159），又见李九龄《赠谭先生》（《全宋诗》册1卷18页268）。重出失注。

《全宋诗》杨徽之作出《瀛奎律髓》卷四八，李九龄作出《宋艺圃集》卷二。另《御选宋金元明四朝诗·御选宋诗》卷四五录为杨徽之作，《宋诗纪事》卷二该诗两见，前入李九龄，又入杨徽之。今查《瀛奎律髓》卷四八，前为李九龄的《赠马道士》，紧接着是杨徽之《赠谭先生》，《宋艺圃集》因两诗相连，把后诗作者误为此诗作者，《全宋诗》编者延续了《宋艺圃集》的错误。故此诗为杨徽之作，李九龄名下当存目。

6. 《吴都文粹》

王禹偁《吴王墓》（《全宋诗》册2卷62页687），又见陈尧佐《吴王墓》（《全宋诗》册2卷97页1088）。重出失注。

此诗收录《吴都文粹》卷四，作者陈尧佐；又入《吴都文粹》卷九，作者王禹偁。又见《小畜集》卷六，《小畜集》乃作者亲编，前有作者自序，谓“常多病，大惧没世而名不称矣。因阅平生所为文，散失焚弃之外，类而第之，得三十卷。将名其集，以周易筮之，遇乾乾下乾上之小畜乾下巽上。乾之象曰：‘君子以自强不息’，是禹偁修辞、立诚、守道、行已之义也。小畜之象曰：‘风行天上，小畜君子以懿文德。’说者曰：‘未能行其施，故可懿文而已。’是禹偁位不能行，道文可以饰身也，集曰《小畜》，不其然乎。咸平三年十二月晦日太原王禹偁序”①，即录于自编本集，此诗为王禹偁作无疑。

（七）史志野乘讹误

1.《舆地纪胜》的讹误

吕夷简《句》其五：“江涵帝子翚飞阁，山际真君鹤驭天。”（《全宋诗》册3卷146页1625）又见宋绶《句》其五：“江涵帝子翚飞阁，山际真君鹤驭天。”（《全宋诗》册3卷174页1972）重出失注。

吕夷简作出《舆地纪胜》卷二六。宋绶作见《能改斋漫录》卷八、《事实类苑》卷三八、《优古堂诗话》《诗话总龟》卷一二、《苕溪渔隐丛话》后集卷二〇、《江西通志》卷一五九、《宋诗纪事》卷九、《全闽诗话》卷二。此为宋绶作无疑。

2.《方舆胜览》的讹误

释惠崇《句·送人牧荣州》：“山色临巴迥，江流入汉清。”（《全宋诗》册3卷126页1469）又见崔仰之《句·送人牧荣州》：“山色监巴迥，江流入汉清。”（《全宋诗》册71卷3738页45081）重出失注。

惠崇作见《事实类苑》卷三六、《说郛》卷二一上、《青箱杂记》卷九、《诗话总龟》卷一二、《宋诗纪事》卷九一。崔仰之作见《方舆胜览》卷六四、《蜀中广记》卷一一、《锦绣万花谷》续集卷一三。此句出惠崇自撰句图，当为惠崇作。

3.《吴郡志》的讹误

释赞宁（919—1001），俗姓高，吴兴德清人。后唐天祐十六年生，天成中出家，清泰初入天台山。通南山律，时人谓之“律虎”。吴越中，

① （宋）王禹偁撰：《小畜集》，台湾商务印书馆1983年影印《四库全书》本。

置为两浙僧统，赐号明义宗文。入宋，改赐通慧大师。初补左街讲经首座、知西京教门事。真宗咸平元年（998），充右街僧录。三年迁左街。四年卒。一说咸平二年卒（《释氏稽古略》卷四）。徽宗崇宁四年（1105），加谥圆明。有《内典集》152卷，《外学集》49卷。《西湖高僧事略》等有传。（《全宋诗》册1卷11页150）《全宋诗》录其诗八首。

释赞宁《寄题明月禅院二首》其一（《全宋诗》册1卷11页150），又见苏舜钦《寄题水月》其一（《全宋诗》册6卷317页3957）；《寄题明月禅院二首》其二（《全宋诗》册1卷11页150），又见苏舜钦《寄题水月》其二（《全宋诗》册6卷317页3957）。

《吴郡志》卷三三题作《寄题水月禅》，现在的题目是《全宋诗》，编者据《全唐诗拾遗》改，“明月禅院”大中祥符年间（1008—1016）见始易名“水月禅院”，而赞宁卒于咸宁四年（1001），故此诗非赞宁所作。而苏舜钦《寄题水月》出《吴都文粹》卷八，其前有苏舜钦《水月禅院记》一篇，可见此诗为苏舜钦作无疑。

4.《剡录》的讹误

钱昭度《雨雾剡溪》（《全宋诗》册1卷54页587），又见颜复《雨霁剡溪》（《全宋诗》册12卷726页8408）。重出失注。

此诗钱昭度作出《会稽掇英总集》卷二，颜复作出《剡录》卷六下。钱昭度，字九龄，吴越忠懿王俶从弟偓之子，仕至西头供奉官。后敏工诗，多惊句。有集十卷，苏易简为之序，已佚。苏易简，梓州铜山人，字太简。生于后周世宗显德五年（958），卒于宋太宗至道三年（997）。《会稽掇英总集》的作者孔延之（1014—1074），字长源，临江新淦人。孔子第四十七代孙。仁宗庆历二年进士。授钦州军事推官，历知洪州新建、筠州新昌县，擢知封州，移荆湖北路提点刑狱。神宗熙宁四年以司封郎中知越州，移知泉州、宣州。七年卒。有文集二十卷，已佚。颜复（1034—1090），字长道，彭城人。仁宗嘉祐六年，试中书第一，赐进士，知永宁县。神宗熙宁中为国子直讲。哲宗元祐初为太常博士，迁礼部员外郎，兼崇政殿说书。元祐四年，拜中书舍人。五年，改天章阁待制、国子祭酒，未拜而卒。由上述四人生平可知，孔延之编辑《会稽掇英总集》之时，钱昭度集已编成，而颜复生卒晚于孔延之，综而论之，此诗当为钱昭度作。

5.《句容县志》的讹误

范仲淹《移丹阳郡先游茅山作》（《全宋诗》册3卷167页1900），又见王安石《将赴南徐任游茅山有作》（《全宋诗》册10卷577页6783）。重出失注。

王安石作出明王僖征弘治《句容县志》卷八。范仲淹作见《景定建康志》卷三七、《范文正公集》卷四，此为范仲淹作。

6.《四明山志》的讹误

释昙颖《四明十题·雪窦山、龙隐潭、含珠林、偃盖亭、云外庵、石笋峰、宴坐岩、三层瀑、丹山洞、师子岩》（《全宋诗》册3卷170页1924），又见梅尧臣《和昙颖师四明十题·雪窦山、龙隐潭、含珠林、偃盖亭、云外庵、石笋峰、宴坐岩、三层瀑、丹山洞、师子岩》（《全宋诗》册5卷254页3072）。重出失注。

释昙颖作出清黄宗羲《四明山志》卷二。梅尧臣作见《宛陵集》一七、《石仓历代诗选》卷一四一。梅尧臣诗集为欧阳修编订，当属可靠。此为误诗题人名为作者，此为梅尧臣诗，此处当删。

7.《大名府志》的讹误

（1）梅挚《留别东郡诸僚友五首》（《全宋诗》册3卷178页2042），又见司马光《留别东郡诸僚友》（五首）（《全宋诗》册9卷502页6089）。重出失注。

梅挚作出清朱煐《大名府志》卷一七。司马光作见《传家集》卷九，《传家集》"乃公（司马光）自编次"① 梓行宋淳熙年间。此五首司马光作无疑。

（2）梅挚《归雁亭》（欧阳公建，在滑州）："东风杨柳杏花飞，曾伴先生酒卮。前辈风流那复见，小亭烟雨漫相思。城边春草路南北，山下河梁人别离。一尺短书湘水阔，年年愁绝雁时。"（《全宋诗》册3卷178页2042）又见赵鼎臣《归雁亭》（《全宋诗》册22卷1313页14913）。重出失注。

梅挚作出《大名府志》卷一七。赵鼎臣作见《竹隐畸士集》卷六。

① （宋）晁公武撰，（宋）赵希弁重编后志，（宋）赵希弁撰附志：《郡斋读书志》卷四下，商务印书馆四部丛刊三编本。

梅挚（995—1059），字公仪，成都新繁人。仁宗天圣间进士，嘉祐二年（1057）进龙图阁直学士、知滑州。（《全宋诗》册3卷178页2036）欧阳修（1007—1072），字永叔，号醉翁，晚又号六一居士，庐陵人。仁宗天圣八年（1030）进士，宝元二年（1039），迁欧阳修在滑州武成军节度判官。在滑州期间，修建欧阳书院，并有《滑州归雁亭》诗："长河终岁足悲风，亭古台荒半倚空。惟有雁归时最早，柳含微绿杏粘红。"赵鼎臣，字承之，自号苇溪翁，韦城人。哲宗元祐六年（1091）进士，有《竹隐畸士集》。梅挚知滑州虽在欧阳修之后，但其年长于欧阳修，诗中有"前辈风流那复见，小亭烟雨漫相思"，不似梅氏语气。赵鼎臣为韦城人（属滑州。《读史方舆纪要·北直七》卷一六："宋亦为韦城县，仍属滑州。景德初，契丹入寇，车驾北巡，驻于韦城。金时，县圮于水，废为韦城镇。"①），于归雁亭怀思先贤，正合诗意。此为赵鼎臣诗无疑。

8.《安仁县志》的讹误

周铨《答曾进士》（《全宋诗》册4卷229页2692），又见谢枋得《和游古意韵》（《全宋诗》册66卷3478页41406）。重出失注。

周铨作出清魏鈊乾隆《安仁县志》卷九，谢枋得作见《叠山集》卷一、《江西通志》卷一五四，此当为谢枋得诗。

9.《广西通志》的讹误

梅尧臣《寄桂州张谏议和永叔》（《全宋诗》册5卷258页3223），又见王巩《寄桂州张谏议和永叔》（《全宋诗》册14卷839页9715）。重出失注。

梅尧臣作见《宛陵集》卷五二，王巩作见《宋诗拾遗》卷七、《广西通志》卷一二三，此当为梅尧臣诗。

（八）诗话笔记杂说小说的讹误

1. 诗话讹误

梅尧臣《一日曲》（题下注曰：此而下离南阳作）（《全宋诗》册5卷240页2784），又见杨轩《一日曲》（《全宋诗》册71卷3737页45052）。重出失注。

梅尧臣作见《宛陵集》卷六、《御选宋金元明四朝诗·御选宋诗》卷

① （清）顾祖禹撰：《读史方舆纪要》第二册，中华书局2005年版，第727页。

四，又《苕溪渔隐丛话》后集卷二四："许彦周《诗话》云：圣俞诗，句句精练，如'焚香露莲泣，开磬清鸥迈'之类，宜乎为欧阳文忠公所称。其他古体，如朱弦疏越，一唱三叹，读者当以意求之。梅圣俞宠嬖曹氏，作《一日曲》为曹氏也。苕溪渔隐曰：'余阅《宛陵集》，见《一日曲》，味其辞意，乃为南阳一娼语离而作，然则谨厚者亦复为之邪?'其曲云：'妾家邓侯国，肯愧邯郸姝；世本富缯绮，娇爱比明珠。十五学组训，未尝开户枢；十六失所适，姓名倾闾里；十七善歌舞，使君邀宴娱。自兹著乐府，不得同罗敷。凉温忽荏苒，屡接朝大夫，相欢不及情，何异逢路衢。昨日一见郎，目色曾不渝，结爱从此笃，暂隔犹恐疏。如何遂从宦，去涉千里途。郎跨青骢马，妾乘白雪驹，送郎郎未远，别妾妾仍孤，不如水中鳞，双双依绿蒲；不如云间鹄，两两下平湖：鱼鸟尚有托，妾今谁与俱?去去约春华，终朝怨日赊，一心思杏子，便拟见梅花。梅花几时吐，频掏阑干数，东风若见郎，重为歌《金缕》。'"①

《全宋诗》杨轩作出《竹庄诗话》卷一八"一日曲"条："许彦周《诗话》云：圣俞诗，句句精炼，如'焚香露莲泣，开磬清鸥迈'之类，宜乎为欧阳文忠公所称。其他古体，如朱弦疏越，一唱三叹，读者当以意求之。宠嬖曹氏，作《一日曲》为曹氏也。'妾家邓侯国，肯愧邯郸姝；世本富缯绮，娇爱比明珠。十五学组训，未尝开户枢；十六失所适，姓名倾闾里；十七善歌舞，使君邀宴娱。自兹著乐府，不得同罗敷。凉温忽荏苒，屡接朝大夫，相欢不及情，何异逢路衢。昨日一见郎，目色曾不渝，结爱从此笃，暂隔犹恐疏。如何遂从宦，去涉千里途。郎跨青骢马，妾乘白雪驹，送郎郎未远，别妾妾仍孤，不如水中鳞，双双依绿蒲；不如云间鹄，两两下平湖：鱼鸟尚有托，妾今谁与俱?去去约春华，终朝怨日赊，一心思杏子，便拟见梅花。梅花几时吐，频掏阑干数，东风若见郎，重为歌《金缕》。'"②

可见《苕溪渔隐丛话》《竹庄诗话》同出《彦周诗话》，二者不同在于《竹庄诗话》没有"苕溪渔隐曰"，并改"圣俞诗"为"杨轩诗"。《彦周诗话》系此本事为梅尧臣，可知《竹庄诗话》误，《全宋诗》卷三

① （宋）胡仔编：《苕溪渔隐丛话》，清道光潘氏刻本。

② （宋）何溪汶撰：《竹庄诗话》，台湾商务印书馆 1983 年影印《四库全书》本。

七三七误，此为梅尧臣诗，杨轩名下当删。

2. 笔记讹误

张俞《翠微寺》："翠微寺本翠微宫，楼阁亭台数十重。天子不来僧又死，樵夫时倒一株松。"（《全宋诗》册7卷382页4717）又见《全唐诗》卷七八四，题为《题故翠微宫》，作者骊山游人。

骊山游人作见《雍录》卷四、《类说》卷五三、《万首唐人绝句》卷六九、《全唐诗》卷七八四、《诗话总龟》卷二四、《宋诗纪事》卷一七。《竹庄诗话》卷一五以此诗属武元衡，题作《山顶翠微寺》。《清波别志》卷二作者以此诗出张俞不知何据。云按：多本笔记言及此诗，作者皆曰骊山游人题写，此诗归之武元衡、归之张俞均不妥。《全宋诗》编者据《清波别志》误录张俞名下。

3. 杂说讹误

李度，洛阳人。后周显德中进士。入宋，太宗雍熙四年（987），擢虞部员外郎、直史馆。端拱初，奉使交州，卒于途，年五十七。《宋史》卷四四〇有传。

李度《句》其二："醉轻浮世事，老重故乡人。"（《全宋诗》册1卷18页257），又见□革《句》："醉轻浮世事，老重故乡人。"（《全宋诗》册72卷3751页45236）重出失注。

□革作出《吹剑录》；李度作见《宋史》卷四四〇、《钦定续通志》卷五五八、《河南通志》卷六五、《类说》卷四七、《事实类苑》卷三九、《锦绣万花谷》前集卷二二、《记纂渊海》卷三七、《山堂肆考》卷八四、《玉壶野史》卷七、《侯鲭录》卷四、《诗话总龟》卷三七、《宋诗纪事》卷五、《五代诗话》卷二。《宋史》卷四四〇："李度，河南洛阳人。周显德中举进士。度工于诗，有'醉轻浮世事，老重故乡人'之句。时翰林学士申文炳知贡举，枢密使王朴移书录其句以荐之，文炳即擢度为第三人。释褐永宁县主簿。"[1] 可见此则为李度作无疑。

---

① （元）脱脱等撰：《宋史》，中华书局1977年版，第13020页。

二 文献两歧

（一）不同文献两歧可考作者

1. 王禹偁《句》其二四：“秋近草虫乱，夜遥霜月寒。扇声犹泛暑，井气忽生秋。”（《全宋诗》册2卷71页810）分别见释惠崇《句》其三二：“秋近草虫乱，夜遥霜月低。”（《全宋诗》册3卷126页1469）以及释惠崇《句》其三五：“扇声犹泛暑，井气忽生秋。”（《全宋诗》册3卷126页1469）“秋近草虫乱，夜遥霜月低。”《锦绣万花谷》前集卷三两见，一作王禹偁，一作惠崇。此则《类说》卷四、《事实类苑》卷三六、《说郛》卷二一上、《青箱杂记》卷九、《诗话总龟》卷一二、《宋诗纪事》卷九一均作惠崇。另《类说》卷四“惠崇诗”条：“《秋夕怀长公》云：‘秋近草虫乱，夜遥霜月低。’《夏夜》云：‘扇声犹泛暑，井气忽生秋。’”① 可知此二则为惠崇作，王禹偁名下当存目。

2. 钱若水《济源县裴公亭》（《全宋诗》册2卷88页975），又见无名氏《裴公亭》（《全宋诗》册72卷3775页45558）。重出失注。

钱若水作见《御选宋金元明四朝诗·御选宋诗》卷六四、《宋诗纪事》卷四、《宋诗拾遗》卷一、《宋元诗会》卷一。无名氏作见《御选宋金元明四朝诗·御选宋诗》卷七五、《宋诗纪事》卷九六。此诗最早出《四朝诗》已两歧，存疑。

（二）不同文献两歧当存疑

1. 释宗杲《偈颂一百六十首》其四三：“秋江清浅时，白露和烟岛。良哉观世音，全身入荒草。”（《全宋诗》册30卷1720页19367）

释宗杲《偈颂一百六十首》其一〇三：“秋江清浅时，白露和烟岛。良哉观世音，春身入荒草。在荒草，不须讨。不识大哥妻，元来是嫂嫂。”（《全宋诗》册30卷1720页19371）

释云《偈颂二十九首》其二九：“秋江清浅时，白鹭和烟岛。良哉观世音，全身入荒草。”（《全宋诗》册35卷1968页22056）

释宗杲前出《大慧普觉禅师语录》卷三，释宗杲后出《大慧普觉禅

① （宋）曾慥辑：《类说》，书目文献出版社1998年北京图书馆古籍珍本丛刊本，第六二册，第80页。

师语录》卷七。释云作出《续古尊宿语要》卷六。

2. 胡宿《金山寺》（《全宋诗》册4卷180页2067），又见韩维《金山寺》（《全宋诗》册8卷430页5288）。重出失注。

胡宿作出《文恭集》卷二，韩维作出《舆地纪胜》卷七。存疑。

3. 福建士人《颂蔡君谟》其一："道边松，大义渡至漳泉东。问谁植之我蔡公，岁久广阴如云浓。甘棠蔽芾安可同，委蛇天矫腾苍龙。行人六月不知暑，千古万古长清风。"（《全宋诗》册7卷395页4860）又见郭祥正《临漳台》："道边松，大义渡至漳城东，问谁植之我蔡公。岁久广阴如云浓，甘棠蔽芾安可同。六月行人不知暑，千古万古扬清风。"（《全宋诗》册13卷779页9021）重出失注。

福建士人作出《方舆胜览》卷一二，郭祥正作出《舆地纪胜》。

（三）同一文献两歧

1. 谢绛《句》其一："王貌闲如鹤，黄吟苦似猿。"（《全宋诗》册3卷177页2016）又见李淑《句》其二："王貌闲知鹤，黄吟苦似猿。"（《全宋诗》册4卷231页2707）重出失注。

《全宋诗》此两处同出《春明退朝录》卷中，又《说郛》卷四一上、《宋诗纪事》卷八记载并同。《春明退朝录》卷中："天圣中，修国史。王安简、谢阳夏、李邯郸、黄唐卿为编修官。安简神情冲澹，唐卿刻意篇什。谢、李尝戏为句曰：'王貌闲如鹤，黄吟苦似猿。'"① 文献阙如，两存之。

2. 张伯玉《蓬莱阁醉归》（《全宋诗》册7卷384页4736），又见陈公辅《蓬莱阁归醉》（《全宋诗》册24卷1406页16169）。重出失注。

张伯玉作出《会稽掇英总集》卷一，陈公辅作出《密斋笔记》卷三。

3. 张伯玉《清明日》（《全宋诗》册7卷384页4742），又见孙永《清明》（《全宋诗》册9卷518页6299）。重出失注。

张伯玉作出《会稽掇英总集》卷一五。孙永作出《岁时杂咏》卷一五，《宋诗纪事》卷一六同。

（四）同一文献重出

1. 欧阳修《送谢学士归阙》："供帐拂朝烟，征鞍去莫攀。人醒风外

① （宋）宋敏求撰：《春明退朝录》，清嘉庆十年张氏照旷阁刻本。

酒，马度雪中关。旧府谁同在，新年独未还。遥应行路者，偏识彩衣斑。”（《全宋诗》册6卷291页3670）又见欧阳修《送学士三丈》：“供帐洛城边，征辕去莫攀。人醒风外酒，马度雪中关。故府谁同在，新年独未还。遥应行路者，偏识彩衣斑。”（《全宋诗》册6卷300页3778）重出失注。

前首出《文忠集》卷一〇，又见《居士集》题目为《送谢希深》。后首出《文忠集》卷五五。此源本集重出。

2. 邵雍《问春》其二：“春归必竟归何处，无限春冤都未诉。欲托流莺问所因，子规又叫不如去。”（《全宋诗》册7卷368页4527）又见邵雍《洛阳春吟》其七：“春归必竟归何处，无限春冤都未诉。欲托流莺问所因，子规又叫不如去。”（《全宋诗》册7卷379页4666）重出失注。

此诗出《击壤集》卷八、《击壤集》卷一九，本集重出。

3. 邵雍《晓事吟》：“晓物情人为晓事，知时态者号知人。知人失后却成害，晓事过时还不淳。”（《全宋诗》册7卷371页4566）又见邵雍《晓物吟》：“晓物情人为晓事，知时态者号知人。知人浅后却成害，晓事过时还不淳。铅锡点金终是假，丹青画马妄求真。奈何近世人多爱，恶紫之心殊未申。”（《全宋诗》册7卷381页4695）重出单注。

前出《击壤集》卷一一，后出《击壤集》卷三。

（五）不同文献重出

1. 王铚《即事》：“住依溪口破残村，身伴渡头零落云。更向空山拾黄叶，姓名那有世人闻。”（《全宋诗》册34卷1909页21322）

王铚《山村》：“家依溪口破残村，身伴渡头零落云。更向空山拾黄叶，姓名那有世人闻。”（《全宋诗》册34卷1910页21326）

前出《雪溪集》卷五，后出《雪溪诗补遗》。

2. 宋太宗赵炅（939—997），初名匡义，后改光义。太祖弟，封晋王。开宝九年（976）即位，建元太平兴国、雍熙、端拱、淳化、至道。在位22年卒，庙号太宗，葬永熙陵。

宋太宗诗《御制逍遥咏》（196首）与《御制缘识》（318首），两组诗重出颇多，共52组104首。

3. 刘敞《曲水台竹间默坐》（《全宋诗》册9卷466页5650），又见刘敞《曲水台》（《全宋诗》册9卷471页5709）。重出失注。

此诗出《公是集》卷六、《公是集》卷一一，又见《两宋名贤小集》卷五二、《四朝诗》卷一一、《宋百家诗存》卷四，本集两见导致重出。

第二节 编纂新误

一 未细检文献

（一）不明原书体例致误

1. 乐史《慈竹》（《全宋诗》册 1 卷 15 页 228），又见黄庭坚《慈竹》（《全宋诗》册 17 卷 1027 页 11742）。重出失注。

乐史作《全宋诗》辑自清黄锡禐道光《宜黄县志》卷四五，又见《能改斋漫录》卷一五、《蜀中广记》卷六三。黄庭坚作见《珊瑚网》卷五、《式古堂书画汇考》卷一一。其实《珊瑚网》录黄庭坚此首为题诗的书法作品，并非其自作的诗，参《式古堂书画汇考》："黄文节公三帖合卷小真行书纸本"[①]。《全宋诗》编者不察误题诗，为自作诗，此首为乐史作无疑。

2. 钱惟演《槿花》："绮霞初结处，珠露未晞时。宝树宁三尺，华灯更九枝。亭亭方自喜，黯黯却成悲。欲作飞烟散，犹怜反照迟。"（《全宋诗》册 2 卷 94 页 1057）又见宋光宗赵惇《句》其三："绮霞初结处，珠露未晞时。"（《全宋诗》册 50 卷 2653 页 31081）重出失注。

宋光宗赵惇作出《式古堂书画汇考》卷三三"第八幅"条："北宋赵昌《虞美人花图》：'绮霞初结处，珠露未稀时。'赐赵思恭团扇绢本着色虞美人数枝，施粉调朱，盈盈绰约。宋光宗对题团扇绢本。"[②]《西昆酬唱集》卷上、《御定佩文斋广群芳谱》卷三九、《御选宋金元明四朝诗·御选宋诗》卷三五、《宋元诗会》卷三均钱惟演作。可知此本宋光宗赵惇题钱惟演诗句于赵思恭团扇绢本，《全宋诗》编者不察，误为光宗赵惇作，卷二六五二此则当删。

3. 梅尧臣《依韵和公仪龙图招诸公观舞及画三首》其三（《全宋诗》册 5 卷 258 页 3228），又见晏几道《公仪招观画》（《全宋诗》册 12 卷

① （清）卞永誉撰：《式古堂书画汇考》，台湾商务印书馆 1983 年影印《四库全书》本。

② 同上。

685 页 8000）。重出失注。

梅尧臣作出《宛陵集》卷五二，晏几道作见《声画集》卷八、《宋诗纪事》卷二五，此当为梅尧臣作。

（二）理解错误

1. 错解指称

晏殊《句》其三五："静寻啄木藏身处，闲看游丝到地时。"（《全宋诗》册 3 卷 173 页 1967）又见蔡沈《句》其二："静寻啄木藏身处，闲看游丝到地时。"（《全宋诗》册 54 卷 2824 页 33653）重出失注。

晏殊作见《青箱杂记》卷五、《诗人玉屑》卷三、《诗林广记》后集卷九、《宋诗纪事》卷七。《全宋诗》卷二八二四的编者以此则为蔡沈作亦出《诗人玉屑》卷三"佳句"条："宋莒公（宋庠）见公（晏殊）佳句，皆书于斋壁，如：'无可奈何花落去，似曾相识燕归来'、'静寻啄木藏身处，闲看游丝到地时'、'楼台冷落收灯夜，门巷萧条扫雪天'、'已定复摇春水色，似红如白野棠花'之类，后人不可及。青箱杂记。"① 宋庠（996—1066），字公序，开封雍丘人。蔡沈（1167—1230），字仲默，号九峰，建阳人。宋庠怎可能见蔡沈佳句，不知编者如何讹误公（晏殊）为蔡沈。

2. 上下文错误

向敏中《句·延州诗》："四时常有烟棚合，三月犹无菜甲生。"（《全宋诗》册 1 卷 54 页 595）又见宋绶《句·相延州诗》："四时常有烟棚合，三月犹无菜甲生。"（《全宋诗》册 3 卷 174 页 1972）

《全宋诗》重出失注，向敏中作出江休复《嘉祐杂志》，宋绶作出江休复《醴泉笔录》。《陕西通志》卷一〇〇、《宋诗纪事》卷三均作向敏中。《嘉祐杂志》：

> 吴春卿殿试《圣有谟训赋》，用"答扬"二字自谓，颇工。考官张希颜不晓，云："只有对扬休命，岂有答扬者耶？"旁一人云："答即对也，乃及时文耳。"遂加一抹。宋宣献公绶编排卷子，知其误，不敢移易也。

① （宋）魏庆之编撰：《诗人玉屑》，扫叶山房清刻本。

向相《延州》诗："四时常有烟棚合，三月犹无菜甲生。"又有人《嘲同州》诗："三春花发唯樗树，二月莺啼是老鸦。"①

又《醴泉笔录》卷下：

吴春卿殿试《圣有谟训赋》，用"答扬"二字，自谓颇工。考官张希颜不晓，云："只有对扬休命，岂有答扬者耶？"旁一人云："答即对也，乃及时文耳。"遂加一抹。宋宣献公绶编排卷子，知其误，不敢移易。向相《延州诗》："四时常有烟棚合，三月犹无菜甲生。"又有人《嘲同州诗》："三春花发惟樗树，二月莺啼是老鸦。"②

由是可知，《嘉祐杂志》于宋绶、向敏中本为两事、两条，全不相干。而《醴泉笔录》混为一条，《全宋诗》编者误读，作者承前一人名误为宋绶，此则为向敏中作无疑。

3. 引诗讹本主

何颉之《黄绵袄绝句》（《全宋诗》册20卷1193页13497），又见罗大经《黄绵袄》："范叔绵袍暖一身，大裘只盖洛阳人。九州四海黄绵袄，谁似天公赐予均。"（《全宋诗》册60卷3161页37921）重出失注。

《全宋诗》此二处同出《鹤林玉露》卷一。《鹤林玉露》卷一："何斯举云：壬寅正月，雨雪连旬，忽尔开霁，闾里翁媪相呼贺曰：'黄绵袄子出矣！'因作歌以纪之。此名甚新，但所以作歌未甚惬人意。乃更为补作一绝句云：'范叔绵袍暖一身，大裘只盖洛阳人。九州四海黄绵袄，谁似天公赐予均。'白乐天诗云：'安得大裘长万丈，与君都盖洛阳人。'"③何颉之，字斯举，号樗叟，初名顽，字颉之。可知此诗作者为何颉之。《全宋诗》卷三一六一以作者为罗大经实属误读文献。

4. 附诗讹本主

杨万里《张功父索余近诗余以南海朝天二集示之蒙题七字》："作者

① （宋）江休复撰：《嘉祐杂志》，台湾商务印书馆1983年影印《四库全书》本。
② （宋）江休复撰：《醴泉笔录》，清道光十一年六安晁氏刻本。
③ （宋）罗大经撰：《鹤林玉露》，台湾商务印书馆1983年影印《四库全书》本。

于今星样稀，凄其望古驷难追。空桑孤竹陶元亮，玉佩琼琚杜拾遗。自笑吟秋如懒妇，可能击鼓和冯夷。报章不作南金直，惭愧君家丙稿诗。”（《全宋诗》册 42 卷 2296 页 26368）

张镃《题杨诚斋南海朝天二集》：“作者于今星样稀，凄其望古驷难追。空桑枯竹陶元亮，玉佩琼璩杜拾遗。自笑吟秋如懒妇，可能击鼓和冯夷。报章不作南金直，惭愧君家丙稿诗。”（《全宋诗》册 50 卷 2690 页 31676）

杨万里作出《诚斋集》卷二二，张镃作见《永乐大典》卷八九六。此诗由二人诗题可知，此为张镃（张功甫、张功父）诗附入《诚斋集》卷二二之《朝天集》，《全宋诗》卷二二九六编者不察，误为杨万里作。

5. 错解诗题

苏轼《送酒与崔诚老》：“雪堂居士醉方熟，玉涧山人冷不眠。送与安州泼醅酒，从今三日是三年。”（《全宋诗》册 14 卷 831 页 9617）

陈宓《予守南康适当旱岁睹东坡玉涧留题喜雨书之庶几新年三白之符也》：“雪堂居士醉方熟，玉涧仙人冷不眠。送与安州泼醅酒，一年三白是丰年。”（《全宋诗》册 54 卷 2856 页 34076）

此诗苏轼作见《苏诗补注》卷四八，陈宓作出《陈文公集》卷五。此陈宓记东坡诗。

6. 理解两歧

（1）曾巩《将行陪二车观灯》（《全宋诗》册 8 卷 462 页 5611），又见晁补之《将行陪二车观灯》：“行歌红粉满城欢，犹作常时五马看。忽忆使君身是客，一时挥泪逐金鞍。”（《全宋诗》册 19 卷 1140 页 12881）重出失注。

曾巩作出《宋诗纪事》卷二〇，晁补之作见《鸡肋集》卷二二、《居易录》卷三四、《香祖笔记》卷一二、《宋诗钞》卷三四。“曾子固以熙宁五年守济南。其后二十一年，晁无咎继来为守，作《北渚亭赋》最著，有《别历下》二绝句云：‘来见红蕖溢渚香，归涂未变柳梢黄。殷勤趵突溪中水，相送扁舟向汶阳。’‘鸳鸯𪇆鶒绕渔梁，摇漾山光与水光。不管使君征棹远，依然飞下旧池塘。’又将行，《陪二车观灯》云：‘行歌红粉满城欢，犹作常时五马看。忽忆使君身是客，一时挥泪逐金鞍。’又《赴齐州》诗云：‘淮南蒙召鬓毛斑，乞得东秦慰病颜。晓整轻鞍汶阳北，却冲微雨看青山。’吾州于宋得子固、子由、无咎三公，而东坡公过此，亦有‘济南春好雪初晴，行到龙山马足轻。’之咏。足敌唐北海、子美、太白三公矣。”①

此诗不见《元丰类稿》，晁补之作无疑。

（2）曾巩《赴齐州》（《全宋诗》册8卷462页5611），又见晁补之《赴齐道中》（《全宋诗》册19卷1140页12884）。重出失注。

曾巩作出《宋诗纪事》卷二〇，晁补之作见《鸡肋集》卷二二、《居易录》卷三四，此诗晁补之作。考证见前条。

7. 关系人错解为作者

宋敏求《九江琵琶亭》（《全宋诗》册9卷514页6241），又见吴处厚《九江琵琶亭》（《全宋诗》册11卷617页7330），又见王安国《题琵琶亭》（《全宋诗》册11卷631页7539）。重出两注。

《全宋诗》宋敏求作出《诗话总龟》卷一〇：“王安国平甫作诗多使酒楼。语宋次道曰：‘杨文公诗有酒楼：“江南堤柳拂人头，李白题诗遍酒楼。”钱昭度亦有一酒楼：“长忆钱塘江上望，酒楼人散雨千丝。”今子诗有几酒楼？’次道曰：‘吾诗有二酒楼：《九江琵琶亭》云：“夜泊浔阳宿酒楼，琵琶亭畔荻花秋。云沉鸟没事已往，月白风清江自流。”又《送客西陵》云：“若耶溪畔醉秋风，猎猎船旗照水红。后夜钱塘酒楼上，梦魂应绕浙江东。”’《青箱杂记》。”②

吴处厚作出《青箱杂记》卷八：“王安国作诗多使酒楼，尝语余曰：‘杨文公诗有一“酒楼”：“江南堤柳拂人头，李白题诗遍酒楼。”钱昭度诗亦有一“酒楼”：“长忆钱塘江上望，酒楼人散雨千丝。”子诗有几“酒楼”？’余答曰：‘吾诗有二“酒楼”’。安国曰：‘足矣。’盖余有《题九江琵琶亭小诗》云：‘夜泊浔阳宿酒楼，琵琶亭畔荻花秋。云沉鸟没事已往，月白风清江自流。’又余昔年尝送客西陵，亦作小诗曰：‘若耶溪畔醉秋风，猎猎船旗照水红。后夜钱塘酒楼上，梦魂应绕浙江东。’”③

王安国作出《舆地纪胜》卷三，又见《记纂渊海》卷一一、《宋艺

① （清）王士祯撰：《居易录》卷34，河南大学图书馆藏清刻本。

② （宋）阮阅编：《诗话总龟》，台湾商务印书馆1983年影印《四库全书》本。

③ （宋）吴处厚撰：《青箱杂记》，台湾商务印书馆1983年影印《四库全书》本。

圃集》卷七。

此诗又见《锦绣万花谷》后集卷三三引《青箱杂记》，同《诗话总龟》。《事实类苑》卷三九、《全闽诗话》卷二引《青箱杂记》，并同。

而《五代诗话》卷一："王安国作诗好用酒楼字，尝谓吴处厚曰：'子诗有几酒楼？'吴曰：'有二，其一"夜泊浔阳宿酒楼"，二"后夜钱塘酒楼上"云云。'安国曰：'足矣。'然不如钱昭度'长忆钱塘江上望，酒楼人散雨丝丝'。《六砚斋笔记》"①

综上所引，此诗绝非王安国作，其与本事相关，故误为作者。此诗本事最早出吴处厚的《青箱杂记》，虽吴处厚本人品行无足可道，然其诗卓有唐风，论诗多有可取之处。自不必因废言，此记本人事，不应有讹。此诗当属吴处厚。

（三）断句不当

晏殊《句·挽王禹玉》："震邸陪经席，辰阶总化钧。"（《全宋诗》册3卷173页1965）又见王珪《赠司空侍中晏元献公挽词二首》其一："震邸陪经席，辰阶拥化钧。高谟帷幄旧，嘉绩鼎彝新。露湿铭旌晓，尘凝燕榭春。许郊民爱厚，犹忆相车茵。"（《全宋诗》册9卷492页5961）重出失注。

王珪作见《华阳集》卷六、《宋诗纪事》卷一五。《全宋诗》晏殊作出《海录碎事》卷四下"震邸"条："'震邸陪经席，辰阶总化钧。'晏元献挽诗王禹玉。"② 此处《全宋诗》编者断句错误，曲解文献，（"晏元献挽诗王禹玉"此处为"晏元献挽诗，王禹玉"之意，编者理解成"晏元献，挽诗王禹玉"）致误重出，当删。

（四）分合不当

1. 陶弼《宾州二首》其一："广右开炎服，思刚置县衙。（自注：见下）羁縻唐世及，正朔圣朝加。乡分今贺水，邑隶古琅玡。泉脉通明镜，封邻接镆铘。"（《全宋诗》册8卷407页4998），又见秦密《迁江纪实》（《全宋诗》册72卷3742页45136）重出失注。

《全宋诗》此两处同出《舆地纪胜》卷一一五。又《方舆胜览》卷

---

① （清）王士祯辑，郑方坤编：《五代诗话》，清道光南海伍氏刻本。

② （宋）叶廷珪撰：《海录碎事》，台湾商务印书馆1983年影印《四库全书》本。

四一作秦密,《记纂渊海》卷十五作秦泌（当是秦密之误），本事皆同。

推敲原文，此诗当自“见下”处，分为两首。这样此诗归属秦密，语意再无不妥。

2. 郭祥正《和杨公济钱塘西湖百题·杨梅坞》（《全宋诗》册 13 卷 778 页 9017），又见陈景沂《杨梅》其一：“红实缀青枝，烂漫照前坞。不及杏繁时，林间有仙虎。”（《全宋诗》册 64 卷 3394 页 40389）重出失注。

此诗郭祥正作见《青山集》卷二六、《御定佩文斋广群芳谱》卷五六。郭祥正（1035—1113），字功父（甫），自号醉吟居士，谢公山人、漳南浪士，当涂人。

陈景沂作出《全芳备祖集》后集卷六，此诗未署名，从下一首，作者为陈景沂。

《御定佩文斋广群芳谱》卷五六录此诗，题作者为郭祥正，而后一首作者署名为陈景沂。可知此诗为郭祥正作，因诗歌连署误为陈景沂诗。

（五）错看误抄

1. 吴中复《江左谓海棠为川红》（《全宋诗》册 7 卷 382 页 4708），又见吴芾《海棠》（《全宋诗》册 35 卷 1965 页 22010）。重出失注。

吴中复（1011—1079），字仲庶，兴国军永兴（今湖北阳新）人。仁宗宝元元年（1038）进士。

吴芾（1104—1183）（生年据集中诗“我生甲申岁”），字明可，号湖山居士，台州仙居（今属浙江）人。高宗绍兴二年（1113）进士。

吴中复作出《海棠谱》卷下，又见《御定佩文斋广群芳谱》卷三五、《说郛》卷一〇三下、《古今事文类聚》后集卷三一、《诗林广记》卷八、《历代诗话》卷三八、《宋诗纪事》卷一三。吴芾作出《全芳备祖》前集卷七，翻检该卷“七言八句”条曰：“‘靓妆浓艳雨蒙茸，高下池台细细风。却恨韶华偏蜀土，更无颜色似川红。寻芳只恐三春暮，把酒欣逢一笑同。子美诗才犹阁笔，至今寂寞锦城中。’吴中复。”[①]《全宋诗》卷一九六五编者以此为吴芾诗，实不可解。

2. 掌禹锡《句》其一：“风定落花深一寸，日高啼鸟度千声。”（《全宋诗》册 3 卷 170 页 1933）又见刘禹锡《句》其一：“风定花落深一寸，

① （宋）陈景沂编辑：《全芳备祖》，台湾商务印书馆 1983 年影印《四库全书》本。

日高啼鸟度千声。”（《全宋诗》册 71 卷 3737 页 45062）掌禹锡《句》其二：“晓莺林外千声啭，芳草阶前一尺长。”（《全宋诗》册 3 卷 170 页 1933）又见刘禹锡《句》其二：“晓莺林外千声啭，芳草阶前一尺长。”（《全宋诗》册 71 卷 3737 页 45062）

此两则《全宋诗》两处同出《过庭录》：“掌禹锡博通子史百家，作《证类本草》，而讷于为文，时贤颇于此鄙之。尝作诗曰：‘风定落花深一寸，日高啼鸟度千声。’又云：‘晓莺林外千声啭，芳草阶前一尺长。’欧公谓忽作人言。”[①]《全宋诗》卷 3737 的编者，因误读文献而错讹。

3. 陈良《自紫极观过天柱》（《全宋诗》册 14 卷 841 页 9750），又见陈良孙《自紫极观过天柱》：“道在吾身宇宙宽，朝逾云岫暮云关。丹灵不服春风转，欲度世人那得闲。”（《全宋诗》册 72 卷 3757 页 45313）重出失注。

陈良《雪中浴冷泉示诸友》：“风鼓空林雪蔽山，身如铁石不知寒。尘埃岂是相随物，付与溪流出世间。”（《全宋诗》册 14 卷 841 页 9750）

陈良孙《雪中浴冷泉示诸友》：“风鼓空林雪蔽山，身如铁石不知寒。尘埃岂是相随物，付与溪流出世间。”（《全宋诗》册 72 卷 3757 页 45313）

此两组四首诗重出失注。《全宋诗》陈良、陈良孙作同出元孟宗宝《洞霄诗集》卷六。此二诗作者，下图（书影 4—1）一看可知《全宋诗》之误。

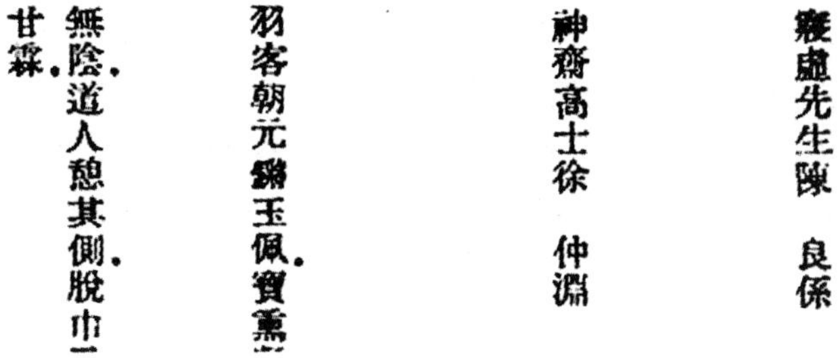
[illegible]虛先生陳　良孫
神齋高士徐　仲淵
羽客朝元鏘玉佩．寶熏
無陰．道人憩其側．脫巾一
甘霖．

书影 4—1：《洞霄诗集》卷六

① （宋）范公偁撰：《过庭录》，中华书局 1985 年版，第 30 页。

4. 王琪《暮春游小园》（《全宋诗》册 4 卷 187 页 2138），又见王淇《暮春游小园》（《全宋诗》册 67 卷 3521 页 42054）。重出失注。

《全宋诗》此两处同出宋谢枋得《千家诗》，此诗作者王淇，卷 187 编者误。

（六）诗句不当收而收

王琪《句》其七："张亢触墙成八字。"（《全宋诗》册 4 卷 187 页 2138）又见张亢《句》："张亢触墙成八字，王琪望月叫三声。"（《全宋诗》册 4 卷 226 页 2640）重出失注。

此则见《瓮牖闲评》卷七、《类说》卷一三、《说郛》卷四〇上、《古今事文类聚》卷二〇、《天中记》卷二一、《山堂肆考》卷一〇九、《御定渊鉴类函》卷二九九、《宋稗类钞》卷二五、《归田录》卷上、《文忠集》卷一二六。又《黄氏日钞》卷六一载本事曰："王琪骨立，张亢肥大。琪谓亢牛，亢谓琪猴。琪嘲亢曰'张亢触墙成八字'，亢应声曰'王琪望月叫三声'。"[①] 此句为王琪嘲张亢句，卷二二六此句前半当删。如不删其半，当注明。

（七）从前误从后误

1. 欧阳修《芙蓉花二首》其二："红芳晓露浓，绿树秋风冷。共喜巧回春，不妨闲弄影。"（《全宋诗》册 6 卷 303 页 3811），又见朱熹《秋华四首·木芙蓉》（《全宋诗》册 44 卷 2391 页 27638）。重出失注。

此诗情况较为复杂，《御定渊鉴类函》卷四〇七："杨万里诗曰：又曰：'染露金风里，宜霜玉水滨。莫嫌开最晚，元自不争春。'"[②] 以此为杨万里诗。朱熹作见《晦庵集》卷九、《御定佩文斋广群芳谱》卷三九、《御定佩文斋咏物诗选》卷三四〇、《御选宋金元明四朝诗·御选宋诗》卷六二。欧阳修作出《全芳备祖》前集卷二四，翻检该书，此诗前一首为欧阳修"溪边野芙蓉，花水相媚好。半看池莲尽，独伴霜菊槁"。后一首为杨万里"染露金风里，宜霜玉水滨。莫嫌开最晚，元自不争春。"此首下无作者。此诗《御定渊鉴类函》从后误作者为杨万里，《全宋诗》编者从前误作者为欧阳修，此为朱熹诗无疑。

---

① （宋）黄震编：《黄氏日抄》，清乾隆三十二年新安汪氏珠树堂刻本。

② （清）张英等纂：《渊鉴类函》，清康熙四十九年清吟堂刻本。

2. 邵雍《芍药四首》其四："花不能言意已知，今君慵饮更无疑。但知白酒留佳客，直待琼舟覆玉彝。"（《全宋诗》册7卷381页4699）

苏轼《玉盘盂》其二："花不能言意可知，令君痛饮更无疑。但持白酒劝嘉客，直待琼舟覆玉彝。负郭相君初择地，看羊属国首吟诗。吾家岂与花相厚，更问残芳有几枝。"（《全宋诗》册14卷797页9226）

邵雍作出《全芳备祖集》前集卷三，此诗未题作者，承前诗作邵雍。苏轼作见《东坡全集》卷七、《东坡诗集注》卷二五、《施注苏诗》卷一一、《苏诗补注》卷一四、《坡门酬唱集》卷五、《御定佩文斋广群芳谱》卷四五。半首与全诗重出，且不见邵雍本集，苏轼诗无疑。

二　未认真复核

有些重出误收，可以通过复核发现，比如集外诗、辑佚诗与本集重出。同一作者在不同的卷册重出等情况。

（一）诗人重出

第三章第二节已举盛世忠等十数例，此处再举一例。

释法宝《偈》："千般言，万种喻，只要教君早回去。夜来一片黑云生，莫教错却山前路。"（《全宋诗》册8卷408页5014）

释法宝《偈》："千般言，万种喻，祇要教君早回去。夜来一片黑云生，莫教错却山前路。"（《全宋诗》册31卷1799页20047）

《全宋诗》卷四〇八、卷一七九九分别收录释法宝，录诗一首同。从《全宋诗》小传看，系同一人。

释法宝（1015—1083），俗姓王，遂州小溪（今四川遂宁）人。一作福州（今属福建）人（《五灯会元》卷二〇）。年二十，落发为僧。曾三游洛阳，聚徒说法。为南岳下十六世，径山杲禅师法嗣（同上书）。神宗元丰六年卒，年六十九。事见韩维《南阳集》卷二九《善觉寺住持赐紫宝师塔铭》。（《全宋诗》册8卷408页5014）

释法宝，福州（今属福建）人。住潭州大沩。为南岳下十六世，径山宗杲禅师法嗣。《嘉泰普灯录》卷一八、《五灯会元》卷二〇有传。（《全宋诗》册31卷1799页20047）

（二）辑佚诗重出

1. 杨亿《题张居士壁》（《全宋诗》册3卷115页1334），又见杨亿

《赠张季常》（《全宋诗》册3卷122页1419）。重出失注。

《全宋诗》从清翁天祐光绪《续修浦城县志》卷四〇收入《赠张季常》，与从《武夷新集》收入《题张居士壁》重出当删。

2. 杨亿《建溪十咏·武夷山》（《全宋诗》册3卷118页1377），又见杨亿《灵岳》（《全宋诗》册3卷122页1420）。重出失注。

《灵岳》据《诗渊》收入，重出《建溪十咏·武夷山》当删。

3. 杨亿《北苑焙·朗山寺》（《全宋诗》册3卷118页1377），又见杨亿《升山》（《全宋诗》册3卷122页1419）。重出失注。

《升山》据明夏玉麟嘉靖《建宁府志》卷三收入，重出《北苑焙·朗山寺》当删。

（三）辑佚残句与全诗重出

1. 田锡《峨嵋山歌》："高高百里一屈盘，八十四盘青云端。星辰淋漓泻瀑布，岚楼雪寺五月寒。残阳忽黑雨雹飞，霹雳火着枯杉枝。登临慨然小天下，回时一顾东海涯。细看朝阳初出时，火精转毬百尺围。曈曈昽昽浮在水，峨眉朝云已如绮。"（《全宋诗》册1卷45页485）又见田锡《句》其四："高高百里一屈盘，八十四盘青云端。"（《全宋诗》册1卷46页496）重出失注。残句与全诗重出，当删。

2. 王禹偁《赠状元先辈孙仅》："病中何事忽开颜，记是诗称小状元。粉壁乍悬龙虎榜，锦标终属鹡鸰原。青云随步登花塔，红雪飘衣醉杏园。还有一条遗恨处，不教英俊在吾门。"（《全宋诗》册2卷67页771）又见王禹偁《句》其二七："青云随步登华榻，红雪飘香入杏园。"（《全宋诗》册2卷71页811）残句与全诗重出，残句当删。

3. 郭祥正《赠提宫谏议沈公》："神仙之府名鸡笼，千寻翠玉擎寒空。秀色凌风入城郭，半衔晓日金蒙蒙。贤材间出万人杰，行脱麻衣趋紫阙。三朝出入持使权，凛凛声名洒冰雪。往年作镇来金陵，天子临轩宣老成。问公书画几万卷，品秩入奏编瑶琼。延阁往往未尝有，诏札奖与光华生。佥言公归坐廊庙，易节暂刺玄晖城。恳请仙宫遽知止，车盖翩翩还故里，粉娥执乐四时春。窈窕芙蓉新出水，嘈嘈弦管鸾凤鸣，玉卮献酒公解醒。人生快意似公少，家园乃是真蓬瀛。数峰飞来云雾湿，琪树玲珑晓寒入。绿池水照百花明，芳亭小榭佳宾集。有时自赋归来篇，幅巾藜杖诗中仙。秦晋诸子因避世，种柳栽桃安足怜。顾我登门二十载，贵势能忘竟相待。数奇自笑无所成，亦欲浮舟往沧海。沧海云涛人不争，忘机可以超神凝。比公进退殊未足，若问逍遥无鷃鹏。”（《全宋诗》册13卷751页8754）

郭祥正《句·鸡笼山》：“神仙之府名鸡笼，千寻翠玉擎寒空。秀色凌风入城郭，半街晓日金蒙蒙。”（《全宋诗》册13卷779页9023）

郭正祥全诗出《青山集》卷一〇，又见《记纂渊海》卷一〇，残句出《舆地纪胜》卷一三二。辑佚与本集重出，当删。

（四）辑佚残句重出

1. 李焘《句》其四：“山绕一城藏几寺，江连二水送孤舟。”（《全宋诗》册37卷2058页23216）

李简《句》：“山绕一城藏古寺，江连二水送孤舟。”（《全宋诗》册71卷3738页45082）

李焘作出《舆地纪胜》卷一五四，李简作出《锦绣万花谷》续集卷一三。《全宋诗》录李简诗仅此句，疑为同一人。

2. 高似孙《句》其五（《全宋诗》册51卷2721页32008）：“小山花落渠如别，右手螯香我欠肥。”又见高似孙《句》其四〇：“小山花落渠如别，右手螯香我欠肥。”（《全宋诗》册51卷2721页32010）重出失注。

前出《蟹略》卷一，后出《蟹略》卷三。

3. 高似孙《句》其六：“菊报酒初熟，橙催蟹又肥。”（《全宋诗》册51卷2721页32008）

高似孙《句》其二二：“菊报香篘熟，橙催宿蟹肥。”（《全宋诗》册51卷2721页32009）

前出《蟹略》卷一，后出《蟹略》卷二。

4. 李堪《句》其二：“海月随帆落，溪花绕驿流。”（《全宋诗》册2卷100页1136）又见李堪《句》其五：“海月随帆落，溪花绕驿流。”（《全宋诗》册2卷100页1136）重出失注。

当删一则。

三 文献查考不足

前人错误是指《全宋诗》编纂中，引用古籍旧说时，未加辨别，把本来不正确的内容，收入《全宋诗》，致使出现重出误收。

（一）前人误记不察

林逋《送闻义师谒池阳郡守》：“渺渺大江流，沿洄过几州。登舻忽此别，振锡未尝游。九子寻真界，千兵见假侯。松枝谈妙字，铃阁想迟留。”（《全宋诗》册2卷105页1201）又见陈克《句》其一〇：“渺渺大江流。”（《全宋诗》册25卷1480页16901）又见释绍嵩《曲江解舟》：“动静非常态，此行风正秋。巉巉孤桌起，渺渺大江流。蝉噪日将落，烟生山欲浮。无心与时竞，吟凭钓鱼舟。”（《全宋诗》册61卷3233页38606）林逋作见《林和靖集》卷一、《江湖小集》卷三。陈克作出释绍嵩《曲江解舟》集句诗。此集句诗诗后注第三句为林和靖作，第四句为陈克作，今疑林和靖与陈克互乙，此句为林逋诗集入绍嵩诗，因诗后注误，而误为陈克作。并林逋名下《句》其七“巉巉孤桌起”（《全宋诗》册2卷108页1245）疑为陈克残句。

（二）未征引原始文献

1. 唐人鉴《潇湘渔父歌》（《全宋诗》册43卷2358页27072），又见潇湘渔父《歌一首》：“乾淳老人气岳岳，破冠穿履行带索。撑肠拄肚书万卷，临风欲言牙齿落。”（《全宋诗》册70卷3704页44463）重出失注。

唐人鉴作出清武占熊嘉庆《零陵县志》卷一五。

潇湘渔父作出《谷音》卷下。此诗实系古碑文，作者与潇湘渔父无干，《全宋诗》卷三七〇四作者从前首诗误为潇湘渔父。

《谷音》卷下：“古碑文（揭大中云：或渔于潭，得片石字十数行，率磨没，仅识得二十八字，意幽人愤世之作，不合于时，故沉之，以俟知者。）：‘乾淳老人气岳岳，破冠穿履行带索，撑肠拄肚书万卷，临风欲言牙齿落。’”[1]

清武占熊嘉庆《零陵县志》卷一五归之唐人鉴不知何出，当从《谷音》。

2. 徐融《句》：“淮船分蚁点，江市聚蝇声。”（《全宋诗》册8卷431页5298）又见《全唐诗》卷795，题为《句》，作者同。

---

① （元）杜本编：《谷音》，台湾商务印书馆1983年影印《四库全书》本。

此诗《江表志》卷一、《说郛》卷三九下、《五代诗话》卷三题作者为严球。

《锦绣万花谷》前集卷五、《全唐诗》卷七九五、《诗话总龟》卷二九题作者为徐融。

此句诸集所载本事略同，最早源出《江表志》卷一："严球为相，是时王慎辟奉使北朝。……梁太祖锐意南征，实时罢兵。球宿金山常有诗云：'淮船分蚁点，江市聚蝇声。'烈祖性多严忌，宋齐丘因而谮之，以竹笼乘之沉于江口。"①《江表志》作者为郑文宝。郑文宝（953—1013），字仲贤，宁化人。生于周太祖顺三年，卒于宋真宗大中祥符六年。初事李煜，累官校书郎。入宋，尝衣蓑荷笠以渔者见煜于私第。太平兴国八年进士，除修武主簿。郑文宝记同代人之事，应属可信，此句则应属严球。

3. 杨氏《永别》："春尽花随尽，其如自是花。从来说花意，不过此容华。"（《全宋诗》册72卷3785页45695）

《会稽志》卷一九："越渔者杨父一女绝色，为诗不过两句。或问：'胡不终篇？'答曰：'无奈情思缠绕，至两句即思远不断。'有谢生求娶焉，父曰：'吾女宜配公卿。'谢曰：'谚云：少女少郎相乐不忘，少女老翁苦乐不同。且安有少年公卿也？'翁曰：'吾女词多两句子，能续之称其意，则妻矣。'示其篇曰：'珠帘半床月，青竹满林风。'谢续曰：'何事今宵景，无人解与同。'女曰：'天生吾夫。'遂偶之。后七年春日，杨忽题曰：'春尽花随尽，其如身是花。'谢曰：'何故为不祥句。'杨曰：'吾不久于人间矣。'谢续曰：'役来说花意，不过比容华。'杨即瞑目而逝。"②《类说》卷二九本事略同。《全唐诗》卷八〇一同。

《全宋诗》据《奁泐续补》卷一收录。此诗属唐属宋不可确考，然非杨氏一人作无疑。当据《会稽志》《类说》勘正。

四 自违体例

《全宋诗》编者，发凡起例，严谨有度。然而在实际编纂过程中，书

① （宋）郑文宝撰：《江表志》，清道光十一年六安晁氏刻本。

② （宋）施宿修：《会稽志》，越中先贤祠刻本。

成众手，而主编也难以通贯全书。致使自违体例之处颇为常见。比如：作者题名不一，景定《建康志》作者或题马光祖，或题周应合，存目标准不一等。本节释例对于与《全宋诗》重出误收无关的违例，不多列举。

（一）失注失考

1. 重出失注

（1）释延寿《同于秘丞赋瀑泉》（《全宋诗》册1卷2页28），又见释重显《同于秘丞赋瀑泉》（《全宋诗》册3卷147页1646）。重出失注。

延寿作出清张美翊光绪《奉化县志》卷四，而重显作出宋本《祖英集》，可知此诗为重显作无疑，《全宋诗》释延寿处当存目。

（2）释延寿《句》其八："草浓春径狭，树密晚窗阴。"（《全宋诗》册1卷2页32）又见释赞宁《句》其二："草浓春径狭，树密晚窗阴。"（《全宋诗》册1卷11页151）重出失注。

此则《吟窗杂录》卷三二为延寿诗，《锦绣万花谷》后集卷三为赞宁诗，资料匮乏，姑且存疑。

（3）廖融《句》："松风吹发乱，岩溜溅棋寒。"（《全宋诗》册1卷15页213）又见释惠崇《句》："松风吹发乱，岩溜溅棋寒。"（《全宋诗》册3卷126页1469）《句》："圭窦先知晓，盆池别见天。"（《全宋诗》册1卷15页213）又见释惠崇《句》其七一"圭窦先知晓，盆池别见天。"（《全宋诗》册3卷126页1471）重出失注。

廖融作出《锦绣万花谷》前集卷二五，《宋诗纪事》卷九一引此二则出惠崇《自撰句图》，考此句图为惠崇自撰，故此二则作者为惠崇。

2. 重出单注

（1）宋祁《咏叔孙通》："马上成功不喜文，叔孙绵蕞擅经纶。诸生可笑贪君赐，便许当时作圣人。"（《全宋诗》册4卷225页2617）又见王安石《嘲叔孙通》："马上功成不喜文，叔孙绵蕝共经纶。诸君可笑贪君赐，便许当时作圣人。"（《全宋诗》册10卷571页6738）重出单注。

王安石作见《临川文集》卷三四、《王荆公诗注》卷四八（张本李壁注："或云此诗宋景文作。"）。《能改斋漫录》卷八、《优古堂诗话》《苕溪渔隐丛话》后集卷二〇，皆言非王安石作。此诗当属宋祁。

（2）梅尧臣《和才叔岸傍古庙》（《全宋诗》册5卷235页2746），又见王安石《和叔才岸傍古庙》（《全宋诗》册10卷577页6782）。重出单注。

王安石作出《瀛奎律髓》卷二八。《全宋诗》王安石集编者认为："胡舜元字叔才，与王安石同砚席，《临川集》卷八四有《送胡叔才序》，此诗宜为王安石作。"（《全宋诗》册10卷577页6782）胡舜元（1019—1099年），字叔才，安徽省铜陵县凤凰耆沸水（今铜陵县新桥镇境内）人。其出身"铜陵大世家"，少曾与王安石"共砚席，相友善"。北宋嘉祐四年（1059）进士。梅尧臣（1002—1060）字圣俞，皇祐三年（1051）赐同进士出身。梅胡二人相差不到20岁，有诗相赠也不奇怪。梅尧臣作见《宛陵集》卷三、《宋诗钞》卷八、《宋元诗会》卷一四，梅集经欧阳修手订，欧阳子与梅氏、王氏均熟识，不应弄错，此当为梅尧臣作。

（3）梅尧臣《和王仲仪咏瘿二十韵》（《全宋诗》册5卷247页2890），又见王安石《汝瘿和王仲仪》（《全宋诗》册10卷576页6773）。重出单注。

梅尧臣作见《宛陵集》卷二七、《宋诗钞》卷九、《宋元诗会》卷一三。王安石作见《王荆公诗注》卷二一、《古今事文类聚》前集卷四七。此诗当出梅尧臣。

3. 三重出失注

（1）魏野《蔷薇》："碎剪红绡间绿丛，风流疑在列仙宫。朝真更欲熏香去，争掷霓衣上宝笼。"（《全宋诗》册2卷87页968）又见韩琦《锦被堆二阕》其一："碎剪红绡间绿丛，风流疑在列仙宫。朝真更欲薰香去，争掷霓衣上宝笼。"（《全宋诗》册6卷322页3999）又见王义山《王母祝语·蔷薇花诗》："碎剪红绡间绿丛，风流疑在列仙宫。朝真更欲薰香去，争掷霓衣上宝笼。忽惊锦浪洗春色，又似宫娃逞妆饰。会当一遣移花根，还比蒲桃天上植。"（《全宋诗》册64卷3354页40096）重出失注。

魏野作出《全芳备祖》卷一七。韩琦作出《安阳集》卷五。王义山出《稼村类稿》卷三〇。当以韩琦作为是。

（2）蒋堂《望太湖》（《全宋诗》册3卷151页1713）。又见苏舜钦《望太湖》（《全宋诗》册6卷315页3941）。又见苏頔《望太湖》（《全宋诗》册72卷3779页45608）。重出失注。

蒋堂作出明沈敕《荆溪外纪》卷七。苏頔出清李先荣嘉庆《重修宜兴县旧志》卷一〇，苏岨无考，《全宋诗》仅据此县志收其诗一首。苏舜钦作见《古今事文类聚》前集卷一七、《苏学士集》卷七、《记纂渊海》卷七、《御定渊鉴类函》卷三二、《宋文监》卷二四、《吴都文粹》卷五、《宋艺圃集》卷五、《石仓历代诗选》卷一三九、《御定佩文斋咏物诗选》卷九三、《御选宋金元明四朝诗·御选宋诗》卷四六、《宋诗钞》卷五、《宋元诗会》卷一五。此诗当为苏舜钦作。

（3）曾公亮《吊曹觐》："款军樵门日再晡，空卷犹自把戈鈇。身垂虎口方安坐，命若鸿毛竟败呼。柱下杲卿曾断骨，裤中杵臼得遗孤。可怜三尺英雄气，不怕山西士大夫。"（《全宋诗》册4卷226页2642）又见元绛《赵潜叔殉节诗》："转战谯门日再晡，空拳由自冒戈殳。身垂虎口方安坐，命弃鸿毛更疾呼。柱下杲卿存断节，裤间杵臼得遗孤。可怜三尺英雄气，不愧西山士大夫。"（《全宋诗》册7卷353页4378）又见无名氏《题旌忠亭》其一："转战谯门日再晡，空拳犹自把戈鈇。身垂虎口方安坐，命弃鸿毛更疾呼。柱下杲卿存断节，裤间杵臼得遗孤。可怜三尺英雄气，不愧山西士大夫。"（《全宋诗》册72卷3742页45131）重出失注。

曾公亮作出《青琐高议》前集卷一〇，本事为曾公亮吊曹觐而作，《氏族大全》卷七同。《锦绣万花谷》前集卷二六、《水东日记》卷一四、《竹洲集》卷一四、《后村集》卷一七、《宋诗纪事》卷一三、《诗话总龟》前集卷一、《后村诗话》卷一、《诗林广记》卷六，皆以元绛为作者，但《后村集》《宋诗纪事》以本事为吊曹觐，《诗话总龟》《后村诗话》《诗林广记》以本事为伤赵潜叔。无名氏作出《舆地纪胜》卷九四，本事为无名氏吊曹觐二首之一（细读《舆地纪胜》记载，此二首是一人作，还是两人作，并不能确定）。元绛作可能性较大，并存俟考。

4. 三重出双注

杨亿《贻诸馆阁》（《全宋诗》册3卷122页1416），又见杨允《不预曲宴诗》（《全宋诗》册20卷1193页13494），又见杨允元《寄馆中诸公》（《全宋诗》册2卷100页1129）。三出双注。

杨允元作出《诗话总龟》前集卷四引《古今诗话》。杨亿作出《渑水燕谈》卷七。杨允作出《翰苑群书》后集上卷一九。此诗当为杨亿作，误为杨允元，又误为杨允。考订详见第一章。

（二）出处注法不统一

欧阳修《和子履游泗上雍家园》（《全宋诗》册6卷302页3803），又见苏舜钦《和子履雍家园》（《全宋诗》册6卷311页3911），又见释斯植《和子履雍家园诗》（《全宋诗》册63卷3301页39341）。此诗欧阳修、苏舜钦重出双注，与斯植重出失注。

欧阳修作见《文忠集》卷五七、《御选宋金元明四朝诗·御选宋诗》卷二五、《宋诗钞》卷一二，苏舜钦作见《苏学士集》卷三，斯植作见《江湖后集》卷二三。

此子履当是陆经。陆经，字子履，越州人。庆历元年（1041），为集贤校理。神宗熙宁十年（1077），知河中府，召直史馆（《全宋诗》册7卷398页4881）。现存诗有与欧阳修的联句诗《冬夕小斋联句寄梅圣俞》。可知其与欧阳修、苏舜钦同时。释斯植，字建中，号芳庭，武林人。曾住南岳寺，晚年筑室天竺，曰水石山居。与同时诗人胡三省、陈起等多有唱酬。《南宋六十家小集》收有《采芝集》及《采芝续稿》各一卷［续稿有理宗宝祐四年（1257）自跋］（《全宋诗》册63卷3300页39319）。陆经、斯植应无缘相见，此必非斯植诗。《全宋诗》卷302编者存疑。卷311编者以此为苏舜钦诗，恐难成定谳，姑存疑。此两处注法不统一。

（三）存去标准不统一

《全宋诗》凡例条十二：“凡仙鬼、梦幻依托诗，小说中虚拟之宋人诗，另立专卷，编于书末。”[①] 查阅全书，未见专卷，而源自传奇小说之诗累有其例。

（四）未严守凡例

1. 未入宋诗

赵庆《句·赠邵拙》：“迈古文章金鸑鷟，出群行止玉麒麟。”（《全宋诗》册3卷152页1730）又见《全唐诗》卷795，题为《句·赠邵拙》，作者赵庆。此句最早出马令《南唐书》卷二二，载本事为赵庆赠邵拙之句，作于入宋前，《全宋诗》录赵庆诗仅此句，按《全宋诗》编纂体例，当删此人。

① 傅璇琮等主编：《全宋诗》，北京大学出版社1998年版，第25页。

2. 仙鬼诗

苏轼《题双竹堂壁》："江上檣竿一百尺，山中楼台十二重。山僧楼上望江上，遥指檣竿笑杀侬。"（《全宋诗》册 14 卷 831 页 9613）

苏轼作出清乾隆刊冯应榴《苏文忠诗合注》卷五〇，又见《苏诗补注》卷四七。

《侯鲭录》卷二录本事云："东坡云：元祐三年二月二十一日夜，与鲁直、寿朋、天启会于伯时斋舍，录鬼仙所作或梦中所作。尝记《太平广记》中，有人为鬼物所引，入墟墓间，皆鲜华洞户，忽为劫墓者所惊，遂失所见，但云'芫花半落，松风晚清。'又录《鬼》诗云：'江上檣竿一百尺，山中楼台十二重。老僧楼上望江上，遥指檣竿笑杀侬。'又云：'爷娘送我青枫根，不记青枫几回落。当时刺绣衣上花，今日为灰不堪著。'又云：'酒尽君莫沽，壶干我当发。城市多嚣尘，还山弄明月。'又云：'卜得下峡日，秋江风流多。巴陵一夜雨，肠断《木兰歌》。'又云：'浦口潮来初渺漫，莲舟溶漾采花难。芳心不惬空归去，会等潮平更折看。'又云：'忽然湖上片云飞，不觉中流雨湿衣。折得荷花浑忘却，空将荷叶盖头归。'又云：'寒草白露里，乱山明月中。是夕苦吟罢，寒烛与君同。'"

《诗话总龟》卷四八引《冷斋夜话》："鬼仙诗曰：'仙人未必便仙去，还在人间人不知。手把白须从两鹿，相逢却问姓名谁。'又云：'江上檣竿一百尺，山中楼台十二重。山僧楼上望江上，指点檣竿笑杀侬。'又云：'爷娘送我青枫根，不记青枫几回落。当时手刺身上衣，今日为灰不堪着。'又曰：'酒尽君莫沽，壶倾我当发。城市多嚣尘，还山弄明月。'又云：'浦口潮来初渺漫，莲舟溶漾采花滩。芳心不惬空归去，会得潮平更折看。'又曰：'忽然湖上片云飞，不觉舟中雨溅衣。折得荷花浑忘却，空将荷叶盖头归。'又曰：'寒花白露里，乱山明月中。是夕苦吟罢，寒烛与君同。'"①

《全唐诗》卷八六六题作《诗》，作者无名鬼。此诗最早见《侯鲭录》，言唐诗无据。四库本提要："《侯鲭录》八卷，宋赵令畤撰。令畤字德麟，燕王德昭玄孙。元祐中签书颍州公事。坐与苏轼交通，罚金入党

① （宋）赵令畤撰：《侯鲭录》，台湾商务印书馆 1983 年影印《四库全书》本。

籍。”赵令畤与苏轼有交，即本事当有所本。此非苏轼诗。

3. 援词入诗

李观《渔父二首》其一：“八月九月芦花飞，南溪老人垂钓归。秋山入帘翠滴滴，野艇倚槛云依依。却把鱼竿寻小径，闲梳鹤发对斜晖。翻嫌四皓曾多事，出为储王定是非。”（《全宋诗》册 11 卷 617 页 7321）

李观作出《锦绣万花谷》前集卷二五，题作者为李梦符。李观（1023—1095），字梦符，号玉溪叟，袁州（今江西宜春）人，仁宗庆历二年（1042）进士。

此诗又见《御定渊鉴类函》卷二九〇、《唐诗品汇》卷八六、《石仓历代诗选》卷四六、《古诗镜·唐诗镜》卷二八、《全唐诗》卷三〇八、《全唐诗录》卷一九，诗题为《渔父》，作者题张志和。

李观《渔父二首》其二：“村寺钟声渡远滩，半轮残月落前山。徐徐拨棹却归湾，浪叠朝霞锦绣翻。”（《全宋诗》册 11 卷 617 页 7321）

《全宋诗》卷 617 李观作出《锦绣万花谷》前集卷二五，题作者为李梦符。

《万首唐人绝句》卷七一收李梦符《渔父引》二首：“‘村寺钟声渡远滩，半轮残月落前山。徐徐拨棹却归湾，浪叠朝霞锦绣翻。’‘渔弟渔兄喜到来，婆官赛了坐江隈。椰榆杓子木瘤杯，烂煮鲈鱼满案堆。’”①《御选历代诗馀》卷一一一同。

《古今词话·唐词话》“别见之七言诗”条：“今以七言之别见者略举之，如江南春，既列长短句之小令矣。兹载刘禹锡之平韵《江南春》云：‘新妆宜面下朱楼。深锁春光一院愁。行到中庭数花朵，蜻蜓飞上玉搔头。’又后朝元之《江南春》云：‘越王宫里如花人。越水溪头采白□，白□未尽秋风起，谁见江南春复春。’按刘梦得为答王仲初之作，仲初与乐天俱赋仄韵，而兹以平韵正之。后朝元又是一种感慨所系矣。如步虚词，已列长短句之双调矣。兹载陈羽之《步虚词》云：‘楼阁层层阿母家。昆仑山顶驻红霞。笙歌往见穆天子，相引笑看琪树花。’如渔歌子，已列长短句之单调、双调矣。兹载李梦符之《渔父词》二首云：‘村市钟声渡远滩。半轮残月落前山。徐徐拨棹却归去，浪叠朝霞碎锦翻。’‘渔

① （宋）洪迈编：《万首唐人绝句》，台湾商务印书馆 1983 年影印《四库全书》本。

弟渔兄喜到来。婆官赛却坐江隈。椰榆榴子瘤杯酒，烂煮鲈鱼满盎堆。’如凤归云，已列林钟商之长调矣。”[①]《历代词话》引《古今词话》同。

《诗话总龟》前集卷四四引《郡阁雅谈》：“李梦符，不知何许人。梁开平初钟传镇洪州日，与布衣饮酒，狂吟放逸。尝以钓竿悬一鱼向市肆蹈《渔父引》，卖其词，好事者争买，得钱便入酒家。其词有千馀首传于江表。略其一两首云：‘村寺钟声渡远滩，半轮残月落前山。徐徐拨棹却归湾，浪叠朝霞锦绣翻。’又曰：‘渔弟渔兄喜到来，婆官赛了坐江隈。椰榆杓子木瘤杯，烂煮鲈鱼满案堆。’察考取状，答曰：‘插花饮酒何妨事，樵唱渔歌不碍时。’遂不敢复问。或抱冰入水，及出，身上气如蒸，钟氏亡，亦不知所在。”[②]《五代诗话》卷九引《郡阁雅谈》同。

张璋、黄畬本《全唐五代词》：“李梦符，梁开平初人。放宕豪饮，尝好吟诗，惜散佚不传，现仅存《答常学士诗》一首，《渔父引》二首。”[③] 小传言作者时代，《渔父引》二首诗词属性甚明。

曾昭岷、王兆鹏本《全唐五代词》，对李梦符考订更加细密精审：“李梦符（生卒年里不详），桂州刺史李琼之弟。后梁开平初在洪州，放荡酣饮，好事者与语，应口成诗。有词千余首传于江表，今存二首。”[④]

《渔父引》：“村寺钟声渡远滩。半轮残月落前山。徐徐拨棹却归湾。浪叠朝霞锦绣翻。”又：“渔弟渔兄喜到来。婆官赛了坐江隈。椰榆杓子木瘤杯。烂煮鲈鱼满案堆。”

《郡阁雅谈》作者潘若冲。潘若冲，早年事楚马氏（《沅湘耆旧集》卷一七）。宋太宗太平兴国初，官于桂林（《诗话总龟》前集卷二六引《雅言杂载》）。六年（981），以右赞善大夫授维扬通理（《骑省集》卷二六《崇道宫碑铭》）。雍熙初，知零陵（清嘉庆《零陵县志》卷一四）。《全宋诗》录其诗五首。早于《全宋诗》收录的李观李梦符（1023—1095）。

综合文献，可知此二首非李观李梦符作，乃是五代李琼之弟李梦符

① （清）沈雄编纂：《古今词话》，上海古籍出版社2002年《续修四库全书》本。

② （宋）阮阅编：《诗话总龟》，台湾商务印书馆1983年影印《四库全书》本。

③ 张璋、黄畬编：《全唐五代词》，上海古籍出版社1986年版，第318页。

④ 曾昭岷等编撰：《全唐五代词》，中华书局1999年版，第440页。

的词。误词为诗违例，且误名为字致误。《全宋诗》此处当删。另由此可推之《锦绣万花谷》所收李梦符《渔父·八月九月芦花飞》，亦为五代李梦符作，可补入《全唐五代词》。

（五）存目标准不统一

宋庠《存目·庄惠太后哀挽应制二首》其一（《全宋诗》册4卷201页2306），又见宋祁《存目·庄惠太后哀挽应制二首》其一（《全宋诗》册4卷225页2621）。宋庠《存目·庄惠太后挽歌应制二首》其二（《全宋诗》册4卷201页2307），又见宋祁《存目·庄惠太后挽歌应制二首》其二（《全宋诗》册4卷225页2621）。《全宋诗》宋庠、宋祁名下皆列入存目。

《古今事文类聚》前集卷四九、《渊鉴类函》卷一八二、《宋诗纪事》卷一一皆作宋庠诗，《全宋诗》据《景文集拾遗》卷二，入宋祁名下存目。参见《全宋诗》卷二〇一页二三〇六、页二三〇七。

依照《全宋诗》凡例的规定，此诗不应双存目，而是入两人名下，并注互见。

第三节 其他因素

一 体例重出

1. 杨亿《太常乐章三十首·皇帝南郊前一日朝飨太庙奏理安曲迎神》（《全宋诗》册3卷119页1393），又见郊庙朝会歌辞《摄事十三首·降神用〈礼安〉》（《全宋诗》册71卷3729页44892）。

《全宋诗》卷三七二七至卷三七三五收《郊庙朝会歌辞》九卷，乐章1639首。郊庙朝会歌辞，是古代所谓的“大著作”，每一新朝建立，都必须重撰新乐新辞，以示改朝换代。宋朝建立伊始，于太祖建隆元年（960）二月，翰林学士兼判太常寺窦俨即上言：“三五之兴，礼乐不相沿袭。洪惟圣宋肇建皇极，一代之乐宜乎立名，乐章固当易以新词，式遵旧典。”从之，因诏俨专其事。俨乃改周乐文舞《崇德之舞》为《文德之舞》，武舞《象成之舞》为《武功之舞》，改乐章“十二顺”为“十二安”，盖取“治世之音安以乐”之义。祭天为《高安》，祭地为《静安》，宗庙为《理安》，天地、宗庙登歌为《嘉安》，皇帝临轩为《隆安》，王公出入为《正安》，皇帝食饮为《和安》，皇帝受朝、皇后入宫为《顺安》，皇太子轩县出入为《良安》，正冬朝会为《永安》，郊庙俎豆入为《丰安》，祭享酌献、饮福受胙为《禧安》，祭文宣王、武成王同用《永安》，籍田、先农用《静安》。此后乐章名称迭有增加和变化，至仁宗康定二年（1041），已扩展为“自《景安》而下七十五章，率以安名曲”。歌辞一般则由皇帝亲撰或分命大臣与两制儒馆之士撰述。郊庙朝会歌辞，前八卷以中华书局排印本《宋史》为底本，酌校《宋会要辑稿》（简称会要）等。编排规格，则酌参考《全唐诗·郊庙歌辞》予以调整。《宋会要辑稿》多出底本之诗，编为第九卷。（《全宋诗》册 71 卷 3727 页 44840）

此重出乃《全宋诗》体例，应并存。以下 38 组重出诗皆同。

2. 王珪《皇帝冬至御大庆殿举第一盏酒奏庆云之曲》（《全宋诗》册 9 卷 491 页 5948），又见郊庙朝会歌辞《熙宁中朝会三首·皇帝初举酒用〈庆云〉》（《全宋诗》册 71 卷 3733 页 44991）。体例重出。

王珪《皇帝冬至御大庆殿举第二盏酒奏嘉禾之曲》（《全宋诗》册 9 卷 491 页 5948、《全宋诗》册 71 卷 3735 页 45035）。体例重出。

见《宋史》卷一三八、《华阳集》卷六。

二 集句诗重出

1. 赵世长《句》其一：“玉清仙子下云逵。”（《全宋诗》册 3 卷 152 页 1724），又见李龏《梅花集句》其一〇七：“玉清仙子下云逵，探请东皇第一机。莫道春归无觅处，年年魂傍陇头归。”（《全宋诗》册 59 卷 3131 页 37447）赵世长句入李龏集句诗。

2. 滕宗谅《句》其二：“弄水春溪上。”（《全宋诗》册 3 卷 174 页 1975）（《全宋诗》册 61 卷 3235 页 38630）。滕宗谅句入集句诗。

3. 李兑《句》其四：“万壑初收雨。”（《全宋诗》册 3 卷 178 页 2048），又见释绍嵩《旅暮即事》（《全宋诗》册 61 卷 3234 页 38618），释绍嵩《翠萝亭书事》（《全宋诗》册 61 卷 3234 页 38623）。集句诗。

4. 宋祁《句》其二四：“珠帘约住牡丹风。”（《全宋诗》册 4 卷 225 页 2620）又见闻人祥正《集句》其一四：“珠帘约住牡丹风，金殿香销翠绮栊。应作巫阳春梦句，日高犹睡绿窗中。”（《全宋诗》册 24 卷 1379

页 15821）宋祁句入集句诗。

三 联句诗

《全宋诗》收联句诗颇多，其中有些指明重出，有些未指明，兹举数例：

1. 石元规《七言再咏》（《全宋诗》册 20 卷 1198 页 13533），又见石元规《同游栖真联句》："诗见张继先三。"（《全宋诗》册 20 卷 1198 页 13533）重出失注。

石元规《祷雨应时喜而联句》（《全宋诗》册 20 卷 1198 页 13533），又见石元规《浑沦庵成翛然子亲庆因以何字为韵共酌联句》："诗见张继先三。"（《全宋诗》册 20 卷 1198 页 13533）

2. 范仲淹《剑联句》（《全宋诗》册 3 卷 169 页 1916），又见滕宗谅《剑联句》（《全宋诗》册 3 卷 174 页 1973），又见欧阳修《剑联句》（《全宋诗》册 6 卷 299 页 3765）。联句诗重出。

3. 谢绛《约游西溪信马不觉行过据鞍联句》（《全宋诗》册 3 卷 177 页 2015），又见梅尧臣《希深本约游西溪信马不觉行过据鞍联句》（《全宋诗》册 5 卷 233 页 2733）。联句诗。

总而言之，《全宋诗》重出误收的原因非常复杂，其中来源错误，亦即古籍文献本身的讹误，特别值得注意。这就要求在编纂诗歌总集和考订已有诗歌文献时，广罗异本，考订版本源流，追溯文献源头，选择一善本作为底本，并确定一二较好的本子作为参考本。这里作为底本的"善本"，不是所谓三性九条框定的善本，而是指错误少的本子。清末张之洞《輶轩语·语学》："善本非纸白墨新之谓，谓其为前辈通人用古刻数本精校细勘付刊，不讹不缺之本也。"[①]"善本之义有三：一足本：无缺卷，未删削；二精本：一精校，一精注；三旧本：一旧刻，一旧抄。"[②]可以说足本无缺，旧刻精校，是选择善本的不二法门。如前述四库本《侯鲭录》、四库本《类说》、百卷本《说郛》脱去"'扶风乔木夏阴合，斜谷铃声秋夜深。人到愁来无处会，不关情处总伤心'亦妙语也。滕达

---

① （清）张之洞撰：《輶轩语》，清光绪立文堂刻本。

② 同上。

道长于五言，《省试》诗云”数句，致使滕元发诗误为黄庭坚诗。又如《全宋诗》册四三卷二三五八页二七〇七二据清武占熊嘉庆《零陵县志》卷一五收录《潇湘渔父歌》：“乾淳老人气岳岳，破冠穿履行带索。撑肠拄肚书万卷，临风欲言牙齿落。”作者题为唐人鉴。册七〇卷三七〇四页四四四六三又据《谷音》收录，题目为《歌一首》，作者题为潇湘渔父。此本事最早出《谷音》卷下，此诗实系古碑文，作者与潇湘渔父无干，《全宋诗》卷三七〇四作者从前首诗作者误为潇湘渔父。而此两处《全宋诗》编者以为唐人鉴诗，系未追溯源头，而误为潇湘渔父诗，是误读文献前后文。

自来学者多以《四库全书》本不甚可靠，引证古籍，考订旧说，尽量避免使用四库本。其实四库本作为官方勘定文献，其中颇有善本，如苏辙的《栾城集》源内府藏本，校订精审，可称善本。又部分本集，别无单行本，也不能绕开《四库全书》。但《四库全书》部分版本确又存在很多问题，特别是其中的《永乐大典》辑本，错讹颇多，利用必须特别谨慎，有条件一定要核定原始文献。除此之外史志野乘、诗话笔记、类书总集的利用，亦应慎重，采信之时，最好能有其他文献作为旁证。

总之，编纂甄辨诗歌文献，须慎之又慎，多闻阙疑，不强为说。既要纠正旧误，又要避免产生新的讹误。

第五章

《全宋诗》重出误收研究的延伸思考

本章探讨《全宋诗》重出误收现象的两个重要专题。“重见诗人研究”是针对《全宋诗》五代诗人入宋、宋诗人入金辽、金辽诗人入宋、宋金诗人入元等几种情况的分析研究。《全宋诗》收入诗人的断代问题，很有代表性，不仅有时限问题，还存在地域国别问题，这个问题看似简单，其实在理论界定中仍有很多疑难；在操作层面，某些诗人的断代，更是困难重重，难以准确界定。本章从实证出发针对具体诗人，作一些考订甄辨。“化用檃栝、辗转传引与悬置存疑现象分析”是针对《全宋诗》重出误收研究中的一些特殊情况进行归纳，比如诗句的化用、借用，佛子偈颂辗转引用，以及无法考辨、难以甄别的无奈与困惑，等等。

第一节　重见诗人研究——《全宋诗》重出误收视域的拓展

重见诗人是指同时收录在两种以上，不同收录范围、不同身份归属的诗歌文献里的诗人。重见诗人有应该重见、可以重见、不应该重见三种类型。根据重出误收研究的范围，我们主要讨论不应该重见，也就是诗人误收的问题，大体可分超限误收、断限误收、断代误收、错讹误收等不同情况。针对《全宋诗》，具体是指五代诗人入宋、宋诗人入金辽、金辽诗人入宋、宋金诗人入元等几种情况。与之直接相关的是诗人断代问题，诗人的断代，又称断限，即划定诗人归属的时代界限和政权归属。《全宋诗》收入诗人的断代问题，非常有代表性，不仅有时限问题，还存在地域国别问题，按照《全宋诗》凡例，应把辽、金诗人摒除在外。这个问题看似简单，其实在理论界定中仍有很多疑难；在操作层面，某些诗人的断代，更是困难重重，难以准确界定。这一问题已经成为断代总集编纂中一个共性的问题。重见诗人的身份归属，在《全宋诗》重出误收的研究中，具有很强的理论意义和实践意义。本节对重见诗人收入《全宋诗》的情况进行分析研究，主要采信内容包括《全唐诗》《全辽金诗》、增订《中州集》《元诗选》等总集所收入的诗人，以及被其他文献能够准确认定时代又被作为宋人收入《全宋诗》的诗人。

在本书构思之初，笔者并未认真思考这个概念，间或想到时代与诗人的相互关联、文献的准确厘定等，但没有做更深层次的逻辑思辨，随着材料的整合，研究的深入，思维的清晰，越来越觉得“重见”现象的大量存在和对之研究的重要意义。此处把“重见”作为研究的范畴提出，揭示其内涵外延，并以其为中心探讨解决《全宋诗》重出误收方面的相关问题。这成为本书的一个不可或缺的环节和重要组成部分，同时希望通过这个范畴的研究，能够给研究者提供一些新的思考。

文献整理、文献考辨与文学、史学研究，与文学史、史学史的写作密切相关，前者是后者的研究基础，后者的应用引导前者的趋向。但二者研究的整体构架、研究思路、研究的取舍，存在着质的差异。这决定了在研究中，对文献史料的不同态度和各自的处理方式，但二者又是密不可分的。这从根本上决定了一个问题在某一研究领域的妥当解决，能对相关领域关联问题的解决提供最根本的帮助和支撑。

“重见”现象在诸多文献、诸多研究领域大量存在，研究者在研究中，也在有意无意地加以使用，比如比较法的一个重要领域就是“重见”比较。文史研究中的“重见”现象可简单归纳为以下几类：事件重见、人物重见、作品重见、时间再现、地域再现。比如通史与断代史之间存在大量重见现象。我们知道，史书的编纂、文学史的写作，由于史源不同、纂写目的不同、材料剪裁取舍不同、作者的水平认识不同、思辨角度不同，会让历史事件变得扑朔迷离，事件人物的真相、本来面目，或多或少、或真或假地隐藏在不同史料的背后，需要我们在整合文献的基础上，在历史逻辑和事理逻辑的框架中，最大可能地还原、接近历史的本真。比如我们研究宋代的历史和文学，就不能局限于宋史及宋人的记载，还要深入地研究辽金史和辽金人的记述，甚至蒙元的历史及相关记述，在广泛占有材料的基础上，进行深度解析，才能从更深广的层面，了解和揭示这段历史的真实。我们研究中的诸多纷争，很大一部分源于对相关文献的不同解读，而对“重见”现象的研究和融通，有利于我们思考这些研究纷争的深层意蕴和研究意义。同时，“重见”现象让不同的文献呈现方式有了各自关联依存的逻辑基础，如编年体文学史的出现，给我们提供了新的处理文献史料的方式，能让我们更直观地发现文学诸要素的关节点，提高我们解读文学演进的横向认知能力，推动文学研究的发展。

具体到《全宋诗》的文献整理研究，具体到本书，“重见”是指在以下两种以上大型总集中分别出现的诗人和诗作，主要有如下几种情况：一是《全宋诗》和《全唐诗》的重见诗人；二是《全宋诗》和《全辽金诗》《全金诗》《中州集》《全辽文》的重见诗人；三是《全宋诗》和《元诗选》《全元文》《列朝诗集》的重见诗人。

重见诗人，不仅在《全宋诗》的整理中有必要确定划分标准、确定归属，其实相关文学史的写作和相关文学研究，也不可能绕开这个问题。比如重见作家的流派风格研究是归属到上一个时段，还是归属到下一个时段，是作为上段文学的终结，还是作为新的文学阶段的开始，还是作为文学风向转变的过渡。与此相关的还有不同诗人的归属，也会影响到对不同地域文学风貌的认识等。诸如此类，都要求我们对“重见”现象进行认真细致的研究。

众所周知，大型断代总集往往书成众手，各领其工，裒辑散佚，最后百川汇海，总领其成。然编者往往水平不一，学见有自；态度参差，用心各异。故易出现总集编纂的通性问题，如清编《全唐诗》，千卷大书，十人之工，不足两年，是书成编；疏误舛漏，不一而足。故儒有“业经进呈，成书不说”[①] 之叹；今贤有条分缕析，铺陈固陋之作。[②] 乃有重编全唐五代诗之议。

---

① （清）朱彝尊撰：《潜采堂书目四种·全唐诗未备书目》，《晨风阁丛书》，清宣统刻本。

② 中华书局《全唐诗》卷首“点校说明”：“然而这样一部近千卷的大书，却只以十人之力，不足两年的时间编成，这就必然会有许多伪舛疏漏之处，当时朱彝尊已有‘业经进呈，成书不说’之叹（见晨风阁丛书潜采堂书目四种之一《全唐诗》未备书目后冯登府记），这也是过去一般官修书不愿深究的积习，我们认为，这部《全唐诗》的缺点，约而言之，有下列几类：一、误收、漏收……二、作品作家重出……三、小传、小注舛误……四、编次不当……五、其他……以上仅举其大端而言，其他细节伪舛处尚多。”

《全唐诗》后200卷录诗丛脞杂乱，对比《全宋诗》统计重见诗人，可从以下几个方面探讨其实践意义和方法论意义。

一 诗人应该两收而两收

（一）同一诗人两收

此类诗人指跨越两个时代，或两个地缘政权，而且其诗歌作品时代不能准确划分、无法甄辨厘定的诗人。

1. 幸夤逊

幸夤逊，夔州云安监人（一说成都人）。仕后蜀，为翰林学士，累官至工部侍郎，知简州。入宋，授右庶子。太祖开宝五年（972），为镇国军行军司马。年九十余而卒。《宋史》卷四七九、《十国春秋》卷五四有传（《全宋诗》册1卷1页2）。《全唐诗》《全宋诗》重见，然收诗及残句并不相同，可互为补充。

（1）幸夤逊《雪·片片飞来静又闲》（《全宋诗》册1卷1页2），又见《全唐诗》卷694，郑准作，题作《云》。

郑准，字不欺，登乾宁进士第，为荆南成汭推官，后与汭不合，为所害，有《渚宫集》。《全宋诗》此诗出自宋刘克庄《后村千家诗卷》卷一二，诗题正作《云》，《全宋诗》题误。今检该诗最早见《才调集》卷三，作者郑准，题为《云》，可见此诗为唐诗误入，此处当删。

（2）幸夤逊《云·因登巨石知来处》（《全宋诗》册1卷1页2）一首及“若教作镇居中国，争得泥金在泰山。”“才闻暖律先偷眼，既待和风始展眉。”“嚼处春冰敲齿冷，咽时雪液沃心寒。”“蒙君知重惠琼实，薄起金刀钉玉深。”“深妆玉瓦平无垄，乱拂芦花细有声。”五则与《全唐诗》重见。

2. 释乾康

《全唐诗》《全宋诗》重见，收诗相同。

（1）释乾康《经方干旧居》（《全宋诗》册1卷1页12），又见《全唐诗》卷八四九，题为《句》，当非全诗。

（2）释乾康《赋残雪》（《全宋诗》册1卷1页12），又见《全唐诗》卷八四九。

（3）释乾康《诗一首》（《全宋诗》册1卷1页12），又见《全唐诗》卷八四九，题为《投谒齐己》。

3. 叶简

叶简，剡（今浙江嵊县）人。由吴越入宋，以卜筮著称（《能改斋漫录》卷一八）。曾辟居吴越王钱镠幕中（《十国春秋》卷八八）。《全宋诗》录其占语三首（《全宋诗》册1卷1页13）。

（1）叶简《占巾子》（《全宋诗》册1卷1页14），又见《全唐诗》卷八八〇，题为《射覆巾子》，无作者。

（2）叶简《占两鸡子》（《全宋诗》册1卷1页14），又见《全唐诗》卷八八〇，题为《射覆二鸡子》，无作者。

（3）叶简《占贮橘子》一首，不见《全唐诗》。可据此补《全唐诗》之罅漏。

（二）同姓名诗人，不能考订是否为同一人

1. 孟淑卿

孟淑卿《春归》："落尽棠梨水拍堤，凄凄芳草望中迷。无情最是枝头鸟，不管人愁只顾啼。"（《全宋诗》册72卷3774页45541）

宋孟淑卿作出《宋元诗会》卷六〇，又见《御选宋金元明四朝诗·御选宋诗》卷七五。

明孟淑卿作见《御定佩文斋咏物诗选》卷三三〇。

未题时代孟淑卿作见《御定佩文斋广群芳谱》卷二八。

《历代诗话》卷七四"荆山居士"条："异林曰：姑苏孟淑卿训导澄之女，自以配不得志。号曰'荆山居士'。尝论宋朱淑真诗曰：'作诗须脱胎化质，僧诗无香火气，乃佳。女子铅粉亦然，朱生故有俗病，李易安可与语耳。'其悼亡诗云：'斑斑罗袖湿啼痕，深恨无香使返魂。豆蔻花开人不见，一帘明月伴黄昏。'又春归云：'落尽棠梨水拍堤，萋萋芳草望中迷。无情最是枝头鸟，不管人愁只管啼。'又《长信秋词》末韵云：'君意一如秋节序，不教芳色得长春。'冬词末韵云：'双蛾争似庭前柳，腊尽春来又放舒。'"①

《全宋诗》孟淑卿无小传，据《宋元诗会》卷六〇，录其诗两首。

明孟淑卿，约明宪宗成化中（1476）前后在世，生卒年均不详，字

① （清）吴景旭撰：《历代诗话》，台湾商务印书馆1983年影印《四库全书》本。

不详，苏州人。《明史·艺文志》记载其著有《荆山居士诗》一卷。

《全宋诗》录孟淑卿与《历代诗话》所载孟淑卿是否一人，不能考订。

2. 李涛

李涛，情况颇复杂，《全唐诗》三见（共收诗二首四则，未定是否一人），《全宋诗》重见（宋初李信臣和南宋李养源）。今考订如下。

《全唐诗》所收两处李涛生平不详。

北宋李涛（898—961），字信臣，京兆万年人，随父避祸居湖南。后唐明宗天成初进士。仕后唐、后晋、后汉、后周，历刑部、户部尚书，封莒国公。入宋，拜兵部尚书。太祖建隆二年卒。《宋史》卷二六二有传。《全宋诗》录其诗八首（《全宋诗》册1卷1页7）。

南宋李涛，字养源，临川人。与宁宗开禧元年（1205）进士范应铃（西堂）子在舆有交，当亦生活于宁宗时。著作已佚，仅《南宋六十家小集》中存《蒙泉诗稿》。(《全宋诗》册60卷3160页37905)

（1）李涛《春社日寄李学士》(《全宋诗》卷1册1页7)，又见《全唐诗》卷七三七，题作《春社从李昉乞酒》，从内容看，《全唐诗》题目较佳；从寄送对象看，此李涛系一人，即李信臣。

（2）李涛《题泥水关不动尊院》（《全宋诗》册1卷1页7)，又见《全唐诗》卷八七〇，题作《题僧院》。

《全唐诗》此诗下，尚有李涛句三则，“溪声长在耳，山色不离门。”（《诗人玉屑》）“扫地树留影，拂床琴有声。”“一言寤主宁复听，三谏不从归去来。”（《谏晋主不从作》，见《吟窗杂录》卷二八）其中第三则《全宋诗》亦收录，而前两则未收录，可依据补录。另《全唐诗》卷八七一有李涛“惭无窦建，愧作梁山”（《答弟妇歇后语》）一则。

（3）李涛《赠山翁》（《全宋诗》册1卷1页7)、《题处士林亭》（《全宋诗》册1卷1页7)，两首可补入《全唐诗》李涛名下。

（4）李信臣《杂诗四首》其一（《全宋诗》册1卷1页8)，又见李养源《杂诗十首》其一（《全宋诗》册60卷3160页37907)；李信臣（《全宋诗》册1卷1页8)，又作李养源《杂诗十首》其二（《全宋诗》册60卷3160页37907)；李信臣《杂诗四首》其三（《全宋诗》册1卷1页8)，又作李养源《杂诗十首》其三（《全宋诗》册60卷3160页

37907)；李信臣《杂诗四首》其四（《全宋诗》册1卷1页8)，又作李养源《杂诗十首》其四（《全宋诗》册60卷3160页37907)。考宋初李涛《杂诗四首》是从《永乐大典》卷九〇三辑出。而南宋李涛诗源自《南宋六十家小集·蒙泉诗稿》。从此四首诗的来源可以推论出，因姓名相同误把南宋李涛的诗辑为宋初李涛诗，此处《杂诗四首》当存目。

3. 许坚

许坚，江左人。早岁以时事干南唐，不见礼，拂衣归隐。多居三茅山，往来于句曲、庐阜间，萧然不接人事。宋真宋景德中，卒于金陵。

《全唐诗》重见，卷七五七诗五首（许坚字介石，庐江人)。卷八六一诗五首句两则（许坚，有异术，尝往来庐阜茅山间。李璟时，以异人召，不至，后不知所终)。剔除重复共六首句二则，均见《全宋诗》（九首一句，其第一首有唐诗之一句)，诗同者5首，有异文可互校，《全宋诗》小传可补《全唐诗》。另《全唐诗》以许坚为两人，《全宋诗》合为一人，俟考。

（1）许坚《题简寂观》(《全宋诗》册1卷11页153)，又见《全唐诗》卷七五七，题为《题茅山观》，又见《全唐诗》卷八六一，题为《题茅山观》，作者仙许坚。

（2）许坚《宿溧阳灵泉精舍僧以白字韵请留诗》(《全宋诗》册1卷11页153)，又见《全唐诗》卷七五七，题为《游溧阳下山寺（一作灵泉精舍限韵)》，又见《全唐诗》卷八六一，题为《游溧阳霞泉寺限白字》，作者仙许坚。

（3）许坚《上徐舍人铉》(《全宋诗》册1卷11页153)，又见《全唐诗》卷七五七，题为《上舍人徐铉》，又见《全唐诗》卷八六一，题为《上徐舍人铉》，作者仙许坚。

（4）许坚《题幽栖观》(《全宋诗》册1卷11页154)，又见《全唐诗》卷七五七，题为《题幽栖观》，又见《全唐诗》卷八六一，题为《幽栖观》，作者仙许坚。

（5）许坚《登游齐山》(《全宋诗》册1卷11页154)，又见《全唐诗》卷七五七，题为《登游齐山》。

（6）许坚《题扇》(《全宋诗》册1卷11页154)，又见《全唐诗》

卷八六一，题为《题扇》，作者仙许坚。

(三) 两收同一人，名不同

1. 释延寿与吴越僧

释延寿《武肃王有旨石桥设斋会进一诗》（六首）（《全宋诗》册 1 卷 2 页 29），又见《全唐诗》卷八五一，题为《武肃王有旨石桥设斋会进一诗（共六首）》，作者吴越僧。

今查《天台前集·别编》标明为延寿诗，且延寿确在吴越为僧，当可信从。

2. 朱贞白与李贞白

朱贞白，江南人。不仕，号处士，善嘲咏。

《全宋诗》卷一四录其诗六首句二则。《全唐诗》卷八七〇作李贞白，录诗均同《全宋诗》，另《全宋诗》多出一首一则。

3. 释清晤与悟清

释清晤，即悟清，河北僧人。《全宋诗》录其句二则。

《句》其一："鸟归花影动，鱼触浪痕圆。"（《全宋诗》册 1 卷 17 页 252）又见《全唐诗》卷八五一，作者悟清。

4. 何蒙与何象

何蒙（937—1013），字叔昭，洪州人。仕南唐为录事参军。入宋，授洺州推官。太宗太平兴国五年，调遂宁令。真宗时，出知梧州，改太平州。大中祥符五年（1012），知袁州，徙濠州。六年，以光禄少卿致仕，卒。《宋史》卷二七七有传。（《全宋诗》册 1 卷 21 页 294）

何蒙《句》："塞日穿痕断，边云背影飞。缥缈随黄屋，阴沈护御衣。"（《全宋诗》册 1 卷 21 页 295）又见《全唐诗》卷七六八，题为《赋得御制句朔野阵云飞》："塞日穿痕断，边鸿背影飞。缥缈浮黄屋，阴沈护御衣。"作者何象。

《钦定日下旧闻考》卷一五九、《事实类苑》卷四〇、《玉壶野史》卷八、《宋诗纪事》卷三均作何蒙，何象当是字形讹误。

5. 秦南运与秦尚运

秦南运，宋初人。官尚书郎。

《题青纱连二枕》（《全宋诗》册 1 卷 15 页 231），又见《全唐诗》卷七七〇，题为《题钟雅青纱枕》，作者秦尚运。

6. 刘鉴与刘清叟

《全宋诗》册六二卷三二七四录刘鉴诗 33 首，其中 19 首见《元诗选》二集卷二刘清叟名下。

《全宋诗》：刘鉴，字清叟，号立雪，江西人。累举不第，入元不仕。

《元诗选》：刘清叟，字立雪，江西人。少年才气卓荦，连蹇不第。中更世故，蹙頞悲吟，鳏居隐处，年逾七十而终。

（四）同名可考非同一人

1. 周渭

宋代周渭（923—999），字得臣，昭州恭城人。太祖建隆初，赐同进士出身，解褐白马主簿。乾德元年（963），擢右赞善大夫，知永济县，通判兴州。开宝元年（968），知凤州，改棣州。太宗太平兴国二年（977），为广南诸州转运副使。历知扬、亳、宋州。淳化五年（994），加职方员外郎，为益州转运使，又黜为彰信军节度副使。真宗咸平二年卒。《宋史》卷三〇四有传。（《全宋诗》册 1 卷 11 页 164）《全宋诗》录其诗三首。

唐代周渭，大历十四年登第。《全唐诗》录其诗二首。

周渭《赠道士吴崇岳》（《全宋诗》册 1 卷 11 页 164），又见《全唐诗》卷二八一，题为《赠龙兴观主吴崇岳》。

今考《诗话总龟》前集卷三二引《郡阁雅谈》："吴崇岳，泉州人也。为龙兴观道士，辟谷多年。常登其宫松梢礼拜处，松枝可六七十尺。福建漕使周谓，因请随行，抵于德化县县治之东，有古松一株高八九十尺，上有鹤巢，乃命崇岳登之，宛若猿狖容易直上，出鹤巢之外，端身飞步，手无攀缘就纤枝拜如平地，其松枝柔软随步低昂，略无损处。周谓乃为诗赠云：楮为冠子布为裳，吞得丹霞寿最长。混俗性灵常乐道，出尘风格早休粮。枕中经妙谁传与，肘后方新自写将。百尺松梢几飞步，鹤栖枝上礼虚皇。太平兴国中诏入。"① 可见此诗酬赠对象为宋人，此诗为宋周渭作，《全唐诗》卷八四一当删此诗。

另《全唐诗》卷二八一收周渭《赋得花发上林》一首，确为唐周渭作，《文苑英华》卷一八八，同题收录六首，皆唐大历十四年进士作。

① （宋）阮阅编：《诗话总龟（前集）》，人民文学出版社 1987 年版，第 320 页。

2. 王初

王初《延平天庆观》《青帝》《书秋》《自和书秋》《立春后作》《春日咏梅花二首》《七夕》《送陈校勘入宿》《即夕》《雪霁》《舟次汴堤》（《全宋诗》册 3 卷 177 页 2027—2028）。《全宋诗》收王初诗 12 首，全部与《全唐诗》卷四九一王初诗重出。唐王初并州人，王仲舒长子，元和末，登进士第。《全唐诗》录其诗十九首。宋王初，建州瓯宁人。仁宗天圣二年（1024）进士（明嘉靖《建宁府志》卷一五）。《全宋诗》录诗 12 首。《全宋诗》收王初诗出前四首，出《宋诗拾遗》卷三、后八首出《宋艺圃集》卷一。《全宋诗》所收 12 首属于哪个王初，《全唐诗》所收另外 7 首与宋王初有无关系，俟考。

王初《立春后作》："东君珂佩响珊珊，青驭多时下九关。方信玉霄千万里，春风犹未到人间。"（《全宋诗》册 3 卷 177 页 2027）与唐王初重见外，又见王安中《立春后作》（《全宋诗》册 24 卷 1392 页 16005）。重出失注。

王安中作见《初寮集》卷二，唐王初作见《万首唐人绝句》卷七三、《全唐诗》卷四九一，宋王初作见《宋艺圃集》卷一、《石仓历代诗选》卷一二三。《初寮集》见载《郡斋读书志》卷一九、《读书附志》卷下，赵希弁有是书，此书早佚，今本为《永乐大典》辑本，亦不甚可靠。此诗暂存疑。

3. 李山甫

（1）李山甫《牡丹》其一："邀勒春风不早开，众芳飘后上楼台。数苞仙艳火中出，一片异香天上来。晓露精神妖欲动，暮烟情态恨成堆。知君已解相轻薄，斜倚栏杆首重回。"（《全宋诗》册 9 卷 516 页 6267）又见《全唐诗》卷六四三，题为《牡丹》，作者李山甫。

《梦粱录》卷一八、《才调集》卷三、《御定佩文斋广群芳谱》卷三三、《全唐诗》卷六四三、《御定佩文斋咏物诗选》卷三三七、《全唐诗录》卷八九、《五代诗话》卷二载此诗，作者均题李山甫。

唐李山甫，咸通中累举不第，依魏博幕府为从事。尝逮事乐彦祯、罗弘信父子，文笔雄健，名著一方。诗一卷。

宋李山甫，字明叟，避高鲁王讳，以字行，更字公晦，号龙溪钓叟。南城人。仁宗皇祐元年（1049）进士。嘉祐中知建宁。神宗熙宁六年

(1073)，通判河州。元丰初，授西京作坊使、知澧州。累官枢密副使。(《全宋诗》册9卷516页6266)

此诗见《才调集》(五代后蜀韦縠编选。韦縠，生卒年、字号及籍贯不详，曾在后蜀任监察御史，迁尚书。)可知此诗不可能是宋李山甫作，此处当删。

(2)李山甫《牡丹》其二："嫚黄妖紫间轻红，谷雨初晴早景中。静女不言还爱日，彩云无定只随风。炉烟坐觉沉檀薄，妆面行看晓黛空。此别又须经岁月，酒阑把烛绕芳丛。"(《全宋诗》册9卷516页6267)又见方惟深《牡丹》(《全宋诗》册15卷875页10187)。重出失注。

《全宋诗》此首同前首出《梦粱录》卷一八，不见《才调集》，亦不见《全唐诗》，收入《全唐诗续拾》卷三四。此诗又见《后村千家诗》，作者方惟深。此诗属唐李山甫、属宋李山甫、属方惟深，不能断定。

(五) 一人不能考订时代

1. 陈峤

北宋陈峤，字景之，一作景山，余干人。仁宗庆历二年(1042)进士。官大理寺丞，尝受学包拯。致仕归，建白羊书院。有《吟集》八卷，已佚。事见清道光《万年县志》卷一一。(《全宋诗》册7卷395页4851)《全宋诗》录其诗一首二则。

(1)陈峤《题公署》(《全宋诗》册7卷395页4851)，又见邵雍《言默吟》(《全宋诗》册7卷364页4489)。

(2)陈峤《句·合卺夕》："彭祖尚闻年八百，陈郎犹是小孩儿。"(《全宋诗》册7卷395页4851)又见《全唐诗》卷八七一，题为《句·自赋催妆诗》："彭祖尚闻年八百，陈郎犹是小孩儿。"作者同。

此句则又载《类说》卷四一、《锦绣万花谷》后集卷一五。

(3)陈峤《句》其二："小桥风月年年事，争奈潘安老去何。"(《全宋诗》册7卷395页4851)

南宋陈峤，高宗绍兴中为泉州户曹(明嘉靖《龙溪县志》卷八)。(《全宋诗》册37卷2063页23278)《全宋诗》录其诗一首。

陈峤《赠萧韡》："一寸功名心已灰，翩然解组赋归来。中兴天子登耆旧，二十余年挽不回。"(《全宋诗》册37卷2063页23278)

《全宋诗》据明刘天授嘉靖《龙溪县志》卷八。

唐陈峤：峤字景山，闽人。暮年登第，还乡不仕。（《全唐诗》卷795）《全唐诗》本卷据《南部新书》录其句："小桥风月年年事，争奈潘郎老去何。"又《全唐诗》卷八七一录其《自赋催妆诗》残句："彭祖尚闻年八百，陈郎犹是小孩儿。"

《全宋诗》《全唐诗》陈峤四见，诗二首二句，首先应辨析作者，否则诗歌从属更无从考订。

《全宋诗》"彭祖尚闻年八百，陈郎犹是小孩儿。""小桥风月年年事，争奈潘安老去何。"出《氏族大全》卷四"陈郎"条："陈峤字景山，年近六十方及第，有儒家以女妻之，合卺夕作诗云：'彭祖尚闻年八百，陈郎犹是小孩儿。'《闲居诗》云：'小桥风月年年事，争奈潘安老去何。'"①

其本事最早见载《南部新书》卷五："陈峤字景山，闽人也，孑然无依，数举不遂，蹉跎辇毂，至于暮年，逮获一名还乡，已耳顺矣。乡里以宦情既薄，身后无依，乃以儒家女妻之，至新婚近八十矣。合卺之夕，文士竞集，悉赋催妆诗，咸有生荑之讽。峤自成一章，其末曰：'彭祖尚闻年八百，陈郎犹是小孩儿。'座客皆绝倒。峤颇负诗名，常有《闲居诗》云：'小桥风月年年事，争奈潘郎老去何。'"②

《南部新书》作于北宋祥符年间。其子序云："先君尚书，在章圣朝祥符中，以度支员外郎直集贤院，宰开封。民事多闲，潜心国史。博闻强记，研深覃精。至于前言往行，孜孜念虑，尝如不及。得一善事，疏于方册，旷日持久，乃成编轴，命曰《南部新书》。"③《四库全书总目》卷一四〇："皆记唐时故事，间及五代，多录轶闻琐语，而朝章国典，因革损益，亦杂载其中。故虽小说家言，而不似他书之侈谈迂怪，于考证尚属有裨。"《南部新书》撰于大中祥符（1008—1016），可知此陈峤当为晚唐五代人，生平仕宦绝非《全宋诗》所说仁宗庆历二年（1041）进士，官大理寺承，尝受学包拯。

---

① （元）不著撰人：《氏族大全》，线装书局2001年日本宫内厅书陵部藏宋元版汉籍影印丛书本。

② （宋）钱易撰：《南部新书》，清嘉庆十年张氏照旷阁刻本。

③ 同上。

综之，《全唐诗》陈峤与《全宋诗》收北宋陈峤系一人，属唐属宋尚需斟酌。而南宋陈峤本事与之不同，当非同一人。

2. 周濆

周濆，周渭弟。《全宋诗》录其诗四首。《全唐诗》录诗全同。不能考订此周濆是唐周渭的弟弟，还是宋周渭的弟弟，应该两收并注明原因，或列入存目。

（1）周濆《重门曲》（《全宋诗》册1卷11页165），又见《全唐诗》卷七七一。

（2）周濆《山下水》（《全宋诗》册1卷11页165），又见《全唐诗》卷七七一。

（3）周濆《逢邻女》（《全宋诗》册1卷11页165），又见《全唐诗》卷七七一。

（4）周濆《废宅》（《全宋诗》册1卷11页165），又见《全唐诗》卷七七一。

3. 林杰

林杰《王仙君坛》："羽客已登云路去，丹砂草木尽凋残。不知千岁归何日，空使时人扫旧坛。"（《全宋诗》册71卷3737页45051）

林杰《七夕》："七夕今朝看碧霄，牵牛织女渡河桥。家家乞巧望秋月，穿尽红丝几万条。"（《全宋诗》册71卷3737页45051）

林杰二首见《诗话总龟》卷二引《古今诗话》（《全宋诗》编者误为引《诗史》），又见《全闽诗话》卷一引《古今诗话》，《太平广记》卷一七五引《闽川名士传》，《万首唐人绝句》卷三四。其本事大同小异。

《诗话总龟》卷二："林杰字智用。"

《全闽诗话》卷一："林杰字智周。"

本事并未明言林杰唐人、宋人，唯《全闽诗话》入唐五代部分。俟考。

二 诗人不该两收而两收

此类诗人指出宋、入宋无宋代作品的诗人、五代十国入宋君王、辽金政权全部作者，因文献讹误、考辨不清而造成的两收多见的诗人。

（一）名同人同

1. 赵庆

赵庆《句·赠邵拙》："迈古文章金鸑鷟，出群行止玉麒麟。"（《全宋诗》册3卷152页1730）。又见《全唐诗》卷七九五，题为《句·赠邵拙》，作者赵庆。又见《锦绣万花谷》前集卷二三，作者为赵嘏。此句最早出马令《南唐书》卷二二，载本事为赵庆赠邵拙之句，作于入宋前，按《全宋诗》体例，当删此人。

2. 朱存

朱存，金陵人。南唐保大时，取吴大帝及六朝兴亡成败之迹，作《览古诗》二百章。《宋史·艺文志》著录为《金陵览古诗》二卷。《舆地纪胜》卷一七引其诗，称"本朝人诗"，则朱存入宋后仍在世。（《全宋诗》册1卷1页3）《十国春秋》卷二九有传。

《全宋诗》录朱存诗16首，与杨备重出八首、与杨修重出六首（此六首与杨备诗全同），重出的朱存诗前六首源于宋王象之《舆地纪胜》，后两首源于宋周应合《景定建康志》。

《十国春秋》卷二九："朱存，金陵人。保大（南唐元宗李璟的年号，943—957）时，常取吴大帝及六朝兴亡成败之迹，作览古诗二百章，章四句，地志家多援以为证。"①

依《十国春秋》，现存朱存咏史诗，均系入宋前作品，按《全宋诗》凡例"以人系诗，以诗存人"的原则，朱存实属"不该重见而重见"者。

3. 王士元

宋元有三个王士元。

宋初王士元，汝南宛丘人。后晋王仁寿之子。父能丹青，至士元，灵襟萧爽，尤精其艺。好读书，与郭忠恕为画友。人物师周昉，山水学关仝，屋木类郭忠恕，皆造其微。士元善画天廊马，虽驽骀疲劣亦能为之。骨气高卑，皮毛上下，随笔所定，较无差处。

北宋末王士元，哲宗元符二年（1099），罢侍禁。

元代王士元（约1330年在世）字拙庵，自号具川道人，临汾人。生卒年均不详，约元文宗至顺初前后在世。延祐进士。官至崇文少监。士

① （清）吴任臣撰：《十国春秋》，清康熙汇贤斋刻本。

元著有拙庵集（见《元诗选三集·丙集》）传于世。今《全宋诗》录王士元诗一首。

王士元《龙子祠农人享神》（《全宋诗》册1卷11页149），又见《元诗选三集·丙集·拙庵集》卷四，题为《晋源山谷（即姑射平泉）》。两诗仅首句不同，《龙子祠农人享神》首句为“晋州之西，山曰藐姑”，《晋源山谷（即姑射平泉）》首句为“晋州之西山曰姑”。《龙子祠农人享神》出《山西通志》卷二二二，今检《山西通志》卷二二二：“龙子祠农人王士元晋州之西山曰藐姑，有泉源源流不潴。”另《山西通志》卷三〇：“王士元《龙子祠诗》晋州西山曰藐姑，有泉源源流不潴。”两处均未指明是宋王士元，还是元王士元，《全宋诗》编者辑入宋诗，不妥。考虑到《元诗选三集·丙集·拙庵集》所收王士元诗，自有渊源，所以此诗当断为元诗，《全宋诗》此处当删。

4. 张碧

张碧《题祖山人池上怪石》：“寒姿数片奇突兀，曾作秋山秋水骨。先生应是厌风雷，着向池边塞龙窟。我来池上倾醉尊，半酣书破青烟痕。参差翠缕摆不落，笔头惊怪粘秋云。我闻吴中项容水墨有高价，邀得将来倚松下。铺却双缯直道难，掉首空归不成画。”（《全宋诗》册72卷3751页45227）

张碧《鸿门》：“毒龙衔日天地昏，八纮叆叇生愁云。秦原走鹿无藏处，纷纷争处围成群。四溟波立鲸相吞，薄摇五岳崩山根。鱼虾舞浪狂鳅鲲，龙蛇胆战登鸿门。星旗羽簇强者尊，黑风白雨东西屯。山河欲拆人烟分，壮士鼓勇君王存。项庄愤气吐不得，亚父斗声天上闻，玉光坠地惊昆仑。留侯气魄吞太平，舌头一寸生阳春。神农女娲愁不言，蛇枯老妪啼泪痕。星曹定秤称王孙，项籍骨轻迷精魂，沛公仰面争乾坤。须臾垓下贼星起，歌声缭绕凄人耳。吴娃捧酒横秋波，霜天月照空城垒。力拔山兮忽到此，骓嘶懒渡乌江水。新丰瑞气生楼台，西楚寒蒿哭愁鬼。三尺霜鸣金匣里，神光一照八千里。汉皇骤马意气生，西南扫地迎天子。”（《全宋诗》册72卷3751页45227）

二诗散见《御定佩文斋书画谱》卷八七、《式古堂书画汇考》卷三一、《画禅室随笔》卷二、《古今事文类聚》前集卷一四、《唐百家诗选》卷一四、《石仓历代诗选》卷一〇九、《御定佩文斋咏物诗选》卷八〇、

《诗话总龟》后集卷一二、《韵语阳秋》卷三、《全唐诗》卷四六九、《全唐诗录》卷五七、《唐诗纪事》卷四五。

既见《唐百家诗选》，当非宋诗。

（二）名同人不同

1. 李氏

李氏《诗三首》其一："囊里真香谁见窃，鲛绡滴血染成红。殷勤遗下轻绡意，好与才郎怀袖中。"（《全宋诗》册4卷226页2635）又见《全唐诗》卷八〇〇，题为《书红绡帕》其一，作者李节度姬。

李氏《诗三首》其二："金珠富贵吾家事，常渴佳期乃寂寥。偶用至诚求雅合，良媒未必胜红绡。"（《全宋诗》册4卷226页2635）又见《全唐诗》卷八〇〇，题为《书红绡帕》其二，作者李节度姬。

李氏《诗三首》其三："门前画戟寻常设，堂上犀簪取次看。最是恼人情乱处，凤凰楼上月华寒。"（《全宋诗》册4卷226页2635），又见《全唐诗》卷八〇〇，题为《会张生述怀》，作者李节度姬。

此三首诗本事见《醉翁谈录》壬集卷一，言张资、李节度、李氏争于包待制之厅。《玉芝堂谈荟》卷六记载大同小异，结尾大团圆。曰："京师宦子张生，因元宵游乾明寺，拾得红绡帕裹一香囊，有细书绝句二首云：'囊里真香谁见窃，鲛绡滴血染成红。殷勤遗下轻绡意，好与才郎怀袖中。''金珠富贵吾家事，常渴佳期乃寂寥。偶用至诚求雅合，良媒未必胜红绡。'诗尾书曰：'有情者若得此，欲与妾一面，请来年灯节于相蓝后门，车前有双鸳鸯灯者，是也。'生叹赏久之，如期往候，果见雕轮绣毂挂鸳鸯灯一盏，乃诵诗于车后，氏遂令尼约生，次日与之欢合。生问之女，口占一诗云：'门前画戟寻常设，堂上犀簪取次看。最是恼人情乱处，凤凰楼上月华寒。'吟毕告曰：'妾乃节度使李公侍妾，李公老迈误妾芳年。'遂与侍婢彩云，随生逃，隐姑苏偕老焉。"①

可见此诗为宋人拟作之诗，《全唐诗》当删。另《全宋诗》收李氏名下《书红帕》："囊香着郎衣，经绡着郎手。此意不及绡，共郎永长久。"（《全宋诗》册4卷226页2635）当非同一人拟作。

① （宋）罗烨撰：《醉翁谈录》，台湾商务印书馆1983年影印《四库全书》本。

2. 陈孚

(1) 陈孚《琼花图》:“荒棘萋萋后土宫，芳根已逐彩云空。男儿别有扬州泪，不为琼花滴晓风。”（《全宋诗》册 7 卷 401 页 4942）又见《元诗选》乙集，题为《后土祠琼花》，作者陈孚。

《全宋诗》卷四〇一陈孚，曾从宋咸学。宋咸，字贯之，建阳人。仁宗天圣二年（1024）进士。则宋陈孚为北宋人。

元陈孚字刚中，号笏斋，台州临海人。幼清峻颖悟，及长，博学有气节。至元（1264—1294）中，孚以布衣上《大一统赋》。

此诗又入《陈刚中诗集》卷一，元陈孚作无疑。此诗《全宋诗》陈孚作出《琼花集》卷二，当是编者未审，宋元有两个陈孚。

(2) 陈孚《吕翁祠》:“山形天矫苍精剑，日气曈矇紫磨丹。度尽世人人不识，青烟起处是邯郸。”（《全宋诗》册 7 卷 401 页 4942）

《全宋诗》陈孚作出民国杨晨《赤诚别集》卷五。此诗又见《陈刚中诗集》卷一、《石仓历代诗选》卷二三二，为元陈孚作，考证见前条。《全宋诗》陈孚当删。

3. 李中

李中《宿临江驿》:“候馆寥寥辍棹过，酒醒无奈旅愁何。雨昏郊郭行人少，苇暗汀洲宿雁多。干禄已悲凋发鬓，结茅终愧负烟萝。篇章早晚迟知己，苦志忘形自有魔。”（《全宋诗》册 11 卷 626 页 7477）

《全宋诗》李中作出清曾燠《江西诗征》卷八，《全宋诗》录其诗一首，作者小传：“李中，字至之，清江（今江西樟树）人。仁宗嘉祐二年（1057）进士（《江西诗征》卷八）。以朝奉郎致仕。（《清江三孔集》卷一五《送李至之致仕归清江序》）”此诗又见《碧云集》卷下，《全唐诗》卷七四九，诗题《宿临江驿》，作者李中。《全唐诗》小传：“李中，字有中，陇西人。仕南唐为淦阳宰。《碧云集》三卷，今编诗四卷。”① 此为唐李中诗，《全宋诗》李中当删。

4. 郑常

郑常《送头陀赴庐山寺》:“僧家无住著，早晚出东林。得道非真相，头陀是苦心。持斋山果熟，倚锡野云深。溪寺谁相待，香花与梵音。”

---

① （清）曹寅等编：《全唐诗》卷 747，清康熙扬州诗局刻本。

（《全宋诗》册21卷1213页13832）

《文苑英华》卷二二一，题作《送头陀赴庐山寺》，作者郑常，前后诗人皆唐人。《江西通志》卷一五二，题作《送头陀上人赴庐山寺》，作者郑常，前后诗人皆唐人。《唐诗品汇》卷六六、《全唐诗》卷三一一、《唐诗纪事》卷三一录诗题作《送头陀上人赴庐山寺》，作者唐郑常。

《全宋诗》郑常小传："郑常，归善（今广东惠州）人，一说耒阳（今属湖南）人。哲宗元祐三年（1088）进士。事见明嘉靖《惠州府志》卷四、《永乐大典》卷八六四七引《衡州府图经志》。"

《全唐诗》郑常小传："郑常，肃代间人。诗一卷，今存三首。"

《全宋诗》录郑常诗仅一首，出明桑乔《庐山纪事》卷五，此处并未指明唐人、宋人。此诗当为唐郑常作，《全宋诗》此人当删。

5. 张隐

宋张隐《嘲宰相赏花》："位乖燮理致伤残，四面墙匡不忍看。正是花时堪下泪，相公何必更追欢。"（《全宋诗》册33卷1862页20806）

唐张隐《万寿寺歌词》："位乖燮理致伤残，四面墙匡不忍看。正是花时堪下泪，相公何必更追欢。"

宋张隐作出陈元靓《事林广纪》辛集卷下。

唐张隐作见《太平广记》卷二五七"张浚伶人"条："唐宰相张浚，常与朝士于万寿寺阅牡丹而饮。俄有雨降，抵暮不息，群公饮酣未阑。左右伶人皆御前供奉第一部者，恃宠肆狂，无所畏惮。其间一辈曰张隐，忽跃出，扬声引词曰：'位乖燮理致伤残，四面墙匡不忍看。正是花时堪下泪，相公何必更追欢。'告讫遂去。阖席愕然，相眄失色，一时俱散。张但惭恨而已。"（出《南楚新闻》）① 又见《万首唐人绝句》卷六二。《全唐诗》卷七三二："《摭言》云：宰相张浚，尝与朝土万寿寺阅牡丹。抵暮饮不息，伶人皆御前供奉第一部，恃宠肆狂，无所畏惮。中有张隐者，忽跃出，扬声引词云云。唱讫遂去，阖席愕然，相盼失色而散。"②

可见此为唐张隐作无疑。宋张隐仅收此诗，当删。

① （宋）李昉等纂：《太平广记》，扫叶山房刻本。

② （清）曹寅等编：《全唐诗》，清康熙扬州诗局刻本。

（三）名不同人同

1. 郑隼与郑准

郑隼《题苑林北楼》："雨来风静绿芜鲜，凭看朱栏思浩然。人语独耕烧后岭，鸟飞斜没望中烟。松梢半露藏云寺，滩势横流出浦船。若遣谢宣城不死，必应吟尽夕阳川。"（《全宋诗》册72卷3770页45477）

《全宋诗》据《诗渊》册五页三四一七收录，题作者郑隼。此诗又见《才调集》卷八、《全唐诗》卷六九四，题作者郑准。诗见《才调集》，郑隼当是郑准（準）形讹，《全宋诗》当删此人。

2. 阎钦爱与阎敬爱

阎钦爱《宿濠州高唐馆》："借问襄王安在哉，山川此地胜阳台。今朝寓宿高唐馆，神女何曾入梦来。"（《全宋诗》册72卷3775页45548）

阎敬爱《题濠州高塘馆敬爱为御史，过宿处》："借问襄王安在哉，山川此地胜阳台。今宵寓宿高塘馆，神女何曾入梦来。"

阎钦爱作出《苕溪渔隐丛话》前集卷五〇："《漫叟诗话》云：'高唐事乃楚怀王，非襄王也。'若古人云：'莫道无心便无事，也应愁杀楚襄王。'少游词云：'不应容易下巫阳，只恐翰林前世是襄王。'皆误用也。濠州西有高唐馆，俗以为楚之高唐也。御史阎钦爱题诗云：'借问襄王安在哉？山川此地胜阳台。'有李和风者，亦题诗云：'若向此中求荐枕，参差笑杀楚襄王。'前人既误指其人，后人又误指其地，可笑。"① 又见《历代诗话》卷一三本事同。《宋诗纪事》卷三一，作阎钦受。

阎敬爱作见《南部新书》卷七："濠州西有高塘馆，附近淮水。御史阎敬爱宿此馆，题诗曰：'借问襄王安在哉，山川此地胜阳台。今朝寓宿高塘馆，神女何曾入梦来。'轺轩来往，莫不吟讽，以为警绝。有李和风者至此，又题诗曰：'高唐不是这高塘，淮畔江南各一方。若向此中求荐枕，差参笑杀楚襄王。'读者莫不解颜。"② 又见《万首唐人绝句》卷六九、《诗话总龟》卷三五、《御定渊鉴类函》卷三〇六、《全唐诗》卷八七一。

诸书本事大同小异，阎钦爱、阎钦受实为阎敬爱讹误，此事最早见

① （宋）胡仔编：《苕溪渔隐丛话》，清道光潘氏刻本。
② （宋）钱易撰：《南部新书》，清嘉庆十年张氏照旷阁刻本。

《南部新书》，非宋诗，阎钦爱当删。

3. 徐某与郫城令

徐某《示女》："深宫富贵事风流，莫忘生身老骨头。因与太师欢笑处，为吾方便觅彭州。"（《全宋诗》册 57 卷 3000 页 35690）

郫城令《示女诗》："深宫富贵事风流，莫忘生身老骨头。因与太师欢笑处，为吾方便觅彭州。"

徐某作出《绿窗新话》卷下："陈瑄太师任西川，有爱姬徐氏，郫城令之女也。令欲求彭牧，以红绡数寸，作二十八字，遣其妻私示其女曰：'深宫富贵事风流，莫忘生身老骨头。因与太师欢笑处，为吾方便觅彭州。'人皆鄙之。"①《绿窗新话》是宋代笔记，编者皇都风月主人，生平不详。

此事最早见《鉴诫录》卷八："陈太师敬瑄任西川日，有爱姬徐氏，甚有美色，即徐令长女也，失名。其父自郫城宰欲求彭牧，以红绡数寸书二十八字，遣其妻私示其女。议者以徐习（'习'《学海》本作'冒'）进，而乖父子之道。其诗曰：'深宫富贵事风流，莫忘生身老骨头。因共太师欢笑处，为吾方便觅彭州。'"② 本事大体相同，《鉴诫录》作者为后蜀何光远，此诗非宋诗无疑。

又见《全唐诗》卷八七〇。

4. 牛士良与牛谅

牛士良《红梅》："陇头人未来，江南春几许。惆怅玉笛声，吹落胭脂雨。"（《全宋诗》册 72 卷 3762 页 45371）

牛士良作出《永乐大典》卷二八〇九引《中兴江湖集》。《永乐大典》卷二八〇九："《牛士良红梅诗》：'陇头人未来，江南春几许。惆怅玉笛声，吹落胭脂雨。'"

明黄肃作见《御定佩文斋广群芳谱》卷二四："明黄肃红梅"③。

明牛谅作见《雅颂正音》卷四："牛谅士良，东平人"。《御选宋金

---

① （宋）皇都风月主人编，周夷校补：《绿窗新话》，古典文学出版社 1957 年版，第 150 页。

② （后蜀）何光远撰：《鉴诫录》，清嘉庆十年张氏照旷阁刻本。

③ （清）李灏编：《佩文斋广群芳谱》，清康熙四十七年刻本。

元明四朝诗·御选明诗》卷九六:“牛谅”。《明诗综》卷五:“牛谅,字士良,东平人。流寓吴兴,以秀才举,除翰林典簿。使安南还,擢工部员外郎,历礼部尚书,降主事,寻复任免。有《尚友斋集》。”①

《列朝诗集·甲集第一四》,此诗作者牛谅,紧随黄肃诗后。

此诗明牛谅诗,从前诗作者误为黄肃,《永乐大典》误引为宋人。

(四)不能考订是否一人

1. 胡幽贞

胡幽贞《归四明》:“海色连四明,仙舟去容易。天籍岂辄问,不是卑朝士。”(《全宋诗》册9卷516页6276)又见《全唐诗》卷七六八,题为题目、作者并同。

《全唐诗》介绍作者云:“胡幽贞,四明人,自号无生居士。诗二首。”

《全宋诗》介绍作者云:“胡幽贞(《舆地纪胜》卷一一作正),生平不详,其时代似略早于王安石、郑獬(《乾道四明图经》卷八)。”

此诗与《题西施浣沙石》诗见《延祐四明志》卷二〇、《唐文粹》卷一六上、《万首唐人绝句》卷一六、《全唐诗》卷七六八、《唐诗纪事》卷四五。《全宋诗》据《乾道四明图经》卷八收录。

《唐诗纪事》卷四五“胡幽贞”条:“《题西施浣沙石》云:‘一朝入紫宫,万古遗芳尘。至今溪边花,不敢娇青春。’《归四明诗》云:‘海色连四明,仙舟去容易。天籍岂辄问,不是卑朝士。’张为取二诗作《主客图》。”②

《主客图》“高古奥逸主·入室六人”,第六人为胡幽贞。《主客图》即《诗人主客图》简称,唐张为撰。张为,生卒年、籍贯、字号均不详,大约生活在唐末江南一带。

胡幽贞虽生平不详,但其诗绝非宋人诗,《全宋诗》当删。

2. 刘章

刘章《蒲鞋》:“吴江浪浸白蒲春,越女初挑一样新。才自绣窗离玉指,便随罗袜上轻尘。石榴花下从容久,玳瑁筵前整顿频。今日高楼鸳瓦上,不知掷果是何人。”(《全宋诗》册33卷1904页21283)

① (清)朱彝尊编:《明诗综》,清雍正朱氏六峰阁刻本。

② (宋)计有功撰:《唐诗纪事》,明崇祯五年毛氏汲古阁刻本。

刘章《咏蒲鞋》："吴江浪浸白蒲春，越女初挑一样新。才自绣窗离玉指，便随罗袜上香尘。石榴裙下从容久，玳瑁筵前整顿频。今日高楼鸳瓦上，不知抛掷是何人。"

宋刘章作出清乾隆《吴江县志》卷四八。

唐刘章作见《诗话总龟》卷一〇引《雅言系述》："刘章字克明，江左人，事湖南马氏。有《蒲鞋诗》云：'吴江浪浸白蒲春，越女初挑一样新。才自绣窗离玉指，使随罗袜上香尘。石榴裙下从容久，玳瑁筵前整顿频。今日高楼鸳瓦上，不知抛掷是何人。'"① 《诗人玉屑》卷九、《五代诗话》卷七记本事略同。又见《全唐诗》卷七六二，题作者刘章刘克明。

《全宋诗》册三三卷一九〇四页二一二八三刘章小传："刘章（1100—1179）（《宋历科状元录》卷五），字文孺，龙游（今属浙江）人。高宗绍兴十五年（1145）进士，授镇江军签判。"

此诗为唐刘章刘克明作，因名同误入《全宋诗》。《全宋诗》收刘章诗仅此首，其人当删。

3. 陈洪

陈洪《春雪》："光映妆楼月，花承歌扇风。欲妒梅将柳，故落早春中。"（《全宋诗》册 51 卷 2726 页 32084）

陈子良《咏春雪（一作陈伯材诗）》："光映妆楼月，花承歌扇风。欲妒梅将柳，故落早春中。"

陈洪作出《诗苑丛珠》卷二，题作者陈子良。

陈子良作见《御定渊鉴类函》卷九、《古诗纪》卷一三六、《全唐诗》卷三九。

陈洪，字子良，仙居（今属浙江）人。

可见此为唐陈子良诗，引名同陈洪字，被误为宋陈洪，《全宋诗》当删此人。

4. 刘炎

刘炎《讽州守》："未到桃源来，长忆出家景。及到桃源了，还是鉴中影。"（《全宋诗》册 65 卷 3420 页 40661）

太守《讽刘炎索贿诗》："未到桃源时，长忆出家景。及到桃源了，

---

① （宋）阮阅编：《诗话总龟》，台湾商务印书馆 1983 年影印《四库全书》本。

还似鉴中影。”

刘炎作出清刘绎光绪《吉安府志》卷一四：“刘炎，少负词学。淳祐间为永新尉，拙于逢迎，适太守某有贪名，行部至县，既行，以诗讽之‘未到桃源来，长忆出家景。及到桃源了，还似鉴中影。’守衔之，被诬罢去。”①

此诗本事又见《诗话总龟》卷三五：“刘炎少负词学，晚为永新尉，拙于政治，遂有贪名。太守行邑，觊觎之意，而炎不悟，既行，以诗讽炎云：‘未到桃源时，长忆出家景。及到桃源了，还似鉴中影。’炎乃和而复之，后因民诉受贿，遂按以法。炎复有诗云：‘早知太守如狼虎，猎取膏粱以啗之。’”②

《江西通志》卷一六〇引《豫章书》：“宋末刘炎，少负词学，晚为永新尉，拙于政治。太守某，有贪名，行邑觊觎之，而炎不悟，既行以诗讽炎云：‘未到桃源时，长忆出家景。及到桃源了，还似镜中影。’炎乃和而复之。后因民诉受贿，遂按炎以法，炎复作诗云：‘早知太守如狼虎，猎取膏粱以啖之。’”③

《天中记》卷三四：“鉴中影：刘炎少负词学，晚为永新尉，拙于政治，道有贪名，太守行邑有觊觎之意，而炎不悟，既行以诗讽炎云：‘未到桃源时，长忆出家景，及到桃源了，还似鉴中影。’炎乃和而复之。后因民诉受贿，遂按以法，炎复有诗云：‘早知太守如狼虎，猎取膏粱以啗之。’”④

《全唐诗》卷八七〇：“讽刘炎索贿诗贪声太守行邑，有觊觎意。既行，以诗讽之云云。未到桃源时，长忆出家景。及到桃源了，还似鉴中影。”

又：“被按自悔诗炎不悟太守意，空以诗和。后因民诉按以法，炎为诗云云。早知太守如狼虎，猎取膏粱以啖之。”

从前引文献可看出此本事蜕变之痕迹，此本太守讽刘炎诗，经《江

① （清）刘绎修撰：《吉安府志》，见成文出版社辑《中国方志丛书》，成文出版社 1975 年影印本。

② （宋）阮阅编：《诗话总龟》，台湾商务印书馆 1983 年影印《四库全书》本。

③ （清）刘坤一等修：《江西通志》，台湾商务印书馆 1983 年影印《四库全书》本。

④ （明）陈耀文撰：《天中记》，明万历二十三年刻本。

西通志》而《吉安府志》讹变为刘炎讽太守诗。

阮阅字闳休，舒城人。生卒年均不详，1126年前后在世。元丰八年（1085）进士（榜名美成）。自户部郎官责知巢县，宣和中，知郴州。建炎初（1127），以中奉大夫知袁州。

此本事既见《诗话总龟》则知刘炎非《吉安府志》所谓“淳祐间（1241—1253）为永新尉”，更非《江西通志》所说“宋末刘炎”。《全宋诗》当删此人。

5. 刘师邵

刘师邵《浮萍》：“乍因轻浪叠晴沙，又趁回风拥钓槎。莫怪狂踪易飘泊，前身不合是杨花。”（《全宋诗》册72卷3776页45574）

刘师邵作出《御定佩文斋广群芳谱》卷九一，题作者刘师邵，又见《宋诗纪事》卷八二。

《御定佩文斋咏物诗选》卷三九三，题明镏师邵。《御选宋金元明四朝诗·御选明诗》卷一〇五，题刘师邵。《明诗综》卷二七题，镏师邵。

此刘师邵为明人，《全宋诗》当删。

（五）错解、错讹误收

1. 唐薛能误为薛然

薛然《答贾支使寄鹤》：“瑞羽奇姿踉跄形，称为仙驭过苍冥。何年厚禄曾居卫，几世前身本姓丁。幸有远云兼远水，莫临华表与华亭。劳君赠我清歌侣，将去田园夜坐听。”（《全宋诗》册72卷3755页45271）

薛能《答贾支使寄鹤》：“瑞羽奇姿踉跄形，称为仙驭过清冥。何年厚禄曾居卫，几世前身本姓丁。幸有远云兼远水，莫临华表望华亭。劳君赠我清歌侣，将去田园夜坐听。”

薛然作出《古今事文类聚》后集卷四二，四库本题作者为薛能。唐薛能作见《文苑英华》卷三二八、《山堂肆考》卷二一一、《御定渊鉴类函》卷四二〇、《全唐诗》卷五六〇。

《全宋诗》录薛然仅此诗，无此人当删。

2. 元偰哲笃误为笃世南

笃世南《题赵千里夜潮图卷》（《全宋诗》册57卷3027页36065）。

元偰哲笃《题赵千里夜潮图》（《元诗选》第三集卷一〇）。

笃世南作出《式古堂书画汇考》卷四四，题作者为：“偰哲笃世南题”。偰哲笃作见《海塘录》卷二五、《元诗选》第三集卷一〇。

《元诗选》第三集卷一〇：“偰哲笃，字世南，玉立弟。登延祐二年进士第，知高邮州。”①

《式古堂书画汇考》卷四四所谓“偰哲笃世南”作者即偰哲笃，《全宋诗》编者理解为“笃世南，字偰哲”，造成误收。

三 诗人应两收而未两收

郑文宝《绝句三首》其一：“亭亭画舸系寒潭，直到行人酒半酣。不管烟波与风雨，载将离恨过江南。”（《全宋诗》册1卷58页640）又见张耒《绝句》（《全宋诗》册20卷1187页13419）。重出失注。

《古今事文类聚》别集卷二五以为是孙冕作，其人生平未详。《诗林广记》后集卷七以张耒为作者。《苕溪渔隐丛话》前集卷二四、《宋诗纪事》卷四、《全闽诗话》卷一、《五代诗话》卷三同源《蔡宽夫诗话》以郑文宝为作者。郑文宝（953—1013），字仲贤，一字伯玉，宁化人。仕南唐至校书郎。入宋，太宗太平兴国八年进士，补修武县主簿，改通判颍州，知州事。大中祥符初改兵部员外郎。六年卒。有文集二十卷，已佚。《围炉诗话》卷三：“郑仲贤《送别》云：‘亭亭画舸系春潭，只待行人酒半酣。不管烟波与风雨，载将离恨过江南。’人自别离，却怨画舸。义山忆往事而怨锦瑟亦然。文出正面，诗出侧面，其道果然。”②《蓼园词评》“尉迟杯”条：“杜牧诗：‘烟笼寒水月笼沙。’唐郑仲贤诗：‘亭亭画舸向寒潭。直到行人酒半酣。不管烟波与风雨，载将离恨过江南。’李义山诗：‘冶叶倡条偏相识。’”③

《升庵诗话》卷八“唐诗人郑仲贤”条：“余弟姚安太守未庵慥，字用能，《酒边诵》一绝句云：‘亭亭画舸系春潭，只待行人酒半酣。不管烟波与风雨，载将主恨过江南。’兄以为何人诗？余曰：按《宋文鉴》，则张文潜（云按张耒字文潜）诗也。未庵取《草堂诗馀》，周美成《尉

① （清）顾嗣立编：《元诗选》，清康熙顾氏秀野草堂刻本。

② （清）吴乔著：《围炉诗话》，商务印书馆1936年丛书集成初编本，第二六〇九册，第72页。

③ （清）黄氏撰：《蓼园词评》，见唐圭璋编《词话丛编》，中华书局1986年版，第3086页。

迟杯》注云：‘唐郑仲贤诗。’余因叹唐之诗人，姓名隐而不传者何限？或张文潜爱而书之，遂以为文潜之作耳。”① 可见此诗为郑文宝作。

四 重见诗人两收的处理方法

（一）总集编纂应具有通代意识

断代问题是文学、史学研究中一个历久弥新、极难处理，又无法回避的课题。断代总集，多强调求全，宁滥毋缺，《全唐诗》编纂如此，《全宋诗》编纂如此，其他总集编纂莫不如此。《全宋诗》编纂凡例提出：对于宋诗中的长篇短制，断章残句，概加收录。与五代、蒙元交叉的作品则从宽收入。刘乃和教授就认为，“断限问题，放宽尺度，在两个朝代交替的时候，宁可宽一些，这是很必要的”②。

当然任何事物都有一个既定标准，从宽的同时，还应该适度。所谓的度不能脱离具体的研究对象独立存在，此处我们结合《全宋诗》整理的凡例，讨论断代文献总集（《全宋诗》）编纂中的断代问题。收录标准应宽严适度。以合理性为标准，宁滥毋缺，适度考虑经济性，规范整理标准与编纂体例。《全宋诗》将容易忽略的诗作广泛搜检，收入集中，也体现了宽的原则，邓绍基认为“把《五灯会元》里的佛教的偈、颂都收进来，也是很好的做法”③。

（二）断代总集的成果应该相互借鉴

重见诗人，其诗作辑佚考订、小传增补诸方面，多有可相互补苴罅缺之处，宜互相为鉴。

1. 作品辑补

（1）孟宾于，字国仪，号玉峰叟，连州人。后晋天福九年（944）进士。曾受孟氏辟，为零陵从事。南唐时，授丰城簿，迁淦阳令。宋太宗太平兴国中，归老连上，有《金鳌集》，已佚。《南唐书》卷二三有传。（《全宋诗》册1卷3页33）《全宋诗》录其诗十首。

---

① （明）杨慎撰：《升庵诗话》，《历代诗话续编》，中华书局1983年版，第804页。

② 燕文、卢伟：《部分在京专家座谈〈全宋诗〉》，《中国典籍与文化》1992年第2期，第46页。

③ 同上。

《赠颜诩》《献主司》《磻溪怀古》《怀连上旧居》（《全宋诗》册1卷3页33）、《题梅仙馆》《公子行》《晚眺》《第四举》《湘洒亭》（《全宋诗》册1卷3页34）九首又见《全唐诗》卷七四〇。另《全宋诗》录句18则，《全唐诗》录句14则，重见13则，可互相补苴。另《耒阳杜工部祠堂》一首不见《全唐诗》。

（2）何方裕，字仕进，韶州曲江人。后晋天福末进士。累官至著作佐郎，直史馆。出为盩厔、咸阳县令。宋太祖开宝三年（970），自泾阳令入为监察御史。历侍御史，累知忠、万、商三州。太宗太平兴国中卒。《宋史》卷四三九有传。（《全宋诗》册1卷3页55）

《句》："晓来犬吠张三妇，日暮猿啼吕四妻。"（《全宋诗》册1卷3页55）又见《全唐诗》卷八七一，题为《戏为举子对句》。另《寄宣义英公》（《金石萃编》卷一二六）可补入《全唐诗》。

（3）卞震，益州成都人。举后蜀进士，为渝州判官。入宋，仍旧职，官终虢州录事参军。事见《宋史》卷二七七《卞衮传》。《全宋诗》录其句9则，"雨壁长秋菌，风枝落病蝉。""老筇搘瘦影，寒木凭吟身。""诗债到春无处避，离愁因醉暂时无。" "茶香解睡磨铛煮，山色牵怀着屐登。"（《全宋诗》册1卷11页145）又见《全唐诗》卷七九五。"积雨生残稻，苍苔入旧笼。""风涛秋渡阙，烟雨晚村孤。""空囊万里客，斜月一床寒。""双阙暂随丹诏入，三峰寻与白云归。""芳草又牵为客恨，白云空寄未闲心。"（《全宋诗》册1卷11页146）可补《全唐诗》不足。

（4）释清豁，福州人。居泉州开元上方院，留漳州保福寺。太祖建隆三年（962），辞归至贵湖。刺史陈洪进奏赐紫方袍，号性空禅师。太平兴国元年卒。事见《泉州府志》卷六五。《全宋诗》录其诗二首。《归山吟寄友》（《全宋诗》册1卷11页147），又见《全唐诗》卷八八八，题为《归山吟》。另《过三岭苎溪》（《景德传灯录》卷二二），不见《全唐诗》。

（5）杨徽之（921—1000），字仲猷，建州浦城人。后周显德二年（955）进士。宋太祖乾德初，历天兴、峨眉令，复知全州，迁左拾遗、右补阙。太宗太平兴国初，进侍御史。迁刑、兵二部郎中。端拱初，拜左谏议大夫，出知许州。淳化五年（994），充开封府判官。迁给事中、工部侍郎、枢密直学士兼秘书监。真宗咸平元年（998），改兵部侍郎，

仍兼秘书监。二年，为翰林侍读学士。三年正月卒。谥文庄。《宋史》卷二九六有传。(《全宋诗》册1卷11页158)

《全唐诗》录其诗一首句二则，均收入《全宋诗》；《全宋诗》录其诗九首句十三则，诗句、小传可补苴《全唐诗》。

杨徽之《赠谭先生》(《全宋诗》册1卷11页159)，又见李九龄《赠谭先生》(《全宋诗》册1卷18页268)。重出失注。

《全宋诗》杨徽之作出《瀛奎律髓》卷四八，李九龄作出《宋艺圃集》卷二。另《御选宋金元明四朝诗·御选宋诗》卷四五录为杨徽之作，《宋诗纪事》卷二该诗重见，前入李九龄，又入杨徽之。今查《瀛奎律髓》卷四八，前为李九龄的《赠马道士》，紧接着是杨徽之《赠谭先生》，《宋艺圃集》因两诗相连，把后诗作者误为此诗作者，《全宋诗》编者延续了《宋艺圃集》的错误。故此诗为杨徽之作，李九龄名下当删。

(6) 翁宏，字大举，桂岭人。常寓居韶、贺间，不仕进。与廖融为诗友。《全宋诗》卷一五录其诗三首句八则。诗同题不全同，《全唐诗》多一则，《全宋诗》多六则。小传可补。

《全宋诗》录句八则：《句》其一："风高弓力大，霜重角声干。"《句》其二："客帆来异域，别岛落蟠桃。"《句》其三："寒清万国土，冷斗四维根。"《句》其四："漏光残井甃，缺影背山椒。"《句》其五："万木残秋里，孤舟半夜猿。"《句》其六："因寻买珠客，误入射猿家。"《句》其七："何处残春夜，和花落古宫。"《句》其八："孤舟半夜雨，上国十年心。"《全唐诗》卷七六二录句三则："万木横秋里，孤舟半夜猿。"(《送人》)"漏光残井甃，缺影背山椒。"(《咏晓月》)"风回山火断，潮落岸冰高。"(《湘江吟》)可互为补苴罅漏。

2. 作者考释

(1) 释延寿《武肃王有旨石桥设斋会进一诗》(六首)(《全宋诗》册1卷2页29)，又见《全唐诗》卷八五一，题为《武肃王有旨石桥设斋会进一诗(共六首)》，作者吴越僧。

今查《天台前集·别编》标明为延寿诗，且延寿确在吴越为僧，当可信从。

(2) 北宋郭震，字希声，号渔舟先生，又号汾阳山人，成都人。太宗淳化四年(993)诣阙上书，言蜀将乱，后隐居。事见《东都事略》卷一一八《隐逸传》。有《渔舟集》，李畋尝为之作序，已佚。《全宋诗》录其诗16首。

初唐郭震，字元振，魏州贵乡人。以字显。少有大志，十八举进士，为通泉尉。任侠使气，不拘小节，尝盗铸及掠卖部中口千余 ，以饷遗宾客。武后召欲诘，既与语，奇之，索所为文章，上《宝剑篇》。后览嘉叹。授右武卫铠曹参军，进奉宸监丞。久之，拜凉州都督。中宗神龙中，迁左骁卫将军、安西大都护。睿宗立，召为太仆卿。景云二年，进同中书门下三品。先天元年，为朔方军大总管。明年，以兵部尚书复同中书门下三品，封代国公。明皇讲武骊山，以军容不整，流新州。开元元年，起为饶州司马，道病卒。有集20卷，已佚。《全唐诗》录其诗18首。

《全唐诗》卷六六收诗18首，《全宋诗》录诗16首，7首重，据陈尚君考订重出诗为北宋郭震诗。

(3) 宋绶《句》其八："海国瓯乡浙水东，暂烦良守此凭熊。"(《全宋诗》册3卷174页1972) 又见《全唐诗》卷六〇〇，题为《句》，作者翁绶。宋绶作出《翰苑新书》前集卷五三。《全唐诗》翁绶作出《事文类聚》，《事文类聚》外集卷一〇，此句作者署名宋绶。可见此句为宋绶诗无疑，《全唐诗》当删。

(4) 滕宗谅《赠回道士》："华州回道士，来到岳阳城。别我游何处，秋空一剑横。"(《全宋诗》册3卷174页1974) 又见《全唐诗》卷八五八，题为《赠滕宗谅》，作者吕岩。此诗见载诸书，本事皆为吕岩谒滕宗谅。吕岩作见《山西通志》卷一六〇。滕宗谅作出《东轩笔录》卷十，又见《类说》卷一七、《事实类苑》卷四五、《湖广通志》卷七五、《古今事文类聚》前集卷四一、《山堂肆考》卷一五〇、《山堂肆考》卷一六七、《耆旧续闻》卷六、《苕溪渔隐丛话》前集卷五八、《五代诗话》卷九。可知为滕宗谅赠回道士之作，宋诗无疑，《全唐诗》当删。

(5) 王初《延平天庆观》《青帝》《书秋》《自和书秋》《立春后作》《春日咏梅花二首》《七夕》《送陈校勘入宿》《即夕》《雪霁》《舟次汴堤》(《全宋诗》册3卷177页2027—2028)。《全宋诗》收王初诗12首，全部与《全唐诗》卷四九一王初诗重出。唐王初并州人，王仲舒长子，元和末，登进士第。《全唐诗》录其诗19首。宋王初，建州瓯宁人。仁宗天圣二年（1024）进士。《全宋诗》录诗12首。《全宋诗》收王初诗出前四首，出《宋诗拾遗》卷三，后八首出《宋艺圃集》卷一。《全宋诗》所收12首属于哪个王初，《全唐诗》所收另外7首与宋王初有无关系，俟考。

第二节 化用传引与悬置存疑现象分析——《全宋诗》重出误收考辨的困惑

一 理固宜然的重出并存

（一）诗句化用

1. 李壁《句》其八（《全宋诗》册52卷2744页32326），又见李𡏖《句》："日射红鸾扇，风清白兽樽。"（《全宋诗》册53卷2776页32850）重出失注。

同出《齐东野语》卷八"二李省诗"条："蜀中类试，相传主司多私意与士人相约为暗号，中朝亦或有之，而蜀以为常。李壁季章、李𡏖季永，同登庚戌科，己酉赴类省试。二公皆以文名一时，而律赋非所长。乡人侯某者以能赋称，因资之以润色。既书卷，不以诗示侯，侯疑其必有谓。将出门，侯故少留，李遂先出，而侯踵其后。至纳卷所，扣吏以二李卷子，欲借一观，以小金牌与之。吏取以示，则诗之景联皆曰：'日射红鸾扇，风清白兽樽。'侯即于己卷改用之。既而皆中选。二李谢主司，主司问：'此二句，惟以授于昆仲，何为又以与人？'李怃然不知所以。他日，微有所闻，终身与侯不协。"①

从《齐东野语》所载本事，可以看出"日射红鸾扇，风清白兽樽"一联属之二人，并无不妥。

2. 陆游《贫甚作短歌排闷》："间何阔，逢诸葛，畏人常忧不得活。事不谐，问文开，不蹋权门更可哀。即今白发如霜草，一饱茫然身已老。惟有躬耕差可为，卖剑买牛悔不早。年丰米贱身独饥，今朝得米无薪炊。地上去天八万里，空自呼天天岂知。"（《全宋诗》册40卷2186页24924）

《京师为诸葛丰语》："间何阔，逢诸葛。"

① （宋）周密撰：《齐东野语》，清嘉庆十年张氏照旷阁刻本。

陆游作出《剑南诗稿》卷三三，又见《宋诗钞》卷六六、《宋元诗会》卷三九。

《秦汉魏晋南北朝诗·全汉诗卷三·杂歌谣辞》录“间何阔，逢诸葛”句。又见《汉书·诸葛丰传》《北堂书钞》三六、《诗纪》等。

此为陆游借用前人诗句谚语入诗。

3. 陆游《宏智禅师真赞》：“死诸葛走生仲达，死姚崇卖生张说。看渠临了一着子，诸方倒退三十里。”（《全宋诗》册41卷2241页25734）

《先秦汉魏晋南北朝诗·魏诗》卷一二：“死诸葛走生仲达。”

陆游作出《渭南文集》卷二二，此为俗语入诗。

4. 苏洵《句》其二：“雀鷇含淳音，竹萌抱静节。”（《全宋诗》册7卷352页4374）又见苏轼《和陶郭主簿二首》其二：“雀鷇含淳音，竹萌抱静节。诵我先君诗，肝肺为澄澈。犹如鸣鹤和，未作获麟绝。愿因骑鲸李，追此御风列。丈夫贵出世，功名岂人杰。家书三万卷，独取服食诀。地行即空飞，何必挟日月。”（《全宋诗》册14卷826页9564）苏轼取其父句入诗。

5. 王禹偁《句》其二一：“春残叶密花枝少，睡起茶亲酒盏疏。”（《全宋诗》册2卷71页810）又见王安石《晚春》：“春残叶密花枝少，睡起茶多酒盏疏。斜倚屏风搔首坐，满簪华发一床书。”（《全宋诗》册10卷576页6778）

王禹偁作出《冷斋夜话》卷二、《说郛》卷二一上。王安石作出《江西通志》卷一五九、《学林》卷八、《类说》卷五七、《锦绣万花谷》前集卷二一、《山堂肆考》卷一二八、《王荆公诗注》卷四八、《苕溪渔隐丛话》前集卷三四、《苕溪渔隐丛话》后集卷二五、《诗人玉屑》卷二、《历代诗话》卷八。

《苕溪渔隐丛话》前集卷三四引《西清诗话》云：“荆公云：‘李汉岂知韩退之，缉其文，不择美恶，有不可以示子孙者，况垂世乎？’以此语门弟子，意有在焉。其文迄无善本，如‘春残叶密花枝少，睡起茶多酒盏疏’、‘吾皇英睿超光武，上将威名得隗嚣’，皆王元之诗也。《金陵独酌》：‘西江雪浪来天际’，《寄刘原甫》：‘翰林放逐蓬莱殿’，皆王君玉诗也。‘临津艳艳花千树’、‘天末海门横北固’、‘不知朱户锁婵娟’，皆王平甫诗也。”苕溪渔隐曰：“《遯斋闲览》以‘天末海门横北固，烟中沙岸似西兴'之句，为荆公《题金山寺诗》，尤为中的。王直方《诗话》以'临津艳艳花千树，夹径斜斜柳数行，却忆金明池上路，红裙争看绿衣郎'之句，仍载永叔戏介甫曰：'谨厚者亦复为之邪?'"① 前引述可见"春残叶密花枝少，睡起茶亲酒盏疏。"确为王禹偁残句；而"春残叶密花枝少，睡起茶多酒盏疏。斜倚屏风搔首坐，满簪华发一床书。"一首也是王安石，化用生新之诗。故宜两存。

6. 宋徽宗赵佶《句》其四："选饭来时不喜餐，御厨空费八珍盘。"（《全宋诗》册 26 卷 1495 页 17079）

徽宗朝太学生《续徽宗诗》："选饭朝来不喜餐，御厨空费八珍盘。人间有味俱尝遍，只许江梅一点酸。"（《全宋诗》册 27 卷 1582 页 17946）

续句成诗，以完全璧。

7. 岳珂《题王谌潜泉蛙吹二首》其二："枫落吴江冷，曾闻五字传。悬知鸷累百，何待己能千。清气溪山宅，闲情月露篇。六经须鼓吹，吾子盍先鞭。"（《全宋诗》册 56 卷 2972 页 35400）

崔信明《句》："枫落吴江冷"。

岳珂作出《玉楮集》卷八，唐崔信明作见《全唐诗》卷三八。

《白孔六帖》卷七"'枫落吴江冷'崔信明"条："郑世翼者，遇信明江中谓曰：闻公有'枫落吴江冷'愿见其余，信明欣然多出众篇，世翼览未终曰：'所见不逮所闻。'投诸水引舟去。"②

此岳珂化用前人佳句入诗。

8. 白玉蟾《题友人夜光诗集》："海底有明月，圆于明月轮。得之一寸光，可买万古春。石上栽花者，火中捞雪人。步行骑水牛，乃知无价珍。"（《全宋诗》册 60 卷 3136 页 37507）

贾岛《绝句》："海底有明月，圆于天上轮。得之一寸光，可买千里春。"

白玉蟾作出《海琼玉蟾先生文集》卷三。贾岛作见《长江集》卷一、

① （宋）胡仔编：《苕溪渔隐丛话》，清道光潘氏刻本。

② （唐）白居易撰，（宋）孔传续撰：《白孔六帖》，台湾商务印书馆 1983 年影印《四库全书》本。

《唐文粹》卷一四下、《万首唐人绝句》卷一一、《全唐诗》卷五七一。

当是白玉蟾檃栝贾岛绝句成诗。

（二）佛子偈颂辗转传用

1. 释慧南《偈二首》其一（《全宋诗》册5卷263页3351），又见释普度《偈颂一百二十三首》其六二：“心王不妄动，六国一时通。罢拈三尺剑，休弄一张弓。”（《全宋诗》册61卷3227页38507）重出失注。

慧南作出《五灯会元》卷一七：“岳下十一世石霜圆禅师法嗣黄龙慧南禅师隆兴府黄龙慧南禅师，信州章氏子。……上堂：‘心王不妄动，六国一时通。罢拈三尺剑，休弄一张弓。’击禅床，下座。”[①] 又见《五灯会元》卷一八：“雪峰慧空禅师福州雪峰东山慧空禅师，本郡陈氏子。……上堂：‘一拳拳倒黄鹤楼，一趯趯翻鹦鹉洲。有意气时添意气，不风流处也风流。俊哉俊哉！快活快活！一似十七八岁状元相似，谁管你天，谁管你地。心王不妄动，六国一时通。罢拈三尺剑，休弄一张弓。自在自在！快活快活！恰似七八十老人作宰相相似，风以时，雨以时，五谷植，万民安。’”[②] 普度作出《虚舟和尚语录》。佛子机锋难觅其源。

2. 释重显《为道日损》：“三分光阴二早过，灵台一点不揩磨。贪生逐日区区去，唤不回头争奈何。”（《全宋诗》册3卷148页1669）又见释义怀《书屏句》：“三分光阴二早过，灵台一点不揩磨。区区逐日贪生去，唤不回头怎奈何。”（《全宋诗》册3卷175页1993）又见释守净《偈二十七首》其二四：“三分光阴二早过，灵台一点不揩磨。贪生逐日区区去，唤不回头争奈何。”（《全宋诗》册31卷1799页20044）又见释居简《偈颂一百三十三首》其四〇：“三分光阴二早过，向下文长。灵台一点不揩磨，彼自无疮。贪生逐日区区去，终日茫茫。唤不回头争奈何。”（《全宋诗》册53卷2801页33280）又见释师范《偈颂七十六首》其一七：“三分光阴二早过，灵台一点不揩磨。贪生逐日区区去，唤不回头争奈何。”（《全宋诗》册55卷2917页34778）重出失注。

义怀作出清吴宝璋《七十二峰足征集》卷八一。守净作出《续古尊宿语要》卷五。居简作出《湖州西余大觉禅寺语录》。师范作出《无准师

① （宋）普济撰：《五灯会元》，涵芬楼刻本。

② 同上。

范禅师语录》。重显作见《武林梵志》卷九、《禅林僧宝传》卷一一、《诗话总龟》后集卷四十四、《苕溪渔隐丛话》前集卷五七。此诗似为释子谈禅的机锋，当并存，不必强说谁为原创。

3. 释方会《句》其二：“剑为不平离宝匣，药因救病出金瓶。”（《全宋诗》册3卷174页1983）又见释祖钦《偈颂七十二首》其二七：“剑为不平离宝匣，药因救病出金瓶。南方自古清如镜，何必无端用甲兵。”（《全宋诗》册65卷3416页40589）重出失注。

方会作出《五灯会元》卷一九。祖钦作出《雪岩祖钦禅师语录》，此偈下注曰：“我在三圣处学得底。”可见非祖钦自作。其实佛子禅语机锋，辗转互启，不必强求原创者。

4. 释遵式《句》其四：“天上无双月，人间只一僧。”（《全宋诗》册2卷98页1114）又见释净端《偈六首》其五：“天上无双月，人间只一僧。一堂风冷淡，千古意分明。”（《全宋诗》册12卷721页8338）遵式作出《舆地纪胜》卷一一。见《禅林僧宝传》卷一九。《苕溪渔隐丛话》卷三七“端师子”条：“端师子，始见弄狮子者，发明心要，则以彩帛像其皮，时时著之，因以为号。秦少游闻其道高，请升座，端以手自指，曰：‘天上无双月，人间只一僧，一堂风冷淡，千古意分明。’少游首肯之。”[①] 整诗当为净端作。“天上无双月，人间只一僧。”应属佛家偈语，源头不可考订。

5. 释重显《因事示众》：“客从远方来，遗我径寸璧。中有四个字，字字无人识。清涵鲸海宽，冷射蟾轮窄。今朝呈似看，请道末后句。”（《全宋诗》册3卷147页1647）又见释师范《偈颂一百四十一首》其一五：“客从远方来，遗我径寸璧。中有四个字，不必重拈出。”（《全宋诗》册55卷2916页34767）又见释广闻《偈颂一百四十二首》其七二：“客从远方来，遗我径寸璧。中有四个字，字字无人识。且道是甚么字，天子万年。”（《全宋诗》册59卷3099页36998）重出失注。

师范作出在《无准师范禅师语录》重广闻诗前四句，又重释重显诗前四句。广闻作出《偃溪广闻禅师语录》，重显作出《祖英集》卷上。此诗似为释子谈禅的机锋，当并存。

① （宋）胡仔编：《苕溪渔隐丛话》，清道光潘氏刻本。

6. 释守亿《偈》："马祖才升堂，雄峰便卷席。春风一陈来，满地花狼藉。"（《全宋诗》册6卷304页3821）又见释善悟（《颂古九首》其六："马祖才升堂，百丈便卷席。春风一阵来，满地花狼藉。"（《全宋诗》册29卷1683页18879）重出失注。

守亿作见《五灯会元》卷一五，善悟作出《颂古联珠通集》卷二。马祖即道一（709—788）俗姓马，唐汉州什邡人。玄宗开元二十三年（735）来南岳，结庵而住，整日坐禅。怀让以"磨砖成镜"开示，道一豁然契会，侍奉怀让十年后离开南岳，往江西阐扬禅宗。他与石头希迁互相默契，共同努力，使禅宗在全国普遍传播，形成波澜壮阔之势。卒后，宪宗赐谥号"大寂禅师"。后人辑有《马祖道一禅师语录》一书。此诗为佛子偈语，不必强求出处。

7. 释法泉《偈七首》其二（《全宋诗》册9卷518页6303），又见释妙伦《偈颂八十五首》其一三："团团离海峤，渐渐出云衢。此夜一轮满，清光何处无。"（《全宋诗》册62卷3263页38897）重出失注。

此诗法泉作出《五灯会元》卷一六，妙伦作出《住天台国清教忠禅寺语录》。此诗后两句又见多种诗话、笔记。

《嘉祐杂志》卷上："南唐一诗僧赋中秋月诗云：'此夜一轮满'至来秋方得下句，云：'清光何处无。'喜跃，半夜起，撞寺钟，城人尽惊，李后主擒而讯之，具道其事，得释。"[①]《江南馀载》卷下、《类说》卷一八、《天中记》卷一、《宋稗类钞》卷二六记载略同。

五代神彧撰《诗格》："四曰意句俱不到。《中秋月诗》：'此夜一轮满，清光何处无。'是句到意不到也。"《咏扇诗》："汗流浃背曾施力，气爽中秋便负心。"神彧，生平无可考。《宋史·艺文志》著录其书于李洞《贾岛诗句图》之后，而《诗格》引诗亦多为晚唐之作，又引贾岛诗而称"古人"，可推知其人当在五代宋初之时。

《苕溪渔隐丛话》引《漫叟诗话》云："南唐僧谦明中秋得句云：'此夜一轮满，清光何处无？'先得上句，次年秋方得下句。"[②]《绀珠集》卷九同。

---

① （宋）江邻几所撰：《嘉祐杂志》，台湾商务印书馆1983年影印《四库全书》本。

② （宋）胡仔编：《苕溪渔隐丛话》，清道光潘氏刻本。

《钓矶立谈》："及将受禅，头陀范志嵩赋月诗云：'徐徐东海出，渐渐到亨衢。此夜一轮满，清光何处无。'"①

《武林梵志》卷九："慧淳禅师名圆智……良久曰'此夜一轮满，清光何处无。'"② 又同卷有"最庵禅师名道印"作，《蜀中广记》卷八四亦题"最庵禅师名道印"作。

此诗为佛子辗转引用，谁属难有定谳。

二 悬置的无奈与存疑的困惑

王国维氏于《人间词话》中品味辞章、采骊探珠、感悟人生、独标境界：西风碧树，高楼望尽；衣宽不悔，斯人憔悴；蓦然回首，灯火阑珊。其人已远，其道不刊。兀兀穷年，孜孜以求，考辨之真谛。然求学问疑，有此三境界，亦非必能成其功。何也？或限于学养，或拙于识见，或困于经验，或囿于成见，或线索模糊，或时日苦短，或文献讹误，或典籍散佚。诸如此类，不一而足，去伪存真，其难可知。故王氏有《困学》，俞氏著《疑义》。百步九折走到山穷水尽处，柳暗花明真有别见洞天时？今就《全宋诗》重出误收甄辨的一些特殊境况，粗陈条目，略具梗概，举例罗列。

1. 祖无择《题仰山二十韵》（《全宋诗》册7卷355页4409），又见刘弇《题仰山二十韵》（《全宋诗》册18卷1048页12012）。重出失注。

祖无择作出《龙学文集》卷一，又见《两宋名贤小集》卷八八、《御选宋金元明四朝诗·御选宋诗》卷五八、《江西通志》卷一五六。刘弇作出《龙云集》卷七，又见《御选宋金元明四朝诗·御选宋诗》卷五九。《直斋书录解题》卷一七："《龙云集》三十二卷、《附录》一卷，著作佐郎庐陵刘弇伟明撰。元丰进士，绍圣词科。曾慥《诗选》以比石敏若，非其伦也。'龙云'，安福县乡名，弇所居也。"③《四库全书总目》卷一五五："《龙云集》三十二卷，宋刘弇撰。……其集初刊于浦城，仅二十五卷。绍兴四年，其乡人罗良弼搜求别本，益以彭德源、曾如晦等

① （宋）不著撰人：《钓矶立谈》，台湾商务印书馆1983年影印《四库全书》本。
② （明）吴之鲸撰：《武林梵志》，台湾商务印书馆1983年影印《四库全书》本。
③ （宋）陈振孙撰：《直斋书录解题》，上海古籍出版社1987年版，第518页。

所编，又得《宏词》《时议》诸篇于郭明叔家。总六百三十一首，厘为三十二卷。后附志铭及良弼跋。岁久版佚。明弘治中刘璋复序而重刊。吴之振撰《宋诗钞》，不及弁集。曹庭楝撰《宋诗存》，始补收之。盖传本较稀，故之振偶未见云。"① 又卷一五三："《龙学文集》十六卷，祖无择撰。无择字择之，上蔡人。……世传《穆参军集》，即所编次。著作颇富，南渡后仅存十之二三。绍熙三年其曾孙袁州军事判官行始裒为十卷。取无择知陕府日，欧阳修《饯行》诗中'右掖文章焕星斗'语，名之曰《焕斗集》。又采司马光、梅尧臣等与无择赠答之作，曰《名臣贤士诗文》，凡二卷。又辑无择叔祖岊、叔起居舍人知制诰士衡、弟福建路提刑无颇等传记敕书，及其侄知普州德恭诗三首，曰《家集》，凡四卷。皆附之于后。见第十六卷行所作《龙学始末》中。即此本也。惟每卷标目，别题《洛阳九老祖龙学文集》。盖无择分司西京时，与文彦博等九人为真率会，当时推为盛事。故行特举之以为重。然诸家书目，缘是并称《龙学文集》，而《焕斗集》之名遂隐矣。集中诗一百二十三首、文四十二首。诗下间注所作时地，颇为详审。……与注不符，盖史偶阙漏也。无择为文峭厉劲折，当风气初变之时，足与尹洙相上下。虽流传者少，而掇拾散亡，菁华犹未尽佚。至所附《家集》中如士衡之《西斋话》，记载宋初故事，多他书所未及，亦可以备考据焉。"② 《龙学文集》《龙云集》都相当可靠，可知宋季此诗即以两属，然祖五择作可能性较大，暂两存。

2. 刁衎《题义门胡氏华林书院》："沙井地多异，华林景最幽。溪声常到枕，山色正含秋。树密苔封径，庭虚月满楼。清耀光累世，高义集名流。孝弟家风贵，儿孙学业优。皇恩特表重，朝达咏扁留。精溢千钟禄，荣过万户侯。宦途惭未息，何日遂经游。"（《全宋诗》册 1 卷 47 页 510）

冯拯《题徐氏金湖书院》："古艾地多胜，修宁景最幽。溪声常到枕，山色正含秋。树密苔封径，庭虚月满楼。清辉光累世，高义藉名流。"（《全宋诗》册 2 卷 74 页 852）

刁衎作出清宣统《甘竹胡氏十修族谱》，冯拯作出清王维新同治《义

① （清）永瑢、纪昀等编纂：《四库全书总目》，中华书局 1965 年影印本。

② 同上。

宁州志》卷三四。

张孝隆《题义门胡氏华林书院》（《全宋诗》册1卷17页249），又见梁白《题徐氏金湖书院》（《全宋诗》册72卷3782页45647）。重出失注。

张孝隆作出清宣统《甘竹胡氏十修族谱》，梁白作出清王维新同治《义宁州志》卷三四。张孝隆，宋初人。官殿中丞、直史馆。

宋白《题义门胡氏华林书院》（《全宋诗》册1卷20页291），又见杨征《题徐氏金湖书院》（《全宋诗》册72卷3782页45647）。重出失注。

宋白作出清宣统《甘竹胡氏十修族谱》，杨征作出清王维新同治《义宁州志》卷三四。

《全宋诗》据《甘竹胡氏十修族谱》录44首《题义门胡氏华林书院》，据清王维新同治《义宁州志》录3首《题徐氏金湖书院》，此3首全部重出，而作者全异。初见颇以为怪，不解所以。另《通志》载有《华林书堂诗》一卷，《宋史·艺文志》载有《华林义门书堂诗集》一卷，王钦若、钱惟演等作，疑为同一诗集。另外颇疑《题徐氏金湖书院》诗各位作者的身份。

华林书院最早是胡氏家族私塾，后发展为华林学舍，宋初胡仲尧将其扩建为华林书院。宋代华林胡氏一门就走出进士55名，官至刺史、尚书、宰相者不乏其人，其中大多是华林书院培养的。

3. 魏野《百舌鸟》（《全宋诗》册2卷84页945），又见《全唐诗》卷825，题为《百舌鸟二首》其二，作者无则。魏野作出《东观集》卷七。无则作出《万首唐人绝句》卷七二。存疑。

4. 孙迈，太祖乾德元年（963）授赤县尉。太宗太平兴国五年（980），乙太常博士知扬州，次年改知池州。至道间知江州。《全宋诗》录其诗五首。

《齐山僧舍》（《全宋诗》册1卷17页255），又见王巩《齐山僧舍》（《全宋诗》册14卷839页9714）。重出失注。

孙迈作出《池州府志》卷一〇，王巩作出《宋诗拾遗》卷七，存疑。

5. 古成之《五仙观二首》其一："拨破浮尘入紫烟，五羊坛上访神仙。人间自觉无闲地，城里谁知有洞天。竹叶影繁笼药圃，桃花香暖映芝田。吟馀池畔聊欹枕，风雨萧萧吹白莲。”（《全宋诗》册1卷54页584），前四句重见蒋之奇《菖蒲涧》：“拨破红尘入紫烟，五羊坛上访神仙。人间自觉无闲地，城里谁知有洞天。”（《全宋诗》册12卷687页8026）

蒋之奇作出《舆地纪胜》，古成之作见《惠州府志》卷一六。蒋之奇作少四句，古成之是此诗作者的可能性较大，存疑。

6. 向敏中《春暮》其二（《全宋诗》册1卷54页593），又见白玉蟾《春晚行乐》其四（《全宋诗》册60卷3138页37599）。

向敏中作出《后村千家诗》卷一，白玉蟾作出《海琼玉蟾先生文集》卷三。作者到底是谁，资料匮乏，不易断定，但二人两组重出诗向敏中的同属《春暮》一组且诗体不同，而白玉蟾出两组，且诗体一致，白玉蟾作可能性较大，姑且两存，俟考。

7. 向敏中《春暮》其三（《全宋诗》册1卷54页593），又见白玉蟾《晓巡北圃七绝》其三（《全宋诗》册60卷3138页37602）。考证见前。

8. 潘阆《句》其六：“窥鱼白鸟明残照，抱石幽云点半山。”（《全宋诗》册1卷57页632）又见潘兴嗣《句》其二：“窥鱼白鸟明残照，抱石幽云点半青。”（《全宋诗》册10卷534页6451）重出失注。

《方舆胜览》卷一九作潘阆，《舆地纪胜》作潘兴嗣，俟考。

9. 钱熙《龙首山》：“残年仍置闰，五日恰逢春。携酒客独尝，敲门僧不嗔。双松如拱立，万井自横陈。精舍故盘礴，元规尘上人。”（《全宋诗》册1卷58页637）又见杨志《石涧龙首山》（《全宋诗》册56卷2944页35088）。重出失注。

钱熙作出清怀阴布乾隆《泉州府志》卷六，杨志作见清李绂乾隆《福宁府志》卷四一。

10. 释遵式《寄刘处士》（《全宋诗》册2卷98页1112），又见释惟凤《寄刘处士》（《全宋诗》册3卷125页1463）。重出失注。

遵式作出《增广圣宋高僧诗选》后集卷中。惟凤出《永乐大典》卷一二四五〇（《全宋诗》误为卷一二四〇〇），《永乐大典》此处录惟凤诗四首：《送陈豸处士》《寄刘处士》《赠维阳吕为处士》《和张秘校赠吴处士》：“隐逸思无涯，幽居似道家。养真频炼药，徇俗亦栽花。引鹤游山寺，看云侧帽纱。儿孙歌酒外，谁更羡奢华。”其中《全宋诗》收录前三首，漏收《和张秘校赠吴处士》一首。此诗两歧，存疑。

11. 林逋《句》其九："秋声动群木，暮色起千山。"（《全宋诗》册2卷108页1245），又见释惠崇《句》其一〇〇："秋声动群木，暮色起千山。"（《全宋诗》册3卷126页1473）重出失注。

此残句见多种宋元诗话笔记，《居易录》卷一四、《类说》卷五三、《事实类苑》卷三八、《诗话总龟》卷一二作惠崇。《锦绣万花谷》前集卷三、《古今合璧事类备要前集》卷一四作林逋。今不可确考。

12. 季咸《均庆寺》："一方灵迹两峰间，左右芒山与砀山。胜地昔曾钟王气，高僧谁此掩禅关。翚飞巍殿烟瓴碧，翠削层崖苔藓斑。千古英雄无处问，岭头依旧白云闲。"（《全宋诗》册2卷114页1316）又见李咸《游均庆寺》："一方灵迹两峰间，左右芒山与砀山。胜地昔曾钟王气，高僧谁此掩柴关。翚飞巍殿烟瓴碧，翠削层崖苔藓斑。千古英雄无处问，岭头依旧白云间。"（《全宋诗》册72卷3778页45600）重出失注。

季咸作出《宋诗拾遗》卷九。李咸作出清刘王瑗乾隆《砀山县志》卷一四。存疑。

13. 张掞《题资福院平绿轩》（《全宋诗》册3卷178页2046），又见王用亨《平绿轩》其二（《全宋诗》册50卷2675页31443）。重出失注。

王用亨作出《宋诗拾遗》卷一八，张掞作出《至元嘉禾志》卷三二，此诗在元代即已两歧，俟考。

14. 张掞《静照堂》："牛斗光芒下，江山形胜中。招提万法本，静照一堂空。花木含春意，门庭话古风。支郎乞诗什，愧匪雅南工。"（《全宋诗》册3卷178页2046）又见范镇《题招提院静照堂》："牛斗光芒下，江山形胜中。招提万法本，静照一堂空。花木含春意，门庭语古风。支郎丐诗什，愧匪二南工。"（《全宋诗》册6卷346页4264）重出失注。

张掞作出《宋诗拾遗》卷七，范镇作出《至元嘉禾志》卷二七，此诗在元代即已两歧，俟考。

15. 石延年《春阴》："寒食少天色，春风多柳花。倚楼心目乱，不觉见栖鸦。"（《全宋诗》册3卷176页2002）又见《全唐诗》卷二三四，题为《句》："寒食少天气，东风多柳花。"作者杜甫。又见《全芳备祖》前集卷一八"柳花"条："'寒食少天气，春风多柳花。倚楼心目乱，不觉见栖鸦。’少陵。”石延年作见《两宋名贤小集》卷七九、《宋诗纪事》卷一〇。宋代此诗即已两歧，存疑。

16. 林逋《西湖春日》(《全宋诗》册2卷106页1209)，又见王安国《西湖春日》(《全宋诗》册11卷631页7534)。重出失注。

林逋作见《林和靖集》卷二、《浙江通志》卷二七五、《石仓历代诗选》卷一三八、《御选宋金元明四朝诗·御选宋诗》卷四五、《宋诗钞》卷一三、《宋元诗会》卷六。王安国作见《西湖游览志·西湖游览志馀》卷一〇、《两宋名贤小集》卷六一、《瀛奎律髓》卷一〇、《宋艺圃集》卷七、《宋诗纪事》卷二四。存疑。

林逋《池上春日》(《全宋诗》册2卷106页1209)，又见王安国《池上春日》(《全宋诗》册11卷631页7531)。重出失注。

林逋作见《林和靖集》卷二、《宋艺圃集》卷一、《宋诗钞》卷一三。王安国作见《两宋名贤小集》卷六一、《瀛奎律髓》卷一〇、《石仓历代诗选》卷一四三、《御选宋金元明四朝诗·御选宋诗》卷四六。存疑。

林逋《春阴》(《全宋诗》册2卷106页1217)。又见王安国《春阴》:“似雨非晴意思深，宿酲牵率卧春阴。若怜燕子寒相并，生怕梨花晚不禁。薄薄帘帷欺欲透，遥遥歌管压来沉。北园南陌狂无数，衹有芳菲会此心。”(《全宋诗》册11卷631页7531)此诗又见《中州集》卷二，题为《春阴》，作者刘彧。林和靖作见《林和靖集》卷二、《宋艺圃集》卷一、《宋诗钞》卷一三、《宋元诗会》卷六。王安国作见《两宋名贤小集》卷六一、《瀛奎律髓》卷一〇、《石仓历代诗选》卷一四三、《御选宋金元明四朝诗·御选宋诗》卷四六、《宋元诗会》卷二八、《宋诗纪事》卷二四。刘彧作见《中州集》卷二、《御订全金诗增补中州集》卷二二。存疑，俟考。

17. 王曾《皇帝阁立春帖子》(《全宋诗》册3卷143页1589)，又见王珪《立春内中帖子词·皇帝阁》其一(《全宋诗》册9卷496页5992)。重出失注。

王曾作见《岁时杂记》卷一〇、《古今事文类聚》前集卷六、《记纂渊海》卷二、《山堂肆考》卷八、《御选宋金元明四朝诗·御选宋诗》卷六一、《宋元诗会》卷六、《宋诗纪事》卷七。王珪作见《华阳集》卷

五、《两宋名贤小集》卷四〇。此诗虽载《华阳集》，单是集为永乐大典辑本，且此诗最早见《荆楚岁时记》为王沂公作。王曾作可能行较大，存疑。

王曾《句》其一："彩燕迎春入宾飞，轻寒未放缕金衣。"（《全宋诗》册3卷143页1590）又见王珪《立春内中帖子词·夫人阁》其三："彩燕迎春入鬓飞，轻寒未放缕金衣。苑中忽报花开早，得从銮舆向晚归。"（《全宋诗》册9卷496页5993）重出失注。

王曾《句》其三："夕燃辟恶仙香度，朝结延年帝缕成。"（《全宋诗》册3卷143页1590）又见王珪《端午内中帖子词·皇后阁》其九："夕然辟恶仙香度，朝结延年帝缕成。愿上玉宸千万寿，薰风常泛舜弦声。"（《全宋诗》册9卷496页5996）重出失注。

王曾《句》其四："绕臂双条达，红纱昼梦警。"（《全宋诗》册3卷143页1590）又见王珪《端午内中帖子词·夫人阁》其二："绕臂双条达，红纱昼梦惊。连吹紫云曲，不及晚妆成。"（《全宋诗》册9卷496页5996）重出失注。

王曾《句》其九："仙艾垂门绿，魂丝绕户长。"（《全宋诗》册3卷143页1590）又见王珪《端午内中帖子词·太上皇后阁》其三："仙艾垂门绿，灵丝绕户长。何人握彤管，金殿纪多祥。"（《全宋诗》册9卷496页5995）重出失注。

王曾《句》其一一："钗头艾虎辟群邪，晓驾祥云七宝车。"（《全宋诗》册3卷143页1591）又见王珪《端午内中帖子词·太上皇后阁》其九："钗头艾虎辟群邪，晓驾鲜云七宝车。宴罢瑶池红日晚，归来零乱满宫花。"（《全宋诗》册9卷496页5995）重出失注。

此五则存疑，考订见前条。

18. 周古《赠胡侍郎荣归》："尝水茫茫怅别情，悲风吹树作离声。酒倾银斝临江卧，潮落沙汀带月明。千里绿烟芳草合，一天红雨落花轻。老怀对景成三叹，不觉潸然泪两倾。"（《全宋诗》册5卷267页3392）又见周因《送枢密相公楼仲晖归田》："云水茫茫惨别情，悲风吹树作离声。酒倾银斝临江浒，潮落沙汀带月明。千里绿烟芳草合，一天□雨落花轻。老予对景成三叹，不觉潸然泪雨倾。"（《全宋诗》册38卷2101页23724）重出失注。

周古作出《胡正惠公集》附录，周因作出民国《永康楼氏宗谱》卷三〇。《胡正惠公集》又作《宋胡正惠公遗文事迹合录》，清嘉庆二十年胡敬辑。此二出处难言可靠，存疑。

19. 欧阳修《日本刀歌》（《全宋诗》册6卷299页3761），又见司马光《和钱君倚日本刀歌》（《全宋诗》册9卷499页6037）。重出失注。

欧阳修作见《文忠集》卷五四、《御定佩文斋咏物诗选》卷一四一、《宋诗钞》卷一二、《宋元诗会》卷一〇，司马光作见《传家集》卷五、《两宋名贤小集》卷四六，存疑俟考。

欧阳修《奉使道中寄坦师》（《全宋诗》册6卷299页3763），又见王安石《奉使道中寄育王山长老常坦》（《全宋诗》册10卷543页6511）。重出失注。

欧阳修作见《文忠集》卷五四、《宋诗钞》卷一二、《宋元诗会》卷一〇，王安石作见《临川文集》卷六、《王荆公诗注》卷七、《延祐四明志》卷二〇、《宋艺圃集》卷七、《御选宋金元明四朝诗·御选宋诗》卷二六、《宋诗钞》卷一八，此诗存疑。

20. 赵抃《次韵毛维瞻白云庄三咏·掬泉轩》（《全宋诗》册6卷342页4206）（《全宋诗》册64卷3340页39915）。重出失注。

赵抃《次韵毛维瞻白云庄三咏·平溪堂》（《全宋诗》册6卷342页4206），又见柴望《白云庄四首·平溪堂》（《全宋诗》册64卷3340页39915）。重出失注。

赵抃《次韵毛维瞻白云庄三咏·眺望台》（《全宋诗》册6卷342页4206），又见柴望《白云庄四首·晚望台》（《全宋诗》册64卷3340页39915）。重出失注。

赵抃《题毛维瞻懒归阁》（《全宋诗》册6卷342页4210），又见柴望《白云庄四首·懒归阁》（《全宋诗》册64卷3340页39916）。重出失注。

此四首诗赵汴作见《清献集》卷四，柴望作出《柴氏四隐集》卷一。《四库全书总目》卷一八七："《柴氏四隐集》三卷，宋柴望及其从弟随亨、元亨、元彪之诗文也。……明万历中，其十一世孙复贞等搜罗遗稿，元亨之作已无复存，因合望与随亨、元彪诗文共为一集，仍以'四隐'为名，因旧称也。世所行者仅望《秋堂》一集，而实非足本；钱塘吴允嘉始得刻本抄传之。又据《江山志》及《吴氏诗永》，益以集外诗五首，遂为完书。其诗格颇近晚唐，无宋人杈枒之习，随亨、元彪所作，差逊其兄。然谅节高风，萃于一门，虽遗编零落，而幽忧悲感之意，托诸歌吟者，往往犹可考见。存之足以励风教，正非徒以文章重矣。”此四首似应归赵汴。

21. 司马光《和潞公行及白马寺得留守相公书云名园例惜好花以候同赏诗二章》（《全宋诗》册9卷511页6214），又见范纯仁《文潞公谢事归洛二首》（《全宋诗》册11卷624页7444）。重出失注。

此二首司马光作见《传家集》卷一二，范纯仁作见《范忠宣集》卷四，存疑俟考。

22. 邵雍《思故人》：“芳酒一樽虽甚满，故人千里奈思何。柳揉池阁条偏细，花近檐楹香更多。”（《全宋诗》册7卷368页4526）又见华岳《思故人》：“芳酒一樽虽甚□，故人千里奈思何。柳揉池阁条偏细，花近檐楹香更多。”（《全宋诗》册55卷2887页34430）重出失注。

邵雍作见《击壤集》卷八，华岳作出《诗渊》册一页二八二，又不见华岳本集，另《诗渊》录此诗并未题作者，《全宋诗》编者承前，以此为华岳诗。此邵雍诗无疑。

23. 王禹偁《咏石榴花》：“王母庭中亲见栽，张骞偷得下天来。谁家巧妇残针线，一撮生红熨不开。”（《全宋诗》册2卷71页804）又见石延年《榴花》：“王母庭前亲见栽，张骞偷得下天来。谁家巧妇残针线，一撮生红熨不开。”（《全宋诗》册3卷176页2003）重出失注。

石延年作出《两宋名贤小集·石曼卿集》卷七九。王禹偁作见《山堂肆考》卷二〇〇、卷二〇七、《桂堂诗话》。《诗话总龟》前集卷三：“真宗末年，尝游禁中，见翰林学士王禹偁倚宫木若咏吟，命宫使亟探之，果预作《赏花钓鱼诗》。明日，百官赴宴，追题出，乃《千叶石榴花》，百官皆失所拟。禹偁首进一绝云：‘王母庭中亲见栽，张骞偷得下天来。谁家巧妇残针线，一撮生红熨不开。’上称赏，谓真才。”可见此诗为王禹偁作可能性较大，然其录于《石曼卿集》，而不见于《小畜集》，存疑。

24. 释智圆《经照湖方干旧居》（《全宋诗》册3卷142页1573），又见吴遵路《经照湖方干旧居》（《全宋诗》册3卷163页1845）。重出失注。

智圆作出《闲居集》，吴遵路作出《会稽掇英总集》卷三。吴遵路曾作《〈闲居集〉序》，此诗似应为智圆作，俟考。

25. 张先《醉眠亭》（《全宋诗》册3卷170页1935），又见王观《醉眠亭》（《全宋诗》册11卷627页7492）。重出双注。张先作见《吴兴诗存》卷一、《张都官集》《安陆集》。王观作见《至元嘉禾志》卷二九、《绍熙云间志》卷下。张先作可能性较大，俟考。

26. 晏殊《晏殊赠会稽道士》：“藐姑容化现阴馆，句漏砂封六乙泥。五练夜穷青玉枕，七明晨采碧云梯。冠霞高拖浮丘袂，握体深藏鬼谷奚。知有山西驻龄药，何妨相赠一刀圭。”（《全宋诗》册3卷171页1941）又见文彦博《赠会稽尊师》：“藐姑容化三阴馆，勾漏砂封六乙泥。五练夜穷苍玉几，七明晨采碧云梯。冠霞高挹浮丘袂，握髓深藏鬼谷溪。如有西山驻灵药，何妨相赠一刀圭。”（《全宋诗》册6卷273页3490）作见《会稽掇英总集》卷一二，文彦博作见《文潞公文集》卷三，存疑。

27. 梅尧臣《考试毕登铨楼》（《全宋诗》册5卷262页3342），又见刘攽《考试毕登铨楼》（《全宋诗》册11卷615页7310）。重出双注。

梅尧臣作见《晁氏客语》卷一、《爱日斋丛钞》卷三，但不见于梅氏本集。刘攽作出《彭城集》卷一八。《四库全书总目》卷一五三：“《彭城集》四十卷，宋刘攽撰。……今检《永乐大典》所载，篇章尚富。盖即据《彭城集》收入。谨掇拾排比，厘为四十卷。较之原书，所少不过十之一二。与新编其兄敞《公是集》，巨制鸿裁，旧观几复。在北宋诸家中，可谓超轶三孔，而凭陵两宋者矣。”《彭城集》为大典辑本，亦非定谳。存疑俟考。

28. 陈尧佐《寄潮州于公九流》（《全宋诗》册2卷97页1091）。又见赵希昼《寄潮州于公九流》（《全宋诗》册53卷2805页33339）。又见无名氏《寄潮州于公九流》（《全宋诗》册72卷3762页45376）。重出失注。

此诗《全宋诗》编者引《永乐大典》卷五三四五以为陈尧佐（963—1044）作，今查《永乐大典》本卷有此诗。赵希昼作、无名氏作出《永乐大典》卷一四三八〇（云按：手边无《永乐大典》此卷，《全宋诗》编者一作赵希昼、一作无名氏不知何据）。于九流，生平不详。真宗咸平（998—1003）初年知潮州。赵希昼，生平不详，为太祖九世孙，其生当在于九流死后数十年。(《全宋诗》册53卷2805页33338）故此诗当为陈尧佐作。

29. 章得象《句·望安亭》：“唯有梅花报春早，雪中传信过江干。”(《全宋诗》册3卷143页1595）又见齐唐《句·望远亭》：“唯有梅花报春早，雪中传信过江干。”（《全宋诗》册3卷163页1854）重出失注。

《全宋诗》此则均出《舆地纪胜》卷九三，翻检该书，只查到章得象作，未查到齐唐作，俟考。《全宋诗》没有引用书目，不知是否笔者手中的版本，与《全宋诗》编者采用的版本不同。

30. 宋庠《存目·予自到岭外居岚瘴中未尝不以先死对治人人见其浩然若有所得者今岁在海外遇寒食困发家书想望松楸不能自理偶成此诗示儿子》（《全宋诗》册4卷201页2307)，又见李光《居岭外遇寒食》（《全宋诗》册25卷1422页16390)。《全宋诗》编者以此为李光作，从之俟考。(《全宋诗》册4卷201页2307）

梅尧臣《鸡冠花》（《全宋诗》册5卷262页3343)，又见刘敞《鸡冠花》(《全宋诗》册9卷464页5635)。重出失注。

《御定佩文斋广群芳谱》卷五二题作者为无名氏，《全芳备祖集》前集卷二六、《御定渊鉴类函》卷四〇七、《御定佩文斋咏物诗选》卷三六七题作者为梅尧臣，《公是集》卷四为刘敞。此诗姑存疑。

31. 路振《句·潮州征还》：“君恩来万里，客路出千山。”（《全宋诗》册2卷73页839）又见陈尧佐《句·潮州召还》：“君恩来万里，客路出千山。”(《全宋诗》册2卷97页1093）重出失注。

路振作出《吟窗杂录》卷三六；陈尧佐作见《事实类苑》卷三八、《诗话总龟》卷二、《宋诗纪事》卷四。不知路振、陈尧佐谁从潮州来，作者存疑。

32. 赵复《句·送晏集贤南归》：“船官风破浪，关吏鼓通晨。”(《全宋诗》册2卷73页843）又见邵焕《句·送晏集贤南归》：“船官风破浪，关吏鼓通晨。”(《全宋诗》册3卷170页1930)《全宋诗》重出互注。赵复作见《诗话总龟》卷一二、《历代诗话》卷五九、《宋诗纪事》卷四。邵焕见《宋朝事实类苑》卷三七。存疑。

33. 鲍当《句·孤雁》：“更无声接续，空有影相随。”(《全宋诗》册

3卷153页1740）又见《全唐诗》卷七六八，题为《句·孤雁》，作者狄焕。此句为颇多诗话征引。鲍当作见《能改斋漫录》卷三、《诗话总龟》后集卷二七、《苕溪渔隐丛话》前集卷九、《苕溪渔隐丛话》后集卷三三、《诗人玉屑》卷六、《竹庄诗话》卷六、《历代诗话》卷五五、《五代诗话》卷三。狄焕作见《类说》卷二七、《说郛》卷三四下、《全唐诗》卷七六八、《诗话总龟》卷三二、《五代诗话》卷七。狄焕作有其诗句凄婉乃至于无后①（《诗话总龟》前集卷三四），鲍当作有孤雁之称。②（《复斋漫录》）

34. 王益《灵谷》（出《宋诗拾遗》卷二）（《全宋诗》册3卷175页1991）。又见王益《灵谷山》（出清朱澄澜光绪《抚州府志》卷四）（《全宋诗》册43卷2338页26879）。又见赵汝谈《灵谷》（出《两宋名贤小集》卷二三六）（《全宋诗》册51卷2723页32022）。重出失注。

《全宋诗》收录三个王益。卷一七五王益（993—1038），字损之，临川人，王安石父。真宗大中祥符八年（1015）进士。《全宋诗》录诗五首。（《全宋诗》册3卷175页1990）卷一八七王益（996—1012），字庆之，号栖神子，新喻人。真宗大中祥符五年卒，追赐进士及第。《全宋诗》其句一则。（《全宋诗》册4卷187页2140）卷二三三八王益，字茂叔，崇仁人，高宗绍兴二十七年（1157）进士。《全宋诗》收其诗一首。（《全宋诗》册43卷2338页26879）《灵谷》诗，究竟何属，难有定谳，存疑。

35. 宋祁《岁丰》："皇天降丰年，本忧贫士食。贫士无良畴，安能得稼穑。工佣输富家，日落长叹息。为供豪者粮，役尽匹夫力。天地莫施恩，施恩强有得。"（《全宋诗》册4卷206页2356）又见《全唐诗》卷六〇五，题为《岁丰》，作者邵谒。

宋祁作出《景文集》卷七，与唐诗人邵谒诗重见，此诗谁属，俟考。

36. 梅尧臣《自急流口至长芦江入金陵》："始发碧江口，旷然谐远心。风清舟在鉴，日落水浮金。瓜步逢潮信，台城过雁音。故乡何处是，

---

① 狄涣《孤雁》云："更无声接续，空有影相随。"闻此句者皆云必无后，果如其言。

② 汉皋《张君诗话》谓鲍当《吟孤雁》云："更无声接续，空有影相随。"当时号为鲍孤雁。

云外即乔林。”（《全宋诗》册5卷235页2746）又见《全唐诗》卷五二七，题为《金陵》，作者杜牧。

梅尧臣作出《宛陵集》卷三，杜牧作见《景定建康志》卷三七、《全唐诗》卷五二七，杜牧集丛脞参差，此诗属梅尧臣可能性较大，俟考。

37. 李师中《咏松》（《全宋诗》册7卷397页4870），又见李訦《咏松》（《全宋诗》册50卷2648页31023），又见李诚之《咏松》（《全宋诗》册51卷2691页31685）。重出失注。

李师中作见《鹤林玉露》（十六卷本）卷一五，李訦、李诚之作同出《鹤林玉露》甲编卷五（十八卷本），《宋诗纪事》卷一三从《鹤林玉露》（十六卷本），又见《野古集》卷下，未题作者。此二来源，作者题李诚之，如《鹤林玉露》（十六卷本）卷一五：“秦朝松封大夫，陈朝石封三品。李诚之《咏松》云：‘半依岩岫倚云端，独上亭亭耐岁寒。一事颇为清节累，秦时曾作大夫官。’”①

李师中（1013—1078），字诚之，楚丘人。李訦（1144—1220），字诚之，晋江人。李诚之（1153—1221），字茂钦，东阳人。三人在罗大经前，皆可称李诚之，此诗属谁，尚难考辨。

38. 王珪《寄公辟》（《全宋诗》册9卷493页5975）。王安石《寄程给事》（《全宋诗》册10卷575页6766）。郑獬《寄程公辟》（《全宋诗》册10卷584页6873）。秦观《寄公辟》（《全宋诗》册18卷1068页12158）。重出互注。

王珪（1019—1085）作出《华阳集》卷四，王安石（1021—1086）作出《王荆公诗注》卷三七（李壁注曰：此诗恐非公作），郑獬（1022—1072）作见《郧溪集》卷二七、《两宋名贤小集》卷一三三、《瀛奎律髓》卷五、《宋诗纪事》卷一九，秦观（1049—1100）作出《淮海后集》卷三。

公辟即程师孟（1009—1086）字公辟，吴人。仁宗景祐元年（1034）进士。历知南康军、楚州、洪州。入判三司都磨勘司，出为江西转运使，知福州。神宗熙宁六年（1073），知广州。九年，入为给事中，判都水

---

① （宋）罗大经撰：《鹤林玉露》，台湾商务印书馆1983年影印《四库全书》本。

监。出知越州、青州，致仕。哲宗元祐元年卒。

细按诗意，推敲各人仕历，王珪作可能性最大。

39. 张宗永《题陈相别业》(《全宋诗》册7卷354页4395)，又见张宗尹《题陈相鄠杜别业壁》(《全宋诗》册71卷3737页45054)重出失注。

张宗永作见《墨客挥犀》卷九、《事实类苑》卷三五、《宋诗纪事》卷一五，张宗尹作出《诗话总龟》卷一五。存疑。

张宗永《句》:“大书文字堤防老，剩买峰峦准备闲。”(《全宋诗》册7卷354页4395)又见张宗尹《句》:“大书文字堤防老，剩买田园准备闲。”(《全宋诗》册71卷3737页45054)重出失注。

张宗永作见《墨客挥犀》卷九、《事实类苑》卷三五、《陕西通志》卷六三、《宋诗纪事》卷一五，张宗尹作出《诗话总龟》卷一五。又《类说》卷一六“宗叔诗”条:“张宗叔有诗云:‘大书文字堤防老，剩买园林准备闲’，待哭斯人久矣。”

40. 李师中《龙隐岩》(《全宋诗》册7卷396页4866)，又见方信孺《题龙隐岩》(《全宋诗》册55卷2915页34763)。重出失注。

李师中作见《两宋名贤小集》卷二七、《广西通志》卷一二〇、《粤西诗载》卷二，方信孺作见《两宋名贤小集》卷二〇六、《桂胜》卷二、《石仓历代诗选》卷一九一、《御选宋金元明四朝诗·御选宋诗》卷二一、《宋元诗会》卷四四、《宋诗纪事》卷六〇。

41. 叶梦得《皂镜册》(《全宋诗》册24卷1407页16211)，又见傅梦得《皂镜册》:“依然一册巧装成，故纸为胎越样轻。四畔黑云都罩尽，中间只有月长明。”(《全宋诗》册72卷3764页45389)重出失注。

此二处同出《诗渊》册二页一三四七，题作者为宋梦得。实难判断是宋叶梦得，是宋傅梦得，是宋某梦得，还是宋梦得。

42. 邵雍《王氏螟罗氏子》(《全宋诗》册7卷381页4700)，又见王大烈《王氏螟罗氏子》(《全宋诗》册56卷2958页35240)。重出失注。

邵雍作出《新编事文类聚翰墨大全》丙集卷三，不见本集。王大烈作见《宋诗纪事补遗》卷六三引《截江网》。存疑。

43. 曾巩《千丈岩瀑布》(《全宋诗》册8卷462页5611)，又见曾焕《题飞雪亭》(《全宋诗》册53卷2775页32845)。重出失注。

曾巩作出清黄宗羲《四明山志》卷一，曾焕作出元袁桷《延祐四明志》卷一七。

44. 刘敞《坐啸亭纳凉》（《全宋诗》册9卷467页5667），又见刘攽《坐啸亭纳凉》（《全宋诗》册11卷600页7085）。重出失注。

刘敞作出《公是集》卷七，刘攽作出《彭城集》卷三。“今所传《三刘文集》，仅有《公非集》一卷，凡诗四首、文二十三篇。盖掇拾于散佚之余，多所阙漏。即《宋文鉴》所选者且不尽载，其他可知。至以刘颜之《辅弼召对序》误属之攽，舛谬尤属显然，殊不足据。今检《永乐大典》所载，篇章尚富。盖即据《彭城集》收入。谨掇拾排比，厘为四十卷。较之原书，所少不过十之一二。与新编其兄敞《公是集》，巨制鸿裁，旧观几复。在北宋诸家中，可谓超轶三孔，而凭陵两宋者矣。”①《宋集珍本丛刊书目提要·公是集》：“《公是集》在清代尚存两种传钞本：一为钱谦益、卢文弨翰文斋前后所藏，不分卷；二为宏远堂所藏残本，祗存诗赋类。此二本傅增湘以为‘旧时相传之本，或出于宋代刊本’。但二本并不通行，其行世者为四个辑本，一为水西刘氏所刻《三刘文集》中的《公是集》四卷，多采自《宋文鉴》，二为钱塘祝允嘉所辑六卷本，三为全祖望所辑二十四卷本，四为修《四库全书》时从《永乐大典》辑的《大典》本五十四卷。四者中，唯《大典》本辑录最全。《大典》本收入《四库全书》与《武英殿聚珍版丛书》。此后《大典》本多有传钞与覆刻，如光绪广雅书局覆聚珍本等。”②

两人集皆永乐大典辑本，此诗谁属，存疑。

45. 刘敞《初卜颍州城西新居》：“羁鸟能择木，游鱼知赴渊。飞沈岂异意，行止私自怜。玩世本无术，辟人庸得贤。卜居幸乐国，负廓依良田。心与地俱远，我徒共熙然。生涯亦何有，聊以忘吾年。”（《全宋诗》册9卷470页5700）

刘攽《颍州和永叔》：“羁鸟能择木，游鱼知赴渊。飞沈岂异志，行止私自怜。玩世本无术，辟人庸得贤。卜居幸乐国，负郭依良田。心与地俱远，我徒共熙然。生涯亦何有，聊以忘吾年。”（《全宋诗》册11卷

① （清）永瑢、纪昀等编纂：《四库全书总目》卷153，中华书局1965年影印本。

② 四川大学古籍所编：《宋集珍本丛刊书目提要》，线装书局2004年版，第32页。

603 页 7133）

刘敞作出《公是集》卷一〇，刘攽作出《彭城集》卷六。又《江南通志》卷一七三：“刘攽字贡父，临江人，官屯田员外郎。丧父时，欧阳修守颍，攽往依之，相与赓咏，有诗云：‘羁鸟能择木，游鱼知赴渊。卜居幸乐国，负郭依良田。’”

刘敞《过王氏弟兄》（《全宋诗》册 9 卷 476 页 5765），又见刘攽《过王氏弟兄》（《全宋诗》册 11 卷 604 页 7137）。重出失注。

刘敞作见《公是集》卷一六，刘攽作见《彭城集》卷七。二集均永乐大典辑本，此诗谁属，自难断定。

刘敞《重到谢氏园亭寄裴博士俊叔王主簿宗杰》（《全宋诗》册 9 卷 479 页 5793），又见刘攽《重到谢氏园亭寄裴博士俊叔王主簿宗杰时裴往淮南王出京师》（《全宋诗》册 11 卷 609 页 7225）。重出失注。

刘敞作见《公是集》卷一九、《宋百家诗存》卷四，刘攽作见《彭城集》卷一二。

刘敞《乏酒》：“摇落偏悲客，清寒阳中人。寂寥那自守，淡泊亦殊真。浮俗仍皆醉，虚谈浪饮醇。高歌傲燕市，忽忆重千钧。”（《全宋诗》册 9 卷 479 页 5800）

喻良能《乏酒》：“摇落偏悲客，清寒易中人。寂寥那自守，淡泊亦殊真。浮俗仍皆醉，虚谈浪饮醇。高歌傲燕市，忽忆重千钧。”（《全宋诗》册 43 卷 2347 页 26962）

刘敞作出《公是集》卷一九，喻良能作见《香山集》卷六，此二集均永乐大典辑本。

刘敞《黛陀石马蹄砚》（《全宋诗》册 9 卷 480 页 5817），又见刘攽《黛陀石砚》（《全宋诗》册 11 卷 616 页 7319）。重出失注。

刘敞作见《公是集》卷二〇，刘攽作见《宋诗纪事》卷一六引《砚笺》。

刘敞《纳凉明教台呈太守》（《全宋诗》册 9 卷 482 页 5848），又见刘攽《五月二首》其二（《全宋诗》册 11 卷 608 页 7200）。重出失注。

刘敞作见《公是集》卷二二，刘攽作见《彭城集》卷一一。

刘敞《五月望日赴紫宸谒待旦假寐》：“半夜北风天反寒，倒衣惊问紫宸班。云容不辨阴晴际，月色犹迷爽晦间。独喜鸣鸡应钟漏，正怜残

梦识江山。濯缨簪笔初无补，空愧纷纷数往还。”（《全宋诗》册9卷484页5868）

刘攽《五月望日赴紫宸谒待旦假寐》：“半夜北风凛凛寒，倒衣惊问紫衣班。云容不辨阴晴际，月色犹迷爽晦间。偏喜鸣鸡识钟漏，正怜残梦失江山。濯缨簪笔初无补，空愧纷纷数往还。”（《全宋诗》册11卷611页7256）重出失注。

刘敞作见《公是集》卷二四、《两宋名贤小集》卷五五、《宋百家诗存》卷四，刘攽作见《彭城集》卷一四。

刘敞《雨后回文》（《全宋诗》册9卷487页5906），又见刘攽《雨后回文》（《全宋诗》册11卷614页7297）。重出单注。

刘敞作见《公是集》卷二七、《两宋名贤小集》卷五五、《御选宋金元明四朝诗·御选宋诗》卷七七、《宋百家诗存》卷四，刘攽作见《彭城集》卷一七。

刘氏兄弟诗集丛脞讹误，诗歌多首重出，该当属谁，实难强为之说。故当存疑。

《全宋诗》中重见诗人较多，详加考订，尚需时日。而存疑之诗或限于文献存佚，或晦于学养，或欠于经验，或拙于体例。部分重出诗只能并存，部分考订留待异日。

余　论

重出误收是诗集整理、文献利用、文学研究中的毒瘤。因文献的散佚、传抄的讹误、认知的选择性等因素，在文献整理中，特别是大型诗文总集的编纂过程中，重出误收不可能完全避免，总集的录入文献总量越庞大，质量越不能保证。但我们可以把重出误收的比率降到最低，达到编纂质量的最优化，这就需要从理论上进行细致研究，构建完善的理论框架，有目的、有计划、有针对性地在已有成果基础上，完善诗歌文献编纂的流程，修订文献旧有的讹误，减少文献整理的盲目性。在文献的重出误收现象中，诗词歌赋的重出误收具有相当的特殊性，韵文文学形式较为规范，篇幅较小，便于记诵，这些都相应减小了实践操作和理论研讨的难度，有利于探讨重出误收现象的规律，建立相应的分析模型。这些规律、模型来自文献整理实践经验的总结，必然对大型诗文整理工作具有重要的指导意义。

以格律诗为代表的韵文文学，是中国古代文学的大宗，占据了古典文学的半壁江山，也是中国文学屹立于世界文学之林的本源和根底，其对世界文学，特别是东亚文学的意义，超越了散文、小说、戏剧的总和。而近体诗作为韵文文学的冠冕，是中国古典文学的璀璨明珠，其余绪流衍，千百年来，不可断绝，浸润着一代又一代国人的心灵。徜徉于诗歌的园地，就如同漫步春之三月，风舞杨柳，依依柔桑，草长莺飞，杂花生树，令人遐思悠悠，天高地阔，浑然忘俗。

故国人历来重视诗歌文献的整理，从《诗经》《楚辞》的编订，到现在林林总总的各种诗歌总集，不可胜数。这其中最为重要的一点就是，诗歌的总集汇编，在其编订的惯性范围之内，总能体现特定时代、特定地域、特定流派的特征，以及某种审美风尚。而诗歌文献本身的品质，更是进行诗歌分期、历程、演变、潮流、思想、精神、风尚、审美、批评、鉴赏等一切文学研究、文艺理论研究的基础。

某个特定范围总集的社会认知价值越高，越受研究者和普通受众关注，就会被赋予越高的期望值，其文献整理就越精细，文献研究和利用也越精深。《诗经》文献研究的深微和《全唐诗》文献整理的精进，正是这个规律的两个典型模式。其文献整理和利用的程度、范围，给我们编纂其他诗歌总集，提供了极好的借鉴。由于历代学者对唐诗、宋诗的不同态度，以及诗歌理论传统的影响，审美风尚的变迁，文献的范围和数量的差异等原因，使《全宋诗》编纂整理的难度，从多个维度上，全面超越了《诗经》《全唐诗》的编纂整理。难以穷尽的文献资料、繁杂的线索、诸多的空白、诸多的缺失，增加了宋诗整理的难度。也正是由此，给我们进行诗歌文献编纂整理的理论研究提供了更多思考空间和有效例证。

宋诗承唐诗流风，简括蕴藉，流派纷涌，各成大宗，蔚为大观。自南宋严羽始，“尊唐”与“宗宋”聚讼纷纭，成为文学史上的亮丽而又独特的风景。摒弃门户之见，公平而论，唐宋诗之争并非唐诗好不好的问题，而是宋诗算不算唐之后的又一高峰。大抵唐诗主情韵，宋诗重理趣。宋诗在唐代诗歌格律完备、意象纯熟、融通圆润、臻于顶峰之外，又另辟蹊径，重开洞天。杨刘善典丽，黄州尚古体；梅苏争喧豗，欧子自清丽；介甫出新意，东坡逞豪雄；山谷开宗派，二陈别风流；范杨谁不知，尤陆天下名。宋诗或翻熟生奇，或意象清新，或哲理深邃，或自然晓畅。其文化的蕴含、艺术风格，与唐诗浑然有别。正如王国维所言：一代有一代之文学。宋诗正是宋代文化的杰出代表，是天水一朝缤纷波澜的歌唱和意蕴悠长的历史回响。

正如《诗经》作为元典对先秦文学的意义；《全唐诗》对唐代文学的意义一样，《全宋诗》的编纂对宋诗研究、对宋代文学研究、对宋代文化研究、对宋代历史研究，具有极为重要的文献价值和文化意义。而本书对北编《全宋诗》重出误收的研究，希望能够补苴《全宋诗》的部分缺憾，为《全宋诗》的修订提供有价值的参考。同时也希望通过本书的研究，能够总结诗歌总集编纂中诗歌重出误收的规律和特征。主要体会有以下四个方面。

首先，重出误收现象的理论研究极其贫乏。如前所述，《诗经》的编纂定型过程中，就包含着对诗歌重出误收的刊定质素，历代诗歌文献整理汇编，都在有意无意中，进行重出误收的剔除、考证，同时也不可完全避免地产生新的重出误收，包括民国汇录的《晚晴簃诗汇》，仍不乏其他朝代的作品，可见重出误收研究是文献学研究的视域。但历代文献学家多认为诗歌重出误收的考辨属于单线条实践操作，其理论价值不足，往往和文献校勘混为一谈，忽略了其本质特点和学理属性，将其置于理论研究的视野之外。至今，学界对重出误收现象的起源、特质、学科类属、历代成果、学理演变仍不清楚。

所以，针对文献整理中篇章片段的交叉复合、文献篇目的重误讹漏这一普遍的存在，应该摒弃传统学术强调实践、忽视理论的偏见，追溯重出误收现象的源头，探究重出误收现象的发展，厘清重出误收研究的脉络，探究其学理归属，梳理研究对象范围，建构合理的理论框架，界定科学的专业术语，使其成为一门文献专学。这样才能用于指导编纂实践，提高总集的编纂质量。本书引论开宗明义，着重探讨重出、误收的概念意蕴，以及诗歌重出误收研究的演进线索。

其次，应积极致力于重出误收现象的基础研究。广泛搜罗诗歌重出误收研究的实证材料，总结已有经验，建构完善的重出误收理论框架。厘定文献的重出误收问题，最大限度地保持文献的真实性，对文史研究工作的意义不言自明。但任何完整理论体系的建立，都不是空中楼阁，都是由一个个具体的个案研究、一条条实践总结，集点成线，由线而面，系面成体，上下勾连，融会贯通，方成规矩，方见体系。重出误收理论自不能例外，也需要下大力气进行个案研究、具体研究和基础研究，本课题的主体部分，第二、三、四、五章，以类示例，揭示《全宋诗》重出误收的逻辑类型、时代状况、产生原因，以及重出误收研究中的两个专题——重见诗人与考辨疑难的悬置。希望能为理论研究提供具体材料和有效例证。

再次，注重理论研究与基础研究相互融合、相互推动，强调实证类例的总结和经验的积累。理论层面上，应该全面收集古今学者关于重出误收的研究材料，爬罗剔抉、刮垢磨光，认真梳理，尽快完善对重出误收现象，学术发展进程的科学叙述，并准确地定义相关的专业术语，形成完善的研究架构和描述程式，并使之成为处理重出误收问题的方向指导，成为新编诗文总集的规范，成为刊正已有诗文总集的指南。实践层面上，无论是编纂诗文总集，还是修订诗文总集，都应特别注意文献的收集和利用，都应详加考订、甄别异说、考辨疑问、追溯源头，在修正前人错误的同时，避免抄写讹误、刊印错误等新的错误。不同的文献来源，昭示着文献记录的侧重点不同，在编纂诗文新集时，应广加搜求，力求众本毕集，这样才能比较不同文献来源的差异，断定是非，最大限度地避免造成新的错误，减少新编总集的重出误收问题。

当然编纂诗集，文献的主要来源是别集、总集、诗话、笔记、地方志、石刻等。这些文献有的非常可靠，有的不怎么可靠，非常可靠的不见得一定正确，不怎么可靠的也并非完全不可采信，在实际利用中，一定要特别注意。根据自己的个人研究和体会，如《锦绣万花谷》《诗渊》《永乐大典》残本、《永乐大典》辑本里的很多材料都不甚可靠，几乎大型文献编纂存在的重出讹误问题，它们都存在。但其间也留存了大量有用信息，特别是当这些大型诗文总集、类书所征引的来源文献已散佚的情况下，它们的文献价值不可估量。

除注意这种一般文献编纂的错误外，还应特别注意自我厘定的错误。诗文别集主要有自编和他人编两种，大抵认为自编诗文集较为可靠，少有误收的伪作，比如：白居易的诗集就是自我编订，后广泛散布，乃至东流扶桑，时至今日海内外流传的《白氏长庆集》相当完整。但事情也不尽然如此，其实自编集，由于种种原因，还有另一种倾向。欧阳修晚年自订文集时，就把《与高司谏书》删除。和凝悔其少作，搜罗早年作品予以销毁。杜牧焚诗而为《焦尾集》。作者自编诗文集的修改、删订，乃至造假、作伪，也不是个别现象。或想流芳身后名，或为立言传万世，或迫于时政，或昧于心灵，各种主客观因素都会影响文献的完整性，影响到文献的真实性。所以即便是作者自订诗文集，在利用时，也应该小心，设法搜求相关诗文和史料、笔记仔细比勘，才有可能较近事实地揭示文献的本来面目。古代作家作品的流传是客观存在，多少都会产生一定的社会影响。有些作家的行为人品可能并不被主流文化认可，但从文献学角度看，资料的收集也应力求完整、真实。利用选集也应特别注意，是否有篡改，选者的态度，操作是否规范，对选集的文献价值有很大影响。比如：沈德潜的《唐诗别裁集》，由于沈氏信奉儒家“温柔敦厚”的诗教，不敢或不愿多选那些针砭时弊、揭露封建社会矛盾的作品，不仅选录了数量不菲的为封建帝王歌功颂德的应制诗和试帖诗，还任意删改自己认为不如意的诗歌。如陈叶筠的《张睢阳庙》被选入《唐诗别裁集》，诗云：“下壶拳还握，苌弘血尚新，灵旗风卷处，犹似扫黄尘。”查陈叶筠的《含翠轩诗钞》卷二，诗云：“遗像眦还裂，英雄气尚嗔，惊飙何处起，犹似扫黄尘。”原诗后四句被沈德潜改了三句。明晰文献体例，防止误读误解。古籍的体例，对文献的解读有重要影响，不明体例有时会闹笑话。文献流传过程中的破损、散佚、传抄、刻印、排印、装订、修补、整理，都会出现错误，从而成为重出误收的潜在缘由。

诗歌文献的重出误收，是人类追求完美的心理动因、人类自身生理的认知特点与文献的无限层累和部分片段消亡的矛盾。诗歌文献整理的质量，部分地取决于这一矛盾各构成要素的消长。在诗歌总集编纂整理中，我们应该利用正面因素，化解负面影响，走出文献整理的泥潭和困境。

最后，重出误收理论研究，或者说是《全宋诗》重出误收研究应该立足现实，面向未来，勇于拓展新的研究空间。善于利用科技发展带来的技术便利，从文献载体和量化计算方面提升诗歌文献整理的速度和质量，强调诗歌文献整理的操作的标准化和流程的规范化，合理评估总集编纂整理的有效产能，优化成员结构和提升成员素质，量力而行。就研究的根底而言，诗歌文献的重出误收研究，是一种实证研究，属于文献考据的范围，《全宋诗》的重出误收研究也是如此。其实在大的学术背景下，相关学科、交叉学科的发展，给了我们很多有益的启示。文献计量学是现代情报、文献研究的一个热点，也是科学评价文献的数理学基础。长久以来，笔者都希望能有从事中国古典文献研究的学者，从古籍文献的自身特点出发，延伸发展形成现代学术视野下的古典文献计量学，确定古典文献计量学的研究对象、研究方法、专用术语、分析模型和学科框架。笔者认为，可尝试对《全宋诗》已发现的重出诗、误收诗，分类量化，划分关键点位，测算百分比率函数，运用文献计量学的原理，结合统计学数据，确定重出误收诗可靠的查询参数范围，建立有效的关系模型。以方便利用相关诗歌数据库进行数据分析，查询并消除诗歌总集编纂中的重出诗和误收诗。这应该是古典文献计量学建立过程中的一种新尝试、一种有益探索。比如：从分析模型需要出发，可把重出误收诗分成全同型、大同型、小同型、截取型、残句型、交叉型、差异型。从数据计算角度出发，可把重出误收诗分成全诗模式、联句模式、单句模式、分词模式。根据《全宋诗》重出误收诗的情况统计和上述分析模式，建构关系模型和关系系数。在引入容错函数的基础上，设计重出误收诗分析程序。实现如下目标。

(1) 对诗歌文献元数据自动标引、自动分词，自动建立符合应用程序自己需要的诗歌数据库。

(2) 自动识别元文献编码格式，自动转换为统一编码。

(3) 完美支持 Unicode 字符，支持异体字、繁简字、古今字、正体字、俗体字通检。

(4) 基于容错函数和关系模型，对全诗模式、联句模式、单句模式、分词模式，能够实现精确匹配和模糊匹配。自动处理匹配结果，给出每个匹配结果的可能系数。

(5) 可同时进行多个数据库比对，并记录、分析比对结果。

以上诸点，是基于自己对文献计量学和《全宋诗》重出误收诗情况研究的一些设想，从分析程序的设计而言，最难实现的就是分词问题，这需要足够数量的语料支持，好在针对古典诗歌而言，语料库不应是个无法解决的问题。这些是《全宋诗》重出误收研究的拓展方向，是进一步提升研究意义和研究质量的关键点，也是重出误收理论构建和研究方法革新的基础。更深入的探讨和研究，只能留待日后进行。

主要参考文献

（春秋）左丘明撰，（吴）韦昭注，（清）黄丕烈札记：《国语》，清嘉庆吴门黄氏读未见书刻本。
（春秋）子夏等撰：《诗序》，毛氏汲古阁津逮秘书本。
（汉）司马迁撰，（刘宋）裴骃集解：《史记》，明万历二十四年刻本。
（晋）陶渊明撰，袁行霈笺注：《陶渊明集笺注》，中华书局2003年版。
（刘宋）刘义庆撰，（梁）刘孝标注：《世说新语》，清光绪三年湖北崇文书局刻本。
（梁）刘勰撰：《文心雕龙》，清乾隆五十六年金溪王氏增订汉魏丛书本刻本。
（唐）欧阳询撰：《艺文类聚》，清光绪五年宏建堂刻本。
（唐）芮挺章编：《国秀集》，商务印书馆1919年四部丛刊初编景江南图书馆藏明刊本。
（唐）韩愈撰：《昌黎先生集》，明嘉靖东吴徐氏东雅堂刻本。
（后蜀）孙光宪撰：《北梦琐言》，清乾隆二十一年卢氏雅雨堂刻本。
（后蜀）何光远撰：《鉴诫录》，清嘉庆十年张氏照旷阁刻本。
（宋）王溥撰：《唐会要》，清乾隆四十二年刻本福建省重刻武英殿聚珍版丛书本。
（宋）李昉等纂：《太平广记》，扫叶山房1926年刻本。
（宋）李昉等编：《文苑英华》，中华书局1966年影印本。
（宋）郑文宝撰：《江表志》，清道光十一年六安晁氏刻本。
（宋）黄震编：《黄氏日钞》，清乾隆三十二年新安汪氏珠树堂刻本。
（宋）王辟之撰：《渑水燕谈录》，清乾隆长塘鲍氏刻本。

（宋）钱易撰：《南部新书》，清嘉庆十年张氏照旷阁刻本。
（宋）江休复撰：《醴泉笔录》，清道光十一年六安晁氏刻本。
（宋）释文莹撰：《湘山野录》，清嘉庆十年张氏照旷阁刻本。
（宋）释文莹撰：《玉壶野史》，博古斋刻本。
（宋）司马光撰：《传家集》，吉林出版集团2005年影印摛藻堂荟要本。
（宋）宋敏求撰：《春明退朝录》，清嘉庆十年张氏照旷阁刻本。
（宋）郭祥正撰：《青山续集》，清道光九年刻本。
（宋）苏轼撰：《东坡文集》，中华书局1986年版。
（宋）黄庭坚撰，（宋）任渊等注：《山谷诗集注》，清光绪双井祠堂刻本。
（宋）阮阅编：《诗话总龟（前集）》，人民文学出版社1987年版。
（宋）阮阅编：《诗话总龟（后集）》，人民文学出版社1987年版。
（宋）晁说之撰：《晁氏客语》，清道光十一年六安晁氏刻本。
（宋）赵令畤撰，孔凡礼点校：《侯鲭录》，中华书局2002年版。
（宋）郭绍虞辑：《宋诗话辑佚》，中华书局1980年版。
（宋）曾慥辑：《类说》，书目文献出版社1998年北京图书馆古籍珍本丛刊本。
（宋）晁公武撰，孙猛校：《郡斋读书志校证》，上海古籍出版社1990年版。
（宋）晁公武撰，（宋）赵希弁重编后志，（宋）赵希弁撰附志：《郡斋读书志》，商务印书馆四部丛刊三编景宋淳祐袁州刊本。
（宋）胡仔编：《苕溪渔隐丛话》，清道光潘氏刻本。
（宋）吴曾撰：《能改斋漫录》，清乾隆四十二年刻本。
（宋）李焘撰：《续资治通鉴长编》，中华书局1986年版。
（宋）汪应辰撰：《文定集》，清乾隆四十二年刻本。
（宋）陆游撰：《陆游集》，中华书局1976年版。
（宋）范成大撰：《吴郡志》，清光绪鸿文书局刻本。
（宋）周煇撰：《清波杂志》，清乾隆长塘鲍氏刻本。
（宋）王明清撰：《挥麈录馀话》，毛氏汲古阁刻本。
（宋）朱熹撰：《孟子精义》，清康熙吕氏宝诰堂刻本。
（宋）赵彦卫撰：《云麓漫钞》，河南大学图书馆藏明刻本。
（宋）孙绍远撰：《声画集》，清康熙扬州曹氏楝亭刻本。
（宋）桑世昌撰：《兰亭考》，清乾隆道光长塘鲍氏刻本。

（宋）韩淲撰：《涧泉日记》，清乾隆刻本。
（宋）刘昌诗撰：《芦浦笔记》，张荣铮、秦呈瑞点校，中华书局 1986 年版。
（宋）陈振孙撰：《直斋书录解题》，上海古籍出版社 1987 年版。
（宋）魏庆之编撰：《诗人玉屑》，扫叶山房 1914 年刻本。
（宋）周密撰：《癸辛杂识》，清嘉庆张氏照旷阁刻本。
（宋）周密撰：《齐东野语》，清嘉庆十年张氏照旷阁刻本。
（宋）汪元量撰：《湖山类稿》，清光绪钱塘丁氏嘉惠堂刻本。
（宋）范公偁撰：《过庭录》，中华书局 1985 年版。
（宋）刘克庄撰：《后村集》，涵芬楼 1914 年刻本。
（宋）张邦基撰，商濬校：《墨庄漫录》，明万历商氏刻本。
（宋）志磐撰：《佛祖统纪》，涵芬楼 1923 年刻本。
（宋）施宿修：《会稽志》，越中先贤祠 1926 年刻本。
（宋）普济撰：《五灯会元》，涵芬楼 1923 年刻本。
（宋）李心传撰：《建炎以来系年要录》，清光绪八年萧氏刻本。
（宋）李攸撰：《宋朝事实》，清乾隆四十二年刻本。
（宋）王象之撰：《舆地纪胜》，中华书局 1992 年版。
（宋）王象之撰：《舆地纪胜》，清道光二十九年惧盈斋刻本。
（宋）真德秀撰：《真文忠公文集》，清康熙刻本。
（宋）计有功撰：《唐诗纪事》，明崇祯五年毛氏汲古阁刻本。
（宋）释惠洪撰：《冷斋夜话》，毛氏汲古阁津逮秘书本。
（宋）皇都风月主人编，周夷校补：《绿窗新话》，古典文学出版社 1957 年版。
（宋）委心子撰，金心点校：《新编分门古今类事》，中华书局 1987 年版。
（宋）佚名编：《新编翰苑新书》，书目文献出版社 1998 年古籍珍本丛刊本。
（元）陶宗仪：《说郛》，涵芬楼 1927 年刻本。
（元）吴师道撰：《吴礼部诗话》，清乾隆长塘鲍氏刻本。
（元）孛兰肸等著，赵万里校辑：《元一统志》，中华书局 1966 年版。
（元）房祺编：《河汾诸老诗集》，清咸丰二年伍氏刻本。
（元）脱脱等撰：《宋史》，中华书局 1977 年版。
（元）赵道一：《历世真仙体道通鉴》，明正统道藏本。

（明）宋绪编：《元诗体要》，明正德十四年辽藩刻本。
（明）张丑撰：《清河书画舫》，清乾隆二十八年池北草堂刻本。
（明）彭大翼撰：《山堂肆考》，明万历梅墅石渠阁刻本。
（明）田汝成辑撰：《西湖游览志》，上海古籍出版社 1958 年版。
（明）田汝成辑撰：《西湖游览志馀》，上海古籍出版社 1958 年版。
（明）胡应麟撰：《少室山房笔丛》，中华书局 2002 年版。
（明）胡震亨著：《唐音癸签》，上海古籍出版社 1981 年版。
（明）陈耀文撰：《天中记》，明万历二十三年刻本。
（清）卞永誉撰：《式古堂书画汇考》，上海书画出版社 1993 年版。
（清）张之洞撰：《輶轩语》，清光绪立文堂刻本。
（清）张英等纂：《渊鉴类函》，清康熙四十九年清吟堂刻本。
（清）曹寅等编：《全唐诗》，清康熙扬州诗局刻本。
（清）朱彝尊编：《明诗综》，清雍正朱氏六峰阁刻本。
（清）李光暎撰：《金石文考略》，清雍正刻本。
（清）李斗撰：《扬州画舫录》，中华书局 1960 年版。
（清）李灏编：《佩文斋广群芳谱》，清康熙四十七年刻本。
（清）毛奇龄撰：《古今通韵》，清康熙刻本。
（清）永瑢、纪昀等编纂：《四库全书总目》，中华书局 1965 年影印本。
（清）法式善撰：《陶庐杂录》，中华书局 1959 年版。
（清）王士祯撰：《居易录》，清刻本。
（清）王士祯撰：《池北偶谈》，启智书局 1936 年版。
（清）王士祯辑，郑方坤编：《五代诗话》，清道光南海伍氏刻本。
（清）赵翼著：《瓯北诗话》，清嘉庆湛贻堂刻本。
（清）赵翼撰：《陔馀丛考》，商务印书馆 1957 年版。
（清）陆增祥撰：《八琼室金石补正》，吴兴刘氏希古楼刻本。
（清）顾嗣立编：《元诗选》，清康熙顾氏秀野草堂刻本。
（清）顾祖禹撰：《读史方舆纪要》，中华书局 2005 年版。
（清）严可均辑：《全上古三代秦汉三国六朝文》，中华书局 1958 年版。
（清）何文焕辑：《历代诗话》，中华书局 1981 年版。
成文出版社辑：《中国方志丛书》，成文出版社 1975 年版。
郭绍虞编：《清诗话续编》，上海古籍出版社 1983 年版。

《影印文渊阁四库全书》，台湾商务印书馆 1983 年版。
唐圭璋编：《词话丛编》，中华书局 1986 年版。
中华书局编辑部编：《宋元方志丛刊》，中华书局 1990 年版。
《续修四库全书》，上海古籍出版社 2002 年版。